한국 추리 스릴러 단편선 5

한국
추리 스릴러
단편선

5

황금가지

차례

시간의
뫼비우스

도진기

서울대학교 법과대학 및 동대학원을 졸업했고, 현재 부장판사로 재직 중이다. 2010년 「선택」으로 한국 추리 작가 협회 미스터리 신인상, 2014년 「유다의 별」로 한국 추리 문학 대상 수상. 작품으로는 변호사 고진이 등장하는 「붉은 집 살인사건」, 「라 트라비아타의 초상」, 「정신자살」, 「유다의 별」, 백수 탐정 진구를 주인공으로 한 「순서의 문제」, 「나를 아는 남자」, 「가족의 탄생」, 법률 교양서 「성냥팔이 소녀는 누가 죽였을까」 등이 있다. 네 작품이 중국에 출간되었으며, 「유다의 별」과 진구 시리즈는 영화와 드라마로 제작 중이다. 한국 추리 작가 협회 및 한국 미스터리 작가 모임 회원이다.

"인간사에서 가장 괴로운 일이 뭐라고 생각하십니까?"

옆자리에 앉은 중년의 사내가 물었다.

"그건 후회입니다."

사내는 민경의 대답을 기다리지 않고 말했다.

민경은 조금 전까지 스마트폰으로 기사를 보고 있었다. 200년 만의 우주 쇼가 어쩌고 하는. 행성이 거대한 십자가 모양으로 연결되고, 그 선상에 직선으로 이어지는 곳이 바로 한국 어디라 해서 때 아닌 관광 붐이 일고 있다고 했다. 민경은 스마트폰 화면에서 눈을 떼고 고개를 옆으로 돌려 사내를 보았다. 기차 안. 자리가 텅텅 비었는데 이 남자는 조금 전에 굳이 옆에 와 앉았다. 그러고는 이상한 말을 건네고 있다. 젊은 여자에게 수작을 부리려 한다는 생각이 들 법하지만, 웬일인지 칙칙한 기운이 없이 담백했다. 마치 오래된 나무를 대하듯 무색무취한 느낌이 드는 것이 이상했다.

"이 터널을 통과하고 나면 난 없을 겁니다."

사내가 다시 말했다.

"다음 역에서 내리시나요?"

결국 민경은 남자의 헛소리에 대꾸해 주고 말았다.

"그런 게 아니라 터널의 어둠 속에서 완전히 사라질 거란 얘기죠."

민경은 사내의 이해할 수 없는 대답에 더 캐묻지 않고 침묵했다.

사내는 가방을 선반에 올려놓지 않고 굳이 어깨에 메고 있었다. 조그만 메신저 가방이었다. 민경은 문득 경계심이 들었다.

"가방은 왜 메고 계세요?"

사내는 가방을 가볍게 툭 쳤다.

"중요한 물건이 들어 있거든요."

"뭐가 들어 있는데요?"

민경이 웃으며 물었다. 사내도 씩 웃었다.

"마약입니다."

"네?"

민경은 움츠러들었다. 아무리 그의 인상이 선하고 무해하다지만 가방 안에 든 물건이 마약이라는 데야 움찔할 수밖에 없다. 사내는 하하, 웃었다.

"염려 않으셔도 됩니다. 전 마약상은 아니니까요. 오히려 그 반대쪽이라 할 수 있죠."

사내는 잠시 말을 끊었다가 이었다.

"전 판사입니다."

사내가 밝힌 의외의 직업에 민경은 사내를 다시 쳐다보았다. 마약상보다는 판사가 어울리는 외모이긴 했다. 깡마른 몸에 하얗고 유약한 얼굴. 거리를 헤매다 만난다면 부담 없이 길을 물어볼 만한 인상이었다. 후줄근한 면바지에 폴라 티, 점퍼 차림이었는데, 낡았지만 나름대로 정돈되어 있었다. 사내가 말했다.

"같은 인생을 수십, 수백 번 산 사람이 있다면 어떻게 생각하세요?"

"수십, 수백 번? 부러운데요. 어쨌든 길게 사는 거잖아요."

"그렇기도 하겠군요. 하지만 실제로 같은 인생을 반복하게 된다면 정말로 그렇게 생각하실까요?"

"선생님이 그렇게 살아 보시기라도 하셨나요? 마치 단정하시는 것 같네요."

자기 말이 우스워져서 민경은 그만 푸훗 하고 웃었다.

"네, 맞습니다. 제가 그 장본인입니다."

민경은 사내를 말없이 뚫어지게 쳐다보았다. 농담하는 사람의 얼굴은 아니었다. 미친 사람 같지도 않았다.

"이야기를 하고 싶어졌습니다. 근데 전 지금 아무도 아는 사람이 없거든요. 아니, 오히려 아는 사람에겐 이야기를 할 수가 없을 듯해서요. 차라리 모르는 분에게 제 기묘한 이야기를 들려드리고 싶습니다. 아마 절대로 믿지 못하실 거라고 생각합니다만……."

기차는 들판을 지나 긴 고개를 넘어가고 있었다. 조금 전 역에서 출발할 무렵 얼핏 보이던 도심이 완전히 사라졌다. 창밖 풍경은 서서히 변해 갔다. 가을 들판이 바람에 누웠고, 기차의 단조로운 진동이 몸에 전해져 나른했다.

"근데 왜 하필 저한테 이야기를……?"

"얼굴이 순수해 보였습니다. 이런 말 하면 웃으시겠지만 저한 텐 어느 정도 사람이 보입니다. 얼마 더 살았다고 그렇게 자신하 냐 하시면, 전 아가씨의 생각보다 오래, 훨씬 오래 살았습니다. 그 런 제 눈엔 아가씨의 마음에 동심이 살아 있는 게 보였죠. 그래서 말을 걸고 싶어졌습니다."

사내가 진지하게 말했다. 색깔 있는 어조도 아니었지만, 따분한 어조도 아니었다. 그의 말에는 민경의 마음에 전달되는 소박함이 깃들어 있었다.

"알았어요. 괜찮을 것 같네요. 기차 여행도 지루하던 참이었는 데, 한번 이야기해 보세요."

민경은 선심을 베푼다는 듯이 말했다. 그러고는 가만히 고개를 끄덕이며 스마트폰을 껐다.

사내는 웃을락말락 미소를 지어 보인 후 긴 이야기를 시작했다.

터널을 빠져나오자 내가 태어났다, 고 해야겠군요. 터널을 빠져 나오자 눈의 나라였다, 며 시작하는 『설국』이라는 소설도 있지만, 제 경우엔 밖의 풍광이 아니라 내면의 풍경이 변했습니다. 아, 여 기서 터널이란 우리가 탄 기차가 얼마 후 통과할 화남 터널을 말 하는 겁니다. 좀 이상하게 들리겠지만 이건 앞으로 일어날 일이기 도 하고 예전에 일어났던 일이기도 합니다. 아무튼.

그 당시 48세의 나는, 아, 그 당시의 나는 아가씨가 지금 보는 나라고 생각해도 큰 차이는 없습니다. 큰 차이가 없다는 게 무슨 말이냐고 하실지 모르지만 조금만 더 들어 보시면 알게 되실 겁니다. 아무튼 그때의 나는 이 기차를 타고 조금 있다가 나올 화남 터널을 지났습니다. 무언가 달라진 건 기차가 터널 밖으로 나온 뒤부터였습니다. 처음에는 기차 안이 어딘가 달라진 것 같다는 위화감이 가득 들었어요. 같은 칸에 탄 사람들도 많이 달라져 보였고요. 그러면서 주변을 두리번거리려 했는데, 그때 퍼뜩 깨달은 거예요. 두리번거리려 했지만 나는 두리번거릴 수 없었습니다. 아니, 두리번거리지 '않았어요'. 나는 내 의식을 의식했습니다. 이렇게밖에 표현할 수 없는데, 뭐랄까 내 의식 한구석에, 혹은 의식 뒤편에서, 혹은 의식과 겹쳐서라고 해도 좋습니다만, 겹쳐진 이중의 의식을 생생하게 감지했습니다. 사실 감지했다는 말도 정확하진 않은 게, 오감을 통해 외부의 자극을 느끼는 게 감지하는 거지 않겠습니까? 그런 게 아니라 내 존재로 내 존재를 느꼈습니다. 피린계 약물을 잘못 먹으면 팔다리가 딱히 아픈 것 없이 고통만이 뇌 속에 존재한다고 하죠. 그런 것과 마찬가지로 내 의식만이, 아마도 뇌 속에, 존재하고 있었고 그 의식은 또 다른 나를 인식하고 있었습니다.

마침 그때 기차가 수원역에 정차했습니다. 화남 터널을 지나고 바로 만나는 역이죠. 거기서 중년 남자 두 명이 올라타더군요. 우리 칸 문을 벌컥 열고 들어온 두 사람은 앞에 서서 신분증을 들어 보이며 큰 소리로 자신들을 형사라고 밝히고는 잠시 검문을 하겠다고 그러더군요. 황당하죠? 지금처럼 민주화된 시대에 형사들이 기차 칸에서 검문이라니요. 그런데 더 놀라운 건 손님들이 아무런 저항 없이 얌전하게 신분증을 내보이는 겁니다. 가방

을 든 손님은 형사들의 요구에 일일이 가방을 다 열어 보이더군
요. 하나하나 세심하게 체크를 하던 형사들은 마침내 제 자리까
지 왔습니다. 전 거부하고 싶었습니다. 이게 대체 뭔 짓이냐고. 그
런데 말이 나오지 않았습니다. 놀랍게도 나의 또 다른 의식은 겁
을 잔뜩 먹고 있었습니다. '저 아저씨들 말대로 안 하면 붙들려서
감방 갈지도 몰라.' 이런 유치하고 막연한 공포감을 갖는 것이었
습니다. 세상에. 나의 또 다른 의식은 내 의지와 무관하게 그렇게
생각하고 움츠려 있었습니다. 스포츠머리를 한 젊은 형사가 다가
와서 물었습니다.

"학생, 손에 쥔 건 뭐야?"

정신을 차리고 보니 손에 무언가를 움켜쥐고 있더군요. 손바닥
을 펴보니 갈색을 띤 풍뎅이 한 마리가 있었습니다. 그때 기억났
습니다. 터널을 통과하기 바로 전, 이 기차에서 그 풍뎅이를 발견
하고 조심스럽게 손에 거머쥐었던 일이요. 그 상태로 터널을 지났
고 형사가 올 때까지 쥐고 있었던 겁니다. 어, 하고 나의 또 다른
의식도 놀라더군요. 하긴, 그 풍뎅이의 존재를 또 다른 나는 알
지 못했던 거니까요. 형사도 어, 하는 순간 풍뎅이는 어디론가 날
아가 버렸습니다. 아무튼 그것도 잠시, 또 다른 나는 스스로 겁에
질려 신분증은 물론 가방까지 열어 보였습니다. 형사들은 꼼꼼히
살펴보고 지나쳐 가더군요.

놀랐습니다. 이건 바로 내 30년 전의 기억 속에 있는 장면이
었어요. 손에 풍뎅이가 쥐어져 있었다는 것만 제외하면요. 충격
이 찾아와 한동안 멍했습니다. 그리고 그때 확실하게 깨달았습니
다. 내가 의식한 나는 놀랍게도 '30년 전의 나'였다는 것을요. 그

14

땐 대학에 합격한 겨울이었어요. 2월 어느 날, 고향 전주에서 대학 기숙사에 입소하러 혼자 가방을 들고 기차를 타고 상경하던 길이었습니다. 그때 처음 만난 사복형사들. 아마 수배된 운동권 학생이라도 검거하려 했는지 모르겠습니다. 그때 느꼈던 긴장감, 형사들의 표정 모두 막 고등학교를 졸업한 어린 저한테는 생생하게 기억에 남았거든요. 그런데 그게 내 눈앞에 재현된 겁니다. 단 한 치의 오차도 없는 장면으로요. 기차도 사람들도 풍경도 모두 30년 전의 것이었습니다. 차창은 위로 밀어 열리는 종류였고, 승객들은 객실에서 담배를 피워 댔으며, 큰 소리로 대화하고 떠들고 있었습니다. 사람들은 장발인 데다 잠자리 눈처럼 큰 안경을 썼고, 옷차림은 패션에 문외한인 내가 보기에도 너무나 촌스러웠습니다. 모두 낯설었습니다. 차창에 비친, 솜털이 보송보송한 내 모습조차도요. 얼마나 놀랐을지 상상도 못 하실 겁니다. 더 놀라운 건 놀라움을 표현할 수도 없었다는 거지요. 또 다른 나, 그러니까 30년 전의 나는 지금의 나를 전혀 의식하지 못하고, 존재조차 모르고 있었으니까요. 그리고 내 몸을 움직이고 명령하고 감정을 느끼고 발산하는 주체는 30년 전의 나였습니다. 그러니 난 아무것도 할 수 없었어요. 말하자면 쌍방향이 아니라 일방향의 의식이었습니다. 오로지 수동적으로 30년 전의 내가 느끼는 것을 똑같이 느낄 수 있을 뿐, 다른 아무것도 할 수 없었어요. 또 다른 의식이 감지하고 인식하는 것 말고는요. 오로지 지금의 의식만이 외로이 공간 없는 공간에, 어디에 속한지도 모르게 내 뇌 속 어딘가에 떠 있었습니다. 예전의 나 자신이 느끼고 말하고 표현하고 생각하고 행동하는 것을 그대로 느끼고 받아들이는 수밖에 없는 상태였습니다.

이게 무슨 일인가, 혹시 꿈인가. 하지만 꿈은 분명 아니었어요. 이해할 틈도 없이 사건은 착착 진행되었습니다. 내 의지는 전혀 개입되지 못했습니다. 영한이(아, 편의상 30년 전의 나를 '정영한'이라고 제 이름으로 부르겠습니다.)가 복잡한 서울의 지리에 넋을 잃고서 전철을 반대 방향으로 타고 길을 잘못 찾아가도 발길을 되돌리지 못했습니다. 등허리를 짓누르는 무거운 짐의 고통은 느끼지 못했지만 답답한 마음은 그 짐의 무게 이상이었습니다. 역에 내려서도 기숙사와 반대 방향으로 한참을 두리번거리며 걸어갔습니다. 매서운 바람이 부는 겨울의 끝자락이었습니다. 정말 열불이 터지는 일이었지요. 어쨌든 벌어지는 일들은 모두 내 기억 속의 장면 그대로, 혹은 내가 미처 기억하지 못했지만 벌어지고 보니 기억이 되살려지는 그 일 그대로였습니다. 기숙사에 가서 짐을 풀고 룸메이트하고 인사를 나누고는 밤에는 떠나온 고향과 엄마 생각이 나 공용 샤워실에 가서 혼자 소리 죽여 울었습니다. 난 그 슬픔과 외로움을 고스란히 느꼈습니다. 그 영한이가 바로 나였으니까요. 한편으로는 측은하고 대견하게도 생각했습니다. 그건 내 본래의 의식이었어요. 그러면서도 내일만 되면 고향 생각은 까맣게 잊어버리고 새롭게 펼쳐질 생활에 대한 기대감에 차서 새로운 친구들하고 인사하느라 정신없을 텐데, 하고 잠시 웃기도 했습니다. 아니, 영한이와 따로 내가 웃을 수는 없었으니, 웃고 싶은 기분 혹은 생각에 불과했지만요. 앞으로는 제 감정 표현을 그 정도로 알아 주시면 좋겠습니다. 그 후로 전개되는 사건의 연속 속에 난 이게 어떻게 된 일인가, 명한 와중에도 한편으로는 영한이가 새 세상에 눈뜨고 느끼고 격렬한 호기심으로 반응하는 데에 정신을 차리지 못할 지경이었습니다. 영한이는 학교생활에 적응하고 새 친구들을 사귀는 일에 열중했고, 신나 있기만 했지요. 같지만 다른 두 의식의 기묘한 동거였습니다.

생각보다 많은 사건들이 기억과 다르더군요. 어떤 건 당시에는 아주 기분이 나빴는데 혼자만의 오해나 삐침에 불과했다는 걸 마흔 후반이 된 지금의 나는 알겠더군요. 어떤 건 지금 보니 굉장히 불쾌한 일이었는데 당시엔 어수룩해서 모르고 지나쳤구나, 싶은 것들도 있었고요. 내가 미팅을 주선한 일이 있었는데, 신건식이라는 친구 녀석이 약속 시간 직전에 안 나가겠다는 겁니다. 미팅 같은 유치한 일에 나가는 일은 자존심이 허락 못 한다나요. 지금 생각해 보면 자신만을 특별한 사람이라고 생각하는 역겨운 사고방식이었고, 친구 간에 있을 수 없는 배신행위인데도 전 그냥 납득했습니다. 급히 대타를 구했는데, 다행히 우명렬이라는 친구가 자존심을 내세우지 않고 선선히 가겠다 하여 위기를 모면했지요. 신건식이라는 친구는 지금 소식도 모르고, 우명렬이는 지식경제부 관료로 승승장구하고 있습니다.

잘못된 결정을 하는 상황에선 정말 열불이 터지더군요. 성기홍이라고, 사회학과 다녔던 기숙사 룸메이트 녀석이 교련 대리 출석을 부탁했습니다. "받아 주지 마!" 하고 소리쳤지만 영한이에겐 들리지 않았습니다. 영한이는 성기홍의 명찰이 달린 군복을 갖춰 입고 교련 과목에 대리 출석했지만, 교관은 바로 대리 출석을 알아보곤 화를 내며 돌려보냈죠. 영한이는 학생들 앞에서 큰 창피를 당했고요. 영한이는 어리둥절했습니다. 어떻게 대리 출석한 걸

간파했을까. 알고 봤더니, 기홍이 녀석이 대출을 부탁해 놓고는 들통날지 모른다는 생각에 교관한테 친구를 대리 출석시켰다고 말을 해놓았더군요. 자기만 살겠다고 귀찮은 부탁을 들어준 친구를 곤경에 빠트렸던 겁니다. 정말 약은 녀석 아닙니까? 그 불쾌한 기억을 떠올리는 걸 넘어서서 다시 겪으니 참 분했습니다. 더구나 난 결말을 아는데 영한이한테는 한 마디도 해줄 수도, 결정을 바꿀 수도 없었으니까요.

과 면접 때 줄을 섰는데, 어중간하게 순서가 엉키자 눈망울이 큰 한 친구가 영한이한테 세련된 서울말로 "앞에 서시죠." 하면서 비켜 주었습니다. 촌놈 영한이는 내심 놀랐어요. 아직 고등학생의 의식 수준이었던 영한이한테는 같은 나이의 친구가 아무리 초면이라도 존댓말을 한다는 점이라든가 그 친구가 보여 준 예의 바른 몸짓 같은 것이 일종의 문화적 충격이었기 때문이죠. 그 성숙한 친구는 이색적이게도 나중에 목사가 되었습니다. 그것을 아는 눈으로 바라보니 참 새롭더군요. 나중에 젊은 나이에 삼풍백화점 붕괴라는 큰 사고로 죽게 되는 어여쁜 여학생의 웃는 얼굴을 바라보는 건 큰 고통이었습니다만…….

슬쩍 꼬집는 말 같은 것도 들었는데, 당시에는 바보처럼 모르고 지나치기도 했고, 혹은 지나치게 흥분하기도 했습니다. 서툴렀죠, 많이. 어설프고 어찌 보면 때가 덜 묻은 영한이의 좌충우돌 대학생활을 그대로 겪으면서 안타깝기도 했지만. 재미있기도 했습니다. 잊었던 많은 기억들을 생생하게 재경험하면서 '아, 이런 일이 있었지.' 하고 깨닫게 되는 게 말이죠, 일기 속을 살아서 떠도는 기분이랄까요, 누가 상상이나 했겠습니까.

영한이가 잠든 시간엔 나 혼자 생각에 잠기기도 했습니다. 어떻게 된 걸까. 분명 난 정영한이다. 이 녀석, 영한이는 30년 전의 나다. 하지만 나는 48세의 정영한이다. 나는 어떤 사건으로 쫓기면서 초조한 마음으로 전주에서 서울로 가는 기차를 탔다. 마침 그 기차는 30년 전의 내가 대학에 합격하고 서울로 상경하면서 탔던 그 노선이다. 그 기차가 경기도에 접어들어 화남 터널을 통과할 때, 기차 안은 정전이 되었다. 그리고 새카만 어둠. 잠시 후 전깃불이 들어왔고…… 그리고 내가 있었다. 영한이의 의식 속에. 도무지 이유는 모르겠지만, 내가, 48세의 내가 30년 전으로 돌아갔다. 그때의 영한이 안에 들어와 그 인생을 그대로 반복해 살고 있다. 조금도 영한이를 움직이지 못하면서. 영한이가 느끼는 즐거움, 기쁨, 슬픔, 분노도 그대로 내 것은 아니지만 바로 나의 의식과 겹쳐 있기에 마치 내 것처럼 생생하고 안타깝다. 내 의식은 오로지 관찰과 감각만 하고 일체의 행동과 말과 외부에의 작용을 할 수 없는 순수한 관념적 존재에 불과한 것 같다. 왜 이런 일이 벌어졌는지. 이유는 알 수 없다. 하지만, 도대체 '나'는 어디로 가는 것일까. 도대체 어떻게 되는 걸까…….

하여튼 그 결말은 시간의 흐름에 맡겨야 했습니다. 물론 나한테는 그 시간의 흐름이란 게 괴상망측했지만요. 내 시간이 아니라 영한이의 시간이 지나봐야 알 수 있는 일이었습니다. 어차피 영한이의 몸 안에 갇힌 저로서는 조금도 외부에 혹은 영한이에게 영향을 미칠 수 없었으니까요. 비바람과 풍상을 그저 견디어 낼 뿐 아무런 영향을 미치지도 못하는 삼림 속의 큰 나무와도 같이요. 아니, 나무와도 다르지요. 나무는 그늘을 드리우고 잎사귀를 피우며 가을에는 낙엽을 떨구기나 하지, 전 아무것도 할 수 없었으니까요.

나는 법대생이었습니다. 어리바리하게 잘 알지도 못하면서, 장래의 희망에 대한 확신도 없으면서 그저 주변 어른들이 권하는 대로 법대에 진학했더랬습니다. 처음부터 적성에 맞지 않는 과엘 갔으니, 공부는 뒷전이었죠. 게다가 내가 진학한 80년대가 오죽했습니까? 반정부 데모에 최루탄, 수업 거부……. 뭐, 시대 상황이 그랬으니까요. 혼자만의 고뇌였다고 불평하지는 않겠습니다. 대학은 제대로 된 캠퍼스라고 할 수도 없었죠. 나는 선배의 권유에 따라 사회의 모순을 연구한다는 학회에도 가입하고, 은밀하고 위험해 보이는 책들도 많이 읽었습니다. 구정물이 흐르는 사회의 이면을 들여다본 것 같아 분노했고, 설익은 지식으로 사회 구성체가 어쩌고 토론도 했고, 선배, 친구들과 같이 시위에 참여하고 최루탄 가루도 좀 마셔 보았지요. 물론 그것만이 다는 아니었습니다. 술을 마셨고, 당구를 쳤고, 미팅도 했습니다. 여자들과 가볍게 사귄 적도 여러 번 있었고요. 제가 지금은 노숙자나 진배없지만 그때는 뽀얀 얼굴에 선한 인상이어서 날 좋아해 주는 여자애들도 몇 있었거든요. 물론 서툰 탓에 쓴맛도 보았지만 모든 게 신선했고 힘들어도 재밌기만 했던 영한이의 그 1학년 생활을 난 흐뭇한 눈으로 지그시 바라볼 수 있었습니다.

하지만 그런 대학생활도 1학년으로 끝이었습니다. 2학년이 되니 시위는 시들해졌고, 친구들은 자기 갈 길을 찾기 시작했습니다. 나도 공부를 시작해야 했는데, 법대 공부에 통 정이 붙지 않았어요. 2학년 1년 동안 읽은 책은 『민법총칙』과 『물권법』 200페이지뿐이었어요. 도서관에서 스포츠 신문을 줄창 읽다가 하숙집에 돌아와 버리는 생활이 반복되었습니다. 3, 4학년 때는 아예 학교에도 거의 나가지 않았어요. 솔직히 법대 친구들이 어딘가 좀 취향에 맞지 않기도 했고요. 법전은 지긋지긋하고 꼴도 보기 싫었습니다. 미치도록요. 법률 서적은 먼지만 쌓여 갔죠. 이 무렵 사후의 천국을 약속하는 대신 현세의 몸 그대로 영원히 살게 해준다는 이상한 종교에 빠지기도 하고, 인생이 허무하단 생각에 머리 깎고 출가를 할까, 고민했습니다. 그렇습니다. 난 하얗고 여린 겉모습과 달리 감정적이고 극단적인 사람이었습니다. 그게 이 시기엔 자기파멸형으로 드러났다고나 할까요. 무상감에 인생의 계획성을 잃고 자포자기한 상태였습니다. 아마 여자에 대한 갈망, 성욕만 없었다면 진짜 출가했을지도 모릅니다. 그렇다고 여자를 많이 만나고 다닌 것도 아니었어요. 그저 처박혀 지낼 뿐이었죠. 읽은 책은 철학, 종교 서적부터 만화, 무협지까지 닥치는 대로였습니다. 요즘 히키코모리라고 하죠, 그런 생활을 난 30년 전에 했던 겁니다.

아가씨한테 단언할 수 있습니다. 청춘의 방황이라면 차라리 발산하는 쪽이 좋습니다. 안으로, 인으로만 들이가서는 지나고 보면 후회밖에 남지 않거든요. 책 천 권을 읽으면서 젊음을 보낸 사람이나, 여자 백 명을 만나며 젊음을 보낸 사람이나 지나고 보면 같은 것을 깨닫고, 그 깨달음의 깊이도 다르지 않아요. 그렇다면 왜 미친듯이 동굴에서 마늘을 먹어야 합니까. 얼마나 허무합니까. 난 카사노바가 칸트보다 잘못 살지 않았다고 믿습니다. 하긴 칸트도 숙녀들을 만찬에 초대해서는 식탁 밑으로 손을 뻗어 허벅지를 만졌다죠.

아무튼, 그런 영한이를 보며 안타까웠습니다. 낭비, 그 빛나는 청춘의 낭비! 얼마나 애를 태웠는지요. 바꿀 수 없다는 걸 알면서도 그것만은 정말 목에 울화가 꾹꾹 치밀어 단장의 심정으로 이야기를 해주고 싶었습니다.

그 사람이 인생을 좀 알았는지 아닌지 가늠하는 내 나름의 기준이 뭔지 아십니까? 그건 바로 '새옹지마'란 말의 뜻을 진정으로 깨닫고 공감하는지 하는 겁니다. 분명하게 보였습니다. 당시에는 절망했던 일이었지만 지나고 보니 그 일 덕분에 다른 치명적인 사건을 피하기도 했고, 기뻐했던 일이 나중에는 인생의 질곡이 된 일이 수두룩했습니다. 그 앞날을 알기에 기쁨에 순수하게 기뻐할 수 없었고, 슬픔에도 위로를 찾았습니다.

대학을 졸업하고 곧장 군대에 갔습니다. 대학원에 진학해 입대를 미루고 나중에 장교라든지 편한 보직으로 가려 했었지만 행정적인 문제가 생겨 잘 안 되었죠. 입대 영장을 받아들고 눈앞이 캄캄했습니다. 마음의 준비가 안 된 내게 그건 마치 같은 기간의 징역형을 선고하는 판결문과 같았어요. 지금 군대에 가다니. 입대하자마자 오른손 검지를 자르든가 한쪽 눈알이라도 파서 제대해야지, 하는 생각을 벌써 하고 있었습니다. 물러 터졌다고 욕하지는 말아 주십시오. 제 기질 자체가 규율이라든가 명령 같은 종류하고는 100만 광년쯤 떨어져 있었으니까요. 구미에 맞지 않는 법학의 그물을 벗어나고 싶어 대학 4년을 몸부림쳤는데 하물며 군대야……. 하지만 그토록 싫었던 군 입대가 결국 엉망진창이었던 내 청춘을 단절시키는 계기가 되었으니, 인생사 참 알 수 없지요.

3년 가까이 바닥을 기었습니다. 처음 만나는 무지막지하고 야비한 인간들로부터 온갖 수모를 겪고 다치고 깨졌습니다. 혹독한 훈련과 틀에 박힌 생활은 군 생활의 기본이니 제쳐 놓고라도, 탱크라는 별명이 붙은 악독한 선임한테 낭심을 차여 며칠간 걷지도 못했고, 자다가 깨어 하사관의 술주정을 받아주다 못해 그가 복도에 싸놓은 똥을 치웠습니다. 인사계 상사의 지속적인 괴롭힘을 모면하려 뇌물을 좋아한다는 소문을 듣고 조니워커 블루를 사서 동료들과 숙소 근처에서 잠복하듯 기다리기도 했습니다. 비참함에 입술을 깨물면서요. 그러면서 깨달았습니다. 난 아무것도 아니구나. 이 사회에서 나보다 약한 놈이 있을까. 나보다 못난 놈이 있을까. 이 허접한 내가 남을, 사회를 바꾸겠다고 설쳐 댔다니, 얼마나 오만한 생각이었던가. 나는 눈에도 보이지 않는 미세한 치차에 불과했으면서도 내가 속한 기계 전체의 얼개를 인식하고 바꾸겠다고 했으니, 얼마나 시건방진 짓이었던가. 내 앞가림이나 잘하자. 겸손하게, 내 일에만 신경 쓰자. 내가 확실하게 붙잡을 수 있는 거라곤 그것뿐이다.

난 180도 바뀌었습니다. 아무래도 난 논리보단 감정이 앞서는 사람이었습니다. 정의란 걸 코에 건 사람들, 예전에는 그렇게 잘나 보이던 사람들이 위선자로 보였던 것입니다. 물론 그것도 하나의 극단이었지만, 군대라는 극단적인 환경 안에 있었던 나는 생각마저 양쪽 벽을 때리는 진자처럼 어느 한 극단으로 갈 수밖에 없었어요. 물론 영한이의 심리 상태를 보면서 48세의 나는 그렇게 객관적으로 분석, 관찰할 수 있었지만 당시 영한이는 그럴 수 없었고, 한편으론 그 모습이 이해가 가지 않는 것도 아니었습니다. 제대한 나는 겸손하고 솔직하게, 정의니 뭐니 하는 거창한 명분 없이, 그저 내가 먹고살기 위해서 사법시험 공부를 제대로 하기 시작했습니다. 내 인생 처음으로 열중했고, 시험에 붙었습니다…….

기차가 역에 멈춰 섰다. 승객이 두 명 내리고 한 명이 탔다. 객실이 조금은 더 한산해졌다. 사내는 잠시 말을 멈추고는 생수병을 들이켰다.

"놀라운 이야기네요. 지금은 선생님이 어떻게 이렇게 앉아 계신 건지 궁금하지만 아직 묻지는 않을게요."

민경의 말에 사내는 눈가에 푸근한 주름을 만들며 미소 지었다.

"그건 그렇고, 선생님의 인생도 새옹지마네요. 결국 정신 차리고 판사가 되셨으니."

민경의 말에 사내는 고개를 도리도리 저었다. 그 결말도 그리 마음에 들지 않는 모양이었다.

"제가 말하려는 새옹지마는 그게 아닌데요."

민경은 남자를 힐긋 보았고, 사내는 말머리를 돌려 다시 이야기를 이었다.

"……나쁜 기억을 앞두고는 정해진 악몽을 향해 달려가는 운명 앞에 안타까움을 이기지 못했습니다. 서른의 겨울 어느 날에는 이런 일이 있었지요……."

사법연수원생 2년차 시절이었습니다. 그땐 연수원이 요즘처럼 경쟁이 치열하지 않아서 낭만이 남아 있었다고나 할까요? 법원

실무 수습 기간이었는데 난 출근하지도 않고 동네 미용실에 가서 느긋하게 머리를 깎고 있었습니다.

미용사가 내 머리를 매만지며 이것저것 말을 걸더군요.

"얼굴이 뽀얀 게 닥터 같으세요."

"닥터도 뭐 여러 가지겠죠. 닥터 피시도 있고."

아, 아가씨 기겁을 하시는군요. 압니다. 이 농담이 얼마나 썰렁한지. 근데 난 그 당시 그런 황당한 농담에 재미 들려 있었습니다. 미팅을 나가면 '우유 주세요.' 대신 '소젖 주세요.'라고 한다든지요. 대부분의 여자들은 치를 떨었지만 가끔 통하는 때도 있었죠. 난 그날도 미용사와 이런 류의 농담 따먹기를 하고 있었습니다. 그런데 뒤편에 앉아 있던 젊은 여자가 자꾸 피식피식 웃는 것이었습니다. 미용사와 언니, 동생 하는 걸로 봐서 그냥 놀러 온여자 같았습니다. 내가 돌아보며 "왜 웃으세요?" 하니 급기야 웃음이 터져서는 배를 잡고 옆으로 쓰러지더군요. "아무것도 아니에요, 그냥." 하고 마구 손을 저으면서요. 그런데 그 모습이 귀여워 보였어요. 여자가 남자를 보고 괜히 웃는다는 건 호감이 있다는 거지 않겠습니까? 그 모습이 내게 전에 없던 용기를 내도록 해주었어요. 미용사가 잠시 딴 데 보는 사이, 삐삐 번호를 달라고 했죠. 그녀는 언니 눈치를 보면서 몰래 적어 주더군요. 종이를 건네며 올려다보는 큰 눈, 살짝 벌어진 입술 사이로 조그맣게 벌어진 윗니, 아직도 기억이 납니다.

바로 그날 저녁 연락해서 만나 술을 마셨습니다. 처음부터 이야기가 잘 통했습니다. 그녀, 송채희는 나보다 세 살이 적었고, 홀어머니 밑에서 컸고, 남동생 하나가 있었고, 백화점에서 아르바이트를 하면서 지내고 있었습니다. 그런 신상은 사실 나중에 알게 된 거고, 첫날에는 그저 온갖 대화와 장난질로 시간 가는 줄 몰랐습니다. 이야기는 끊이지 않았고, 몸을 흔들며 끝없이 웃어 댔습니다. 우리는 오빠, 동생 하며 자연스레 사귀게 되었죠.

그녀는 귀여운 얼굴에 유머러스했어요. 작은 일에도 기뻐했습니다. 당차고 의리 있는 성격에 자존심도 강해서 남자의 힘을 빌려 살려는 면모는 조금도 없었습니다. 취향도 곱고 여린 여느 여자완 조금 달랐어요. 사실 여자로서의 매력보다 그런 개성들이 더 좋았던 것 같습니다. 새벽에 술 먹고 전화하기 일쑤였고, 차에 탈 땐 안전띠 따위 매지 않았습니다. 자다 새벽에 깼을 때, 그녀는 내가 모아 둔 CD 중에서 본 조비를 꺼내 이웃이 떠나가라 크게 틀어놓고 듣고 있었습니다. 얼마나 귀여웠는지.

느슨하기 그지없던 법원 시보 기간이었던 데다, 난 연수생 중에서도 유별나게 게으른 편이었기에 시간은 얼마든지 있었습니다. 오히려 백화점 아르바이트를 하는 채희가 시간이 더 없었죠. 우리 둘 다 술을 좋아해서 참 많이도 마셨습니다. 극장, 맛집도 많이 찾아다녔고, 내 작은 차로 전국 이곳저곳 많이도 놀러 다녔습니다. 그렇게 10개월이 흘렀죠. 20년 전 나의 그 모습을 보고 느끼는 나도 즐거웠습니다. 직업을 가졌고, 귀여운 여자친구까지 있었습니다. 내 인생에서 가장 마음이 편안하고 즐거웠던 때란 걸 잘 알고 있었으니까요. 그러면서 한편으로 다가올 결말에 마음이 한없이 무거워지는 것이었습니다.

난 채희를 무척 좋아했습니다. 하지만 사람의 마음이란 건 변합니다. 시간은 모든 걸 치유하기도 하지만 모든 걸 파괴하기도 하지요. 내 경박한 마음은 시간의 파괴력 앞에서 폭우 속 촛불에 불과했습니다. 채희를 좋아하는 마음은 여전했지만 그 성격이 바뀌어 가는 걸 느꼈습니다. 채희가 꼭 내 여동생같이 생각되었어요. 불쌍하고 철없는, 그래서 돌봐주어야 할 것 같은 생각이 드는 여동생 말입니다. 채희는 달랐어요. 날 진짜 좋아했습니다. 줄곧 남자로서, 자신의 짝으로서요. 그 변함 없음도 어찌 보면 그녀의 의리 있는 성격 때문이 아닌가 싶어요. 한결같은 채희가 난 어느새 부담되고 거추장스러워졌습니다. 점차 그녀와 헤어지는 모습을 상상하게 되었습니다. 그런 날 깨닫고 놀라면서도 내 감정을 인정하지 않을 수 없었어요.

영한이의 그 모습을 보면서 난 딱히 나무랄 수만은 없었습니다. 그게 나니까, 내 마음을 잘 아니까요. 내 기준에선 뜨겁고 열렬하지 않으면 여자와의 만남이 의미가 없었습니다. 난 좋게 말해서 대책 없는 로맨티스트였고, 감정이 무엇보다 앞선 인간이었습니다. 사랑이란, 그리고 결혼이란 대충 편안한 여자 만나서 아이 낳고 살고 손 붙잡고 나들이 다니고…… 그런 게 아니었어요. 우리 세대에서 유행했던 「열정」이라는 노래 가사처럼, 만나서 차 마시는, 웃으며 안녕 하는 그런 사랑 말고 가슴 터질 듯 열망하는 사랑만을 추구했습니다. 불꽃처럼 타오르는 여자와 만나서, 전쟁처럼 사랑하고…… 그런 게 사랑이라고만 생각했습니다. 그런 게 현실에는 없다는 걸 난 한참 후에야 깨달았습니다. 책에서 사랑을 배운 자의 비극이었습니다. 그래도, 그땐 알지 못했습니다.

여자란 정말 섬세한 존재 아니겠습니까. 아무리 당당하고 자존감이 높다 해도 남자의 마음이 변하는 건 귀신같이 감지해 냅니다. 채희도 예외는 아니었죠. 그녀도 내 감정이 예전 같지 않단 걸 깨달았던 겁니다. 우리 사이는 서서히 금이 갔고, 삐걱거리기 시작했습니다. 사귄 지 10개월 만에 처음으로 소리 높여 다투기도 했고요.

그러던 중 연수원 과정을 마치고 내가 발령을 받아 광주로 내려가게 되었어요. 난 판사로 임명되었습니다. 어린 시절 내가 되리라고는 꿈도 안 꾸었던 직업이었고, 어린 눈에는 보기에도 싫고 입기도 싫었던 검은 법복이었습니다. 그런데 결국 내가 그걸 입고 있더라고요. 침착해 보이지만 머릿속에는 극단적인 불덩이가 오가는 이 내가 말이죠. 냉정하고 차가운 가운에 갇힌 얼치기 낭만주의자. 이 어색한 조합이란……. 그로부터 거의 20년 가까이 흐르고 말았네요. 암튼 그 이야긴 나중에 하기로 하죠.

그 무렵 채희와 나는 낯선 도시로 떠났습니다. 시외버스를 타고 떠난, 조용한 여행이었습니다. 앞으로 우리가 어떻게 될지, 떨어져도 계속 만날 수 있을지, 서로 아무런 말도 꺼내지 않았습니다. 영원한 약속을 할 수 없단 걸 우린 어렴풋이 서로 알고 있었고, 말을 입 밖으로 꺼내면 우리 슬픈 헤어짐이 못박혀 버릴 것같이 느꼈던 거지요.

이름 모를 겨울 거리의 네온사인을 뒤로하고 우리는 모텔에 투숙했어요. 난 걷다가 지친 나머지 옷을 입은 채로 누워 TV 리모컨을 만지작거리고 있었습니다. 채희가 잠깐 밖에 나갔다 오더니 맥주하고 땅콩 안주를 사왔더군요. 무언가 대화를 하고 싶어 하는 눈치였는데, 우리 둘 사이는 서먹해져 있었습니다. 나는 바닥에 앉아 말없이 채희가 사온 맥주병을 따서 들이켰습니다. 혼자서 두어 병을 비웠을 때쯤, 채희가 술을 조금도 마시지 않고 있단 걸 깨달았습니다.

"왜 안 마셔?"

그녀는 그 말에는 대답하지 않고서 창백한 얼굴을 조용히 쳐들었습니다.

"오빠, 할 말 있어."

말소리가 심상찮았습니다.

"뭔데."

"나, 임신했어."

난 가슴이 철렁했고, 이어 '역시.' 하는 생각이 들었습니다. 조용히 맥주잔을 방바닥에 내려놓고서 내가 생각해도 놀라울 정도로 차분하게 대꾸했습니다.

"분명히 우리 피임했잖아. 근데 어떻게?"

"몰라, 임신이래."

고개를 저었습니다. 그럴 수도 있단 걸 알면서도 부정하고 싶었던 겁니다. 예, 맞습니다. 그 순간 난 정말 나쁜 놈이었습니다.

"거짓말하지 마. 그게 말이 돼?"

"정말이야, 오빠가 이상하게 생각할까 봐 그동안 말 못 하고 있었어."

"그래? 근데 하필 왜 내가 지방으로 떠나기 직전일까?"

"내 말 안 믿는 거야? 내가 안 했는데 거짓말할까 봐?"

피임했으니 아이를 가졌을 리 없다고 끝까지 우겼습니다. 채희의 얼굴은 실망과 곤혹감으로 일그러져 갔습니다. 내 반응은 아마도 그녀가 예상한 종류의 것이었겠지만, 혹시나 하고 기대했던 것과는 너무나 달랐던 모양입니다. 휴우, 지금도 천만다행이라고 가슴을 쓸어내리는 것은, '그게 누구의 아이인 거야?' 이 따위 말은 하지 않았다는 사실입니다. 그래도 최후의 양심, 마지막 이성이 인간이 되지 못할 구렁텅이에서 날 조금이나마 구해 주었습니다. 난 그 말을 하지 않았다고 기억하지만 혹시 영한이가 그런 말을 할까 봐 조마조마했습니다. 결국 그런 말은 하지 않더군요. 정말 다행이었습니다. 채희는 하염없이 눈물을 흘렸습니다.

"내가 오빠를 잡으려고 구차하게 거짓말 한다는 거야?"

"내게는 그렇게 보이는데? 왜 하필 오늘이냐고!"

난 화를 냈습니다. 솔직히 인정하겠습니다. 이것은 거짓이 섞인 화였습니다. 난 그 시간을 기회라고 생각했던 것입니다. 이참에 채희를 떨쳐 버리자, 라고 무서운 마음을 먹었던 것입니다. 그래서 일부러 거칠게 화를 냈습니다.

"정말 임신이라면 나하고 병원에 먼저 갔겠지? 그렇지 않아? 일방적으로 나한테 통보하면 내가 믿어야 해? 그런 거야?"

되지도 않는 논리를 주워 섬겼습니다. 그 말 잘하던 채희가 한 마디도 하지 않더군요. 숙인 얼굴 아래로 눈물이 뚝뚝 떨어지고 있었습니다.

"널 그렇게 안 봤는데, 실망이다. 아무래도 우린 여기까진 것 같아. 잘 있어!"

마지막으로 거칠게 소리치고는 그대로 일어서서 외투를 걸치고 모텔 방을 나갔습니다. 채희는 턱 밑으로 눈물을 뚝뚝 흘린 채로 굳어 버린 석고상처럼 방바닥에 멍하니 앉아만 있었습니다.

거리에는 지독하게 차가운 바람이 불고 있었습니다. 난 오한에 떨면서 방향도 모르는 거리를 무작정 뛰어갔습니다. 마음이 편할 리는 없었습니다. 무척 마음이 아팠습니다. 하지만 한편으로는 비겁하게도, 이걸로 채희와는 헤어질 수 있게 되었다고 안심하는 마음이 들더군요. 괜한 싸움을 만들어서 화를 버럭 냈고, 그럴듯한 이별의 구실을 만들었던 겁니다. 가장 채희의 마음을 헤아렸어야 할 순간에 말이죠. 난 택시를 잡아타고 "터미널!"을 외쳤습니다.

그때 얼핏 보았습니다. 택시의 룸미러 어두운 한쪽, 저 뒤쪽 멀리에서 채희가 뛰쳐나오고 있는 모습을요. 휘몰아치는 겨울 밤바람에 그녀의 얇은 블라우스가 머릿결과 함께 흩날렸습니다. 룸미러 속의 그녀는 내 흔적을 찾으러 눈물 젖은 얼굴로 열심히 두리번거리고 있었습니다. 난 일부러 얼굴을 뒤로 돌리지 않았습니다. 하지만 그로부터 18년이 지난, 48세의 난 피눈물을 흘리고 싶었습니다. 할 수만 있다면 소리를 지르고 싶었습니다. '바보 자식! 이 더러운 자식아! 돌아가!' 하면서요. 영한이는 내 무언의 외침을 전혀 듣지 않았습니다. 물론 들리지 않은 거지요.

뼛속까지 나쁜 놈이군, 하고 생각하실 수도 있겠습니다만, 그점은 변명하고 싶습니다. 난 채희를 사랑하면서도 버리지는 않았습니다. 그렇게까지 타락했다고 사실과 달리 기억하며 스스로를 책망하고 싶지는 않습니다. 채희를 저버리고 더 나은 현실적 조건을 갖춘 여자와의 결혼을 꿈꾸었다는 따위의 저급한 동기? 그것만은 절대로 아니었습니다. 내 이유는, 채희를 결혼할 만큼 사랑하지 않아서였습니다. 오로지 그 이유였습니다. 정말, 정말 좋은 여자지만, 여동생 같은 느낌만으로 결혼할 수는 없다고 생각했습니다. 아까도 말씀드렸듯이, 난 그때까지도 환상 속에 있었으니까요.

아기? 물론 채희의 말은 사실이라고 믿었습니다. 채희는 그런 거짓말로 남자를 잡으려 할 만큼 자존심 없는 여자는 절대로 아니었으니까요. 나와 헤어지면 아이를 지우든가, 알아서 할 거라고 단순하게 생각했습니다. 네, 맞습니다. 그래도 어쨌든 정영한이는 나쁜 놈이죠. 아주.

그날 이후 채희에게서 단 한 번도 연락이 오지 않았습니다. 난 채희가 그래도 한 번쯤은 연락을 할 거라고 생각했었습니다. 그 살을 에는 겨울밤, 나를 찾기 위해 홑옷만 입고 헝클어진 머리를 한 채 모텔을 뛰쳐 나왔던 채희였으니까요. 하지만 끝내 연락은 없었습니다. 술 먹고 삐삐 한 번은 칠 만한데 그것도 없었습니다. 채희는 그만큼 고고한 자존심을 가진 여자였습니다. 나도 연락하지 않았죠.

그래도 채희하곤 미워서 헤어진 게 아니니까, 처음에는 자주 생각이 났습니다. 나중에는 '가끔'으로 빈도수가 줄다가 어느새 '거의' 생각하지 않게 되었습니다. 이건 30대 정영한의 본래 의식에 국한된 이야기입니다. 48세의 나는 오히려 채희 생각을 많이 했으니, 참 아이러니하죠. 아마 참혹하게 추웠던 그날 밤을 두 번이나 겪었기 때문인지도 모릅니다. 그리고 그 이후의 인생이 내 기대와 달리 정말 별 볼 일 없었다는 걸 처절하게 알고 있기 때문이기도 하겠죠.

지금 한 말대로, 그 뒤의 인생은 생각보다 싱거웠습니다. 난 안정된 직장을 버리고 딴 길을 과감하게 찾을 만큼 중뿔난 인간이 아니었고, 금세 판사라는 직업에 적응했습니다. 가지 못한 길에 대한 열망, 회한도 곧 머릿속에서 지워졌습니다. 그저 출근하고, 일하고, 퇴근하고, 다른 취미 없이 그저 가끔씩 술 마시고……. 다람쥐 쳇바퀴 같은, 하지만 그럭저럭 무난한 일상을 이어 갔습니다.

이때의 난(48세의 나 말입니다.) 정말 지루해 미치는 줄 알았습니다. 앞으로도 오랫동안 이어질 영한이의 평탄하고 별일 없는 인생을 너무나도 잘 알고 있으니까요. 더욱이 직업이 얼마나 따분합니까. 난 판사라는 직업을 다년생 식물에 비유하고 싶습니다. 그만큼 정적이고 변화가 없는 생활이죠. 친구는 자꾸 줄어 갔습니다. 여자, 결혼? 물론 꿈은 계속 꾸었죠. 하지만, 나이가 들어 가니 별수 없었습니다. 내 관념 속 로맨티스트는 사라져 갔고, 힘든 객지 생활에 그저 따뜻한 밥, 깨끗한 와이셔츠, 그런 것들이 아쉬워졌습니다. 부식되는 동판처럼 야금야금 먹어 가는 나이를 좀내는 이길 수 없었습니다. 식은 연탄재만큼의 온기조차 느끼지 못하는 여자를 만나 결혼했고, 금세 아들도 둘 낳았습니다. 생활은 조금 편해졌지만 크게 달라진 건 없었습니다. 서류를 들여다보며 눈을 혹사하고 하루하루 자세가 구부정해져 갔고, 완고한 노인네 같은 법조문의 틈바구니에서 그나마 남아 있던 유머 감각도 하루하루 잃어 갔고, 집에 돌아와서는 묵묵히 밥 먹고 TV 보다가 자고, 일어나서 출근하고…… 정말 평범한 일상이 이어졌죠.

"그런데 아까 무슨 사건에 연루되어 쫓기게 되었다고 하시지 않았나요?"

민경이 물었다. 사내는 자조적으로 웃었다.

"그렇죠. 정영한의 조용한 인생을 마무리 지은 사건이었죠."

민경은 다음 말을 기다렸다.

"어쩌면 평범한 일상을 푸념한 벌인지도 모르겠습니다."

사내는 씁쓸하게 말했다. 민경은 문득 이상한 기분이 들었다. 그의 의식 외에 다른 존재는 없는 듯해 보였다. 물론 그의 말대로 라면 그건 외부인뿐만 아니라 자기 자신조차 의식하지 못하는 의식이니, 그것이 있는지 없는지, 이 사내가 오로지 하나의 의식하에 있는 것인지 알 길이 없지만, 왠지 모르게 그런 느낌이 강하게 들었다. 아니면, 두 개의 의식이 공존해 왔다는 사내의 말이 온통 거짓말인지도 모른다.

"내게 완전히 새로운 인연의 탄생을 알렸다고나 할까요."

사내가 말했다.

"그게 뭐죠?"

민경이 물었다.

내 의식이 가장 견디기 힘든 때는 역시 나쁜 결과를 알고 있는 사건에 빠져 들어갈 때입니다. 그땐 정말 안타까웠습니다. 영한이에게 제발 결정을 되돌리라고, 한 걸음만 달리 하라고 간절히 말해 주고 싶었지만 불가능했죠. 영한이에게는 끝내 들리지 않았습니다. 그리고 내가 알고 있는 그 실수를, 그 치명적 발걸음을 여전히 굳건하게 내딛었습니다.

1년 여 전, 이런 일이 있었습니다. 모든 일이 그렇듯, 시작은 우연이었죠. 하루는 돈을 잘 버는 친구가 술 한잔 사겠다고 불러냈습니다. 전 부장판사로 승진한 지 3, 4년 된 무렵이었고, 서울의 어느 지법에서 근무하고 있었어요. 아까 말했듯이 반복되는 일상 속에서 중년의 남자로 조용히 사회의 한구석에서 나이를 먹어 가는 중이었지요. 원래 판사란 사람들 만나는 게 늘 조심스럽고, 누가 한턱 낸다고 하면 특히 더 그렇지만, 이 경우는 중학교 동창이었고, 업무적으로 아무런 관계될 일이 없는 터라 마음 편하게 만났습니다. 이름 대면 아실 만한 회사 중역인 친구인데, 부업으로 부실채권 투자를 해서 큰돈을 땄다고 하더군요. 강남의 어느 룸살롱엘 갔습니다. 친구 두 명이 더 있었어요. 혹시 오해하실까 봐 말씀드리는데, 룸살롱은 거의 10년 만에 간 거였습니다. 돈으로 서비스를 사는 그런 데는 좋아하지 않거든요. 오랜만에 친구들 얼굴도 볼 겸 만나서 어울렸던 거지요. 발렌타인 17년이 세 병 들어왔고, 과일이며 한치며 인삼이며 각종 안주가 줄줄이 나왔습니다. 물론 어여쁜 아가씨들도 옆에 앉았죠. 얼큰하게 취했는데, 소변이 보고 싶어져서 방을 나왔습니다. 웨이터의 안내를 받아 볼일을 보고, 혼자 나왔는데, 나도 좀 취했습니다. 그만 방을 잘못 찾아들어간 거죠. 방문을 열었는데, 생소한 장면을 목격했습니다. 우리 친구들은 좀 숙맥인 편이라 그저 아가씨들하고 농담을 주고받거나 노래 한 곡씩 뽑으며 노는 정도였는데, 이 방은 달랐습니다. 밴드는 없고, 사이키 조명이 돌아가는 가운데, 테이블 위에 아가씨가 천장을 보고 누워 있었습니다. 그리고 그 치마 사이에 상의를 완전히 탈의한 중년 남자가 머리를 처박고 있었습니다. 내가 문을 열자 그 남자는 고개를 쑥 들었습니다. 벗은 목에 넥타이만 대롱거리고 있었습니다. 붉고 처진 피부와 거대한 뱃살은 마치 털 깎은 불곰을 연상시켰습니다. 그때 그냥 후다닥 나왔어야 했습니다. 그런데 다시 말씀드리지만, 난 좀 취했었습니다. 분명 아는 사람 얼굴이었어요. 하긴, 아는 사람이라고 해도 그런 장면에서는 아는 체 해서는 안 되는 거지만요. 난 그만 고개를 까딱하며 인사를 하고 말았습니다. 상대방 남자는 의아하다는 듯이 나를 유심히 보더군요. '모르는 사람이 인사를 하는데?' 하는 눈빛이었습니다. 그러고는 잠시 후 이맛살이 확 찌푸려졌습니다. 그 남자도 그때 날 알아보았던 거죠. 난 뒤늦게 "죄송합니다. 방을 잘못 찾았습니다." 하고 방문을 닫고 나왔습니다. 내 방으로 돌아온 나는 혼자 술잔을 기울이며 어디서 봤더라, 생각을 더듬었습니다. 잠시 후 아뿔싸, 싶었습니다. 그 사람은 내가 아는 사람이 아니었습니다. 정치색이 짙은 '배달변호사회'라는 변호사 단체가 있는데, 그는 그 대표로 있는 이철환이라는 50대 변호사였습니다. 《법률신문》에서 그 사람의 사진을 보았을 뿐이었습니다. 그래서 얼굴을 알고 있었고, 아까는 취한 김에 아는 사람으로 착각해서 인사를 해버린 것이지요. 그 사람은 얼마나 민망했을까. 신문에는 늘 점잖게 웃는 얼굴로 나왔었는데. 게다가 뭔가 정의로운 일을 하는 양 실렸는데 밤의 내밀한 공간에서 저런 모습을 보이고 말았으니. 내 실수를 깨달았지만 이미 늦었고, 이제 와서 어쩔 수는 없었죠. 그 사람도 한 박자 늦게 날 알아본 것 같았습니다. 법정에서 만난 일은 없지만, 가끔 내가 쓰는 글이 사진과 함께 《법률신문》에 실린 일이 몇 번 있었고, 그래서 그쪽도 역시 얼굴을 알고 있는 모양이었습니다. 난 그 변호사 단체가 주도하는 정치 문제에 가타부타 아무 관심이 없었고, 그 사람의 그런 행태를 굳이 떠벌리고 다닐 생각이 없었습니다. 그럴 만한 한 조각의 관심조차 없었다고나 할까요. 하지만 그 남자는 그렇게 생각하지 않은 듯합니다. 난 그저 혼자서 피식 웃고 치웠을 뿐이지만, 이날의 해프닝이 모든 일의 시작이었습니다. 나중에 깨닫게 되었지만, 이철환이라는 그 남자는 지독하게도 권력욕이 강한 남자였고, 자신이 거머쥔 힘을 충분히 의식하고 있었으며, 치부를 들킨 모욕감을 회복하기 위해서 자신이 가진 힘을 한껏 발휘하는 데에 조금의 주저함도 없는 남자였던 것입니다.

그로부터 서너 달이 지난 무렵이었습니다. 고향 친구인 김광련이가 갑자기 서울로 올라와 법원 근처에 들렀다면서 밥이나 먹자고 연락을 해 왔습니다. 어린 시절엔 꽤 친하게 지냈지만 광련이는 장사를 시작했고, 대학에 들어간 탓에 오랫동안 만나지 못했던 친구였습니다. 난 아무 생각 없이 근처 삼겹살집에 약속을 잡고서, 오랜만에 전라도 사투리를 걸쭉하게 풀어 내면서 밥을 먹고 술도 한 잔 곁들였습니다. 술이 몇 잔 오간 무렵, 광련이가 말을 꺼냈습니다.

"너가 맡고 있는 사건 중에 말이여……."

술이 확 깼습니다. 사건에 관한 청탁을 받는다면 거절한다 해도 만남 자체부터가 워낙에 오해의 소지가 있는 터라 조심스러울 수밖에 없습니다. 아니나 다를까, 광련이는 사건 이야기를 했는데, 내가 맡고 있는 어떤 의료 소송이었습니다. 원고는 병원에서 수술을 받기 위해 마취를 하다가 숨진 환자의 가족이었고, 피고는 담당 의사와 병원이었습니다. 환자는 이미 척추 마취를 한 상태였는데, 다른 의사가 환자의 상체가 움찔거리는 걸 보고 근육이완제를 주사했고 그 탓에 횡경막이 움직이지 않아 숨을 쉬지 못해 사망한 사고였습니다. 워낙에 병원 측의 과실이 명백해 보이는 사건이어서 원고가 이길 수밖에 없는 사건이었습니다. 말하자면 난 이미 어느 정도 결론을 내리고 있었는데, 하도 서로 치열하게 다투고 있어 쉽게 변론을 종결하지 못하고 양측의 주장과 입증을 다 받아주고 있는 상태였습니다. 광련이는 환자 아들이 자기의 절친한 친구라면서 잘 좀 봐 달라고 했습니다. 가만히 있어도 이길 사건인데, 왜 굳이 이런 무리를…… 안타까웠습니다. 하지만 겉으로는 정색을 했습니다.

"야, 그런 말은 하지 마라."

"안 되다니, 뭐가 임마."

광련이의 목소리가 날카로워졌습니다.

"오늘 우리 만남은 없던 걸로 하자."

"이 자식이…… 판사랍시고 목에 힘주는 거여? 친구한테?"

김광련은 학교를 같이 다녔지만 그 전에 한 해 쉬었기 때문에 원래는 선배였을 친구였고, 그래서인지 나한테 은근히 선배 행세를 하려는 의식이 있었습니다. 그런 나한테 부탁을 했는데 단칼에 거절당했다고 생각하니 분을 참기 힘든 모양이더군요. 끝내 광련이는 버럭 화를 내고 일어나 버렸습니다. 지갑을 여는 광련이를 만류하고 밥값을 굳이 내가 계산한 일이 그의 자존심을 더 긁었던 것 같습니다. 광련이는 붉으락푸르락하면서 떠나갔습니다. 난 깨달았습니다. 친구를 또 한 명 잃었단 것을요. 이럴 때면 내 직업이 싫습니다.

그런데, 일은 거기서 끝나지 않았습니다. 김광련이란 이 친구는, 예전부터 폭력성과 오기가 있고, 상대에게 한번 등을 돌리면 무서운 데가 있는 친구였습니다. 하지만 세월이 그 친구의 성정을 그렇게까지 비열하게 변질시켜 놓았을 줄은 몰랐습니다. 광련이 는 아마도 이야기를 꺼내는 것 자체를 막은 내 태도를 보고 원고, 즉 자신의 절친한 친구 측이 패소하게 될 거라고 착각한 모양입니 다. 그리고 나의 거절로 자기의 체면이 크게 훼손당했다고 생각하 며 자존심이 상했던 것 같습니다.

김광련은 서울에 올라와 술장사를 했지만 사건을 중개하고 각 종 행정 관계 문제나 소송을 도와주는 브로커 역할도 했었다는 걸 나중에야 알았습니다. 그는 마침 그로부터 얼마 후, 보건복지 부 공무원한테 뇌물을 건넨 사건으로 경찰에서 조사를 받게 되 었습니다. 궁지에 몰린 그는 더 큰 건을 불 테니 면책시켜 달라며 '판사인 고향 친구 정영한이 자기로부터 사건 청탁을 받고 돈을 받았다'고 경찰에다 거짓말을 해버렸던 것입니다. 그대로 두면 질 소송이라고 생각하니 그렇다면 아예 그런 식으로 해서 날 그 사 건에서 배제라도 시켜 버리려고 생각한 모양입니다. 수사 중인 증 뢰 사건에서 면책도 받을 수 있고, 미운 정영한이를 엿 먹일 수 있으니 꿩 먹고 알 먹고 기름까지 짜낸다라는 심산이었겠지요.

경찰로부터 연락을 받았을 땐 황당했지만 크게 걱정은 하지 않았습니다. 사실이 아니니까요. 경찰도 사람 많은 삼겹살 집에서 거액의 현찰을 나한테 건네주었다며 횡설수설하는 김광련의 진 술이 앞뒤가 맞지 않아 거의 신빙성을 두지 않고 있는 눈치였습 니다. 형사로부터 한 번 전화가 왔고, 내 해명을 듣고는 그걸로 끝 이었습니다. 말할 수 없이 불쾌했지만 잊어버리기로 했습니다. 어차피 그걸 다시 내가 문제 삼아 봤자, 긁어 부스럼을 만들 뿐이지 내 입장에서 득이 될 일은 전혀 없으니까요. 판사라는 직업은 의혹을 받는 것만으로 생명이 끝나는 것이라서요.

하지만 내 입장에서 잊을 수 있었던 건 잠시에 불과했습니다. 의료 소송의 피고인 병원 측 변호사가 어떤 경로로 그 사실을 알게 되었습니다. 아마 경찰이 수뢰 사건 수사라면서 전화해서 형식적으로 몇 가지 물어봤던 모양입니다. 재판 전문가인 변호사는 알고 있었죠. 이대로 가면 의료 소송 재판이 자신들한테 불리하다는 것을요. 내가 재판 도중에 보인 언행만으로도, 저 판사는 병원 패소 쪽으로 심증을 굳히고 있구나, 하는 걸 눈치 못 챌 리가 없었을 겁니다. 그 변호사는 나를 사건에서 배제시키려는 충분한 동기와 지식을 갖고 있었습니다.

그런데 신기하게도 나쁜 일은 항상 꼬리에 꼬리를 물고 일어납니다. 하긴, 그런 기묘한 인과관계가 겹쳐져야 그럭저럭 악하게 살아오지는 않은 한 인간의 인생이 무너질 만한 나쁜 일이 벌어지는 법이겠죠. 그 변호사는 하필이면 이철환이 대표로 있는 배달변호사회 소속이었던 것입니다. 그래서 결국 이철환이 그 사건을 알게 되었습니다. 그날 밤 나한테 룸살롱에서의 추태를 들킨 그 이철환이가요.

그로부터 며칠 후, 옆 방 판사가 다급하게 《선진일보》를 들고 왔습니다. 나는 신문을 받아 펼쳐 들고는 깜짝 놀랐습니다. 배달변호사회에서 모 판사의 수뢰 의혹 사건을 제기하면서 철저히 수사해서 처벌하라는 성명서를 대대적으로 냈다는 기사였습니다. ㄱ판사라고만 나오긴 했지만 주변 사람은 그 ㄱ판사가 나인 걸 알 수 있는 기사였습니다. 의혹이 제기되었으니 진상을 조사하라면서 이미 그것을 사실로 전제하고 처벌하라고 주장했으니, 이 성명서는 초보적인 논리의 모순을 범한 것이었지만 그 모순을 지적할 사람은 아무도 없을 것 같았습니다. 대표인 이철환의 공격적이면서 감정적인 시론이 실렸고, 그 사진에서 이철환은 웃고 있었습니다. 황급히 다른 신문을 찾아보았습니다. 다행히 그런 기사는 그림자도 없었습니다. 성명서 자체도 유치하고 선동적일 뿐더러 일방적인 주장에 불과하고, 경찰 수사에서 근거 없는 제보란 게 밝혀져 있었던 탓에 다른 신문은 기사로서 취급을 하지 않았던 거지요. 다른 언론 매체는 그런 균형 감각을 갖고 있었지만 유독 《선진일보》만이 대대적으로 보도했던 것입니다. 당사자인 나한테 단 한 통의 사실 확인 전화도 없이요. 이유는 짐작이 갔습니다. 《선진일보》는 배달변호사회와 정치적 노선을 같이하는 신문이었습니다. 그 얼마 전엔 허위 보도로 거액의 손해배상 판결을 받고 호시탐탐 법원을 공격할 거리를 노리고 있다는 소문이 있었습니다. 돌이켜 생각해 보면, 나는 성매매처벌법에 대해 위헌 제청을 하고 이혼 재판을 대법원에서 확립된 유책주의 대신 파탄주의로 운영해 화제가 된 일이 있었는데, 《선진일보》의 특성상 다소 개성이 강한 내 판결을 그다지 좋아하지 않았던 것 같기도 합니다.

그런데, 이 사건은 이철환의 어이없는 성명서 정도로 끝나지 않았습니다. 《선진일보》는 한술 더 떠서, 그다음 날 사회면 거의 절반을 할애해, 이 사건을 성토하는 완전한 허위 기사를 썼고, 수뢰를 사실로 확정한 전제하에 나를 규탄하는 논설까지 실었습니다. 오로지 정치적인 이유만으로, 나를 싫어한다는 이유만으로 어떻게 언론이란 데가 이럴 수 있을까. 경악을 금치 못했습니다.

난 분기탱천해서 《선진일보》와 이철환을 상대로 민·형사 소송을 제기하려 했습니다. 신문 역사상 최악의 오보라며 입에 거품을 물고 싶었습니다. 하지만 결국 그것도 마음대로 하지 못했습니다. 그날 바로 법원장님이 부르더군요. 옆에는 박주영 공보판사가 배석해 있었습니다. 두 사람은 소송을 제기할 생각을 밝힌 나를 기를 쓰고 말렸습니다. 일이 시끄러워질까 봐 사색이 다 된 법원장님의 얼굴을 보니 차마 강행할 수 없었습니다.

난 일단 법원장실을 나온 다음 박주영 공보판사한테 이야기했습니다. 법원 전체로 어렵다면 내 개인적인 입장을 언론에 발표하고 싶다, 라고요. "하지 말라고 했잖습니까!" 박주영은 신경질적으로 소리를 빽 지르고는 걸어가 버렸습니다. 평소 그래도 법조 선배랍시고 나에게 깍듯하게 대해 오던 그였지만 정작 내가 곤경에 빠지고 나니 야비하게 돌변해 버리더군요. 접싯물보다 얕은 인간의 바닥을 보았다는 생각에 씁쓸했습니다. 하필이면 이런 사람들이 곁에 있었던 것도 내겐 불운이었습니다. 사실과 전혀 다르다고 대변해 주고, 초기에 강하고 단호하게 대처하라고 주변에서 도와주었더라면…… 아무튼 이때는 그래도 두 사람의 말만 믿고 일이 더 크게 번지지는 않을 거라고 안이하게 생각했습니다.

하지만 이철환은 집요했습니다. 《선진일보》도요. 허위란 걸 누구보다 잘 알고 있기에 적당히 하다가 멈추면 역공당한다고 판단했는지도 모르겠습니다. 그들은 끈질기게 문제를 제기하며 기사를 다루었습니다. 비록 소수일지라도 어떤 목적을 가진 자의 집요한 악의가 얼마나 파멸적인 결과를 낳는지 그때 난 똑똑히 경험했습니다. 제게는 가혹하기만 했던 또 하나의 우연도 작용했습니다. 하필 그 몇 달 전 수도권 법원의 어느 정신 나간 판사가 사채업자로부터 뇌물을 받아 구속된 일이 있었습니다. 그래서 여론이 예민해져 눈에 불을 켜고 감시하던 중이었거든요. 처음에는 허황되어 보이던 제 의혹이 집요하게 보도되면서 '판사의 또 다른 수뢰 사건이?' 하는 시선을 받고 만 거죠. 마침내 다른 신문에서도 기사를 쓰기 시작했습니다. 불씨가 최초로 생기는 게 어렵지, 한 번 불이 붙으면 퍼져 나가는 건 시간문제입니다. 여론은 나날이 퍼졌고, 기울어 갔습니다. 철저히 수사해 의혹을 밝히라는 논조에서 출발했지만 어느새 내가 김광련으로부터 사건 청탁을 받고 현찰을 받은 게 기정사실화되고 있었습니다. 악랄한 소문이 햇볕 아래 석회처럼 사실로 착착 굳어 가는 과정을 난 똑똑히 보았습니다. 주변의 모두가 등을 돌렸습니다. 내 결백을 믿지 않아서가 아니라, 누군가 나를 옹호하다가는 그 이유만으로 같이 공멸하는 임계점에 도달해 있었거든요. 결국 수사기관도 움직일 수밖에 없었습니다. 그리고 여론이 원하는 대로의 결론을 내야 했습니다. 나는 검찰에 피의자로 출석해서 반나절 동안 진술해야 했습니다. 사실 무근이라며 열심히 강변했지만 이미 결론을 정해 놓은 수사라는 느낌을 지울 수 없었습니다. 뇌물 사건이란 게 그렇습니다. 대개 은밀히 이루어지기 때문에 확고한 증거가 없고, 그 대신 증뢰자의 진술이 구체적이고 신빙성이 높으면 인정되는 경우가 많습니다. 나중에 안 사실이지만, 이철환은 김광련을 만나 진술을 지도하고, 금융 자료까지 만들도록 배후에서 교사한 모양이더군요. 또 뇌물을 건넨 직후 재판이 피고에게 불리하게 진행되었다는 상대방 변호사의 진술까지 조작해 냈습니다. 결국 검찰은 나에 대해 구속영장을 청구했습니다.

허탈했습니다. 필적이 비슷하다는 이유만으로 간첩으로 간주되어 종신형을 받은 드레퓌스나, 가짜 왕비를 동원해 다이아 목걸이 사기극을 벌인 라 모트 백작부인 때문에 누명을 쓰고 전 국민의 공적이 돼 버린 마리 앙투아네트가 떠올랐습니다. 그런 역사상의 인물뿐 아니라, 내연녀의 진술만으로 살인죄로 재판을 받아 형장의 이슬로 사라진 오휘웅이라는 사형수 이야기도 생각났습니다. 이런 억울하기 그지없는 사람도 있었는데, 하며 내 마음을 달래는 것이었지요.

아내는 부끄러워 살 수 없다고, 이혼하자는 말을 남기고 아이들을 데리고 친정으로 가버렸습니다. 내가 누명을 썼단 걸 분명히 알면서도 그러더군요. 법원은 구속여부심사를 위한 구인영장을 발부했습니다. 영장심사일에 출석하라는 명령서를 발부한 겁니다. 영장심사는 요식 절차일 게 분명했습니다. 여론을 의식한 법원은 필시 형식적인 심사 과정을 거쳐 나에 대한 구속영장을 발부하고 말 것이었습니다. 내 사무실로 형사의 전화가 걸려 왔습니다. 사흘 후 오전 10시에 영장실질심사가 열리니 법원으로 출석하라는 통보였습니다. 난 눈을 질끈 감았습니다. 내 인생의 종막이었습니다.

꼬박 하루를 송장처럼 누워 있다가 겨우 일어나 가벼운 짐을 챙겼습니다. 고향 전주에 계신 부모님을 찾아뵙고 비장한 심정으로 인사를 드렸습니다. 부모님이 아직 살아 계신 건 천만다행이지만 더 다행이었던 건 뉴스에 나오는 ㄱ판사가 나라는 사실을 모르고 계시다는 거였습니다. 큰절을 올리고 떠나려니 눈물이 앞을 가렸습니다. 30년 전 눈앞에 펼쳐질 큰 세상을 꿈꾸며 부푼 희망을 안고 서울행 기차에 올랐던 19세의 정영한이, 이런 어처구니없는 끝을 맞이하게 될 거라고 누가 알았겠습니까. 처연한 심정으로 전주역 플랫폼에 발을 딛고 서울행 기차를 탔습니다. 바로 이 기차를요.

온갖 생각이 들더군요. 이철환, 김광련에 대한 증오가 불타오르는 한편, 이렇게 될 거였으면 판사 따위 되지 말았어야 했다고 한탄했습니다. 그러다 문득 20년 전 채희의 일이 생각났습니다. 그날 밤 모질게 채희를 버린 벌을 받는 게 아닐까, 하는 생각이 들었습니다. 그때 채희를 저버리지 않고 그녀와 결혼했더라면 인간사의 미묘한 인과는 바뀌었을 것이고, 지금의 이런 일은 일어나지 않았을 텐데. 지금 이 억울하고 분통 터지는 일은 그때의 내 잘못이 가져온 응보인지도 몰라. 그런 회한이 들었습니다. 그건 겹쳐진 내 의식 중 원래의 나 쪽만의 생각이 아니었습니다. 두 의식이 같이 탄식했습니다. 그 안타까움은 새로 생겨난 내 의식 쪽에서도 생생했습니다. 내 의식으로는 두 번째 겪는 일이지만 조금도 무뎌지기는커녕 그 분노와 안타까움은 한층 커져 있었습니다.

휴우.
민경은 한숨을 내쉬었다.
"억울하셨겠네요……"
사내는 쓰디쓴 웃음을 지었다.
"판사로서 그런 반성도 들었습니다. 그동안 내가 재판한 사람 중에 지금의 나처럼 정말 억울한 사람이 없었을까, 돌이켜보게 되었습니다. 머리로가 아니라 가슴으로요. 재판을 받던 많은 이들이 억울하다며 분통을 터뜨렸지만 문서상의 근거가 없으면 두 번 돌아보지 않았지요. 인간의 일을 서류로 심사해 법에 따라 오차 없이 일해 왔고, 그걸로 됐다고 자부하고 있었습니다. 나에게 중요한 건 사람의 육성이 아니라 문서에 기재된 냉정한 문구뿐이었어요. 그렇게 어리석던 한 판관이 정작 자신이 당사자가 되어 법으로 단칼에 재단할 수 없는 억울한 일을 겪고서야 비로소 인간의 진실한 고뇌에 눈을 뜬 거지요. 이제는 정말 재판을 한다면 원통한 일이 없도록, 법률 밖의 인간사를 잘 살피어 좋은 재판을 할 수 있을 것 같은데…… 하지만 그 기회는 없었죠. 재판은커녕 감옥이 기다리고 있었으니까요."

민경은 딱히 뭐라고 대답할 말이 없었다. 자신의 마음도 같이 우울해졌던 것이다.

"그 후엔 어떻게 되신 거예요?"

그저 다음 이야기를 재촉할 뿐이었다.

"내 이야기가 거의 막바지에 이르렀군요. 그때 내가 기차를 탄 후부터 아가씨와 여기서 대화를 나누는 이 순간까지 아가씨 입장에서는 차 한 잔 마실 정도의 시간차밖에 없다고 할 수 있으니까요. 비록 저한테는 영겁에 가까운 시간이었지만……."

기차를 탄 내 마음은 납덩이를 매단 것처럼 무거웠습니다. 스마트폰으로 기사 몇 개를 검색해 보다가 이내 접고, 차창 밖을 지나치는 풍경을 멍하니 바라보며 하염없이 앉아 있었죠. 구속영장이 발부되고 곧 구치소에 처박히겠지. 과연 그 분통함을 안고 내가 견딜 수 있을까. 이런저런 생각들도 했습니다. 그런데, 그런 생각을 했던 건 원래의 정영한이 얘기고, 나의 의식은 다른 문제에 골몰해 있었습니다. 이제 곧 화남 터널을 통과하게 된다는 걸 강하게 의식했으니까요. 지금 정영한의 인생 기준으로 30년 전 그 터널을 통과하면서 19세의 정영한으로 돌아가 인생을 반복했는데. 과연 이번에 터널을 통과하면 어떻게 될까? 이대로 정영한의 인생이 이어져 누명을 쓴 채 구속되는 걸까, 아니면 30년 전처럼 또다시 과거로 돌아가 같은 인생이 반복되는 것일까. 둘 다 끔찍했습니다. 48세의 정영한으로서 이 한겨울 차가운 구치소 벽 안에 갇히는 것도, 19세의 정영한 안으로 들어가 인생을 세 번째 반복한다는 것도. 그 두 갈래 길 중에서라면, 그래도 내 의식은 원래의 정영한으로 진행돼 구치소에 갇히는 쪽을 간절히 원했습니다. 이 인생을 세 번이나 반복하다니요. 그것도 조금도 움직일 수 없고 선택을 달리할 수도 없는 인생을. 더구나, 세 번이 반복된다면, 그 후로도 네 번, 다섯 번 계속 반복될 수 있는 거 아니겠습니까? 두 갈림길 외에 제3의 새로운 인생이 펼쳐질 거라는 기대는 거의 들지 않았습니다…… 어쩌면 내 의식 쪽이 원래의 정영한보다 더 우울했을 겁니다.

그러던 중에 창틀 근처에서 꿈틀거리는 풍뎅이를 발견했습니다. 앞서 풍뎅이를 만난 이야기를 했지요. 예전 같으면 손으로 쳐내 버렸을 텐데, 내가 이루 말할 수 없이 비참한 심정이다 보니 무기력한 풍뎅이한테 마음이 갔습니다. 도달할 수 없는 유리창 너머 세상을 향해 다리를 하염없이 꼼지락거리는 모습이 꼭 나 같았습니다. 그 풍뎅이를 조용히 손에 감싸 쥐었습니다. 기차가 막 화남 터널로 들어갈 무렵이었습니다. 화남 터널은, 곧 만나게 되시겠지만, 20초도 못 돼 지나가 버리는 짧은 터널이죠. 잠시 후 기차 안은 갑자기 정전이 되었습니다. 승객들이 놀라 움찔하는 기척이 들렸지만, 그뿐이었죠. 몇 초 후 기차 안은 다시 밝아졌고, 곧 터널 밖으로 나왔습니다. 어땠을까요?

난 절망했습니다. 기차 안은 30년 전으로 돌아가 있었습니다. 승객들은 큰 소리로 떠들었고, 담배연기가 자욱했으며, 차창에 비친 나는 19세의 어리벙벙한 정영한이었어요. 내 인생은 세 번째 반복을 시작했던 것입니다! 내 의식은 비명을 질렀습니다. 아니, 지르고 싶었지만 결국 지를 수 없었죠. 비명을 질러야 할 정영한의 몸은 19세의 정영한 것이었고, 영한이는 다가올 대학생활에 대한 꿈으로 부풀어 있었으니까요. 내 의식의 절망과 관계없이, 사건은 예정대로, 시간 순서대로 한 치의 착오도 없이 그야말로 사정없이 진행되었습니다. 잠시 후 기차는 수원역에 정차했고, 또다시 형사들이 올라타 검문을 시작했습니다. 영한이는 서울에 내려 지하철을 잘못 탔고, 허리가 휠 만큼의 짐을 들고 매서운 겨울바람 속을 걸었습니다. 그날 밤 공용 샤워실에서 훌쩍이던 것도 마찬가지였습니다. 조금의 오차도 없었습니다. 내 의식은 내내 참혹한 절망에 휩싸여 진실로 미칠 것 같았습니다. 차라리 48세의 정영한으로서 감옥에 가는 게 나았을 텐데…….

극도의 혼란과 광란의 시간이 흐른 후, 옴짝달싹할 수 없는 현실을 받아들여 자포자기한 내 의식은 지쳐 늘어졌습니다. 그리고 약간의 평온이 찾아오더군요. 말이 쉽게 평온이라고 하지만, 그게 얼마나 크나큰 고통과 포기 끝에 찾아온 건지 아가씬 100만 분의 1도 실감하시지 못할 겁니다. 어쨌든 차분해진 내 의식은 대학 생활에 들뜬 영한이의 의식과 별도로, 아마도 영한이 뇌의 어느 한구석에 떠서 조용히 고민하기 시작했습니다.

얼개를 알 수 없는 어떤 신비한 작용에 따라 난 과거로 돌아가게 된 것 같습니다. 그건 분명해 보였습니다. 그런데 현재의 나 그대로가 아니라 현재의 나의 의식만이 과거로 돌아갔습니다. 그리고 과거의 나 안에 존재하게 되었죠. 어쩌면 이게 진정한 과거로의 회귀인지도 모르지요. 과거로 시간여행을 한다면 자기 자신을 만나야 하는데, 그렇게 되면 '나'라는 1인칭 존재가 두 사람 존재한다는 모순이 발생해 인과가 엉망이 될 테니까요. 시간여행이 가능한지 어떤지는 모르겠지만, 실제로 저는 과거로 돌아갔죠. 그렇다면 인과율과 모순율상 자기 자신은 둘이 되어서는 안 되는 거구나, 그래서 이렇게 의식만이 회귀해서 과거의 나와 만나게 되고, 그 의식은 과거의 나를 의식만 할 뿐 조금도 움직일 수는 없는 게 아닐까, 그런 생각이 들었습니다. 뭐 제가 이과 출신도 아니고 물리학엔 어설프니 그저 혼자만의 생각, 가설이라고 여겨 주십시오. 그 순간 내 몸은 어디로 가버리는지도 알 길이 없습니다. 하지만 의식이 빠진 몸만이 따로 현재에 남아 있지는 않을 것 같아요. 과거로도 가지 못하고 현재에 독자적으로 있지도 못하고…….
어딘가 모를 시공간의 틈으로 사라져 버리게 되지 않을까요?
문득 화남 터널을 통과하기 전, 스마트폰으로 무심히 읽었던 기사가 생각났습니다. 아까 얼핏 보니 아가씨도 그 기사를 보신 것 같았는데, 200년 만의 대 우주 쇼가 벌어진다고 하는 거 말이죠. 행성이 거대한 십자가 모양으로 연결되고, 그 아래 일직선상으로 정확히 이어지는 곳이 바로 한국의 어디쯤이라고요. 행정구역은 대충 지나치듯 읽었지만 경기도 수원 아래 어디쯤이었는데, 그러면 대략 화남 터널 부근이 됩니다. 만약, 그 위치가 화남 터널 바로 위였다면? 시간의 직선적인 흐름의 어느 한 점이 잘려 이상 변이가 생기고, 그 순간부터 과거로 회귀해 끝없이 순환한다고 가정했을 때, 우주 행성 연결의 순열조합이 벌이는 오묘한 에너지가 화남 터널에 집중해 시공간의 흐름을 잘라내 왜곡시켜 버린 게 아닐까. 화남 터널은 바로 그 시공간이 잘려진 선이 아닐까. 난 일직선상을 달리는 시간을 살 수밖에 없는 사람이지만, 우주의 에너지로 그 순간 직선적인 시간의 끈이 끊어지고 현재와 30년 동떨어진 과거의 한순간이 화남 터널이라는 같은 공간에서 연결되어 버렸다, 이런 건 아닐까요. 현재의 화남 터널이라는 이 시공간 좌표가 30년 전의 화남 터널이라는 좌표와 이어져 버렸다, 이런 거 말입니다. 마치 뫼비우스의 띠처럼요. 이 경우는 공간 속을 도는 뫼비우스의 띠가 아니라 화남 터널이라는 하나의 지점을 두고 시간 속을 순환하는 뫼비우스의 띠가 되겠지만요. 만약 내 가설이 맞는다면, 그 띠에 올라탄 사람은 나뿐일 겁니다. 이 기차 칸 승객 중에 30년 전 기차에 타서 화남 터널을 통과한 승객은 아마 나밖에 없었을 테니까요.

그렇다면, 절망적이었습니다. 창살 달린 감옥이라면 차라리 낫겠지만 영원불멸의 물리 법칙 속에 갇혀 버린 셈이니까요. 절대 도망치거나 벗어날 수 없는 힘. 혹시 이 터널이 무너진다면 시공간의 일그러짐이 해결될 수 있을지 모르죠. 물론 인류의 역사가 지속되다 보면 화남 터널도 언젠가는 무너지거나 폐쇄될 겁니다. 하지만, 적어도 내가 순환하는 시간의 흐름 속에선 화남 터널은 멀쩡했습니다. 희망이 없는 겁니다. 아득해졌습니다. 이대로 영원히 뫼비우스의 띠에 갇혀 떠돌아야 하나. 조금도 변하지 않는 30년의 보잘것없는 인생을 반복하면서?

영한의 시간은 계속 흘렀습니다. 조금은 억울한 생각도 들었습니다. 시간여행을 다룬 영화를 보면 항상 주인공들이 과거로 돌아가서 과거를 바꾸지 않습니까? 하지만 시간여행이란 실제로는 이런 거였다는 거죠. 과거로 갈 수는 있되, 조금도 세계에 영향을 미칠 수 없는 관념뿐인 존재가 되어 마치 이미 만들어진 영화를 관람하듯 오로지 외부의 사건을 인식할 뿐이란 겁니다. 영화 속 상상은 모두 엉터리였습니다.

난 절망을 뒤로하고 이 현상을 받아들이려, 내 의식에 적응하려 애썼습니다. 비록 30년 전 기억이지만 세 번이나 반복하니 이젠 생생하더군요. 그 반복된 30년은 내게 너무나 길었지만 생략하겠습니다.

예상대로, 내 생애는 30년 후 터널을 지나자 또다시 반복되었습니다. 터널을 통과하고, 또 터널을 통과하고…… 참 안 좋은 게 그거더군요. 생이 반복될수록 기쁨보단 회한과 증오가 더 크게 다가왔습니다. 기쁘고 설레는 경험은 여전히 좋았지만 왠지 둔감해졌고, 쓰라린 경험들은 반복될수록 몇 배나 더 쓰라리게 다가왔습니다. 다행히 첫 출발은 가슴 설레는 대학 프레시맨이었지만, 그게 힘들어도 좋았던 이유는 처음이자 한 번이기 때문이겠지요. 이미 반복해 버린 마음에 신선한 기쁨이 남아 있을 리 만무했습니다. 그래도 그 시기는 흐릿하게나마 미소를 지을 수 있었어요. 법률 공부에서 도망치고 싶어 몸부림쳤던 청춘은 짧았고 젊었으니 그렇다 치고, 판사가 된 후의 기나긴 세월은 얼마나 지긋지긋했는지. 하루 종일 책상에 앉아 서류를 뒤적였고, 사건을 통해 보이는 분노한 눈초리에 시달렸습니다. 내 의식이 큰 사이클을 그리며 인생을 복제한다면, 변화가 없는 판사의 생활은 작은 하루의 복제입니다. 오늘이 내일이고, 내일은 모레입니다. 주위에는 딱딱하고 근엄한 사람들뿐. 그러다 죽으면 뭐가 남길래……? 현실의 정영한은 점점 삶의 수분을 잃고 말라 가면서도 일상을 묵묵히 견딜 뿐이었지요. 하지만 나의 의식은 '아, 내가 정말 무미건조하게 살았구나.' 하고 갈수록 절감하게 되는 것이었습니다. 이렇게 생을 거듭할 줄 알았다면 좀 더 다이나믹하고 재밌게 살걸, 수십 번 생각을 곱씹었습니다.

하물며 최악은 이런 지루함이 아니었어요. 예정된 괴로움을 앞둔 때의 불안감은 정말 견디기 힘들었습니다. 현실의 나는 아무렇지 않게 오늘을 살고 있지만 의식 뒤편의 나는 결말을 알고 있기에 미칠 것 같았습니다. 가장 괴로운 일은 나쁜 일 자체가 아니라 그걸 기다리는 일이었어요. 그리고 그건 익숙해지기는커녕 더욱 나빠졌습니다. 30년간 내게 가장 가슴 아팠던 기억은 채희와 헤어지던 겨울날이었습니다. 그날을 맞이하는 건 항상 마음의 지옥이었습니다. 나라는 존재가 그렇게 부끄러울 수가 없었어요. 정말 죽기보다 싫었습니다. 죽을 수조차 없는 몸이긴 했지만요. 그날이 오기 전 채희와의 즐거운 시간, 그녀의 웃는 얼굴을 보는 것만으로도 마음이 아팠고 자책감에 시달렸습니다. 그리고 또 자꾸만 생각났습니다. 아기. 채희가 가졌던 내 아기. 채희는 아기를 낳았을까, 아니면…… 내 아기가 있을지 없을지조차 모르고 살았다는 회한……. 그런 괴로움이 갈수록 커져만 갔습니다.

증오의 기억은 물론 이철환과 김광련의 만남이었지요. 그 악연에는 갈수록 분노가 더해졌습니다. 증오는 첫해에 탄생해서 생을 반복할수록 크게 자라 거인이 되어 갔습니다. 사이키 조명 아래 개기름이 번져 있던 이철환의 얼굴, 소주 잔을 채우던 김광련의 야비한 웃음을 마주할 때면 치를 떨었습니다. 그 일이 있기 몇 달 전부터 숨이 턱턱 막힐 만큼 화가 치밀어 오르기도 했습니다. 물론 숨이 막힌다는 말은 하나의 표현입니다. 내 의식은 당연히 숨 따위 쉴 수 없었죠. 기억은 보존되었지만, 한 번 살았던 기억 외에 추가되는 기억이라고 해봤자 그때그때 받았던 느낌이나 생각의 변천밖에 없었습니다. 그것도 좋은 감정보다는 나쁜 감정이 압도적으로 높은, 증오의 기하급수적인 축적에 불과했지요. 오로지 더해지는 거라곤 외부의 사물에 대한 기억이 아니라, 내 의식에 대한 기억뿐. 과연 이걸 기억이라고 할 수 있을는지요. 난 간절히 소망했습니다. 새로운 기억을 만들고 싶다…….

끝없는 시간 속을 난 헤매었습니다. 제발 죽여 달라고, 이 의식을 꺼지게 해 달라고, 소망했습니다. 아니면 정영한이 살았던 인생 말고 다른 인생을 살게 해달라고 간절히 빌었습니다. 그리고 또 빌었습니다. 만약 이대로 계속 살더라도 최소한 후회를 갖지 않게 해달라고.

세 번, 네 번, 다섯 번, 열 번, 스무 번, 서른 번…… 끝없이 반복되는 인생, 그리고 조금도 바꿀 수 없는 선택. 사람이라면 누구나 영생을 원하지만 그게 이런 형태라면 다시 생각해 봐야 할 겁니다. 새로운 기억이 쌓이지 않는 생은 견딜 수 없었습니다. 내겐 영원과 같았습니다. 길고 또 길었습니다.

그런데, 그런데 말입니다.

정확히 108번째 반복되던 인생의 어느 날 한가운데였습니다. 기적이 찾아왔습니다. 발단은 아주 사소한 것이었습니다. 뇌물을 받았다는 누명을 쓴 48세의 겨울, 그러니까 바로 사흘 전입니다. 형사가 사무실로 전화해 영장실질심사에 참석하라는 전화를 하는 날이었습니다. 전화가 없었습니다. 영한이는 그 일이 없었다는 사실에 의문이 없었겠지만, 난 너무나 놀랐습니다. 107번이나 반복한 인생입니다. 107번 본 영화처럼 구석구석 하나도 틀림없이 기억하고 있었습니다. 분명 그 시간 그 장소에서 난 108번째 전화를 받아야 했습니다. 그런데 전화가 없었던 거죠. 내 의식은 경악했고, 또 멍했습니다.

영한이가 우울한 마음으로 퇴근하는데, 누가 다가왔습니다. 나보다 나이가 조금 더 많아 보이는 사람이었는데, 말을 걸더군요. "정영한 판사님이죠?" 하고요. "네."라고 대답하니 신분증을 설핏 보여 주고는 자신을 형사라고 밝혔습니다. 그 순간 문득 느꼈습니다. 그 형사가 아무래도 19세의 나를 수원역에서 검문했던 그 스포츠 머리의 형사와 닮은 것 같다고요. 그때보다 30살 더 나이는 먹었지만 108번이나 보았으니 얼굴을 똑똑히 기억하고 있었습니다. 그 형사는 당연히 날 알아보지 못했고, 단지 사흘 후 영장실질심사가 있으니 출석하라고 통보를 하는 것이었습니다. 전화로 하려다가 혹시 잘못 전달될까 봐 직접 만나서 이야기하려고 내 사무실로 왔다는 겁니다.

형사는 무심하게 떠나갔지만, 난 깜짝 놀랐고, 두근두근했습니다. 만일 내게 반응을 표출할 수 있는 심장이 있었다면 터져 나갔을지도 모릅니다. 무언가 바뀌었다! 인과가 달라졌다! 그렇습니다. 108번째 인생의 끄트머리에서 사건의 전개가 비록 조금이지만 달라졌던 것입니다. 그 순간이었습니다. 바람에 구름이 걷히듯 의식이 갑자기 맑게 개는 느낌을 받았습니다. 반투명 비닐에 싸여 있다가 그게 걷힌 기분이랄까요? 말로 설명하긴 어려운데, 영한의 의식이 내 의식 속으로 통합되는 것 같은 느낌을 받았습니다. 어쩌면, 영한의 의식이 소멸하고, 내 의식만이 남았는지도 모르겠습니다. 늘 의식하던 영한의 의식이 감지되지 않았고, 영한의 눈과 코, 귀, 촉각을 통해 전해지는 감각이 내 것이 되었습니다. 예. 맞습니다. 내가 돌아온 것이었습니다. 난 시간의 뫼비우스에서, 인과율의 영원한 순환에서 해방된 것이었습니다!

난 그 자리에 멍하니 서서 주위를 두리번거렸습니다. 분명히 내 눈으로 직접 세상을 보고 있었습니다. 입술을 열어 "춥다."라고 말해 보았습니다. 말이 되어 나왔습니다. 차가운 공기가 코끝을 스쳤고, 추위가 피부에 닿아 생생했습니다. 난 걸어 보았고, 잘 걸어졌습니다. 난 바삐 걸었습니다. 마구잡이로요. 그 기쁨을 어떻게 말로 표현할까요. 무기수가 특사를 받아 해방되었다고 해도 그보다 기쁠까요. 마구 날뛰고 싶었지만, 참았습니다. 서둘러 그 자리를 떠났을 뿐입니다.

한강 변에 나가서 사람 없는 강둑에 홀로 앉아 생각에 잠겼습니다. 어떻게 시간의 순환에서 풀려났을까 하는 의문은 일단 뒷전이었습니다. 제일 먼저 생각한 건 아이러니컬하게도 죽음이었습니다. 자살 말이죠. 정말 지쳤거든요. 죽음보다 더한 고통이었습니다. 영원할 것만 같았던 시간. 너무나 고통스러웠던 탓에 그저 그토록 간절히 바랐던 죽음에 들어 편안해지고 싶었습니다. 자살의 유혹은 정말 강렬했습니다.

하지만 두 가지의 미련이 나를 괴롭혔어요.

원한과 회한.

이철환과 김광련에 대한 미움은 108번의 인생을 반복하는 동안 커질 대로 커져 지금 당장 목을 딴다 해도 하등의 주저함이 없을 정도였습니다. 그 일은 평생(아니, 평생은 이미 살았으니 표현을 바꿔야겠네요.) 내 의식에 있어 절대로 잊을 수 없는 모욕이자 증오의 기억이었습니다. 인생의 말미에 더러운 기억을 안겨 준 원수를 찾아 척살하고픈 마음이 가득 차올랐습니다. 살인 따위는 겁나지 않았습니다. 108번의 인생을 흘려보낸 나는 이미 세속의 도덕이나 법률 따위는 초월한 지 오래였습니다.

하지만 한편으로는 채희에 대한 애틋한 추억이 있었습니다. 그 애달픔, 후회, 자책……. 그 또한 악인들을 향한 미움 못지않게 커져 있었습니다. 어떻게든 채희를 만나 사과하고 싶었습니다. 그리고 묻고 싶었습니다. 우리의 아기에 대해…….

내게 남아 있는 시간은 사흘뿐이었습니다. 아니, 사흘째는 법원에 출석해야 하니 겨우 이틀이었죠. 복수를 하든 채희를 만나든 두 가지 일을 모두 할 수는 없었습니다. 하나를 선택해야 했습니다.

강물을 바라보며 오랜 시간 생각했습니다. 그 순간에도 사흘이라는 시간은 야금야금 줄어들고 있었으니, 언제까지나 생각만 하고 있을 순 없었습니다. 마침내 결심을 하고 일어섰습니다. 애틋함은 은은하고 깊었지만 증오는 화르륵 타오르는 불길 같았습니다. 당장 나를 이끈 건 그 증오였습니다. 빨리 준비를 하고 그들에게 심판을 내려야 했습니다. 살인 말입니다. 사흘 안에 해치워야 했습니다. 사흘 후 열리는 영장심문기일에 출석하지 않으면 곧장 전국에 수배령이 떨어질 테고, 평생을 책상물림으로 살아온 내가 그 경계망을 뚫고 살인이라는 목적을 달성한다는 건 불가능할 터였습니다.

이철환과 김광련. 두 사람의 소재는 드러나 있었습니다. 이철환의 변호사 사무실 위치는 금세 알 수 있고, 김광련의 가게 또한 알고 있었으니까요. 그날 밤 대형 마트에 들러 날카로운 칼을 두 자루 사서 품에 안고 나왔습니다. 그리고 먼저의 타깃을 이철환으로 잡고, 그의 변호사 사무실 앞 모텔에 투숙했습니다. 다음 날 건물 안에 숨어 있다가 출근하는 그를 찌를 작정이었습니다…….

"하지만 왜 그 복수를 실행하지 않으셨나요?"

민경이 물었다.

"어떻게 아셨죠?"

"ㄱ판사 사건은 알고 있어요. 저도 뉴스는 보니까요. 하지만 관련자들 중 누군가가 살해당했다는 소식은 없었거든요."

사내는 고개를 끄덕였다.

"예, 맞습니다. 전 그들을 죽인다는 계획을 포기했습니다."

"설마 그새 분노가 식은……?"

"아뇨. 108번을 곱씹은 증오입니다. 그리 쉽게 식을 리는 없죠."

"그럼요?"

"이유가 있었어요……. 그건 내가 이 마약을 산 이유이기도 합니다."

마약을 산 이유? 민경을 고개를 갸웃했다.

모텔에 투숙한 나는 그제야 왜 이렇게 되었을까. 곰곰이 생각해 보게 되었습니다. 왜 반복되던 인생이 갑자기 멈추었을까, 하는 문제 말입니다. 세상에 영원한 것은 없다는 법칙은 이 시간의 뫼비우스에서도 예외가 아니었다, 단지 그런 이유일까요?

하필이면 그때 어떤 조그만 것이 내 눈에 들어왔습니다. 작지만 기묘한 우연이었죠. 내 멍한 시선은 모텔 방 한구석에서 꼼지락거리는 조그만 쥐며느리를 발견했던 겁니다. 쥐며느리가 뭐, 하시겠지만 그때 쥐며느리는 내게 무언가를 퍼뜩 떠올리게 했습니다.

바로 풍뎅이였어요. 내 이야기의 처음을 기억하십니까? 원래대로라면 사흘 후 기차를 탔을 때, 난 터널을 통과하기 직전 풍뎅이를 발견하게 됩니다. 그리고 그걸 손에 쥐고 있다가, 터널을 통과한 다음 형사의 검문을 받을 때 풍뎅이가 풀려나게 되죠.

그 풍뎅이를 생각했습니다. 생각을 이어가다가 어떤 결론을 내렸습니다.

난 칼을 모텔 휴지통에 버렸습니다.

채희를 찾아야겠다고 생각했습니다.

최후의 시간은 더 임박했습니다. 날이 밝고 나니 이틀이 남았을 뿐이었죠. 채희를 찾는 일은 이철환이나 김광련을 찾는 일보다 훨씬 어려웠습니다. 단서는 있었습니다. 첫 번째는 채희가 예전에 쓰던 삐삐 번호. 물론 첫 인생에서는 잊어버렸습니다만 인생을 반복하면서 난 또렷하게 기억하게 되었지요. 하지만 이 단서는 금세 포기해야 했습니다. 삐삐 사업자는 오래전 망해 버려 가입자 자료 따위는 어디에도 보관되어 있지 않았으니까요. 두 번째는 역시 인생을 반복하면서 기억하게 된 일인데, 채희한테는 송주혁이라는 남동생이 있었고, 그 남동생의 주민등록번호를 내가 빌려서 어떤 사이트 가입에 이용했던 일이 있었습니다. 채희와의 모든 기억이 소중해진 탓에, 그마저 기억 속에 넣어두고 있었던 거죠. 하필이면 채희 본인의 주민등록번호는 내가 들을 기회가 없었다는 게 좀 아쉽긴 하지만, 어떻게든 주혁이의 소재만 파악하면 채희의 소재도 알아낼 수 있을 게 분명했습니다. 아는 검사한테 주혁이의 주민번호를 알려 주고 현 주소를 좀 알아내 달라고 부탁해 볼까 싶었지만, 요즘은 검사라고 해도 그런 일을 해줄 수는 없는 일이고, 더구나 구속을 앞두고 있는 자의 부탁을 들어줄 리는 만무했습니다. 난 심부름센터를 찾아갔습니다. 급하다며 정해진 수수료보다 두 배로 지불하겠다 하니, 바로 그날 오전에 송주혁의 주민등록등본을 떼어다 주더군요.

막상 주혁이를 찾아가려니 망설임이 있었습니다. 채희도 이젠 40대가 되었을 거고, 나 따위 까맣게 잊고 결혼해 있을 가능성이 높은데…… 하지만 젊은 날의 내 비겁함을 꼭 사과하고 싶었습니다. 그리고 아기, 우리의 아기가 어떻게 되었는지 꼭 물어보고 싶었습니다. 약간의 망설임 끝에 난 결심했습니다.

그날 점심시간 무렵 찾아갔습니다. 누나 일 때문에 나를 원망하고 있지 않을까, 두렵기도 했습니다. 꾹 참고 연립 주택 현관 벨을 눌렀습니다. 주혁이는 집에 있었습니다. 나중에 알았지만 집에서 인터넷 쇼핑몰을 하고 있었더군요. 주혁이가 직접 문을 열고 나왔습니다. 마흔 언저리가 되었겠지만 난 금세 알아보았습니다. 주혁이는 잠깐 멈칫했지만 역시 나를 금방 알아보았습니다. 바로 "형님!" 하며 내 손을 반갑게, 또 따뜻하게 잡아 주었습니다. 주혁이를 만난 것만으로도 난 울컥했습니다. 더구나 이렇게 따뜻하게 맞아 주다니요. 누나의 일을 모르는 것일까요.

"누나는?"

몇 마디 인사말이 오간 후 내가 물었습니다. 일순 주혁이의 얼굴이 착잡해졌습니다. 불길한 예감이 들었습니다.

"왜…… 무슨 안 좋은 일 있었어?"

내가 한 번 더 다그치듯 묻자 주혁이는 시선을 아래로 피하며 대답했습니다.

"……죽었어요."

"뭐?"

"오래전에."

경악했습니다.

죽었다고, 채희가, 그것도 오래전에.

전 입이 벌어진 채 굳어 버렸고 아무런 말도 할 수가 없었죠.

"교통사고였어요. 트럭이 덮치는 바람에……."

주혁이가 말해 주는 사고 날짜를 속으로 헤아려 보았습니다. 나와 헤어진 직후였습니다.

"……누나 장례식에도 형님은 안 왔죠. 그땐 연락도 안 되었고. 형님이 야속해서 원망도 했지만, 누나의 뜻이 그렇지 않을 거란 생각에 마음을 다스렸어요. 누나가 좋아했는데 내가 무슨 자격으로 형님을 욕하나 싶었어요. 누난 생전에 단 한 번도 형님을 탓한 적이 없었죠. 늘 좋은 사람이라고만…….."

주혁이는 말을 잇지 못했습니다.

"혹시 아기……는?"

난 떨면서 물었습니다.

"알고 계셨군요. 형님 아기였죠……. 임신 5개월이었어요."

난 주혁이의 손을 잡은 채 그 자리에 무너지듯 주저앉았습니다. 그리고 엉엉 울었습니다. 통곡했습니다. 그 울음이 얼마나 오래 눌렀던 것인지, 얼마나 서러운 것인지 주혁이는 상상도 못 했겠지만요.

사내는 이야기를 잠시 멈추고 차창 밖을 두리번거렸다. 왠지 모를 초조함이 느껴지는 시선이었다. 턱을 들고 창틀 너머 먼 풍경을 한동안 주시하던 사내는 다시 민경에게 눈을 맞추고 입을 열었다.

"그날 저녁, 그러니까 어제 저녁 채희의 묘가 있는 남양주엘 갔더랬습니다. 꽃 한 송이와 채희가 좋아하던 소주 한 잔을 바쳤습니다. 노을에 산소가 곱게 물들어 있더군요. 속세의 인과를 뼈가 시릴 만큼 겪은 내 마음은 착잡하기 그지없었습니다. 미안해, 미안해, 미안해……. 한없이 되뇌었습니다. 그 예쁘고 사람을 잘 웃기고 귀엽던 채희가 무덤 속에 있다니, 차마 실감이 나지 않았습니다. 그날 밤 채희를 버리지 않았더라면 채희는 이렇게 죽어 있지 않았을 텐데. 채희의 인생도, 내 인생도 모두 달라졌을 텐데요."

사내는 잠깐 침묵했다.

"밤을 새워 전주에 내려갔습니다. 부모님 댁에서 하룻밤을 보내고 아침에 인사를 드렸어요. 마음 속 작별인사였죠. 그리고 미리 연락해 두었던 사람을 아침에 만났습니다."

"만날 사람이 있었어요? ……설마 이번에 살인을 결행하려고?"

사내는 고개를 저었다. 자신이 메고 있던 가방을 내려다보았다.

"이 마약을 사려고요."

"마약을 샀다고요? 오늘 아침에?"

민경은 곤혹스럽게 고개를 갸웃했다.

"그 얘길 하려면 풍뎅이 이야기를 다시 해야 할 것 같습니다."

"풍뎅이?"

"네."

그 모텔 방에서 벌레를 보고서 풍뎅이를 떠올렸을 때, 두 가지 사실이 같이 떠올랐습니다. 하나는, 내게 영장심사 날짜를 알려온 그 형사가 아무래도 19세의 나를 수원역에서 검문했던 형사와 동일인인 것 같다는 점입니다. 두 번째는, 훨씬 중요한 점인데, 생이 반복되는 첫 순간, 19세의 영한이는 풍뎅이를 알아보지 못했다는 사실입니다. 48세의 내가 기차 안에서 발견하고 손에 쥐고 있던 그 풍뎅이를 말입니다. 그건 다시 말하면, 나와 현재 같이 있던 그 풍뎅이가 과거로 같이 돌아갔다는 걸 말해 주는 겁니다. 그 사실에 어떤 계시가 있지 않나, 하는 생각이 들었습니다. 왜 내가 시간의 반복에서 풀려났는지, 하는 것도 포함해서요.

그 시각 화남 터널에 작용했던 우주적 에너지는 어떤 이유인지는 모르지만 내 손에 쥐고 있던 물건도 같이 과거로 보내 버렸던 것 같습니다. 그것이 풍뎅이였기 때문이 아니라 내 손에 쥐어져 있었기 때문이겠죠. 풍뎅이는 30년이나 살 수 없고 따라서 30년 전 과거에는 존재하지 않았을 테니 인과율이나 모순율에 저촉되는 것도 아니겠죠. 그래서 의식만이 회귀했던 나와는 달리 현실의 존재 자체가 과거로 이동되었는지 모르겠습니다. 아무튼 내가 그 법칙의 내밀한 작용 원리까지 알 수는 없겠죠. 그저 추측할 뿐입니다. 뉴턴 전의 인류가 사과가 떨어지는 걸 보고 그저 '아, 그렇구나.' 하듯이요. 풍뎅이 한 마리는 과거에 어떤 의미 있는 영향을 미치기에는 너무나 사소한 존재죠. 그래도 말입니다. 분명 과거는 극히 조금이나마 바뀌었을 것입니다. 북경에 있는 나비의 날갯짓이 뉴욕의 기상 변화를 일으킨다는 나비효과를 들먹이지 않더라도 그러한 원인과 조건의 미세한 변경이 결과의 큰 변혁을 낳을 수 있다는 건 사고 실험으로도 충분히 이해할 수 있습니다. 비록 조그만 풍뎅이지만 108번이나 과거로 옮겨 갔습니다. 변증법 이론에는 양질전환이라는 개념이 있죠. 물을 붓다 보면 어느 순간 넘치듯이 양이 점차 늘어가다 보면 어느 순간 질적으로 변화하는 지점이 있다는 건데, 그건 이 인과관계의 문제에서도 마찬가지였던 게 아닐까요? 풍뎅이의 존재가 과거에 출현함으로 인해 과거의 결과치가 조금씩 야금야금 다른 곳으로 옮겨지다가 어느 순간 완전히 질적으로 다른 결과를 낳게 되는 순간이 도

래한다, 그것이 내 108번째 생이었다고요. 하필이면 30년 전 나를 검문했던 그 형사가 영장실질심사 시간을 알려 주기 위해 왔던 그 형사가 맞는다면 더욱더 이 기묘한 인과의 축적과 변화를 설명하기 쉬워집니다. 풍뎅이를 108번이나 보고 가볍게 놀랐던 이 형사가, 그 뒤 어떤 복잡 미묘한 인과관계를 겪는지는 알 수 없지만 108번 만에 드디어 질적으로 바뀐 결과를 맞이했던 겁니다. 내게 전화를 하는 대신 직접 찾아오는 것으로요. 그 순간 무한궤도 위를 달리던 바퀴는 지금까지 그려 오던 똑같은 궤적에서 이탈했습니다. 그리고 적어도 '내 운명의 영역에서는' 깨져 버린 겁니다. 난 그렇게 이해했습니다. 그런 식의 설명밖에는 없다고 생각했습니다. 그렇지 않다면 그 끝없는 인과의 순환에서 내가 문득 풀려나는 일이 설명이 불가능하다고 생각했습니다.

그래서 난 복수를 그만두었습니다. 대신 마약을 샀습니다. 그리고 이 끔찍한 열차를 타기로 했습니다.

왜냐고요?

내가 영장심문기일에 출석하지 않고 다른 곳으로 도망쳐 봤자 체포는 시간문제일 터였습니다. 해외 출국 따위는 당연히 불가능하고요. 내일이면 난 영장심사를 거쳐 수뢰 혐의로 구속되는 걸 피할 수 없겠지요. 인생을 순환하는 것보단 차라리 그쪽이 낫다고 생각했었지만 막상 현실로 닥쳐오고 보니 암울했습니다. 아무리 생각해도 그건 내가 견딜 수 있는 운명이 아니었습니다. 내가 한 짓에 대한 대가라면 달게 받겠지만 겨우 그런 잡배들 때문에 오명을 뒤집어쓰고 교도소엘 간다니요.

그래서 이 열차를 다시 탄 겁니다. 단, 이 마약을 구해서요.

터널을 지나기 전, 난 이 마약을 꺼내 내 손에 쥘 겁니다. 그리고 잠시 후 터널을 통과하면 난 19세의 정영한으로 돌아가겠지요. 이 마약은 30년 전엔 존재하지 않았으니, 풍뎅이처럼 과거로 돌아갈 수 있을 거라고 믿습니다. 곧 형사들의 검문이 있을 테지요. 내 손바닥에서 풍뎅이를 발견했듯이, 이번에는 내 손 안에서 마약 봉지를 발견할 겁니다. 난 마약 소지로 체포될 거고. 내 운명은 완전히 달라지는 겁니다. 다른 인생을 살겠지요.

다음 생에서 난 이철환을 만나지 않게 될 겁니다. 김광련이 날 찾아오는 일도 없겠지요. 그렇다면 앞으로의 내 인생에 존재하지 않는 불행을 만회하기 위해, 만나지 않는 그자들을 단죄하기 위해 살인을 할 필요는 없는 거지요. 그래서 복수를 그만두었습니다. 물론, 채희도 만나지 못하겠지요. 그날 그 미용실에 우연히 놀러 온 귀엽고 발랄했던 채희를요……. 그 악당들과의 악연처럼, 채희도 없었던 인연이 되겠지만, 내 마음은 이상하게도 채희의 일만은 그렇게 치부하고 지울 수 없었습니다. 그래서 영장심사까지 남은 이틀간, 채희를 찾았습니다. 결국 차디찬 흙 속에 누운 채희와 재회하고 말았지만요…….

이제 어떤 인생이 기다리고 있을지. 분명한 건, 마약 소지로 체포당하게 되니 사법시험 공부는 할 수 없겠죠. 그 저주받을 법학 공부, 판사라는 직업에서 벗어나는 것만으로도 난 펄쩍 뛸 정도로 좋습니다. 비록 또 다른 정영한 안에서 사는 거지만, 이젠 그걸로 족합니다. 다른 인생을 산다면 모든 시간의 흐름은 달라질 것이고 그로부터 30년 후 경찰에 쫓기면서 이 기차를 타는 일도 없을 겁니다. 그러니 이 인과의 사슬에서, 시간의 뫼비우스에서 벗어날 겁니다. 그리고 더 그렇게 살다가 조용히 영면을 맞이하겠지요. 영한이는 뭘 하고, 누굴 만나게 될까요. 이왕이면 세상을 방랑하며 변화무쌍한 인생을 보냈으면 좋겠는데. 어쨌든 전 그 인생이 정말 기대됩니다. 사는 것처럼 살 수 있겠지요. 아니, 적어도 나를 사랑한 채희를 버렸고, 판사로서 평생을 박제되어 살다가, 악귀들을 만나 마지막을 망친 지난 108번의 생보다는 나을 거라고 믿습니다.

사내는 긴 이야기를 마쳤다. 차창에서 비쳐 들어오는 햇빛은 길게 누웠고, 말이 없어진 사내의 얼굴 위로 길쭉하게 늘어진 그림자를 만들었다가 금세 지우곤 했다. 곧 해가 질 모양이다. 민경은 사내를 물끄러미 보았다. 딱히 뭐라 할 수 없는 대답 대신이었다. 사내는 다시 입을 열었다.

"죄송합니다. ……외로워서였습니다. 곧 영구히 사라질 인생이지만 어떤 인간이 이렇게 바보같이 살았다는 걸 누군가에게 말하고 싶었습니다. 아무도 모른 채 나라는 존재가 이 세상에서 사라진다는 게 너무나 외로워서요. 그래서 모르는 분께라도 제 이야기를 들려 드리고 싶었습니다. 아가씨의 순수한 눈빛이 마음을 끌었는지도 모르겠군요. 실례했다면 부디 용서하십시오."

사내는 비로소 자신의 표정을 지었다. 쓸쓸했다.

민경은 왠지 사내의 마지막 시선을 차마 마주 보기 힘들어져 고개를 천천히 떨어뜨렸다.

단조로운 기차 바퀴의 리듬이 조금 바뀐 것 같았다.

곧 터널이었다.

사내는 가방에서 하얀 가루가 든 봉지를 꺼내 손에 꼭 거머쥐었다.

기차가 터널 안에 들어간 직후, 차 안은 캄캄해졌다. 완전한 암흑이었다. 길지는 않았다. 몇 초 후 불이 들어왔고, 곧 기차는 터널을 빠져나왔다. 민경의 옆자리는 비어 있었다. 중년의 사내가 앉아 있던 자리는 마치 처음부터 아무도 없었던 것처럼 휑뎅그렁했다. 그가 일어서는 기척이 전혀 없었으니 다른 칸으로 가거나 화장실에 간 건 분명 아니었다. 사내는 연기처럼 증발하고 말았다.

민경은 눈을 감았다.

그는 19세의 자신 안으로 다시 들어갔을까.

그의 바람대로 새로운 운명을 누리고 있을까.

민경은 부디 그렇게 되기를 빌었다.

네일리스트

이경민

일과 창작, 두 마리 토끼에게 쫓기며 사는 당근 같은 인생. 학생은 아니나 주로 학교에 서식하며 야금야금 글을 쓴다. 2014년 한성대화재와 조선 소방관들의 이야기를 다룬 역사 미스터리 소설 『멸화』를 출간했다. 2013년 한국 콘텐츠 진흥원 원작소설 창작과정 선정에 이어 2014년 칠곡 역사·문화 스토리텔링 공모전 대상 등 소정의 성과를 거두며 오늘도 두 마리 토끼를 피해 열심히 달아나는 앨리스처럼 살고 있다.

여자의 손은 종잇장 같았다.

이런 손을 다듬을 때면 평소보다 몇 배는 더 신경이 곤두서고
는 했다. 니퍼의 날을 세워 큐티클을 잘라내는 동안 숨을 쉬는 것
조차 불편했다. 개구리처럼 얇은 피부에는 파랗다 못해 보랏빛
을 띠는 핏줄이 선명하게 드러났다. 저 연약한 피부는 조금만 힘
을 주거나 각도가 어긋나도 금세 피를 철철 흘리게 될 것이 분명
했다. 게다가 니퍼는 어제 날을 갈아 놓아 다른 때보다 특별히 더
뾰족하고 날카로웠다. 내 왼손 약지에 반창고가 감겨 있는 것도
바로 그 이유 때문이었다. 슬쩍 닿았을 뿐인데 깊게 찔린 듯 피가
멈추지 않아 반창고에는 짙은 핏물이 배어났다.

"어떤 색을 발라 드릴까요?"

여자의 시선이 네일 컬러가 진열된 선반으로 향했다. 옅은 색

에서부터 진한 색, 네온컬러와 글리터까지 쭉 훑어 내린 여자의 시선은 가장 높은 첫 번째 선반에 머물렀다. 그곳에는 높은 채도를 지닌 색들이 모여 있었다.

"저거요. 왼쪽에서 두 번째, 파란색."

그녀의 긴 손톱 끝은 정확히 D사의 네일컬러인 '블루다이아몬드'를 가리키고 있었다. 짙은 네이비에 새파란 글리터가 빼곡히 들어 있는 매니큐어. 백열등 아래서 이리저리 비춰 볼 때마다 그 오묘한 빛에 홀릴 듯한 색이었다. 하지만 이런 색을 소화하기란 쉽지 않다. 아주 하얀 피부가 아니라면 여간해서는 감당하기 어려웠다. 처음에 그 색을 칠해 달라며 눈을 빛냈다가 자기 손에 나타난 결과물에 실망하는 여자들을 한두 번 본 게 아니었다. 하지만 실로 오랜만에 매니큐어는 제게 어울리는 주인을 찾은 듯했다. 희다 못해 푸른빛이 도는 저런 손을 위해 태어난 색이었다.

"손이 하얘서 잘 어울리겠어요."

네일리스트의 부가적인 서비스 중 하나는 수다였다. 오피스텔에 세를 얻어 네일숍을 연 후로, 무수히 다양한 직업과 환경을 가진 여자들이 다녀갔다. 자기 손을 잡고 있는 사람에게는 마음이 무장해제 되는 것인지, 손님들은 굳이 묻지 않은 말까지도 잘 토해 냈다. '이렇게 손 예쁘게 하고 가면 남자친구가 좋아하겠네'라는 립서비스에 얼마 전 이혼했다며 깔깔거리던 손님도 있었다. '이혼했으니 더 예뻐져야죠'라는 말도 덧붙였다. 그 뒤로는 이혼에 이르기까지의 과정과 위자료 얘기까지 와르르 쏟아내고, 반짝반짝 빛나는 손톱을 보며 신이 나서 오피스텔 문을 나섰다. 그 손님이 가고 난 뒤 타이레놀 두 알을 꺼내 급히 삼켰다. 때로는 아무

말 없이 시술만 받는 손님들이 그렇게 반가울 수 없었다. 예를 들면 지금 '블루다이아몬드'를 발라 주고 있는 손의 주인이 그랬다.

"……이 건물이죠? 카라 오피스텔 살인사건."

나는 손톱 위에 얹은 붓을 신중하게 놀렸다. 블루다이아몬드를 손톱 위에 제대로 발색해 내는 일은 꽤 까다로운 작업이었다. 잘못하면 펄이 뭉쳐 제대로 빛이 살지 않았다. 모든 매니큐어가 그렇지만 이 색은 특히 더 얇고 고르게 펴발라야 본연의 색을 살릴 수 있었다.

"704호였나, 여기가 6층이니까…… 바로 위층이네요? 언니는 안 무서워요?"

말을 하며 손을 움직이는 통에 붓이 슬쩍 빗나갔다. 이런 진한 색은 붓자국이 손톱에 남기가 쉽다. 붓을 도로 통에 넣은 뒤 아세톤을 묻힌 솜으로 반쯤 발리다 만 매니큐어를 닦아냈다.

"무섭죠. 밥줄 끊길까 봐."

툭 던진 대답에 여자는 웃음을 터뜨렸다. 그 덕에 또 한 번 붓이 어긋났다. 나는 검지와 엄지를 한껏 오므려 여자의 중지를 쥐어 잡았다. 무언의 짜증이었으나 늦은 밤의 손님은 말을 멈출 줄 몰랐다. 그녀는 붓을 쥔 채 고개를 숙인 내 귓가에 얼굴을 들이밀고 속삭였다.

"몸 파는 여자였다면서요?"

카라 오피스텔 주민들은 704호를 '그 집'이라고 불렀다. 엄연히 말하면 그곳은 집이 아니었다. '먹고 자는 등 일상생활을 영위하는 곳'이라는 전제하에서는 그랬다. 사실 그런 식으로 따지면

이 오피스텔에 '집'은 없었다. 네일숍에서부터 피부관리실과 마사지숍, 타투 시술업소, 타로 점과 사주풀이를 하는 가게까지. 심지어 무당집도 있었다. 벽에 덕지덕지 붙어 있는 전단지는 그 종류도 다양했고, 똑같이 생긴 철제 현관문 너머는 모두 삶의 현장이었다. 하지만 이 중 합법적으로 운영되는 곳은 별로 없었다. 특히, 704호가 그랬다.

704호에는 정기적으로 여러 명의 여자들이 드나들었고, 그보다 더 많은 수의 남자들이 그 집을 찾아들었다. 하지만 한 번에 여러 명이 그 집에 드나드는 법은 없었다. 대개 여자가 먼저 도착하고 10~20분 후에 남자가 나타났다. 그리고 두어 시간이 흐른 후에는 들어갈 때와는 반대로 남자가 먼저 오피스텔을 나섰다. 쓰레기를 버리러 가거나 잠시 외출을 할 때 우연히 본 바로는 그랬다. 'ㅁ'자 구조인 오피스텔은 내 네일숍이 있는 614호에서 나와 고개를 들면 자연스레 704호가 보였다. 아래쪽에서 올려다보면 그 집에 드나드는 사람들의 얼굴이 비교적 뚜렷하게 보였고, 때문에 의도치 않게 종종 그 집을 관찰하게 되었다. 704호에 들어가는 남자들은 하나같이 주변을 두리번거리면서도 아래쪽은 잘 쳐다보지 않았다.

그날도 어김없이 쓰레기를 버리러 가는 길이었다. 704호 주변에 경찰들이 오가는 모습이 보였다. 여기저기서 문을 열고 빼꼼히 고개를 내밀어 바깥을 살폈으나 누구 하나 밖으로 나오지는 않았다. 아마 일반 아파트나 빌라였다면 대놓고 구경하는 사람들로 북적거렸을 테지만, 이곳에는 숨어 있는 구경꾼들만 있었다. 옆집도 마찬가지였다. 타로카드점을 봐주는 613호 여자가 박쥐처럼 목만 쑥 내밀어 바깥을 살피다가 나와 눈이 마주치자 드디어 떠들 사람을 찾았다는 듯 카드 한 장을 흔들어 보였다.

"그 집이야. 어제 나한테 카드 좀 봐 달라더니, 이게 나왔단 말이지."

손에 들린 것은 '죽음' 카드였다. 타로 점 여자는 그조차 불길하다는 듯 카드 귀퉁이만 손끝으로 잡고 있었다.

"그래서 몸조심하라 일렀는데, 뭐 이번에 받을 손님이 날 죽이려나 보다고 깔깔거리더만. 지가 먼저 죽어 나갔네."

타로 점쟁이는 집으로 들어가며 손에 들고 있던 카드를 공중으로 날렸다. 죽음 카드는 공중에서 나선을 그리며 나풀나풀 날아 오피스텔의 중앙 정원 화단에 떨어졌다.

살해된 여자는 그 시각에 손님을 받을 준비를 하고 있었다. 욕정을 풀러 왔던 남자는 침실에 길게 드러누운 여자의 시체에 기겁을 하고 달아났지만 휴대폰을 떨어트리고 가는 바람에 참고인 조사를 받아야만 했다. 여자의 사인은 독극물 중독이었다.

공교롭게도 6층과 7층의 CCTV는 고장 난 상태였다. 꽤 오래전부터였지만 수리하지 않아 무용지물이었다. 경비원인 아저씨는 고작 몇 미터 앞에서 인사를 해도 모르고 지나치는 경우가 많았다. 주름에 내리덮인 눈은 거의 장식품이나 다름없었다. 경비실에 앉아서 CCTV 화면을 보는 게 아니라 그저 고개를 같은 각도로 고정할 뿐이라는 건 주민이라면 익히 다 아는 사실이었다.

"영업 중인데 실례가 많습니다."

형사는 신발을 벗으며 들어왔다. 흔히 상상해 오던 이미지와는 많이 달랐다. 머리는 단정했고 신발은 운동화가 아닌 가죽으로 된 옥스퍼드화였으며 입고 있는 셔츠와 면바지는 모두 고가의 신사복 브랜드였다. 무엇보다, 여자의 영역에 대해 잘 알고 있었다.

"사망한 민혜경 씨가 이 집 단골이라고 들었습니다. 몇 가지 질문 드릴 게 있는데, 아, 너무 긴장은 마시고요. 어디까지나 조사 차원입니다. 다른 집들도 다 돌고 있어요."

정말 별것 아니라는 듯한 말투였지만 그는 이 공간에 들어서던 순간부터 눈에 날을 세운 채 오피스텔 안을 살펴보고 있었다.

"사람들 많이 대하시죠? 네일 아티스트라는 직업은 으레 그렇던데."

'네일 아티스트'라는 말을 조금도 더듬거나 어색해하지 않고 말하는 남자를 본 게 언제였더라. 딱히 남편 말고는 생각나는 사람이 없었다.

"네일 아티스트는 네일에 아트를 하는 사람이라는 국한적인 뜻이고요, 정확히는 네일리스트라고 해요. 손톱의 건강을 지켜주는 사람이라는 뜻이죠."

니퍼를 닦아 자외선 소독기에 하나씩 집어넣으며 대답했다.

"하지만 모순된 말이긴 해요. 손톱에 바른 매니큐어를 지우려면 아세톤을 써야 하는데 아세톤은 손톱 표면을 부식시켜서 약하게 만들죠. 매니큐어도 오래 바르고 있으면 안 좋고요. 손톱은 자연 그대로 놔두는 게 가장 좋은 케어법이죠. 그러면 우리는 밥줄이 끊기겠지만."

"그러니까 결국 약하게 만들었다가 다시 건강하게 만들었다가 반복하는 직업이란 겁니까?"

질문을 던지는 형사의 표정은 태연했다. 그러나 속까지 그렇지는 않았다. 그냥 하는 말 같지만 모든 것이 예리했다.

"사람을 많이 대하죠? 이를테면 이런 직업 여성들도."

형사는 집요했다.

"네, 단골 고객이었어요."

아마 이 답을 유도해 내기 위한 질문이었을 것이다. 나는 선반에서 VIP 고객 차트를 꺼내 보여 주었다. 안에 기재된 사람은 총 15명으로, 일 년 이내에 100만 원 이상의 금액을 쓴 사람들이었다. 차트를 넘기던 손은 '민혜경'이라는 글자에서 멈췄다. 죽은 여자는 회원권을 끊어 손톱을 관리하던 사람이었다. 현재 남은 금액은 36만원이었지만 앞으로 쓸 일은 없겠지.

"연장, 풀컬러, 스톤?"

"시술 내용이에요. 손톱이 깨져서 팁을 붙여 길게 연장한 후에 컬러를 바르고 큐빅을 붙인 거죠."

"날짜가……."

"어제네요."

나는 붉은색 네임펜으로 큼지막하게 쓴 숫자를 검지로 짚었다.

"특별한 얘기를 하거나 그런 것은 없습니까? 별별 얘기들을 다 하잖아요, 이런 데선."

말은 툭 던져 놓고 또다시 예리한 눈빛으로 쳐다본다.

"그렇죠. 남자들이 몸 파는 여자들이랑 몸만 섞는 게 아니라 같이 마누라 욕도 하고, 첫사랑 얘기도 하고, 인생 사는 얘기도 하는 것처럼."

형사는 아무렇지 않다는 내 대답에 흥미롭다는 표정을 지었다.

"민혜경 씨가 얘기해 주던가요?"

"그냥, 손님들 얘기요. 어제는 상대하기 어려운 손님이 왔다, 요새 들어 지명 건수가 줄어들어 수입이 시원찮다, 친구가 곧 이 생활 청산하고 남자 친구랑 결혼한다더라, 뭐 이런 것들요."

형사는 다시 여자가 자주 하는 이야기나, 남자에 대한 언급은 없었느냐며 넌지시 물어왔다. 꼬치꼬치 캐묻지 않으면서도 필요한 정보는 모두 얻어 갈 속셈이었다.

"다른 손님들도 와서 그만큼은 이야기해요. 그런 걸 하나하나 다 기억하다가는 내가 먼저 미쳐 죽을걸요. 적당히 듣고 적당히 흘려라, 이 업계의 미덕이죠."

너무 방어적으로 답한 것일까. 형사는 턱을 몇 번 쓸더니 나를 뚫어져라 쳐다봤다. 하지만 그렇게 쳐다본들 더 해줄 이야기는 없었다.

"색깔이 정말 많네요. 민혜경 씨가 발랐던 것도 있나요?"

형사는 다시 화제를 돌렸다. 그는 매니큐어가 진열된 선반으로 성큼성큼 걸어가 유심히 살펴보았다.

"이거예요."

나는 선반 제일 위쪽에서 매니큐어 병 하나를 꺼냈다.

"예쁘죠? 블루다이아몬드라고 해요."

"이름 참 호화스럽네요."

'겨우 이까짓 게?'라는 말은 일부러 자른 듯했다.

"여자들 마음을 사로잡아야 하니까요. 남자들은 그런 이름 잘 못 외우겠지만."

숍 안을 하나하나 긁어내듯 살피던 형사의 시선이 벽에 걸린 액자에서 멈췄다. 늘씬한 금발의 백인 미녀가 상반신을 노출한 채 관능적으로 펼친 손가락만으로 가슴을 아슬아슬하게 가리고 있었다. 손톱에 칠한 블루다이아몬드는 모델의 눈빛만큼이나 아찔했다.

"아름답죠?"

입을 다문 채 멍하니 포스터를 보던 형사는 내 질문에 정신이 돌아온 듯 헛기침을 했다. 처음 이 컬러가 나왔을 때 오묘한 색깔만큼이나 화제가 됐던 것이 바로 이 포스터였다. 당시 무명이었던 모델은 이 포스터 하나로 정상의 자리에 올랐다.

"블루다이아몬드는 저주의 다이아몬드라고 불리기도 해요. '호프 다이아몬드' 일화가 유명하죠. 그 보석을 가진 사람마다 의문의 죽음을 맞이했거든요. 그 보석을 거쳐 간 사람 중 가장 유명한이는 마리 앙투아네트예요. 단두대에서 목이 날아간."

나는 손으로 목을 뚝 자르는 시늉을 해보였다.

"그러니까, 가지고 있으면 죽는다, 아름답지만 독이 있다, 뭐 그런 의미로군요. 결과적으로 그렇게 되었고……. 거참, 오싹한데."

나는 병을 백열등 아래로 가져가 이리저리 돌려 보여 주었다. 빼곡한 글리터가 마치 진짜 다이아몬드처럼 불을 뿜었다.

"오싹한 이야기 하나 더 해드릴까요?"

손님이 아닌 사람과 말을 섞는 것은 오랜만이었다. 어느 순간부터 나는 내가 하는 말에 형사가 보이는 반응이 재미있어지기 시작했다.

"저 모델은 자살했어요. 청산가리를 먹었다나……. 그때 블루다이아몬드의 저주라면서 떠들어 대고 난리도 아니었어요. 외국모델이라 우리나라에선 그다지 큰 이슈가 되지는 않았지만."

나는 빈자리에 도로 블루다이아몬드를 내려놓았다.

"그런데, 무슨 색을 발랐는지도 다 기억을 하십니까? 손님들이 많다면서."

"이건 워낙 특이해서요. 찾는 사람은 많지만 어울리는 사람은 많지 않죠. 처음에는 이 파란빛에 홀려 집어들었다가 도로 내려 놔야만 하는데, 혜경 씨 같은 경우엔 잘 어울려서 종종 바르곤 했어요. 저도 특별히 좋아하는 색이기도 하고요. 그러니 잘 어울리는 손을 가진 손님을 만나면 반가울 수밖에."

형사는 별다른 표정 변화 없이 고개를 끄덕였다.

"이거 참, 재미있는 얘길 많이 듣네요."

그는 잠시 뜸을 들였다. 그리고 이 오피스텔에 들어서던 순간 부터 던지고 싶었을 본론을 꺼내들었다.

"경비원이 그러더군요. 민혜경 씨가 죽기 전날 밤에, 614호에 사는 여자가 밤중에 갑자기 집에서 뛰어나와 7층으로 올라갔다고."

형사의 어조는 담담했다.

"그것이 704호에 갔다는 증거가 되나요? 게다가 우리 오피스텔 경비원은 시력이……."

"나쁘죠. 하지만 이곳에서 오래 일하면서 오피스텔의 구조나 어디에 누가 살고 있는지에 대해서는 귀신같이 잘 기억하더란 말입니다. 그날 밤 614호의 문이 열리고 안에서 누가 나오는 걸 봤다고. 그리고 저는 704호에 갔었다는 말은 안 했습니다."

짧은 침묵이 스쳐 지나간 뒤 형사는 조사차 재방문할 수 있으니 협조 바란다는 의례적인 말을 하며 현관으로 갔다.

"형사님."

나는 등을 보인 채 신발을 신고 있는 그를 불러 세웠다.

"혜경 씨가 독극물 중독으로 죽었다고 들었는데, 무슨 독인지 말씀해 주실 수 있나요?"

"아직 성분 분석 중이긴 한데, 증상으로 봐서는 시안화칼륨이 확실합니다."

형사는 내 눈을 빤히 쳐다보았다. 조금의 떨림이나 깜빡임도 없이, 얼굴의 근육과 미세한 경련까지도 다 잡아낼 것처럼.

"시안화칼륨?"

"아, 그렇게 말하면 모르시겠구나. 청산가리요, 청산가리."

허허, 그는 사람 좋은 웃음을 머금었다. 나는 내친 김에 질문을 더 던졌다.

"범인은요?"

"남자관계를 파다 보면 나올 겁니다."

이런 것쯤 뻔하다는 말투였다. 직업여성이 자신이 일하는 업소에서 살해당하는 일은 비일비재하게 일어나는 살인사건 중 하나일 뿐이었다.

"혜경 씨를 제일 먼저 발견했다는 남자는요? 그냥 손님? 아님 애인?"

"본인은 애인이랍디다."

그가 나가고 다시 문이 닫히고 나자 오피스텔에 나직한 침묵이 찾아들었다. 이 오피스텔의 단점 중 하나는 외부로 난 창이 없어서 채광이 좋지 않다는 것이다. 모든 창문들은 하나같이 중앙 정원을 향해 나 있었다. 때문에 시계를 보지 않고서는 시간의 흐름을 느끼기가 어려웠다. 나는 이곳에 시계를 들여놓지 않았다.

휴대폰에도, 노트북에도 시계 기능이 있기에 굳이 장만해야 할 필요성을 느끼지 못했다. 하지만 노트북은 오늘 켜지 않았고, 아까 밥을 달라고 칭얼거리던 휴대폰도 지금은 완전히 꺼져 있었다. 내가 시간을 알 수 있는 도구는 어디에도 없었다. 다만 지금이 오후 5시쯤 되었으리라는 짐작은 가능했다. 그림자의 길이로, 주변을 감도는 공기의 무게로 느껴지는 어떤 기운 같은 것에 적응이 되면서 저절로 알게 되었다.

그녀가 어제 내 숍을 찾은 것도 이 시간대였다.

그녀의 왼손 엄지손톱은 너덜너덜했다. 치아로 잘근잘근 뭉개놓은 손톱의 끝이 위태롭게 갈라져 있었다. 심지어 물어뜯은 그 손톱도 팁으로 연장한 가짜 손톱이었다. 손톱에서 팁을 분리해 내자 손가락의 반을 겨우 가린 진짜 손톱이 보였다. 그 끝은 가짜 손톱과 마찬가지로 너덜너덜했다.

"하도 물어뜯어서인지 이제는 잘 자라지도 않아요. 징그럽죠?"

그녀는 자신의 치부를 들키기라도 한 양 조심스레 말했다.

"가짜 손톱이라도 붙여놓으면 덜할 줄 알았는데 웬걸요. 똑같이 물어뜯고 있는 걸 보니 내가 미쳤나 싶은 게……."

여자가 내 숍에 오기 시작한 지 3개월 동안 찢겨진 엄지손톱을 본 건 이번이 처음은 아니었다. 하지만 볼 때마다 놀라고는 했다. 네일리스트를 하는 동안 무수히 많은 손과 손톱을 봐 왔지만 저토록 심하게 물어뜯은 경우는 흔치 않았다. 흡사 피라냐에게 물렸다가 놓여난 손톱 같았다.

나는 반밖에 남지 않은 손톱에 영양제를 발라 주고 팁을 붙여 단단히 고정시켰다.

"그럼 이번엔 큐빅을 붙여 줄게요. 반짝이는 거라도 붙어 있으면 좀 덜 하지 않을까? 서비스로 해줄게요."

"어머, 언니, 안 그래도 되는데."

일 년에 몇백 만원씩 들여 손톱을 갈고 다듬는 여자라도 서비스라는 말에 표정이 금세 밝아졌다. 플라스틱 통을 열어 큐빅 몇 개를 꺼내 엄지손톱에 올려 주자 입가에 웃음이 걸렸다. 마치 처음 봉숭아물을 들여 본 여자애 같았다. 무지갯빛 광택이 도는 흰색 스톤을 가장자리에 붙이는 것으로 모든 작업을 마무리했다.

"예쁘다."

여자는 황홀한 눈으로 자신의 손톱을 바라보았다. 길고 단단한 가짜 손톱 아래에 볼품없이 찢겨진 진짜 손톱이 숨겨져 있는 건 그 누구도 알 수 없으리라.

"일부러 손톱 끝에 가깝게 붙였어요. 물어뜯지 말라고."

그녀는 다시 웃으며 고개를 끄덕였다. 눈은 여전히 손에 고정되어 있었다.

"다음번엔 다른 색도 좀 발라 봐요. 안 지겨워요?"

혜경의 손에는 블루다이아몬드가 빛나고 있었다. 마치 손끝에 조명이라도 달아 놓은 것 같았다.

"우리 오빠가 좋아해서요. 나도 그렇고."

혜경은 '우리 오빠'라는 단어에 담뿍 애정을 담아 말했다. 그때 옆에 놓아둔 휴대폰에 메시지 창이 떴다. '지금 뭐해?' 짤막한 메시지 옆에는 프로필 사진으로 쓰는 하트모양 섬이 함께 떠 있었다. 그녀는 "잠시만요" 하더니 휴대폰 카메라로 손톱을 찍어 메시지를 보냈다.

"보통 남자들은 그렇게 진한 색 안 좋아하던데. 누드톤이나 핑크, 파스텔 계열 외에는 마녀 손톱 같다고 싫어하는 경우도 많고."

"나한테 이 색이 그렇게 잘 어울릴 수가 없대요. 이런 특이한 색이 잘 받는 여자가 진짜 미인이라나."

혜경은 행복한 얼굴을 하고 있었다. 눈은 사랑받는 여자 특유의 기쁨으로 반짝였다.

"그리고 손님들도 좋아해요. 돼지 족발 같은 마누라 손에는 아무리 발라도 어울리지 않을 색이라면서."

"집에서 살림하는 여자들에겐 버거운 색이긴 해요. 마누라 얘기 하는 손님이 많나 봐요?"

매니큐어 붓을 쥔 손이 가볍게 떨렸다.

"웬걸, 그짓은 안 하고 줄곧 떠들기만 하다가 가는 인간들이 얼마나 많은데. 내 손 붙들고서 하소연만 죽어라 늘어놓다가 가요. 심지어 이야기 들어 줘서 고맙다며 팁도 더 주고. 나야 좋지, 뭐."

혜경의 목소리는 어린아이처럼 천진한 구석이 있었다. 때로는 그 나이 또래의 평범하고도 평범한 여자들 같았다. 트라이앵글처럼 귀에서 영롱하게 울리는 목소리에 하루 종일 손과 발을 붙들고 씨름했던 하루의 피로가 녹아내린 적도 있다. 아마 그녀를 거쳐 간 그 많은 남자들의 기분이 이런 것이 아니었을까. 그녀는 아마 '듣고만' 있지는 않았을 것이다. 나에게 하듯이 더 많은 수다를 떨고, 고개를 끄덕여 주며 공감해 주었을 테지.

내가 못 하는 것.

남편은 나와 이야기하기를 원했다. 하지만 하루 종일 수다에 시달린 나는 집에 들어가면 그에 대한 보상 심리 탓인지 단 한

마디도 하기 싫었다. 입을 벌려 단어를 내뱉는 자체가 사치였고 때로는 고통이었다. 남편은 '저기', '그래서', '내가'라는 말들로 운을 띄웠지만, 돌아온 것은 '응' 하며 적당히 흘려버리는 성의 없는 대답뿐이었다.

혜경이 죽던 날 밤에 남편은 나를 찾아왔었다. 그는 못다 한 이야기를 하자고 했다. 하지만 이제 더 이상 내가 하는 말은 듣고 싶어 하지 않았다. 오로지 자신이 내민 서류에 사인을 하라며 닦달하기에 바빴다.

그날, 경비원이 봤다던 '사람'은 내가 아니라 남편이었다.

혜경을 보내고 난 후 서랍에 넣어 둔 휴대폰을 꺼내들었다. 부재중전화 세 통과 메시지 한 개가 와 있었다.

'전화가 안 되네. 보면 연락 줘.'

메시지 창 옆에는 하트 모양의 섬이 떠 있었다.

여자는 컬러를 다 바른 오른손을 들어 입김을 후후 불었다. 블루다이아몬드는 창백한 손과 대비되어 그 특유의 빛을 발하고 있었다. 704호 여자가 죽은 후 갈 곳 없던 매니큐어가 간만에 새로운 주인을 만났다.

"이런 데서 일하면 무섭지 않아요? 혼자 일하고 있고, 오피스텔은 폐쇄적인 구조던데요. 누가 정기적으로 들러 주는 사람이 없다면, 시체가 되어서 썩은 내가 진동하기 전까지는 누구 하나 들어와 볼 것 같지 않은데."

"먹고살려니 별수 있나요."

나는 무뚝뚝한 답을 이어 갔다. 침묵이 미덕이던 손님이 갑작스레 수다스러워진 까닭을 알다가도 모르겠다.

"그렇죠, 먹고살려면 어쩔 수가 없는 거죠. 아무리 더럽고 치사해도 참아야 할 때가 있는 거니까. 이해해요, 그 맘. 죽이게 피곤해도 손님은 받아야 하니까."

여자의 입가에는 기분 나쁜 웃음이 서려 있었다. 입은 웃고 있으나 눈에는 실주름 하나 잡혀 있지가 않다.

"704호, 옛날에 거기서 일했던 적 있어요. 지금은 다른 데로 옮겼지만. 그래서 혜경이와도 잘 알고요. 불법 성매매 여성이 죽었다 어쨌다 말이 많기에 설마 했는데 그게 혜경이일 줄이야."

탑코트를 바르던 손이 멎었다.

"혜경이도 이 숍 다녔다면서요? 걔가 손톱에 좀 예민한 앤데. 가만 놔두질 않잖아요. 언니도 봤죠?"

여자의 몸이 다시 들썩이기 시작한다.

"자기 남편을 꼬신 여자 손톱을 다듬어 주는 기분은 어떤 거예요? 다른 놈팡이한테 가랑이 벌리는 여자인 줄 알면서도 애인으로 두는 심리랑 같은 건가……?"

탑코트까지 다 바른 손톱은 매끈한 광택이 흘렀다. 다른 손을 잡아 탑코트를 바르는 동안에도 여자는 말을 멈추지 않았다. 왼손 검지에 삐져나온 큐티클이 보였다.

"이 옆집, 타로 가게죠? 타로 점을 예약해 놨어요. 우리 같은 여자들은 한 번씩 잘 보거든요. 그날 돈을 얼마나 버나, 어떤 남자가 내 위에 올라타게 되나, 쓸데없이 궁금한 게 많거든요."

아, 이 여자는 정말로 말이 너무나 많다.

"큐티클을 더 정리해야겠어요."

나는 소독기에서 니퍼를 꺼내들었다.

몇 번째 카드를 날려 봤지만 결과는 똑같았다. 셔플을 몇 번이
나 해도 매번 같은 카드가 나온다면 이것은 운명의 수레바퀴를
멈추기엔 너무 멀리 왔다는 징조였다. 하루의 운세를 점치기 위해
매일 오전 10시에 뽑아 보는 카드.

오늘은 'Death'였다.

같은 카드를 며칠 사이에 연달아 뽑게 되다니. 그날도 그랬었
다. 밖이 소란하다 싶어 현관문을 열고 고개를 내밀어 보니 맞은
편 위층, 그러니까 7층에 사람들이 모여 있었다. 경찰 제복이 섞여
있는 걸로 봐서는 무슨 일이 나도 단단히 난 게 틀림없었다. 더
볼 것도 없었다. 손에 쥔 죽음 카드를 쳐다보았다. 이 카드는 자신
의 주인에게로 정확하게 날아갔다.

이런 것은 버려야 해. 미련 없이 카드를 공중으로 날렸다. 아
마 중앙 화단에 떨어졌겠지. 말이 화단이지 그 음산한 장소에 가
는 사람은 거의 없었다. 이 오피스텔에 거주하는 사람들은 대부
분 자신들의 공간 밖으로 잘 나오지 않았다. 중앙 화단의 화초들
은 메말라 죽은 지 오래고, 피우다 버린 담배꽁초들이 여기저기
떨어져 찐득한 담배 냄새를 풍겼다. 눈이 나쁜 경비원에게 쓰레기
를 치우거나 화단을 아름답게 가꾸는 것을 기대하기란 어려운 일
이었다.

그런데 며칠 만에 또 같은 카드를 뽑았다.

자신은 일개 오피스텔에 거주하는 타로 점쟁이일 뿐이니, 이
점이 가리키는 것도 그 범위 내에서 한정적이었다. 좋은 일이든

나쁜 일이든 이 오피스텔을 벗어나서 일어나는 일은 드물었다. 그런데 세 번의 셔플로 카드를 뽑는 동안 세 번 모두 같은 카드가 나왔다. 좋은 카드이거나 행여 나쁜 카드라도 한 번만 나와 주었다면, 이 정도로 불길한 느낌이 들지는 않았을 것이다. 내가 실수로 죽음 카드를 여러 장 넣어 놨던가? 타로카드를 전부 뒤집어 한 장씩 살펴보았지만 카드에는 이상이 없었다. 이렇게 나쁜 운이 강하게 작용한 적은 일찍이 없었다. 무슨 일이 생겨도 생기고 말 것이야. 문득 같은 카드를 뽑았던 여자가 떠올랐다. 손에 파란 매니큐어를 칠하고 왔던. 이 오피스텔에서 일한다고 했었는데, 분명히.

머리를 흔들어 잡생각을 떨쳐냈다. 사람의 미래를 걱정해 주는 건 내게 손님으로 와 있는 딱 30분 동안만이었다. 그 시간 동안은 아주 충실하고 최선을 다해 함께 걱정해 주고 이야기를 들어준다. 오지랖 같은 충고도 서슴지 않는다. 하지만 자리를 뜨면 그뿐이었다.

자리로 돌아와 마지막으로 카드를 섞었다. 이번에는 더 신중하게, 오래도록 카드를 뒤섞었다. 점을 치다 보니 시간이 가는 줄도 몰랐다. 그러고 보니 어느덧 오늘 첫 손님의 예약 시간이 훌쩍 지나 있었다.

"하여간에 예의 없는 것들. 왜 못 온다고 말도 못하나."

예약을 해놓고 오지 않는 일은 부지기수다. 전화나 확인 문자를 하면 온갖 자질구레한 변명을 들어줘야 하니 그마저도 하지 않은 지 꽤 됐다. 이미 글렀다고 생각하며 섞던 카드를 멈추고 마지막 카드를 뽑았다.

"으응? 이게 왜 이래? 카드가 미쳤나."

손에 들린 것은 'Death'였다.

"완벽해."

블루다이아몬드는 바르긴 어려워도 일단 바르고 나면 그 어떤 네일 컬러도 눈에 들어오지 않을 만큼 독보적인 아름다움을 자랑한다. 열 손가락이 모두 깊은 푸른빛으로 반짝였다. 이 색을 바르고 난 후의 여자들의 표정은 한결같았다. 그녀도 그랬었다.

'언니, 내 손에 내가 빠져 버릴 것만 같아.'

맞은편 거울 속에서 그녀가 웃고 있었다.

옆에 놓여 있던 타로카드를 들어올렸다. 'Death'가 새겨진 아래로 사신이 기다란 낫을 치켜들고 있었다. 나는 그것을 축 늘어진 여자의 손에 끼워 주었다. 가뜩이나 창백했던 손은 핏기가 빠져나가면서 푸른빛을 띠기 시작했다. 덕분에 손톱에 칠한 블루다이아몬드와는 더 기가 막히게 어울렸다. 네일아트 테이블 위에 몸을 엎드린 여자는 꿈쩍도 하지 않았다. 움직이지 않으니 컬러를 바르기가 훨씬 쉬웠다.

진작 이럴걸.

날이 선 니퍼는 쇄골과 목 사이의 연약한 피부를 정확히 뚫고 들어갔다. 차가운 금속이 꽂힌 목덜미에서 흘러나온 피가 서서히 응고되어 갔다. 테이블을 따라 흘러내린 피가 바닥에 고여 작은 웅덩이를 만들었다. 슬리퍼 밑창에도 피가 스며들어 찰박거리는 소리가 났다.

뭔가 부족해.

블루다이아몬드가 발린 여자의 손은 혼자 보기 아까운 예술품 같았지만 여전히 부족한 한 가지가 있었다. 혜경에게도.

큐빅을 넣어 둔 자그마한 플라스틱 통을 꺼냈다. 달그락거리는 소리를 내는 큐빅 여러 개가 굴러다니고 있었다. 분홍색, 파란색, 금색…… 모두 불투명한 색이었다. 다른 큐빅들과 달리 모양도 일정치 않았다. 길쭉한 것과 비교적 동그란 것, 세모진 것 등, 다양한 모양이 뒤섞여 있었다.

본디 하나였던 것.

혜경의 손톱에 올라간 것도 이 조각들 중 하나였다.

나는 그중 하나를 핀셋으로 집어 올려 손바닥 위에 놓고 굴려 보았다. 보통의 손톱 장식용 큐빅만큼은 아니어도 제법 은은한 빛을 낸다. 손톱으로 손바닥 중앙을 꾹 눌러 본다. 작은 압력과 함께 큐빅은, 아니, 큐빅 모양을 하고 있던 작은 결정이 부서진다. 매니큐어를 덧발라 놓았던 불투명한 결정은 손바닥 위에서 파리하게 빛났다. 혀끝으로 알갱이들을 집어 올려 입안에서 부드럽게 녹여 본다.

포스터 속 반라의 여자가 블루다이아몬드와 함께 웃고 있다.

잃어버린 아이에 관한 잔혹동화

송시우

2008년 단편 소설 「좋은 친구」로 《계간 미스터리》 신인상을 수상하면서 본격적으로 추리 소설을 쓰기 시작했다. 2012년에는 「아이의 뼈」로 한국 추리 작가 협회 황금펜상을 수상했다. 데뷔작 「좋은 친구」가 일본 하야카와 출판에서 출간하는 추리소설 전문 월간지 《미스터리 매거진》에 번역 소개되기도 했다. 2014년 발표한 첫 장편 소설 「라일락 붉게 피던 집」이 그해 세종도서 문학나눔에 선정되었으며, 현재 영화로 제작 중이다. 2015년 인권위 조사관의 활약을 그린 연작 중단편집 「달리는 조사관」을 발표했다. 한국적인 서정을 담은 사회파 추리소설을 추구한다. 한국 미스터리 작가 모임에서 활동하고 있다.

짠내 나는 홀어머니

옛날 옛날 멀지 않은 옛날 어느 시골 마을에 은둔형 외톨이가 살고 있었어요.

마을 사람들은 그를 틀어박힌 남자라고 불렀어요. 도시에서 살다가 갑자기 고향집에 나타난 그날부터 틀어박힌 남자는 방 밖을 단 한 발짝도 나오지 않았다고 해요. 7년이 흘렀고, 아무도 그 이유를 몰랐어요. 그저 바깥세상이 두려운 병에 걸린 거라고들 했지요. 짠내 나는 홀어머니가 시장에서 젓갈과 장아찌를 팔아 틀어박힌 남자를 먹였어요. 같이 산다기보다는 먹이고 있다는 말이 딱 맞았어요. 서로 얼굴도 볼 수 없고 얘기도 하지 못하는데, 같이 산다고 말하기는 어렵지 않겠어요?

때는 겨울이에요. 평화로운 시골 마을에 눈이 소복이 내리고 있네요. 매운 바람이 나뭇가지 사이를 휘돌며 윙윙 소리를 내요.

찬 기운이 고요하게 집 안에 새어 들어오고요. 오늘도 짠내 나는 홀어머니는 부엌에서 팥죽 땀을 흘리며 젓갈과 장아찌를 담그고 있어요.

짠내 나는 홀어머니가 소금 포대에서 굵은 소금을 한 바가지 퍼내 작은 물고기 무더기에 뿌려요. 켜켜이 버무린 물고기를 고무 통에 담고, 물기를 빼낸 조갯살에도 소금을 살살 뿌려 조개젓을 완성해요. 다음엔 커다란 플라스틱 통에 꾸덕꾸덕 말린 무를 넣고요. 붉은 고추장을 위에 쏟아요. 고무장갑 낀 손으로 고추장을 무말랭이에 치대며 거친 숨을 내쉬네요. 사시사철 소금과 떨어질 날이 없는 손은 물이 빠져 가을 낙엽처럼 바싹 말랐어요. 너무 힘에 겨운 나머지 짠내 나는 홀어머니는 자리에 주저앉아 끄응, 신음 소리를 내었어요. 그 옆에선 반 이상 빈 소금 포대가 주름진 주둥이를 꺾고 한쪽으로 픽 쓰러졌고요.

이렇게 말고 다르게 사는 방법은 없을까.

갑자기 파고든 생각을 물리치며 짠내 나는 홀어머니는 몸을 일으켰어요. 다시 플라스틱 통에 손을 넣어 열심히 뒤적이네요. 언제부턴가 짠내 나는 홀어머니는 자기 자신에게든 누구에게든 질문을 하는 것을 그만두었어요. 소금 포대와 젓갈통은 왜 갈수록 무거워지는지. 아들은 왜 스스로를 가두었는지. 아들의 문제가 어머니인 자신에게서 비롯된 것은 아닌지. 애초에 사람들 사는 형편이라는 게 각자 지은 죄에 따라 달라지는 것인지 아닌지.

불평을 해봤자 변하는 건 없잖아요?

삶이란 발목을 잘라도 춤추는 동화 속 빨간 구두 같아요. 멈추지 않는 한 무언가는 해야 하는 것이죠. 그것이 늙어서까지 젓갈

과 장아찌를 팔아 다 큰 아들을 먹이는 일이어서는 안 될 이유도
없었어요.

"아이를 찾으러 왔어요."

짠내 나는 홀어머니는 고추장이 덕지덕지 묻은 고무장갑을 벗
고 불쑥 다가와 말을 붙인 사람을 올려다보았어요.

실종된 아이의 엄마가 또 찾아왔어요. 파마가 풀려 푸석해진
머리를 질끈 묶고 양 주먹을 꽉 쥔 채로 들어와 서 있네요. 아이
가 실종된 후 초췌해졌지만, 여전히 이 마을에 살기에는 너무 젊
고 아름다웠어요. 사람을 불안하게 하는 요상한 아름다움이었죠.

"생각할수록 전 우리 아이가 여기 있을 것만 같아요."

"아이는 여기 없어요."

"별채 문을 열어 주세요. 열쇠가 있을 거 아니에요."

짠내 나는 홀어머니는 플라스틱 통을 바닥에서 식탁으로 힘겹
게 들어 올렸어요. 실종된 아이의 엄마가 그냥 빨리 가주었으면.
늘 하던 일을 계속 할 수 있도록 자신을 내버려 두었으면. 짠내
나는 홀어머니의 마음속에 한숨이 더 늘었어요.

실종된 아이의 엄마는 벽에 쿵 등을 기대고 창백한 얼굴로 말
했어요.

"우리 아이는 말을 할 수 없어요. 안에 있어도 소리를 지르지
못한다고요."

"그건 아이가 여기 있을 때 얘기죠."

"그럼 우리 아이는 대체 어디 있다는 말이에요!"

실종된 아이의 엄마와 짠내 나는 홀어머니는 서로 버티고 서
서 엊그제도 했고 지난주에도 했던 대화를 반복했어요.

"이럴 시간에 밖에서 아이를 찾으세요. 제발요."

짠내 나는 홀어머니의 주름진 이마에 굵은 땀방울이 뚝 떨어졌어요. 젓갈을 담글 때 쓰는 소금과 흘러내리는 땀 때문에 짠내나는 홀어머니의 몸에서는 늘 짠내가 풍겼어요.

"동네에서 오직 틀어박힌 남자의 방만 뒤지지 않았잖아요."

실종된 아이의 엄마가 주먹을 꽉 쥔 채 말했어요. 감귤만 한 주먹 위에서 뭔가가 반짝 빛을 발했어요. 실종된 아이의 엄마가 애지중지하는 다이아몬드 반지가 이 와중에 제 화려한 아름다움을 드러낸 거예요.

"높은 집에 사는 여자가 아이가 없어진 날 이 근처에서 아이를 봤다고 말했어요."

실종된 아이의 엄마는 주먹 쥔 손을 흔들어 댔어요.

"다른 곳에서도 누군가가 아이를 봤을 거예요. 아이는 하루 종일 혼자 있었다면서요."

짠내 나는 홀어머니는 등을 돌리고 고무장갑에 다시 손을 찔러 넣었어요. 작은 플라스틱 통에 고추장무장아찌를 한 덩어리씩 던져 넣고 힘차게 꾹꾹 눌렀어요.

실종된 아이의 엄마는 손발을 부르르 떨었어요. 그리고 맹수의 발처럼 오그린 손으로 짠내 나는 홀어머니의 어깨를 잡아 돌려세웠어요. 짠내 나는 홀어머니의 앙상한 어깨 위에서 반지가 또 한 번 번쩍 빛났어요.

"나 같으면 문을 한번 열어 주겠어요. 당신도 엄마니까 또 다른 불쌍한 엄마의 마음을 생각해 준다면. 잠깐만 들여다보면 되잖아요. 보고 아이가 없으면 다신 찾아오지 않을 거고요."

실종된 아이의 엄마 얼굴은 어느새 눈물범벅이 되어 있었어요. 아이를 잃어버린 엄마의 애타는 마음이겠지요.

"……당신은 아이가 살아 있을지도 모른다는 희망이라도 있지요."

짠내 나는 홀어머니가 멍한 표정으로 말했어요. 짠내 나는 홀어머니가 늘어뜨린 손에서 시뻘건 고추장이 뚝뚝 떨어졌어요.

그 표정이 너무나 쓸쓸해 보여서 실종된 아이의 엄마는 순간 할 말을 잃었어요. 동시에 실종된 아이의 엄마는 짠내 나는 홀어머니의 한 많은 차남에 대한 소문을 떠올렸어요.

4년 전 틀어박힌 남자의 집에 방송국 사람들이 온 적이 있었어요. 바로 그 직후 한 많은 차남은 집을 나갔어요. 먼 바다에 나가는 고깃배를 탔다고도 하고 도시로 나가 나쁜 일을 하는 남자들의 모임에 들어갔다고도 했어요. 한 많은 차남은 틀어박힌 남자가 계속 틀어박혀 있는 꼴을 볼 수가 없었던 거지요. 험한 일을 하다가 얼마 못 가 흉한 사연으로 죽었대요. 얼마나 흉한 사연인지 마을 사람들은 묻지 못했어요. 짠내 나는 홀어머니도 말하지 않았고요. 짠내 나는 홀어머니는 매년 때가 되면 시장에서 제수거리를 사서 죽은 아들의 제사를 지내며 슬피 운다고 해요. 부모보다 먼저 죽은 자식의 제사는 지내는 법이 아닌데 말이지요. 제 자신이 슬퍼서 제사를 지내는 거지, 라고 수군대며 마을 사람들은 혀를 찼어요. 멀쩡한 아들은 죽고 죽을 때까지 먹여 살려야 할 아들과 세상에 단둘이 남은 거니까요.

"한 아들은 죽었고, 또 한 아들은 살아도 죽은 거나 다름없어요. 나도 몇 년 동안 아들의 얼굴조차 본 적이 없다고요."

"이봐요. 우리 딸은 겨우 일곱 살이에요. 게다가 벙어리예요."

"방송국 사람들이 가고 난 후, 아들이 그랬어요. 한 번만 더 강제로 방문을 열려고 하면 문이 다 열리기 전에 죽어 버리겠다고요. 아들은 꼭 그렇게 할 거예요."

틀어박힌 남자가 있는 별채의 문은 딱 한 번 열린 적이 있었어요. 4년 전 짠내 나는 홀어머니가 방송국으로 편지를 보냈을 때요. 은둔형 외톨이에 대해서 취재하길 원하는 방송국 사람들이 카메라를 메고 달려왔어요. 무언가 변할 수도 있다는 희망이 짠내 나는 홀어머니의 마음에 남아 있을 때였어요. 짠내 나는 홀어머니는 방송국 사람들이 아들을 고쳐 주고 갈 거라고 기대했던 거예요. 정말 헛된 기대였지요.

"아주 잠깐만 들여다보고 다시 닫을게요. 몇 초면 충분해요."

"당신의 이상한 의심을 풀어 주려고 하나 남은 아들을 죽게 할 순 없어요."

"그날 아이는 이 집에 왔어요. 높은 집에 사는 여자가 봤다니까요."

엄마들의 목소리는 점점 커졌어요.

급기야 짠내 나는 홀어머니는 별채가 있는 방향을 가리키며 발을 굴렀어요.

"그렇더라도 아이는 별채 방에 들어갈 수 없어요. 저 문은 절대로 열리지 않아요."

"당신이 어떻게 알아요! 그날 하루 종일 집에 없었으면서! 시장에 있었잖아요! 이 냄새나는 것들을 파느라!"

실종된 아이의 엄마가 화를 내며 씩씩거렸어요. 실종된 아이의 엄마는 아이가 실종된 불쌍한 사람이니까 누구에게든 화를 낼 수 있는 권리가 있다고 느꼈어요.

그렇다면 짠내 나는 홀어머니는요? 화낼 수 있는 권리가 불행의 양에 달려 있다면 짠내 나는 홀어머니도 결코 그 점에서 남에게 뒤지지 않는걸요.

"그럼 댁은 어디서 뭘 하고 있었나요?"

짠내 나는 홀어머니는 실종된 아이의 엄마의 눈을 뚫어지게 바라보며 물었어요.

실종된 아이의 엄마의 얼굴이 붉으락푸르락 달아올랐어요.

"내가 냄새나는 젓갈과 장아찌를 팔고 있는 동안 댁은 아이를 돌보지 않고 뭘 하고 있었냐고요."

"……다 아이를 위한 거였어!"

실종된 아이의 엄마가 집이 떠나가라 소리를 쳤어요. 당신이 뭘 알아. 정신병자의 엄마가 뭘 아냐고. 난 아이를 위해서 갔던 거야.

미친 사람처럼 변해 버린 실종된 아이의 엄마는 고함을 지르며 뛰어 나갔어요.

짠내 나는 홀어머니는 드디어 혼자 남아 안도의 한숨을 쉬었어요. 부디 이게 끝이기를 바라면서요. 그리고 다시 장아찌를 뒤적거렸어요. 늘 그랬던 것처럼.

높은 집에 사는 여자

높은 집에 사는 여자는 실종된 아이의 엄마가 틀어박힌 남자의 집에서 나오는 걸 보았어요. 옥상에 빨래를 널고 뜨거운 커피를 후후 불며 마시던 중이었지요. 실종된 아이의 엄마가 불이라도 붙은 듯 새빨개진 얼굴로 틀어박힌 남자의 집 대문을 박차고 눈길을 퍽퍽 밟아 나갔어요. 거칠고 하얀 입김을 펄펄 피어 올리면서요. 오늘은 무슨 요구를 하다가 실패한 걸까요. 틀어박힌 남자의 집은 다른 집과는 뚝 떨어진 곳에 있었지만 높은 집에서는 내려다볼 수 있었어요.

"경찰이 실종된 아이의 엄마 집은 뒤져 보았을까?"

얼마 전 높은 집에 사는 여자는 친구와 전화 통화를 하며 말했어요.

"나는 실종된 아이의 엄마가 아이를 죽여 벽장 속에 넣었다고 해도 놀라지 않겠어."

높은 집에 사는 여자는 상상력이 풍부했어요. 높은 집에 살기 때문에 많은 것을 보았지만 본 대로 다 믿지는 않았죠. 하지만 다른 사람들은 높은 집에 사는 여자가 본 것을 전해 듣고 자기가 믿고 싶은 걸 믿어 버렸어요. 실종된 아이의 엄마가 그랬지요.

실종된 아이의 엄마가 자꾸만 찾아와 귀찮게 하는 바람에 높은 집에 사는 여자는 그날 아이가 틀어박힌 남자의 집 앞을 지나가는 걸 봤다고 말해 줬어요. 겨우 그 말을 듣고 실종된 아이의 엄마는 틀어박힌 남자가 아이를 방으로 데리고 들어갔다고 믿는 모양이에요.

"그럴 리는 없어. 나는 7년간 틀어박힌 남자의 방문이 열리는 걸 본 적이 없거든. 방송국 사람들이 왔던 날 빼고는 말이야."

높은 집에 사는 여자는 손톱을 다듬으며 수화기 너머의 친구에게 말했어요.

짠내 나는 홀어머니는 아침저녁으로 하루 두 번 별채 문 앞에 음식과 옷을 가져다 두어요. 그러면 한참 후 틀어박힌 남자는 살짝 문을 열고 손만 내밀어 그것을 들여 가지요. 버릴 게 있으면 내놓고요. 이걸 가리켜 방문이 열린다고 말할 수는 없어요. 밖에 나오는 건 틀어박힌 남자의 손뿐이에요. 틀어박힌 남자가 그때 누군가와 마주치거나, 문 밖으로 몸을 내미는 걸 높은 집에 사는 여자는 본 적이 없어요. 그런데 어떻게 아이가 그 방 안으로 들어갈 수 있겠어요?

"하지만 네가 모든 것을 본 건 아니잖아."

높은 집에 사는 여자의 친구가 말했어요. 그건 그렇지. 내가 모든 것을 다 볼 수는 없어. 내려다보는 게 나의 일은 아니니까, 하고 높은 집에 사는 여자는 생각했어요.

높은 집에 사는 여자도 경찰에게 자신의 높은 집을 보여 줬어요. 마을 사람 모두 자진해서 경찰에게 자기의 집을 뒤져보게 했지요. 경찰은 마을의 모든 방을, 지하실과 창고를, 다락과 부엌을, 화장실과 마루 밑을, 소집과 돼지집과 닭집과 개집을 들여다봤어요. 오직 단 한 곳만 빼고 말이에요.

마을 밖으로 나가는 길은 단 하나뿐이에요. 아이가 실종되던 날 아이는 그 길을 지나가지 않았대요. 아이는 마을 밖으로 나가지 않고 사라졌어요. 그렇다면 뒤져보지 않은 단 한 곳에 아이가 있다고 생각하는 것도 무리는 아니지요. 아이에게 나쁜 일이 일어났다면 그건 실종된 아이의 엄마가 한 일일 거야, 하고 막연하게 추측했던 높은 집에 사는 여자는 생각을 고쳐먹었어요. 대신 또 다른 상상을 했어요. 아이가 틀어박힌 남자의 방에 있다고 해도 그게 아이에게 꼭 나쁜 일일까? 높은 집에 사는 여자는 남이 하지 않는 상상을 하는 버릇이 있었어요.

상상이 지나쳤던 걸까요. 그날 밤 높은 집에 사는 여자는 꿈을 꾸었어요.

작은 방에 틀어박힌 남자와 실종된 아이가 마주 앉아 있어요. 그들은 대화를 해요. 사람들이 나를 싫어해, 틀어박힌 남자가 말하죠. 아무도 내 잘못이 아니라고 말해 주질 않아. 말을 하지 못하는 아이는 벽지에 그림을 그려요. 물풍선 같은 사람을 그려놓고 까르르 웃네요. 머리에 뿔이 달린 사람, 엉덩이에 꼬리가 달린 사람을 그려요. 그리고 어떤 얼굴은 검게 칠해요. 아빠! 검은 얼굴을 가리키며 아이가 입을 뻥긋하네요. 아빠, 아빠. 아이는 통통 뛰어다니다 틀어박힌 남자의 품에 쏙 안겨요. 틀어박힌 남자는 벽지를 떼어내 구멍을 뚫어 아이에게 옷을 만들어 주어요. 서로 옆구리를 간질이며 그들은 삐뚤삐뚤한 그림으로 가득 찬 벽지 옷을 서로 입혀 주어요.

높은 집에 사는 여자는 잠을 자면서 빙긋이 웃었어요. 꿈속의 그들이 퍽 행복해 보였거든요.

구멍가게 여자와 국어 선생님

"방송국 사람들, 참 대단했어요."

구멍가게 여자가 난로에 조개탄을 넣으며 말했어요. 방금 실종된 아이의 엄마가 잔뜩 화가 난 얼굴로 구멍가게 앞을 지나가는 걸 봤거든요. 그러다 보니 실종된 아이와 틀어박힌 남자에 대해 얘기하게 되었고, 4년 전 틀어박힌 남자를 찍으러 왔던 방송국 사람들 얘기까지 나오게 된 거죠.

"직접 보셨어요?"

뜨거운 녹차를 받아 든 국어 선생님이 물었어요. 국어 선생님은 읍내로 나가는 버스 시간을 기다리며 구멍가게에서 몸을 녹이는 중이었어요.

"그럼요. 담장 밖에서 다들 지켜봤어요. 글쎄, 그 사람들이 문을 열었다니까요."

국어 선생님은 방송국 사람들이 다녀간 이후 이 마을에 왔어요. 그래서 그때 무슨 일이 있었는지 궁금해했죠. 구멍가게 여자는 국어 선생님에게 자세하게 설명하기 시작했어요.

처음에는 전문가라는 사람이 별채 문 앞에 쪼그리고 앉아 틀어박힌 남자를 설득했지만 잘 되지 않았어요. 짠내 나는 홀어머니가 떨리는 손으로 열쇠를 건네주었죠. 방송국 사람들은 강제로 문을 따고, 한 많은 차남에게 제 형을 데리고 나오라고 시켰어요. 평소 형에게 화가 많이 나 있던 한 많은 차남은 울부짖는 제 형을 주먹으로 때려 가며 밖으로 끌어내려 했어요. 이 쓸모없는 인간아, 나와서 일을 하란 말이야. 장남이라고 받을 건 더 많이 받아 놓고. 고기 반찬도 너만 주고 대학도 너만 보내 줬잖아. 카메라 맨이 방 안에 뛰어 들어가 형제의 주위를 맴돌며 카메라를 휘저었어요. 멀리서 보면 셋이 흡사 격정적인 왈츠를 추는 것 같았다고 하죠. 원 스텝. 코피가 바닥에 떨어지고 머리카락이 한 줌 손아귀에 뽑혀 흩날리고요. 투 스텝. 옷깃이 후드득 뜯기고 틀어박힌 남자는 입을 커다랗게 벌려 울고 카메라는 그 모습을 찍고요. 쓰리 스텝. 틀어박힌 남자는 딱따구리처럼 벽에 쿵쿵쿵 제 머리를 찧고 작은 아들은 욕을 하고 촬영은 끝이 났어요. 모두가 빠짐없이 상처받은 채로.

방송된 화면에는 해설이 붙었죠. 제작진은 결국 은둔형 외톨이를 방 밖으로 나오게 하는 데 실패했다고. 그는 가족과 제작진의 간곡한 바람에도 불구하고 밖으로 단 한 발짝도 나오지 않았다고.

"하지만 그날, 아이가 없어진 날이요. 틀어박힌 남자는 밖으로 나와 아이를 데리고 들어갔을 거예요."

구멍가게 여자가 난로의 재를 덜어 양철통에 버렸어요. 양철통에서 검은 연기가 훅 피어 올랐어요. 국어 선생님이 입가에 주먹을 대고 기침을 했어요.

"그랬을까요?"

"네. 그리고 저는 제 생각을 실종된 아이의 엄마에게 말했어요."

윙윙 바람 소리와 함께 눈발이 어지럽게 날렸어요. 차가운 바람이 문을 드르륵 흔들고 들어오네요. 먹구름이 몰려오는 것 같아요.

구멍가게 여자는 일어나 새시 문을 꼭 닫았어요.

"사실 그날…… 아이를 봤거든요. 선생님은 기억 안 나세요?"

국어 선생님은 깜짝 놀라 찻잔 위로 숙였던 고개를 들었어요.

"네?"

"아이가 가게에 왔을 때 선생님도 계셨잖아요."

구멍가게 여자는 잠시 그날을 떠올렸어요.

구멍가게에 물건을 대주는 사람이 물건 값을 받기 위해 찾아 왔을 때였어요. 점심으로 먹으려고 불에 올려놓은 찌개가 부엌에서 끓어 넘치고 있었고요. 국어 선생님이 들어와 급히 가정 방문을 가야 한다며 음료수를 빨리 달라고 재촉했어요. 성격 까다로운 시어머니가 거는 것으로 짐작되는 전화벨이 울렸고, 여전히 앞에 버티고 선 물건 대주는 사람에게 물건 값을 치르기 위해 돈을 세다가 그만 바닥에 동전을 와르르 흘리고 말았지요. 딱 그 시점에 구멍가게 여자는 옆에서 기웃거리며 손짓발짓을 하는 아이를 보았어요.

"얘가 뭐라고 하는 거야. 정신없어, 저리 가."

구멍가게 여자는 걸리적거리는 아이를 밀친 다음 동전을 줍고, 물건 대주는 사람을 보내고, 부엌에 들어가 가스 불을 끄고, 국어 선생님에게 주스를 팔고, 시어머니에게 전화를 걸어 사죄를 드렸어요. 그리고 둘러보니 아이는 어딘가로 가고 없었어요.

이 모든 상황을 경찰에게 자세히 말하는 대신 구멍가게 여자는 아이가 그 뒤 어디로 갔을까를 골똘히 생각했어요. 그러다 역시 틀어박힌 남자에게 갔을 거라는 결론에 이른 거지요.

국어 선생님도 뜻밖의 사실에 놀란 가슴을 쓸어내리고 생각에 빠졌어요.

그날 구멍가게에서 아이를 본 기억은 정말 없었어요. 국어 선생님은 다른 일에 정신이 팔려 있었거든요. 구멍가게 여자가 주스를 빨리 주지 않아 답답했었죠.

그날 국어 선생님은 구멍가게를 나와 반장의 엄마 집에 갔어요. 혼자 사는 반장의 엄마에게 주스를 선물한 다음 방에 마주 앉아 학교의 일을 상의했어요. 서로의 말이 잘 들리지 않아 조금 가까이 붙어 앉았지요. 이 비슷한 가정 방문이 그날 처음은 아니었어요. 국어 선생님과 반장의 엄마 사이에는 그들만이 통하는 어떤 공감대가 있었죠. 본래 도시 출신인 그들은 둘 다 시골 생활에 무척 외로웠고, 서로 위로가 필요한 처지라는 점에서 의견을 같이했어요. 국어 선생님은 반장의 엄마가 나이보다 아주 젊어 보이며 모르고 보면 도저히 반장을 낳은 엄마라는 생각이 들지 않는다고 말했어요. 반장의 엄마는 볼을 붉히며 수줍게 웃었고, 직접 담근 사과주가 알맞게 익었는데 맛을 보지 않겠냐고 권하며 국어 선생님의 무릎을 손으로 툭 쳤어요.

그때 방 창문을 두드리는 소리가 나서 국어 선생님과 반장의 엄마는 깜짝 놀라 동시에 벌떡 일어섰어요. 창문 밖에는 아이가 우두커니 서 있었어요. 아이는 커다란 눈으로 국어 선생님과 반장의 엄마를 바라보다가 이내 무슨 손짓을 했어요. 문을 열어 달라는 것 같았지요.

그러나 국어 선생님과 반장의 엄마는 아무 짓도 하지 않았는데 꼭 무슨 짓을 한 것 같은 분위기를 만든 아이에게 화가 났어요. 조그만 아이가 왜 이렇게 사람을 이상하게 만드는 거지요? 둘은 당장에 화가 치민 나머지 고함을 질러 아이를 쫓아 보냈어요. 아니, 쫓아 보냈다기보다는 나중에 오라고 한 거지요. 정확하게 말하자면요.

"제가 생각하기에도……."

국어 선생님은 조심스럽게 말을 꺼냈어요. 하지만 말을 마칠 즈음에는 그 말이 사실인 것만 같은 생각이 들었어요.

"……아이가 틀어박힌 남자에게 갔을 것만 같군요."

그날 아이가 반장의 엄마 집을 나와 갈 수 있는 곳이 틀어박힌 남자의 집 말고 또 어디가 있겠어요? 구멍가게 여자와 국어 선생님은 고개를 끄덕이며 서로의 생각에 확신을 더했어요.

구멍가게 여자의 얼굴이 매우 어두워졌어요. 구멍가게 여자도 딸을 키우고 있으니까요. 끔찍한 생각을 하고 싶진 않지만 자꾸만 그쪽으로 상상이 나아가고 있었어요.

"아이는 틀어박힌 남자의 방에서 어떻게 지내고 있을까요?"

구멍가게 여자는 결국 끔찍한 의문을 던지고야 말았어요. 그리고 무서워 몸을 떨었죠. 어젯밤 낮은 곳에 임한 목사님이 한 말이 떠올라서요.

낮은 곳에 임한 목사님은 교회 행사에 쓸 콩기름을 사면서 말했어요. 우리가 틀어박힌 남자를 이렇게 방치하는 게 아니었어요. 낮은 곳에 임한 목사님도 구멍가게 여자와 같은 생각을 하는 것 같았어요. 7년 동안이나 좁은 방에 처박혀 나오지 않는 사람이라면, 차마 입에 담을 수 없는 괴이한 습벽을 갖고 있다고 해도 놀랄 일이 아니죠. 구멍가게 여자는 무슨 말인지 알면서도 그 괴이한 습벽이란 게 뭔지 한 번 더 물었어요. 어른 여자보다는 아무것도 모르는 어린 아이를 꾀어내 어른 여자처럼 대하며 희롱하는, 악마의 습성을 가진 사람들이 있다더군요. 구멍가게 여자는 손을 모아 기도했어요. 아아, 목사님. 인간의 죄란 정말 끝을 알 수 없는 구렁이군요.

"살아……있긴 하겠죠?"

강풍이 불었어요. 구멍가게 문 앞에 친 비닐이 시끄러운 소리를 내며 뜯겨져 나갔어요. 굵은 눈발이 어지럽게 흩날렸어요. 사방에서 눈이 내리는 것 같았어요. 먹구름이 깔린 하늘은 한층 어두워졌고요.

어딘가에서 바람이 새어들어 오는지 난로 불꽃이 휘청휘청 춤을 추었고, 양철통에서 까만 재티가 날렸어요. 조금 전 구멍가게 여자가 더 꼭 닫을 틈이 없이 구멍가게 문을 닫았는데 말이에요.

구멍가게 여자는 두려움에 젖은 표정으로 국어 선생님을 바라보았어요.

"우리가 이러고 가만히 있어도 괜찮을까요?"

실종된 아이의 엄마

빨간 모자야 빨간 모자야 절대로 모르는 사람을 따라가면 안돼. 늑대에게 잡아먹힌단 말이야.

잠들기 전마다 그렇게 동화를 읽어 주며 가르쳤건만! 실종된 아이의 엄마는 쓰린 한숨을 쉬며 손가락에 낀 다이아몬드 반지를 매만졌어요. 불안이 온몸을 뜨겁게 채우고 몸 안을 마구 돌아다녔어요. 갑자기 귀가 뜨거워졌다가 등이 뜨겁다가 그다음엔 발끝이 달아올라서 실종된 아이의 엄마는 가만히 앉아 있기가 어려웠어요.

그날도 실종된 아이의 엄마는 불안한 낌새를 채고 행동을 서둘렀던 거예요. 예, 아이를 잃어버린 그날이요. 그 사람이 애당초 사랑한 적조차 없었던 지금의 아내와 이별하고 아이의 정식 아빠가 되어 주겠다는 약조를 또다시 연기하거나 약속의 내용을 수정하려는 눈치를 보였거든요. 실종된 아이의 엄마는 서둘러 그 사람이 살고 있는 서울로 향했어요. 그 사람의 마음을 붙드는 건 결국 아이를 위한 일이었으니까요.

"배고프면 구멍가게에 가서 먹을 걸 사 먹으렴."

실종된 아이의 엄마는 아이에게 말했어요. 그러나 길 떠날 채비를 하는데 마음이 바빠 아이에게 돈을 쥐여 주는 걸 깜빡했어요. 대신 이런 말도 했죠.

"아니면 친구 집에 가서 밥을 달라고 하고 놀고 있어도 돼."

아이는 아무 대답도 하지 않았지만 그건 아이가 말을 할 수 없기 때문인 걸로 알고 실종된 아이의 엄마는 서둘러 서울로 떠났어요.

그날 밤 실종된 아이의 엄마가 다시 집으로 돌아왔을 때, 아이는 사라져 버렸어요. 마을 밖으로 나갔다는 흔적도 없이 아이는 어디로 간 것일까요. 틀어박힌 남자의 방에 있겠죠. 마을 사람 모두 그렇게 말해요. 심지어 어젯밤에는 낮은 곳에 임한 목사님까지 그 말에 동의했어요. 실종된 아이의 엄마가 이 마을에 왔을 때부터 그녀를 눈 아래로 보며 상대도 하지 않았던, 낮은 곳에 임한 목사님까지 이제 실종된 아이의 엄마를 동정해요.

그 문을 열어야 해!

실종된 아이의 엄마는 주먹을 불끈 쥐고 일어섰어요.

처음에 실종된 아이의 엄마는 아이가 틀어박힌 남자의 방에 있을 거란 말을 믿지 않았어요. 그러나 몇 번 같은 말을 듣다 보니 그럴 수도 있겠구나 하는 생각이 들었어요. 한번 기운 의심은 점점 확신으로 변했어요. 높은 집에 사는 여자까지 그 확신을 보탰어요.

확신이 강해질수록 실종된 아이의 엄마는 그 문을 너무나 열고 싶기도 하고, 또 열고 싶지 않기도 했어요. 그 문을 열었는데 만약 아이가 없다면 어떡할까요. 꼭 있을 거라 생각했던 단 하나의 장소에 아이가 없으면요. 그다음엔 무엇을 해야 하죠? 실종된 아이의 엄마는 그런 두 가지 마음을 모두 가진 채 지금껏 짠내 나는 홀어머니를 만나러 갔고, 계속 거절을 당했던 거예요. 하지만 이제 문을 열고 싶은 절박함이 다른 두려움을 이기고 말았어요.

낮은 곳에 임한 목사님에게 가자. 도와주실 거야!

실종된 아이의 엄마는 낮은 곳에 임한 목사님의 사택으로 향했어요. 낮은 곳에 임한 목사님이 어제 그랬거든요. 이건 마을 전체의 문제라고요.

마을 사람들

마을 사람들이 몰려와요.

실종된 아이의 엄마를 앞세우고 낮은 곳에 임한 목사님의 뒤를 따라서요. 눈 쌓인 길을 저벅저벅 밟아 오고 있어요. 구멍가게

여자와 국어 선생님도 있어요. 반장의 엄마도 있고요. 높은 집에
사는 여자도 호기심 품은 얼굴로 높은 집에서 내려와 무리에 따
라붙었어요.

"틀어박힌 남자를 그대로 둔 것은 우리 모두의 죄입니다!"

낮은 곳에 임한 목사님이 하얀 입김을 피워 올리며 말했어요.
실종된 아이의 엄마 옆에 서서 모두에게 행동하라고 외쳤어요.
마을 사람들이 모여들었죠. 그들은 처음엔 낮은 곳에 임한 목사
님과 실종된 아이의 엄마가 나란히 서 있는 모습이 신기해서 모
였어요. 실종된 아이의 엄마가 대놓고 자신은 회개할 것이 없으며
교회에도 나가지 않겠다고 말한 후로 낮은 곳에 임한 목사님은
실종된 아이의 엄마에게 말도 붙이지 않았거든요.

같은 차원에서 낮은 곳에 임한 목사님은 그날, 아이가 실종된
날 저녁 사택으로 찾아온 아이를 쫓아 보냈던 거예요. 부정한 여
자에게서 태어난 아이를 하나님과 가까운 공간에 들여 목사의
아이들과 어울리게 하는 문제에 대해 보다 종교적인 성찰이 필요
하다고 느꼈거든요.

"네 집에 가거라."

아내가 저녁상을 차리는 사이 낮은 곳에 임한 목사님은 아이
에게 말했어요.

"밥은 네 집에 가서 먹어."

낮은 곳에 임한 목사님은 아이의 팔에 매달리려는 막내아들을
안아 들었어요. 아이의 엄마에게 엄마로서의 의무를 다하게 하는
것이 하나님의 말을 전하는 사람의 의무였으니까요.

그리고 아이가 실종된 지금, 낮은 곳에 임한 목사님은 마을 사

람 모두가 지닌 더 근본적인 책임에 대하여 말을 해야 할 필요를 느꼈어요.

마을 사람들이 틀어박힌 남자의 집 마당을 가득 채웠어요. 웅성거리는 사람들 소리를 듣고 짠내 나는 홀어머니가 파랗게 질린 얼굴로 뛰어 나왔어요.

"저 문을 여세요."

낮은 곳에 임한 목사님이 낮은 목소리로 명령했어요.

"내 아들이 죽을 거예요!"

짠내 나는 홀어머니의 절규에 상관없이 마을 사람들이 별채 문을 둘러쌌어요.

"아이는 거기 없어요! 내버려 둬! 우릴 내버려 둬!"

짠내 나는 홀어머니가 몸을 던져 사람들에게 달려들었어요. 마을 여자들이 짠내 나는 홀어머니의 팔을 잡고 끌어냈지요. 열쇠를 주지 않으면 사람들이 강제로 문을 열 거예요. 실종된 아이의 엄마가 짠내 나는 홀어머니의 한쪽 팔을 잡고 속삭였어요. 그전에 스스로 열어 주는 게 어때요.

짠내 나는 홀어머니가 마을 여자들의 손을 뿌리치고 낮은 곳에 임한 목사님의 옷자락을 와락 잡았어요.

"내 아들은 죄를 지었어요!"

낮은 곳에 임한 목사님은 짠내 나는 홀어머니의 손에서 옷자락을 빼내기 위해 눈길 위에서 비틀비틀 거렸어요.

"알아요. 그걸 확인하려는 거잖아요."

"죄를 끌어안고 혼자 속죄하고 살게 내버려 두세요. 아들이 원하는 건 그것뿐이에요. 제발. 세상 밖으로 꺼내지 말아요. 그럼 아들은 죽어요."

"내 딸은 죽어도 된다는 거야 뭐야!"

실종된 아이의 엄마가 짠내 나는 홀어머니의 가슴을 발로 찼어요. 짠내 나는 홀어머니는 몸을 웅크리고 마당을 굴렀어요.

동시에 사람들이 별채 문을 발로 차고 두드리기 시작했어요. 문을 열어. 문을 열라고. 누가 더 세게 두드리나 시합을 하는 것처럼 사람들은 문에 발길질을 했어요.

"으아아악!"

안에서 남자의 비명 소리가 들려왔어요. 비명 소리는 지옥에 끌려가는 사람의 목소리처럼 크고 소름 끼쳤어요. 사람들은 잠시 발길질을 멈췄죠. 비명 소리는 집을 흔들고 주변의 공기를 흔들고 사람들의 머릿속을 흔들었어요. 그리고 쿵쿵쿵. 벽에 무언가가 부딪히는 소리가 났어요.

"빨리 문을 따요! 어서요!"

낮은 곳에 임한 목사님이 소리쳤어요. 마을 사람들 중에 장터에서 열쇠를 깎는 노인이 불쑥 나와 공구를 펼쳤죠. 모두가 동그랗게 모여든 가운데 장터에서 열쇠를 깎는 노인이 재빨리 할 일을 했어요. 그동안에도 비명과 쿵쿵쿵 소리는 멈추지 않았죠. 짠내 나는 홀어머니는 여전히 마당에 쓰러져 일어서지 못했고요. 애벌레처럼 몸을 굽혔다 펴며 끝내 울었어요. 실종된 아이의 엄마는 문 바로 앞에서 손을 모아 쥐고 서 있었어요.

딸깍.

모여든 사람 모두 침을 꿀꺽 삼켰어요.

모두의 앞에서 드디어 비밀의 문이 스르르 열리고 있었어요.

자, 안에는 무엇이 있을까요? 정녕 아이가 있을까요?

"으으으…… 으으으……"

비밀의 방 안쪽 구석에서 남자가 벽에 머리를 찧고 있었어요. 쿵쿵쿵. 쿵쿵쿵. 남자의 머리에서 흘러나온 피가 벽에 튀어 아래로 흘러내리고 있었죠.

그리고 아이는 어디에도 없었어요. 작은 방 안에는 머리에 피 흘리는 남자뿐이었어요. 오랫동안 자르지 않아 긴 머리에 새빨간 피를 묻히고 남자는 벽에 기대 울었어요. 아이는 없었어요. 짠내 나는 홀어머니의 말이 맞았어요. 마을 사람들 모두 틀렸고요.

대신 방 가운데에는 거대한 소금산이 있었어요.

짠내 나는 홀어머니가 젓갈을 담그는 데 쓰는 소금이 피라미드처럼 방 한가운데 쌓여 있었어요. 음식이 썩는 것을 막아 주고 나쁜 균을 없애 주는 소금 가루가 산을 이루고 있었다고요.

모든 사람의 얼굴이 소금처럼 하얗게 질렸어요.

그러나 그중 눈 밝은 사람이 바들바들 떨며 울고 있는 남자를 가리키면서 소리쳤어요.

"쟤는 한 많은 차남이잖아!"

방 안을 들여다보고 동시에 말을 잃었던 마을 사람들이 하나둘씩 웅성거리기 시작했어요. 뭐라고? 한 많은 차남이라고? 한 많은 차남은 죽었잖아.

그리고 마을 사람들은 이내 머리에 피를 흘리며 벽에 기대 울고 있는 남자가 이 마을에서 나고 자란 한 많은 차남이라는 것을 알아보았어요. 틀어박힌 남자의 동생, 짠내 나는 홀어머니의 막내아들, 한 많은 차남이요. 방송국 사람들이 왔다 가고 나서 곧 집을 나가 객지에서 흉하게 죽었다던 그 사람 말이에요.

"그럼…… 틀어박힌 남자는 어디 있는 거지?"

누군가 물었어요. 당연히 해야 할 질문이었어요. 죽었다던 사람이 살아 있는 건 그렇다 치고, 그럼 원래 이 방에 있어야 할 틀어박힌 남자는 어디로 간 것일까요.

사람들의 시선이 일제히 소금산으로 향했어요.

"나는…… 밖으로 나오라고…… 나오라고 그랬던 건데……."

피 흘리는 남자가 입을 열어 말을 했어요. 사람들은 추위에 물을 끼얹은 듯 얼어붙었어요. 오싹 소름이 돋은 얼굴로 사람들은 소금산을, 방 안에 쌓인 소금산을 바라보았어요.

모두의 시선을 받고 낮은 곳에 임한 목사님과 국어 선생님이 방 안으로 들어갔어요. 그들은 무릎을 꿇고 앉아 천천히 소금산 밑 부분을 손으로 쓸어내기 시작했죠.

"죽으라고 때린 게…… 아니었는데……."

소금산 밑둥에서 바짝 말라 쪼그라진 사람의 발바닥이 모습을 드러냈어요. 오랜 시간 수분이 빠지고 빠져 미라처럼 말라 버린 어른의 발바닥이었어요.

실종된 아이의 엄마가 그 자리에서 쓰러졌어요. 다른 사람들도 여럿 자리에 주저앉았어요.

"이번엔 작은 아들이 방에서 나오려고 하질 않았어요……."

짠내 나는 홀어머니가 마당에 엎드려 흐느꼈어요. 짠내 나는 홀어머니는 딱딱하게 언 바닥을 손으로 마구 긁으면서 말했어요. 4년 전 방송국 사람들이 왔다간 직후 한 많은 차남이 제 형을 때려 죽였다고. 그리고 방 벽에 등을 기대고 앉아 제 형의 시체를 하염없이 바라보며 방에서 나오려고 하질 않았다고. 시체도 치우지 못하게 해서 할 수 없이 짠내 나는 홀어머니가 틀어박힌 남자의 몸에 소금을 쌓았다고 말이에요.

소금은 죽은 것을 썩지 않게 하니까. 이 집에 소금은 얼마든지 있었으니까. 이 집에 많은 건 소금뿐이니까.

사람들은 비밀의 문을 둘러싸고 오랫동안 그 자리를 떠나지 못했어요.

아이가 없었거든요. 방 안엔 오래전에 죽은 엉뚱한 시체 하나가 소금에 절여져 바싹 말라 있었을 뿐이에요. 이런 결론은 아무도 원하지 않았단 말이에요. 비밀의 문을 열기 전 실종된 아이의 엄마가 한편으로 두려워한 상황이 모두에게 한꺼번에 닥치고 말았어요.

사람들은 불안한 표정을 숨기지 못하고 서로가 서로의 얼굴을 바라봤어요. 낮은 곳에 임한 목사님이, 실종된 아이의 엄마가, 높은 집에 사는 여자가, 반장의 엄마가, 국어 선생님이, 구멍가게 여자가, 장터에서 열쇠를 깎는 노인이, 그리고 다른 많은 사람들이.

그들은 조용히 서로에게 물었어요. 우리가 과연 잃어버린 아이를 남김없이 찾을 수 있을까.

우리가 과연 저 자신의 잘못이 아닌 이유로 인하여 우리 곁을 떠난 아이를 찾아낼 수 있을까. 동시에 우리가 왜 아이를 잃어버린 것인지 그 이유도 알아낼 수 있을까. 서로가 서로에게 궁금해하며 그들은 서 있었어요.

옛날 옛날 그리 멀지 않은 옛날에.

누군가

정해연

2012년 대한민국 스토리 공모전 우수상을 수상했다. 장편 스릴러 『더블(DOUBLE)』로 데뷔하였으며 이 작품은 중국과 태국에 번역·출간되었다. 그 외 작품으로는 『악의―죽은 자의 일기』가 있다.

드디어 누군가 똥을 쌌다.

그러니까 차라리 고스톱의 똥이라도 싼 것이면 다행일 것 같은데 이건 제대로 된 똥이었다. 레알 똥이라구! 전화를 걸어 온 302동 경비원 박 씨가 언성을 높였다. 요즘 들어 애들이 쓰는 말에 부쩍 심취해 있다. 어린애가 어른 말을 쓰면 신기해도, 나이 지긋한 분이 애들 말을 쓰면 인상이 찌푸려진다는 것을 모르는 분이었다. '똥'이라는 격하면서도 원초적이며 흉물스러운 단어에 강주영은 잠깐 멍해진 정신을 가다듬었다.

"알았어요. 일단 청소 아주머니 보낼게요."

전화를 끊고 강주영은 바로 302동을 담당하는 미화원 김 반장에게 전화를 걸었다. 사정을 얘기하자 대뜸 성질부터 냈다. 전화를 끊으면서 김 반장은 더러워서 그만두기라도 해야지 수가 안

난다고 말했다. 벌써 올해 들어 세 번째 미화원이 그만두었다. 미화원 일을 하는 사람들 사이에 이미 소문이 나서 인력이 구해지지도 않을 텐데 큰일이었다. 에이씨. 강주영은 머리를 쥐어뜯었다. 경비원 박 씨가 지른 소리가 아직 귓가에서 사라지기도 전에 미화반장에게 싫은 소리를 듣고 나니 억울했다. 다 같이 일하는 사람들끼리 이런 일이 있을 때는 똘똘 뭉쳐서 드러나지 않은 미지의 범인에게 욕이나 퍼부어 주어야 하는 것 아닌가. 지금 상황은 일방적으로 그들의 화를 자신에게 퍼붓는 것처럼 느껴졌다. 강주영은 항의하고 싶었다.

내가 싼 똥이 아니거든요?

경기도의 봉영아파트 관리사무소에 근무한 지 8년째, 요즘 들어 강주영은 남들이 3년차에 느낀다는 직장인 사춘기를 뒤늦게 겪고 있었다. 드디어 그만둘 때가 된 건가 싶기도 하면서도 월급날이 지나면 또 한 달, 또 1년, 그렇게 시간을 보내고 있다. 요즘 그녀의 사춘기를 더 심화시키는 것은 단연코 302동 엘리베이터의 오물 테러다.

대략 7개월 전부터 사건이 이어지고 있었다. 처음에는 소변이었다. 그것은 항상 아침에 발견되었다. 새벽녘에는 누군가 소변을 싸더라도 입주민의 통행이 잦은 시간이 아니기 때문이다. 그래서 더욱 소변은 승강기 바닥에 찌들어 엄청난 냄새로 302동 입주민들의 아침을 연다. 덕분에 아침마다 쏟아지는 민원은 모두 강주영의 몫이었다. 아무리 닦고 닦아도 냄새는 사그라지지 않고, 아무리 '죄송하다'를 입에 달고 살아도 민원은 줄지 않았다. 근본적인 방법은 그 미친놈을 잡는 것인데, 이 아파트는 CCTV도 없었다.

봉영아파트는 1998년도에 준공한 임대 아파트였다. 요즘 짓는 아파트들은 엘리베이터에 CCTV를 설치하는 것이 의무화되었지만 당시에는 그렇지 않았다. 법적으로 규정되어 있는 것은 지하 주차장에 설치해야 하는 CCTV뿐이었다. 최대한 적은 비용을 투자해 고수익을 얻어야 하는 임대 아파트 사업자로서는 당연히 법적인 테두리 안에서만 아파트를 지었다. 근래 사람들의 불안이 극대화되어 CCTV 설치를 해달라는 민원이 많긴 해도, 1998년에 지은 이 아파트는 신설된 법에는 적용되지 않기 때문에 봉영아파트의 주인 (주)봉영은 콧방귀도 뀌지 않고 있다. 입주민과 회사 사이에서 지치는 것은 관리소 직원이었다.

그것을 제외하고도 이 아파트는 종종 별의별 일이 다 터지곤 했다. 가끔 다른 아파트도 이러나 싶을 만큼 황당한 일도 많았다. 강주영이 입사하고 얼마 되지 않았을 때는, 자신이 부산으로 출장을 간 사이 마누라가 집에 편지를 써놓았으니 자신의 심정이 어떤지 읽어 보라는 말만 남겨 놓고 집을 나갔다는 남자가 전화를 걸어와 강주영을 기겁하게 했다. 남자는 강주영에게 자신의 집에 들어가 편지를 읽어 달라고 하는 어처구니없는 요구를 했다. 하도 답답해 가끔 이런 이야기를 털어놓으면 그녀의 남자친구는 "에이, 말도 안 돼."라고 말하며 손을 내저었다. 하지만 그 말도 안 되는 일이 실제로 벌어진다는 것이 문제였다.

사람 많은 동네, 말이 많을 수밖에 없다는 것은 알고 있었지만 요즘에는 주식으로 치면 상한가였다. 오물 테러와 함께 최악은 바로 302동 1207호 여자였다. 어느 날 느닷없이 전화를 걸어온 여자는 대뜸 이렇게 말했다.

"누가 절 지켜보고 있어요."

"네?"

잠깐, 머리가 멍했다.

"누가 절 지켜보고 있다고요. 누군가 절 감시하고 있어요. 그래서 제가 움직일 때마다 누군가 삑삑 호루라기를 분다고요."

'호루라기'에 정신이 돌아왔다. 이 여자가 302동 1207호 여자라는 것을 너무 뒤늦게 인식했다. 여자는 직원들 사이에서 아주 유명했다. 똥 싸는 놈, 집 나간 아내 편지를 읽어 달라는 놈들을 두고 강주영은 혼잣말로 미친놈이라고 욕을 했지만 이 여자는 진짜 '미친' 여자였다. 우울증이 심각해져 어느 날 갑자기 이 상태에 이르렀다고 했다. 가끔 여자의 남편이 나이 지긋한 경비원 박씨에게 신세 한탄을 한 모양이었다. 경비원 박 씨가 박씨 물어 나르는 제비처럼 직원들에게 그 한탄을 퍼 나를지는 예상 못 했을 것이었다. 하지만 그나마 그 박 씨 덕분에, 미리 사정을 알고 있던 강주영이 당황하지 않고 대처할 수 있었던 것이다.

"아, 호루라기요."

심드렁하게 대답했지만 돌아오는 여자의 말은 열띤 것이었다.

"네. 호루라기요. 저놈들은 그렇게 하면 제가 신경쇠약에 걸려 죽기라도 할 것이라고 예상하는 거예요. 두고 보세요. 전 절대 그렇게 되지 않을 거니까요."

"네, 알겠습니다."

대답해 주고 전화를 끊었다. 하지만 금세 실수했나 하는 생각이 들었다. "두고 보세요."라는 말에 "네, 알겠습니다."라니. 두고 보기로 한 건가. 약속을 한 것 같아 찜찜했다. 두고 보기로 하지 않았냐며 여자가 찾아오는 상상을 잠깐 했다. 하지만 그럴 일은 없었다. 여자는 우울증과 정신착란에 더해 심각한 대인기피증도 있다고 들었다. 집 밖에 나오지 않은 지 1년도 넘었다고 했다. 집 안에서 쓰는 모든 생필품은 배달을 시키고, 나머지 일들은 남편이 챙기고 있다고 들었다.

강주영은 시계를 올려다보았다. 아직 오전 10시 반. 출근한 지 한참 된 것 같은데 아직도 한 시간밖에 되지 않았다는 것이 강주영을 슬프게 했다.

시체가 발견된 것은 강주영이 쏟아지는 민원 해결에 직장인 사춘기를 겪던 날로부터 며칠 뒤였다.

여자는 누가 봐도 추락사한 게 자명했다. 시신은 302동 뒤편의 쪽문 방향을 향해 하늘을 보고 길게 드러누워 있었다. 처음 발견한 사람은 새벽 예배를 보고 오던 302동의 중년 여성 입주민이었다. 처음에는 술 취한 사람이 드러누워 있는 줄 알았다고, 경찰 조사에서 그녀는 말했다.

302동 뒤편에는 입주민들을 위한 파고라가 설치되어 있었는데, 평소 입주민이 아닌 외부 사람이 들어와 술을 마시거나 중고등학생들이 들어와 담배를 피우며 소란을 피우는 탓에 입주민들의 항의가 끊이지 않았다. 파고라 옆쪽으로 바깥 도로로 바로 나갈 수 있도록 쪽문까지 나 있었으니 외부 사람들이 이용하기에 더 쉬웠다. 그래서 이날 새벽, 하늘을 보고 벌러덩 누워 있던 그 사람 역시 평소의 주취자라고 생각한 것이었다.

그러나 발견자는 그 사람을 지나치다 문득 얼굴을 보고 말았고, 그 얼굴에서 이 세상의 것이 아닌, 뭐라고 설명하기 힘든 것이 느껴졌다고 했다. 주취자라고 하기에는 움직임도 너무 없었다. 어스름이 내린 시신의 얼굴 위로 커다란 벌레가 지나갔다. 기겁을 한 여자는 곧장 경비실로 뛰어갔다. 후들거리는 손으로 황급히 302동 경비실 문을 두드렸을 때는 새벽 6시경이었다. 경비원 박 씨는 여자가 이끄는 대로 아무 정보 없이 따라갔다가 시신을 본 두 번째 목격자가 되고 말았다. 그는 경찰 조사에서 그 순간을 이렇게 말했다.

"재수가 없으려니. 곧 우리 집 큰딸 결혼식이 있단 말이오. 알죠? 집안에 큰일 있을 때는 친한 사람 장례식도 안 가는 거. 하필 시신까지 봐서……. 에이!"

어쨌든 발견한 그 순간, 경비원 박 씨는 후들후들 떨리는 손으로 휴대폰을 찾아들고 119에 곧장 신고를 했다. 잠시 02-119를 눌러야 할지 그냥 119를 눌러야 할지 고민했지만, 그는 그냥 119를 눌렀고 다행히 곧장 연결되었다. 119에 신고한 뒤에는, 평소 관리소에서 누누이 받아 왔던 교육 지침에 따라 관리사무소에 연락을 했다. 당직자였던 설비반장 양 씨가 전화를 받았다.

양 반장 역시 곧장 관리소장에게 긴급으로 전화를 하고 나서 현장으로 출동했다. 아직 119는 도착하지 않았다. 양 반장은 아무것도 모르는 상태에서 시신과 맞닥트려야 했던 경비원 박 씨보다 마음의 준비 면에서 나았기 때문에, 현장에 도착했을 때는 조금 냉정해져 있었다. 목격한 입주민의 동호수와 연락처를 받아 적고, 떨고 있는 그녀를 다정히 위로하며 집으로 들여보냈다. 다행히 새벽 시간이라 입주민의 통행은 거의 없었다. 그는 반사적으로 건물 위쪽을 올려다보았다.

119가 도착한 것은 그때였다. 두 명의 남자와 한 명의 여자 구급대원이 빠르게 뛰어왔다. 경비원 박 씨는 덜덜 떨리는 목소리로 자신이 어떻게 이 시신을 발견하게 되었는지를 설명했다. 두 명의 남자 대원 중 키가 크고 골격이 우람한 대원이 나서서 시신 옆에 무릎을 꿇고 앉았다. 두 손으로 시신의 어깨를 두드리며 조금 높은 목소리로 말했다.

"제 말이 들리시나요? 들리세요?"

그러고는 별 반응이 없자, 여자의 코에 손가락을 가져다 대었다가, 다른 대원에게로 시선을 들었다. 눈짓을 하자 여자 대원이 다가와 시신의 심장 박동을 확인했다. 대원들은 서로를 응시하며 고개를 내저었다. 우람한 남자 쪽이 먼저 일어나 양 반장에게 말했다.

"경찰에 신고하세요. 이미 사망하셨습니다. 저희는 환자만 이송할 수 있습니다. 변사한 시신은 거둬 갈 수 없어요. 경찰이 해야 합니다."

그래서 양 반장은 다시 경찰에 신고해야 했다. 경찰이 출동해 도착한 뒤에야, 여자의 시신은 비로소 흰 천으로나마 덮일 수 있었다.

먼 하늘이 밝아지기 시작했다.

출근 즉시, 강주영은 아파트에 뭔가 일이 생겼음을 알 수 있었다. 그녀의 책상 위에 입주자 카드 파일이 아홉 개나 널브러져 있었기 때문이었다. 입주자 카드를 꺼내 놔서 책상 위가 지저분해지는 것은 강주영을 귀찮게 할 일이 벌어졌음을 암시하는 일이었다. 대략 이런 일들이다. 골치 아픈 민원거리를 메모지에 잔뜩 적어 놓고 네가 해결하라는 의미든가, 뭔가 시설적인 문제로 입주민들에게 연락을 해야 할 때라든가. 그중에서도 입주자 카드를 잔뜩 꺼내 놓을 때 일어나는 문제 중 가장 많은 것은 이사 문제였다. 이삿짐 차를 댈 수 있도록 주차장에 주차된 몇 대의 차를 빼야 할 때 연락을 취해야 하기 때문이다. 하지만 오늘은 그날과는 약간 다르긴 했다. 302동 12층 아홉 세대의 카드가 모두 꺼내져 있었기 때문이었다.

"무슨 일 있었어요?"

때마침 들어오는 양 반장에게 물었다. 어쩐지 피곤해 보이는 눈으로 양 반장이 강주영을 쳐다보았다. '이거 뭔데요?' 하고 묻듯 눈짓으로 책상 위에 쏟아져 있는 입주자 카드를 가리켰다. 양 반장이 피곤을 떨쳐 보려는 듯 뒷목을 문지르며 말했다.

"사람이 죽었어."

강주영의 눈이 휘둥그레졌다. 생각지도 못한 사고다.

"왜요? 누가? 어디서?"

"자살인가 봐. 302동 12층 복도에서 뛰어 내렸어. 신분 밝힌다고 경찰들은 왔다 갔다 하지, 목격자 아줌마가 주변에 떠벌리는 바람에 문의 전화는 계속 오지. 환장하는 줄 알았다, 야. 이따가 경찰에서 또 올 거야."

"12층에서 떨어진 건 어떻게 알았는데요?"

"복도 창문. 거기만 열려 있더라고. 12층 딱 한 곳만."

그제야 납득됐다는 듯 아아, 하고 강주영이 머리를 끄덕였다.

동계철에는 복도에 있는 수도 계량기의 동파 사고 때문에 복도 창 관리가 평소보다 철저했다. 특히나 기온이 급강하하는 심야 시간과 새벽에는 각 한 차례, 경비원이 순찰을 돌면서 창문을 닫고 있었다. 시신을 확인하기 위해 도착한 양 반장이 건물을 올려다보았을 때 12층의 딱 한 군데, 1206호와 1207호 사이의 복도 쪽 창이 열려 있었다. 물론 그것만이 다가 아니었다. 양 반장의 설명을 듣고 경찰이 즉시 12층으로 올라가 확인하니 열린 창 아래에 어린이용 세발자전거가 놓여 있었다고 했다. 그것을 밟고 뛰어내린 것이라고 추측되었다. 그것은 확신에 가까운 추측이었다.

그나마, 사망자가 뛰어내리는 상황을 목격자가 직접 보지 않아서 다행이라고 강주영은 생각했다. 그런 장면은 쉽게 잊히지 않은 채, 트라우마로 자리 잡을 수도 있다.

"아무튼, 난 그만 들어간다. 오늘은 빨리 집에 들어가고 싶은 마음뿐이네."

"네, 들어가세요."

야간 당직 근무를 섰던 양 반장이 퇴근한 뒤, 교대하듯 관리소장 홍 씨가 들어왔다. 그 역시 새벽같이 불려 나와 지금까지 시달린 듯했다. 강주영은 평소처럼 아침 인사를 하며 홍 소장을 맞았다. 홍 소장은 오자마자 한숨을 푹 내쉬며 테이블에 걸터앉았다. 손님맞이를 위한 테이블에 별로 앉는 일이 없던 홍 소장이다.

"돌아가신 분은 누구시래요?"

"그게, 아직 몰라."

"그래요?"

"응. 입주민들한테 혹시 세대에 연락 안 되는 가족분이 있으면 연락 달라고 방송했는데도 안 나오고. 그래서 곧 경찰이 올 거야. 죽은 여자 사진 들고. 경비원들이랑 기사들, 그리고 나도 봤어. 근데 다들 잘 모르겠대. 그래도 혹시 강주영 씨는 알 수도 있으니까."

이 아파트에 입주해 있는 주민들은 모두 입주 신고와 시설물 확인 문제로 관리소를 찾아온다. 설명은 강주영의 몫이었다. 강주영이 이 아파트에서 8년을 일해 온 만큼 그 사이에 입주한 사람들은 적어도 한 번씩은 강주영과 얼굴을 마주한다. 그렇다면 자세히는 몰라도 낯이 익을 수 있다. 8년 이전에, 그러니까 훨씬 더 오래전부터 거주해 온 사람이라면 경비원들이 모를 리가 없었다.

"알겠어요."

"응. 근데……."

조심스러워하는 듯, 혹은 미안해하는 듯 홍 소장이 목소리를 조금 낮춰서 말했다.

"시신 사진이야."

어쩔 수 없는 일이다. 누군지도 모르는 사람의 생전 사진이 있을 거라고는 생각을 안 했었다. '어쩔 수 없잖아요.' 하고 말하려는 순간 노크 소리가 들렸다. 홍 소장이 한숨을 내쉬며 고개를 절레절레 흔들었다. 이미 누구인지 예감하는 것 같았다.

문을 열고 들어온 것은 홍 소장의 예상대로 경찰서 강력계 소속 형사였다. 180센티미터는 훨씬 넘어 보이는 키에 어깨가 넓었다. 검은색 싱글코트를 입어 정장 차림인 듯 보였지만 신발은 운동화를 신었다. 어색하기보다는 더 패셔너블해 보이기도 했다. 자기 소개만 없다면 형사라는 직업을 떠올리기는 어려울 만한 외양의 남자였다.

"아, 이쪽은 저희 사무소 경리 직원 강주영 씨입니다."

"야!"

홍 소장의 소개가 채 끝나기도 전에 목소리를 높이며 일어선 것은 강주영이었다. 놀란 눈을 한 강주영은 손가락으로 지신우 형사를 가리키며 눈만 껌뻑거렸다.

"지신우, 니가 여기 담당이야?"

"너는 내가 어느 구역 담당인지도 모르고 있었냐?"

"그랬나? 전혀 몰랐다, 야. 내가 너한테 관심이 없기는 한가 보다."

"또 까분다."

투덕거리는 두 사람을 홍 소장이 번갈아 보며 눈을 반짝였다. 뭔가 설명을 요구하는 눈빛이었다. 곤란한 듯 강주영이 떠듬떠듬 입을 열었다.

"아, 소장님. 이 친구는……."

머뭇거리는 강주영의 말을 지신우가 가로챘다.

"강주영 씨 남자친구입니다."

잠시 뒤 두 사람은 테이블을 가운데 두고 마주 앉았다. "대접할 거라고는 믹스커피뿐이라서."라며 건넨 찻잔이 지신우의 앞에 놓여 있었다. 두 사람을 방해하지 않겠다며 느물느물 웃던 홍 소장은 이미 소장실로 들어가 버린 뒤였다.

"뭐 하러 그런 소릴 하냐?"

남자친구라고 밝힌 것을 두고 하는 말이었다. 지신우가 눈을 가늘게 떴다.

"설마 솔로 행색하고 있었던 건 아니지?"

"여기 솔로 행색해서 덕 볼 게 뭐가 있다고 그러겠냐?"

관리사무소에 근무하는 남자 직원들 중, 가장 어린 사람이 50대 홍 소장이다. 강주영의 수비 범위에 들지 않는다.

"그럼 쑥스러워서 그러는구나."

"시답잖은 소리 말고, 빨리 보이려던 거나 보여 봐."

얘기가 나오자, 지신우가 잠시 머뭇거렸다.

"시신 사진이야. 괜찮겠어?"

"괜찮지 않으면 뭐? 내가 그런 걸 한두 장 본 것 같아?"

강주영의 꿈은 미스터리 스릴러 작가였다. 지신우는 그녀의 자취방 책장에 한가득 꽂혀 있는 『모든 살인은 증거를 남긴다』, 『인체의 해부학』 등등의 책들을 떠올리며 더 할 말 없이 사진을 꺼내 놓았다.

사진 속 여자는 눈을 감고 있었다. 40~50대 정도로 보이고, 눈썹은 짙은 편, 입술 윤곽이 도드라지는 정도만 빼면 평범한 인상이었다. 적어도 머릿속에 그녀를 본 기억은 없었다.

"한 번이라도 본 적이 있으면 가물가물할 텐데, 아예 생경한 얼굴인걸. 신원 확인 안 됐어?"

"쉽지 않네. 처음엔 12층 입주민 중 적어도 관련된 사람이 있을 것 같아서 세대마다 방문했는데 아는 사람이 없었어. 가족 중 집 안에 안 보이는 사람도 없다고 하고. 괜히 욕까지 들어 먹었다고. 1206호 남자는 밤새 일하고 지금 막 들어왔는데 깨운다고 성질을 내지 않나, 1207호 여자는 문도 안 열어 줘서 한참이나 애먹었다고. 뭐라더라? 경찰이라고 속여서 문 열게 한 다음 자기를 못 살게 굴려고 하는 걸 모를 줄 아느냐고 막 그러더라."

누군가 자신을 감시하며 움직일 때마다 호루라기를 분다고 잔뜩 흥분해서 전화를 걸어오던 1207호 여자의 목소리를 떠올리며 강주영은 몸을 떨었다.

"그 여자는 원래 그래. 지문 떴을 거 아냐?"

"떴지."

지신우는 더 이상 말을 잇지 않고 뜸을 들였다. 어디까지 이야기를 해도 좋을지 가늠하는 표정이었다. 그런 지신우를 강주영은 계속 말뚱거리는 눈으로 쳐다보고 있었다. 확실히 여기저기 말을 옮기거나 퍼트리는 타입은 아니었다. 정확히 말하자면 수사에 도움이 되는 편이었다. 예전 처음 강주영을 알게 되었던 부녀회장 살해 사건 때처럼 도움이 될 때도 있었다.

'이 정도는 말해도 되겠지.' 하는 생각으로 입을 열었다.

"지문은 나왔는데, 조회가 안 돼."

그 말이 무엇을 뜻하는지 얼른 접수가 안 되었는지 강주영이 큰 눈을 깜박거렸다.

"조회가 안 된다고. 우리나라 DB에 없는 지문이야."

당연한 이야기지만, 성인은 모두 정해진 나이가 되면 주민등록증을 발급받는다. 지문만 채취된다면, 그래서 백이면 백, 누구의 것인지 조회가 가능하다. 지문이 제대로 채취가 되었는데도 조회가 되지 않는다는 것은 몇 가지 가능성 말고는 생각할 수가 없었다. 첫 번째 가능성은 미성년자다. 하지만 시신은 분명 40~50대는 족히 되어 보이는 여성이었다. 노로증 같은 특이한 질환자가 아니라면 첫 번째 가능성은 제쳐 두어도 무방할 것이다.

두 번째 가능성은 외국인이다. 그것도······.

"불법 밀입국자?"

주영의 말에 '역시.'라는 듯 지신우가 고개를 끄덕였다.

"그렇게밖에 생각할 수 없지."

"이국적인 느낌은 전혀 없었는데."

"조선족이나, 중국, 일본 쪽일까 하는 생각만 가지고 있어."

"베트남도 부족마다 다르지만 호치민 시 쪽은 한국 사람과 거의 가깝지."

"조사해 보면 알겠지."

"그렇구나." 하며 강주영이 고개를 끄덕였다. 그렇지만 이미 초점 없는 눈이 허공을 향해 있었다. 뭔가의 생각에 깊이 빠진 것이다. 지신우는 강주영의 이마를 톡 건드렸다.

"범죄 아니니까 괜한 소설 쓰지 마."

"어떻게 알아?"

시신 발견 당시 열려 있었다는 12층 복도 창에 관해 이야기를 들은 즉시 직접 올라간 것은 지신우였다. 열려 있는 12층 복도 창 아래에 어린이용 세발자전거가 놓여 있었는데 그것을 밟고 올라간 사망자의 족적이 뚜렷이 남아 있었다고 지신우는 설명했다. 그리고 창틀에서 검출된 사망자의 지문은, 위치 및 방향이 창틀을 잡고 올라간 상황이라고 생각하면 딱 들어맞는다고 했다.

물론 사망자를 강제적으로 추락시켰거나, 혼절 혹은 이미 사망한 사람을 내던지고 흔적을 남겨 자살로 위장했을 가능성도 완전히 배제한 것은 아니었다. 하지만 현재로서는 자살이라고밖에 생각할 수 없다. 추락시키기 위해 몸싸움이 일어났다거나, 축 늘어진 사람을 끌고 가 창밖으로 내던지기에는 소음이 없을 수 없다. 그러나 인적 없는 새벽 시간대의, 그것도 복도식 아파트는 작은 소음이라도 나면 복도 전체가 울린다. 그런 소리를 아무도 못들을 리가 없다. 그 점에서는 강주영도 동의했다. 개 짖는 소리 때문에 민원 전화가 올 때, 각 층을 아무리 돌아다녀도 어느 세대에서 나는지 특정하기 힘든 경우가 많다. 복도식 아파트의 특성상소리가 여기저기 부딪혀 울리기 때문이었다. 그런 큰 소리가 났다면, 같은 층이나 혹은 아래층, 위층에서도 누군가 소음을 들었을 것이다.

"자살은 확실하겠지만 '왜' 자살했는지가 중요하겠네. 더군다나 불법 밀입국자라면."

"그렇지. 범죄나 범죄 조직이 연관되어 있을 가능성이 있어. 사망자가 학대나 노동력 착취를 당했을 수도 있고."

말을 잇던 지신우가 핫, 하고 정신을 차렸다. 너무 많은 이야기를 한 것 같아서였다. 씨익, 강주영이 웃었다. 또 넘어가 버렸다. 크흠, 하고 헛기침을 하며 지신우가 시선을 피했다.

"여기 있다가는 수사상 기밀까지 다 털어놓겠다."

"눈치 빨라졌는데?"

"강주영이라는 여자와 사귀면서도 형사의 본분을 잃지 않으려면 이 정도는 해야지."

웃음기 어린 그의 핀잔에 강주영도 싫지 않은 웃음을 지었다.

"그나저나."

지신우가 뭉친 어깨를 펴는 듯 팔을 한 번 크게 돌렸다.

"사망자 신원 확인이 우선인데 말이야. 다른 아파트까지 와서 자살한 걸 보면 단독주택에 사는 사람일 거란 말이야. 투신 자살을 하기 위해 아파트로 들어왔겠지. 물론 이 근방부터 시작하겠지만 그 많은 CCTV를 다 조사하려면 골치 좀 썩겠어."

"뭐? 진짜 그렇게 생각하는 거야? 다른 곳에 사는 사람이라고?"

강주영이 놀란 눈을 했다. 그 반응이 오히려 의아해 지신우가 고개를 갸웃했다.

"당연하지. 내가 오기 전에 소장님께 못 들었어? 아침에 방송까지 했었다고. 집에서 혹시 외출 후 돌아오지 않는 사람이 있으면 연락을 달라. 그런데 연락 온 것도 없었어. 독신이라고 생각할 수도 있는데 입주자 카드에 없는 사람이기도 하고. 수사 범위가 엄청 넓어질 것 같아 안타까울 뿐이지."

"그럴 리가 없잖아."

"뭐?"

강주영은 지신우의 말이 오히려 더 납득이 안 간다는 표정이었다. 지신우가 알아차리지 못했다는 사실이 더 이해가 안 간다고 말했다.

"너 같으면, 네가 살지 않는 곳에 가서 자살하는데 12층에서 뛰어내리겠어?"

"그게 무슨……."

"15층 아파트야. 그런데 왜 굳이 12층에서 뛰어내리겠냐고."

"그 정도에서 뛰어내려도 죽을 것 같았나 보지. 실제로 성공하기도 했고."

그 말에 강주영은 고개를 저었다.

"아니. 여기면 죽을까, 살까를 계산하는 게 자살하는 사람의 심리가 아니지. 기본적으로 자살하는 사람은 엘리베이터를 타면 대부분 가장 최고층 버튼을 눌러. 계산하는 게 아니라 본능이라고, 그건."

지신우가 놀란 눈을 했다. 미처 생각하지 못한 부분이었다. 강주영이 깊은 생각에 빠진 얼굴로 중얼거렸다.

"그러니까 이유가 있을 거야. 굳이 12층 복도에서 뛰어내린 이유가."

"12층이라."

"전혀 생각지 못한 부분이다."라고 지신우는 중얼거렸다. 덕분에 강주영의 어깨가 으쓱했던 것도 잠시, 두 사람 모두 생각을 더 진행시키지 못했다. 검지 끝으로 테이블을 톡톡 두드리던 지신우의 손이 돌연 멈췄다.

"12층 전체에 대한 수색영장을 발부받아 조사해야겠네."

"제대로 된 증거도 없는데 허락이 떨어지겠어?"

"그런가."

다시 생각에 빠지는 얼굴. 저 얼굴이다. 저 얼굴 때문에 강주영은 생각을 멈출 수 없었다. 뭔가 자신이 먼저 알아내 도움을 주고 싶다는 욕구가 강하게 밀려왔다. 하지만 그보다 망자에게 이름을 되찾아 주고 싶었다. 아무리 안타까워해도 살아 있는 사람은 '내일'과 '내 일'을 생각할 수 있다. 하지만 죽은 자는 그걸로 끝이었다. 이름도 없이 떠나보낼 수는 없다. 그것이, 코리안 드림을 꿈꾸고 하늘을 날아온 사람의 '드림'을 지켜주지 못한 '코리안'으로서의 책임이다.

"혹시라도 사망자가 12층에 살았다면 감금당했을 가능성이 있어."

그 가설이라면 주변에 그녀를 본 사람도 없고, 경비원마저 그녀의 얼굴을 알지 못하는 상황과 맞아떨어진다. 그런 상황에서 탈출에 성공하였을 것이고, 그러나 밖으로 나와도 그녀를 짓누르는 현실 세계는 무거웠을 것이다. '집으로 돌아가고 싶지만 방법을 찾지 못한다, 이 불행은 죽어야 끝날 것이다.'라고 생각했을지 모른다. 그래서 그녀는 결국 죽음을 택한 것이다. 지신우의 설명은 그런 것이었다.

그 가설은 강주영 역시 생각하지 않았던 것이 아니었다. 강주영이 자신의 머릿속에서 세우고 무너뜨리기를 반복한 많은 가설 중의 하나였다. 그 가설은 그중에서도 강주영의 머릿속을 번쩍하게 만들었다. 하지만, 벽에 부딪혀 힘없이 주저앉고 말았던 것도 사실이었다.

지신우의 가설은 얼핏 생각하면 부자연스러운 곳이 없는 것 같다. 하지만 분명 아귀가 맞지 않는다.

"감금 상태에서 탈출할 수 있었고, 그렇게 벗어났지만 자살을 선택할 수밖에 없었다고 해도, 왜 집 안에서가 아닌 복도로 나와서 자살을 한 건지는 설명이 안 돼."

아파트에 사는 사람이 집 안이 아닌 곳에서 자살하는 것은 남겨진 가족이 걱정되거나, 사람이 죽은 아파트라고 소문나 매매되지 않을까 봐, 라는 것이 대부분이다. 자신을 감금한 사람을 위해 밖으로 나와서까지 죽을 리가 없다는 것이다.

"복잡하네."

머리를 벅벅 긁는 지신우를 보던 강주영은 문득 시계를 올려다보았다. 헉, 소리와 함께 허겁지겁 코트를 챙겨 입고 은행용 가방에 통장들을 챙겨 넣었다.

"뭐 해?"

"은행 가는 날이란 말이야."

"먹고사느라 바쁘군."

"그 먹고사느라 바쁜 사람의 밥줄이 너 때문에 끊길 뻔했어."

"밥줄 끊겨도 내가 다시 이어 주면 돼. 아파트 관리 그만하고 내 집과 방을 관리해 달라니까? 너무 깊게 생각하지 말고 그냥 이직한다 생각하고."

"그 입이 확 꿰매져서 진짜 밥줄 끊기고 싶구나, 네가."

지신우의 깊은 한숨을 뒤로한 채 주영은 사무실 문을 열기 위해 손잡이를 틀어쥐었다. 그때 어떤 생각이 비호처럼 머리를 스쳤다. 주영은 시선을 내려 자신의 손을 응시했다. 순간 고개를 홱 돌려 지신우를 보았다. 의아하다는 듯 지신우가 눈을 동그랗게 뜨고 강주영을 보았다.

"손잡이야. 세대 안에서 여자가 나온 것이 맞다면 손잡이에도 여자의 지문이 남아 있을 가능성이 있어."

그 얘기였냐는 듯 지신우가 쓰게 웃었다.

"요청은 해보겠지만, 증거도 없이 그냥 추측만으로 허가가 날지 모르겠어."

"아니, 집 안이 아냐. 바깥, 복도 쪽이라고!"

"복도 쪽?"

"그래. 만약 여자가 그 층에 있는 집 중 어딘가에서 살았다면

단 한 번이라도 문이나 손잡이를 만졌을 거야. 단 한 번이라도. 없을지도 모르지만, 운 좋게 찾을 수도 있지 않을까?"

"있으면 좋지만, 아까도 말했듯이 허가가……."

"잊었어? 여긴 임대 아파트야. 집 내부라면 몰라도 바깥이라면 얘기가 다르지. 엄밀히 따지면 그쪽은 회사 소유야. 회사의 허가만 받으면 돼. 그리고 고작 아홉 세대뿐이야. 항의가 들어오면 그 정도는 관리소장님이 커버하실 수 있어. 지문 검사 끝나면 닦아주면 그만인 일이야."

지신우의 검지가 다시 테이블을 두드리기 시작했다. 뭔가 생각에 빠지면 하는 그의 버릇이었다.

"고려해 봐. 어쨌든 나는 먹고살러 이만."

강주영은 인사라도 하듯 오른손바닥을 펼쳐 보이고 나서 급히 걸음을 옮겼다. 문이 닫히기 직전 지신우가 휴대폰을 꺼내 어딘가로 전화를 거는 것이 보였다.

"엄청 춥네."

관리소 건물을 벗어나자 한기가 들이닥쳤다. 다시 되돌아가고 싶은 마음이 굴뚝같았으나 은행에 가지 않으면 안 되는 날이었다. 오늘은 관리비 납부 마감일이자 아파트의 각종 용역비와 공과금을 정산하는 날이었다.

은행은 걸어서 10분 거리에 있다. 말이 좋아 10분이지, 한겨울에는 칼바람이 무릎 사이를 파고들고, 귀를 잘라내고, 손가락을 할퀴기에 충분한 시간이었다. 점퍼의 후드를 뒤집어쓰고 목도리를 목에 칭칭 감았다. 거의 뛰다시피 하는 빠른 걸음으로 아파트 뒤편으로 향했다. 이쪽이 정문으로 가는 것보다는 조금 더 가깝다.

문득 걸음을 멈추고 뒤를 보았다.

302동이 하늘 위로 높다랗게 솟구쳐 있었다. 12층쯤을 눈으로 훑었다. 눈물 콧물로 범벅이 된 여자가 12층 난간에 앉아 아래를 내려다보고, 겁을 집어 먹고 기겁하며 울다가, 하늘을 쳐다보다가, 세상을 원망도 하다가…… 이내 뛰어내리는 광경이 눈에 보일 것만 같았다.

여자가 누워 있던 자리는 잔디에 얼음이 엉켜 있었다. 예년에 비해 올해는 눈이 거의 오지 않아 춥긴 해도 아파트 단지 내의 바닥은 잔설이나 얼음이 없어 깨끗한 편이었다. 그러나 그 자리만 엉켜 있는 얼음은 생경하게 느껴지기에 충분했다. 아마 여자의 직접적인 사인이 되었을, 깨진 머리에서 흘러나온 피를 씻어 내린 물이 얼어붙은 것이리라. 가만히 그곳을 응시하다가 걸음을 옮겼다.

사건이 급류를 타기 시작한 것은 불과 다음 날이었다. 출근길이던 강주영에게 전화를 건 사람은 관리소장이었다. 전화를 받은 그녀는 그 즉시 황급히 뛰어 아파트 단지 안으로 들어섰다. 그녀가 뛰어 들어간 곳은 관리소가 아니라 302동이었다. 엘리베이터를 타고 곧장 올라갔다. 12층까지 올라가는 동안이 얼마나 길게 느껴지는지 계속해서 발을 동동 굴렀다. 다행히 엘리베이터는 중간에 서는 일 없이 곧장 12층에서 멈추더니 문이 열렸다.

이 아파트가 이렇게 시끄러웠던 적이 있었을까? 엘리베이터에서 내리자마자 든 생각은 그것이었다. 사복경찰로 보이는 사람들과 제복을 입은 경찰들, 과학수사대라고 적힌 조끼를 입고 부산스레 움직이는 사람들과, 거의 쫓겨나다시피 나와 있던 12층 주민들, 갑작스레 일어난 소란에 구경하러 올라오거나 내려온 다른 라인 주민들로 인산인해였다. '시끄럽다고 민원깨나 들어오겠네.' 그런 생각을 하며 복도를 몇 걸음 걷자 팔짱을 끼고 있는 홍 소장이 보였다.

"소장님."

"이리로 바로 왔어? 사무소에 가서 민원 들어온 거 없나 체크하고 양해 안내 방송 좀 하고 그러지."

"뭐가 나왔대요?"

드디어 사망자의 거주지가 밝혀졌다고 전하는 홍 소장의 전화를 끊고 급히 아파트로 오는 길에 강주영은 지신우에게 전화를 걸었다.

"길게 말할 시간은 없지만."이라고 말하며 지신우는 고맙다고 했다. 투신 자살을 할 곳을 물색했던 사망자가 우연히 선택한 것이 봉영아파트 302동이었을 뿐이라고, 단순히 결론지었을지도 모르는 생각의 물길을 강주영이 완전히 다른 방향으로 틀어 줬기 때문이었다. '12층에서 자살할 리 없다'는 그녀의 말이 '12층엔 뭔가 있다'라는 생각으로 바뀌게 했고, 아무도 사망자를 모른다는 입주민들의 말 역시 100퍼센트 신뢰할 수만은 없다고 결론짓게 해주었다는 것이다. 게다가 12층 입주민 전체를 조사할 부담까지 줄여 주었다. 하지만 중요한 것은 '강주영이 틀어 놓은 그 물길이 정확히 어디로 흘러가는가'일 것이다.

홍 소장이 턱짓으로 정면을 가리키며 말했다.

"나왔네."

모습을 드러낸 것은 지신우였다. 어제 관리소에 왔을 때 입었던 옷 그대로인 걸로 보아 그동안 집에 들어가지 못한 것 같았다. 입가에 수염이 조금 자라 푸릇푸릇했다. 그와 함께 있는 것은 동료 형사 서동현이었는데, 두 사람의 사이에 얼굴이 각지고 고집스러운 입매를 꾹 다물고 있는 남자가 눈을 쌍클하게 뜨고 서 있었다.

처음 지신우가 방문 조사를 했을 때, 밤새 일하고 들어와 잠든 지 얼마 되지 않았는데 왜 깨우냐며 항의했다던 1206호 남자였다.

남자의 집 내부에서도 현관문 손잡이에서처럼 여자의 지문이 곳곳에서 검출되었다. 입주자 카드에는 남자 혼자 사는 것으로 기재되어 있었지만, 집 안에는 여자의 흔적이 역력히 남아 있었다. 한국에서는 조회되지도 않는 지문, 누구도 해오지 않았던 실종 신고……. 그럼에도 그 집만은 여자가 이 나라에 살고 있었음을 증명해 보이고 있었던 것이다. 그중에서도 지신우는 특히 붙박이장이 달린 작은방에 주목했다. 그 방의 잠금장치가 거꾸로 달려 있었던 것이었다. 대부분의 잠금장치는 안에서 눌러 잠그게 되어 있고, 밖에서는 열쇠를 사용해 열 수 있다. 그런데 그것을 거꾸로 달아서, 문이 잠겼을 때 열쇠가 없으면 안에서는 열 수 없게 되어 있었다. 그것이 의미하는 바는, 너무나 잔인하여 강주영으로서는 생각하고 싶지 않았다.

경찰은 앞으로 남자를 조사해 밝혀낼 터였다. 여자가 어느 나라 사람인지, 여자의 밀입국에 남자가 어떤 역할을 했는지, 집 안에서 불법 감금 및 폭행의 행위가 있었는지, 여자는 왜…… 죽음을 택할 수밖에 없었는지. 사망한 여성 이외에도 다른 피해자가 더 있는지. 이런 일을 하는 남자의 뒤에 어떤 조직이 있는지.

형사들을 따라 걷는 남자는 자신이 이미 죄인이라도 된 양, 고개를 푹 숙이고 걷고 있었다. 구경을 나온 사람들은 남자를 피해 복도의 양 옆으로 비켜서면서도 흥미 가득한 시선을 거두지 않았다.

강주영은 빈집을 휘 둘러보았다.

"가자고."

홍 소장이 그녀를 불렀다. 돌아보니 소장이 손가락에 열쇠뭉치 고리를 걸고 흔들고 있었다. 이미 남자에게서 열쇠를 건네받은 것 같았다. 남자는 어쩌면, 자신이 당분간 집으로 돌아오지 못하리라는 사실을 알고 있는 걸까.

"아, 네! 베란다 문 좀 닫고요."

"그래. 그럼 강주영 씨가 문단속 좀 하고 나와."

홍 소장은 열쇠뭉치를 강주영에게 넘겼다. 골치 아픈 일이 자기 선에서는 이미 끝났으니, 요즘 심취해 있는 스마트폰 게임을 빨리 하러 가고 싶은 모양이었다. 강주영이 열쇠를 받아 들자 홍 소장이 말했다.

"근데 강주영 씨 남자친구는 어째 강주영 씨한테 아는 척도 잘 안 하데. 뭐 이런저런 뒷얘기 좀 들을 수 있을 줄 알았더니만."

"일이니까요."

지신우가 공적인 일을 이러쿵저러쿵 떠벌리고 다니는 사람이었다면 애초에 매력 따위 느끼지 못했을 것이었다. 작가 지망생인 강주영으로서는 아쉬움이 없는 건 아니지만.

홍 소장이 사무실로 돌아간 뒤, 강주영은 다시 한 번 집 안을 둘러보았다.

집은 전체적으로 깔끔한 인상이었다. 일반적으로 먼지가 잘 앉는 거실의 TV나 창틀의 틈새 같은 곳에도 먼지 하나 보이지 않았다. 슬쩍 들여다본 주방도 아기자기한 양념통이 잘 갖추어져 있었고, 조리기구도 정갈하게 정리되어 걸려 있었다.

사람의 외양으로 그 사람을 판단하는 것이 얼마나 쓸모없는 일이고, 그 판단이 얼마나 틀리기 쉬운지를 모르지 않는 강주영이었지만, 아까 복도에서 잠깐 보았던 1206호 남자의 우락부락하고 거칠어 보이는 겉모습으로는 도저히 집 안을 이 정도로 깔끔히 정리한다는 것은 상상이 가지 않는 일이었다. 게다가 얼핏 본 남자는 잘 관리되지 않은 지저분한 턱수염과 너저분한 헤어스타일의 소유자였다. 그런 사람이 집 안은 열심히 관리한다? 마치 여자처럼?

감금이라도 하듯 거꾸로 달린 방문 손잡이.

여자의 손길이 닿은 듯 깔끔하게 정리된 온 집 안.

여자의 자살.

망가진 기계에 맞지도 않는 나사를 억지로 구멍에 쑤셔 넣은 느낌이었다. 분명 맞는 나사가 있을 텐데.

생각에 잠기던 강주영은 머리를 흔들었다. 자신은 미스터리 스릴러 작가 지망생일 뿐이고, 더군다나 현실은 관리사무소 직원일 뿐이었다. 그저 머리를 굴리는 것만으로 자신이 어떤 일을 해결할 수는 없다. 1206호 남자를 심문하거나, 조사를 하면 밝혀질 일들이지만 그것은 자신이 할 수 없는 일이다.

강주영은 주방으로 들어가 가스밸브를 잠갔다. 화재를 일으킬

만한 전열 기구가 콘센트에 꽂혀 있지는 않는지를 확인하고 마지막으로 베란다로 나갔다. 베란다 창이 열려 있었기 때문이었다. 피의자 신분으로 경찰서에 임의 동행하는 사람이 환기를 하겠다고 베란다 창을 열어 둘 리는 없다. 자세히 보니, 역시나, 베란다 창을 움직이도록 하는 롤러가 주저앉아 있었다. 15년도 훨씬 더 된 아파트에 자주 있는 일이었다. 평소에는 거실과 베란다 사이의 분합문을 닫아 놓고 쓴 것 같았다. 임대 아파트라 전화를 하면 보수를 해주는데, 개인적으로 A/S를 해야 하는 줄 알고 고치지 않고 쓰는 사람이 종종 있다. 강주영은 일단 대충이라도 닫아 놓을까 싶어 힘주어 창을 당겨 닫았다.

날카로운 마찰음이 들렸지만, 아예 움직이지 않는 것은 아니었다. 몇 번 쉬어야 했지만 온 힘을 다해 창을 완전히 닫을 수 있었다. 손바닥에 묻은 먼지를 탈탈 털고 다시 거실로 올라섰다. '문이나 잘 잠그고 나가야지.' 하고 생각하는 순간, 주머니에서 휴대폰이 울렸다.

발신자는 모르는 번호였다. 사무실 전화를 강주영이 받도록 착신으로 돌려놓은 것이리라는 생각이 들었다. 가끔 강주영이 사무실을 비운 사이, 전화를 받아줄 만한 홍 소장이나 다른 기사들도 사무실을 비워야 할 때는 강주영에게 착신을 걸어 돌려놓기도 했다. 강주영은 얼른 전화를 받으며 거실을 가로질러 현관문 쪽으로 향했다.

"감사합니다. 봉영아파트 관리사무소입니다."

"1207호예요! 날 좀 도와줘요. 누군가 절 감시하고 있다고 했었죠? 또 그런다고요! 또 내가 움직일 때마다 호루라기를 불었어요."

목소리를 잔뜩 낮추고 비밀 얘기라도 하는 듯한 목소리. 강주영은 한숨을 내쉬었다. '호루라기 여자가 또 시작이구나.' 하고 생각했다.

"아, 네 그렇지만……."

순간 강주영은 말을 멈추었다. 머릿속을 스치고 지나간 것이 있었다. 강주영은 믿을 수 없는 것을 본 사람 같은 얼굴로 뒤돌아보았다. 천천히 베란다로 향했다. 조금 전 억지로 닫았던 창문을 다시 힘주어 조금 열었다.

쇠가 부딪히는, 듣기 싫은 마찰음 소리가 들렸다.

"이것 봐요! 또 들리잖아요. 나 전화하고 있는 것도 들리나 봐요!"

여자의 울먹이는 소리가 점점 격렬해졌지만 강주영은 더 이상 그 소리가 들리지 않았다. 다만 차분한 목소리로 대답해 주었다.

"호루라기 소리 같은 거 아닐 거예요. 더 이상 그 소리는 들리지 않을 테니 걱정 마세요."

강주영은 1206호를 나섰다. 엘리베이터를 타고 1층으로 내려가 302동 뒷문을 통해 밖으로 나갔다. 여자가 추락했던 자리에 아직도 엉겨 있는 얼음을 물끄러미 보았다.

그것은 호루라기 소리 같은 것이 아니었다. 심각한 우울증과 피해 망상으로 신경쇠약에 걸린 여자가 비약적으로 들은 소리였다.

그 창을, 몇 번이고 열었는가.

그 모습이 보이는 것 같았다. 몇 번이고 자살을 생각하며 베란다 창을 여닫던 여자의 망설임이. 왠지 그 감정과 동화되는 것처럼 강주영은 온몸이 조이는 것만 같았다.

하지만 결국 여자는 복도에서 뛰어내렸다. 자살하는 사람의 대다수가 집 안이 아닌 곳에서 자살한다. 대부분의 이유는 남은 가족들을 생각해서였다. 하지만 여자는 1206호 남자의 가족이 아니었다. 벗어나고 싶었던 것이 아닐까.

고개를 들고 1206호가 있는 곳을 올려다보았다. 집 안의 정경이 가슴에 남았었다. 남자는 분명 불법 밀입국과 관련 있는 인물일 것이다. 그리고 어쩌면 밀입국시킨 사람들을 집 안에 데려다 감금하고 감시했는지도 모른다. 하지만……. 너무나 깨끗한 집. 군데군데 남아 있는 아기자기한 소품들. 베란다 창을 열거나 복도로 나와 자살했을 만큼 집 안에 혼자 있어도 외출이 가능했던, 자유로웠던 여자.

어쩌면 남자에게 여자는 그동안 관리하고 감시했던 여자들과 다른 의미였던 걸까. 두 사람은 어쩌면, 불법밀입국자와 감시자가 아니라 그저 한 사람의 여자와 남자였던 걸까. 다만 여자는 그럼에도 고국으로 돌아가지도, 한국 사람이 되지도 못하는 자신의 처지를 비관해 자살한 것은 아닐까.

깨끗한 집과 거꾸로 달려 있는 방문 손잡이의 이질감이, 그렇게 생각하면 어느 정도는 아귀가 맞는다. 하지만 마지막 한 가지 의문이 남는다. '왜 굳이 복도까지 나와서 자살했는가'란 의문이다. 집 안에서 자살하지 못하는 것은, 남는 가족들이 그 집 안에서 살아야 하기 때문이다. 자신의 가족이 죽은 현장에서 산다는 것은 무척 잔인한 일일 것이다. 하지만 베란다에서 뛰어내려 자살하는 것은 집 안에서 자살하는 것과는 다르다. 그런데 왜…….

처음엔 12층 입주민 중 적어도 관련된 사람이 있을 것 같아서 세대마다 방문했는데 아는 사람이 없었어. 가족 중 집 안에 안 보

이는 사람도 없다고 하고. 괜히 욕까지 들어 먹었다고. 1206호 남자는 밤새 일하고 지금 막 들어왔는데 깨운다고 성질을 내지 않나.

본 것이다.

베란다에서 자살하려던 그 순간, 귀가하는 남자를.

남자가 집 안으로 들어오면 또 자살을 포기해야 한다. 하지만 이대로 뛰어내리면 남자의 눈앞에서 자살하게 된다. 그 고통은 평생 잊히지 않는 일일 것이다. 그래서 급히, 집 밖으로 나간 것이다.

"하지만 그 남자는 당신이 죽었어도 모르는 척, 당신 같은 사람은 모른다고 했단 말이야. 이 바보 같은 여자야."

여자가 죽은 자리를 청소한 뒤 남은 얼음도, 언젠가는 녹아 버릴 것이다. 경찰에서도 조사가 끝나면 더 이상 관심 갖는 일은 없을 것이다. 여자의 안타까운 죽음이 그저 재수 없는 일이라고 생각하는 이 아파트 주민들도 언젠가는 금세 잊어버릴 것이다.

여자의 존재도, 여자가 많은 위험을 감수하고 몰래 탄 배 안에서 꿈꿨던 코리안 드림도, 누구하나 오래 기억해주지 않을 터였다.

강주영은 사무실로 돌아갔다. 양 반장이 장비를 챙겨 나가려던 참이었다. 곧 해빙기이니 이런저런 안전 점검을 할 일이 많다.

"반장님 1206호 문 미리 잠그기는 했는데요, 거기 베란다 창 롤러가 무너져 내려앉아 있더라고요."

"그래? 체크해 놨다 손봐야겠네. 빈집인데 더 신경 써야지. 괜히 여름에 강풍이라도 불었다가 창이 떨어지기라도 하면 큰일이니까."

"네."

이제 1207호 여자도 호루라기 소리에 시달릴 일은 없다.

"무슨 일 있어? 우울해 보이는데."

"아, 뭐 그냥요. 별일은 아닌데……."

그때 전화벨이 울렸다. 양 반장이 어깨를 으쓱하고는 사무실에서 나갔다. 강주영은 휴대폰을 받았다. 아직 관리소 전화가 착신으로 돌려져 있기 때문에 아마도 사무실로 온 전화일 것이다.

"감사합니다. 봉영아파트 관리사무소……."

채 인사 멘트를 끝내기도 전에, 전화기 너머의 남자가 분노에 치밀어 자기 말만 쏟아냈다. 남자는 잔뜩 흥분해 있었다. '최선의 민원 전화 응대 방법은 들어주는 것이다'라는 홍 소장의 조언대로 강주영은 입을 다물고 남자의 말을 끝까지 들어 주었다. 하지만 들으면 들을수록 그녀의 이맛살이 잔뜩 구겨졌다. 남자의 말 끝에 강주영이 할 수 있는 말은 고작 한마디였다.

"죄송합니다. 곧 조치하겠습니다."

친절한 목소리를 유지했지만 전화를 끊는 폼은 거의 휴대폰을 부술 정도였다. 강주영은 씩씩대면서 화가 풀리지 않아 머리를 헝클어뜨렸다.

"아놔! 누가 또 엘리베이터에 똥 쌌어!"

똥은 소변과는 차원이 다르다. 일단 범행에 드는 시간 자체에서 큰 차이가 난다. 누군가 올라탈지도 모르는 위험을 뚫고 계속 이 말도 안 되는 배변에 성공하는 이는 대체 누구란 말인가.

분노로 씨근덕거리며 강주영은 다짐했다. 미스터리 스릴러 작가 지망생의 명예를 걸고 반드시 저 302동 엘리베이터 똥 사건의 미스터리를 풀고야 말겠노라고!

해무

전건우

남편과 아빠로, 그리고 직장인으로 살아가며 글을 쓰고 있다. 재미있고 감동적인 이야기를 만들기 위해 고군분투 중이다. 『한국 공포 문학 단편선』, 『한국 추리 스릴러 단편선』 시리즈에 단편을 실었으며 장편 『밤의 이야기꾼들』을 출간하였다.

1

그 밤은 무언가 이상했다. 교교히 빛나던 핏빛 보름달 때문만
은 아니었다. 몸을 감싸 도는 공기 자체가 달랐다. 차갑고 무거웠
다. 자정이 넘었다는 걸 감안해도 8월의 기온이라 하기에는 무리
가 있었다. 그것이 앞으로 일어나게 될 불길한 일의 전조였음을,
무의식 속의 예민한 감각이 경고를 보내는 것임을 당시에는 알지
못했다. 그저 며칠째 이어진 접대 탓에 몸살이 오려나 보다, 그렇
게만 생각했다.

집에 돌아오니 새벽 1시였다. 아내는 자고 있었다. 샤워를 하고
침대에 누웠다. 씻을 때는 몰랐는데 가만히 누워서 천장을 바라
보고 있자니 그 기묘한 느낌이 되살아났다. 공기 자체가 하나의
생물이고 거기서 뻗어 나온 거대하고 축축한 혀가 온몸을 핥는
것 같은 느낌.

억지로 눈을 감았다. 내려앉은 눈꺼풀 안쪽에서 무언가가 꿈틀거리며 다가왔다. 괜찮아. 신경이 날카로워서 그런 거야……. 마음속으로 주문을 걸듯 되뇌며 잠 속으로 빠져 들어갔다.

다시 눈을 뜬 것은 휴대전화 벨 소리 때문이었다. 처음에는 꿈이라 생각했다. 꿈속에서 나는 어둠을 헤매고 있었고 그 안으로 익숙한 음악이 들려왔던 것이다. 이것이 현실의 일이고 누군가가 끈질기게 전화를 걸고 있다는 사실을 깨달은 건 새벽 2시 30분이라는 시간을 확인하고도 한참 후였다.

새벽에 대체 누가…….

무시해 버릴 요량으로 눈을 감았지만 문득 불안한 마음이 들었다. 상대가 누구이건 급한 일이 아니라면 새벽에 전화를 할 이유가 없었다. 어쩌면 며칠째 연락이 없던 미영일지도 모른다. 생각이 거기까지 미치자 도저히 그냥 누워 있을 수가 없었다.

전화기를 들고 거실로 나갔다. 베란다 창으로 쏟아져 들어온 붉은 달빛이 기괴한 그림자를 드리우고 있었다.

"여보세요?"

끈덕지게 울어 대던 벨 소리와 달리 상대는 말이 없었다.

"미영이?"

잠들어 있는 아내의 기색을 살피며 조심스레 물었다.

"형석……이니?"

미영이가 아니었다. 쉰 목소리를 가진 늙은 여자였다.

"네, 맞습니다만."

목소리의 주인을 떠올리려고 기억을 더듬었지만 물에 젖은 사인펜 글씨처럼 희미할 뿐이었다. 분명히 아는 사람인데, 그 이름이 목구멍 어딘가에 걸려 튀어나오지 않았다.

"누구시죠?"

여자를 향해 물었다. 불길한 침묵이 이어진다 싶더니 예상치 못한 대답이 돌아왔다.

"순자가…… 죽었다…….”

"네?"

고막을 거쳐 뇌로 전달되는 보통의 말과 달리 그 짧은 문장은 심장을 직접 움켜쥐었다. 숨을 쉴 수도, 움직일 수도 없었다. 감각만은 생생했다. 아내의 얕은 숨소리와 냉장고의 모터 소리, 그리고 갑자기 낮아진 실내 온도 등이 아플 정도로 날카롭게 느껴졌다.

목소리의 주인이 누구인지도 생각났다. 순자라는 이름이, 이십오 년 동안 한 번도 열어 보지 않았던 무의식 밑바닥의 우물 문을 우악스럽게 열어젖힌 것이다.

축축하고 미끈미끈한 기억이 꿈틀거리며 올라왔다.

"어, 언제?"

간신히 목소리를 짜내 물었다. 순자의 어머니, 박 무당을 향해.

"올 거지? 순자는 너를 계속 기다렸어."

등 뒤에서 공기의 흐름이 느껴졌다. 무언가가 움직인 모양이다. 생각은 그렇게 했지만 돌아볼 수는 없었다. 말이 안 된다는 걸 알면서도 등 뒤에 순자가 서 있을지도 모른다는 생각이 머릿속을 가득 채웠다. 고양이 같은 눈을 하고서 입을 오물거리며.

"내일…… 마을에서 보자.”

박 무당은 그 말을 끝으로 전화를 끊었다. 금방이라도 바스러질 것 같은 얇은 침묵이 허공을 떠돌았다. 쏟아져 들어오는 달빛과 그 주위에 깔린 어둠을 멍하니 바라보았다. 온몸에 소름이 돋 았다. 벌레가 혈관 속을 기어 다니는 느낌이었다.

순자가 죽었다.

순자가, 죽었다.

순자가…… 죽었다.

나는 그 말이 현실감을 얻어 하나의 의미로 자리 잡기까지 몇 번이나 되뇌었다. 마치 그 옛날 질리도록 그녀의 몸을 안았던 것 처럼 그렇게. 그러는 사이 오랫동안 잊고 있었던 비릿한 냄새가 코끝을 스쳤다. 순자의 체취……. 그녀의 몸에서는 언제나 날고기 의 비릿함이 풍겼다. 나는 그 냄새가 좋아 자꾸만, 자꾸만 그녀의 품으로 고개를 디밀었다. 질척이면서도 묘하게 부드러웠던 그녀 의…… 몸.

다시 정신을 차린 건 뻐꾸기시계 때문이었다. 뻐꾸기가 튀어나 와 4시를 알리는 순간 깜짝 놀라 현실로 돌아왔다. 차갑고 무거 운 공기가 온몸을 감싸고 있었고 왠지 모르게 주변의 어둠이 조 금 더 짙어진 듯했다. 나는 소파에 걸터앉아 실타래처럼 헝클어 진 생각을 정리했다.

박 무당은 마을에서 보자 했다. 어느 마을이라 말하진 않았지 만 분명 '해무'일 것이다. 이십오 년 전, 스물셋의 나이로 숨어들었 던 곳. 순자를 만나고, 박 무당을 만나고, 그리고 다시는 돌아가지 않으리라 다짐하며 도망쳐 나왔던 '해무 마을'.

그곳으로 가야 한다고 생각하자마자 명치 부근이 쑤셨다. 머릿 속으로는 잊었다 생각했지만 몸은 지난 이십오 년 동안 '해무'에 대한 거부감을 차곡차곡 쌓아 온 모양이었다. 그래도 가야만 했다. 가서, 순자의 죽음을 확인해야만 했다.

내가 그렇게 마음먹고 소파에서 일어섰을 때, 바깥에 도사린 질펀한 어둠 속에서 고양이 우는 소리가 들렸다. 서로가 서로를 부르는 듯 고양이 울음은 점점 커졌다. 그 소리가 묘하게 사람을 닮아 나는 귀를 막고 침실로 들어갔다.

고양이는 그 밤 내내 쉬지 않고 울었다.

안개가 자욱하다. 손을 휘젓자 아귀처럼 뭉텅 잘라먹어 버린다. 안개는 걸신들린 것처럼 다리를 잘라먹고 얼굴을 잘라먹고 끝내는 소리마저 잘라먹어 버린다. 비릿한 냄새가 유령처럼 안개 속을 떠돈다. 돌연, 바람 한 줄기가 불어온다. 사냥꾼의 침입을 알아챈 영민한 짐승처럼 안개가 소리 없이 사방으로 흩어진다. 물러가는 안개에 맞춰 어디선가 방울 소리가 들려온다. 딸랑. 딸랑. 나는 주위를 둘러본다. 그 순간 깨닫는다. 내가 침대에 누워 있음을. 침대가 흔들리고 있음을. 그때마다 침대에 매달아 둔 방울이 울어대고 있음을. 그리고 실오라기 하나 걸치지 않은 여자가 내 몸의 중심으로 자꾸만, 자꾸만 쏟아져 들어오고 있음을…….

"손님. 어디까지 가세요?"

잠에서 깼다. 텅 빈 마을버스 안이었다. 버스 기사가 룸미러로 나를 바라보고 있었다. 창밖에는 〈해무(海霧) →〉라 적힌 낡은 이정표가 보였다.

"어디까지 가시냐고요. 여기가 회차 지점이란 말입니다."

기사가 가리킨 손가락 끝에는 제법 넓은 공터가 펼쳐져 있었다. 아무래도 공터에서 버스를 돌려 한참 동안 달려왔던 좁고 울퉁불퉁한 산길을 되돌아 내려가는 모양이었다. 산길의 왼편은 깎아지른 벼랑이었다.

"아, 저는 여기서 내리겠습니다."

옆자리에 놓아 둔 짐을 챙겨들고 일어섰다.

"해무 마을 가시게요?"

기사의 목소리가 커졌다.

"네. 그러니 여기서 내려주시면 됩니다."

"허허 참. 그 산골짝에 가는 사람도 다 있네."

혼잣말처럼 중얼거리던 기사는 문을 열어 줄 생각은 않고 신기하다는 듯 나를 바라봤다. 오십 대 중반쯤 됐을까, 등이 구부정하고 손발이 까맸다. 숱이 적은 정수리를 파래 같은 옆머리가 덮고 있었다.

"거기까지 어떻게 가는지 알고는 계십니까? 표지판이 있다고 해서 조금만 걸으면 되겠지 생각하면 큰일 납니다. 못해도 한 시간, 아니 손님 같은 차림이면 두 시간도 더 걸릴지 몰라요. 게다가 여름이라……."

"그런 거라면 잘 알고 있습니다."

끝도 없이 이어지는 기사의 수다를 막을 목적으로 그렇게 말했지만, 뱉어 놓고는 아차 싶었다. 아니나 다를까 노골적으로 관심을 보이기 시작했다.

"아이고. 초행이 아니신가 보네. 보아하니까 도시에서 온 신사 분 같은데 어떻게 해무 마을을 아실까. 거기는 우리도 잘 안 가. 갈 일이 있어야 가지. 그 마을 사람들도 다른 마을하고 왕래가 거의 없어요. 지들끼리 뭘 해 먹고 사는지 몰라도 그 산속에 틀어박

혀서 나올 생각을 않는다니까. 옛날부터 그랬답니다. 해무를 아신
다면 그 지독한 안개도 아시겠네? 처녀 귀신 치맛자락 같은 그 안
개 말입니다."

"네, 대충."

"안개가 어찌나 지독한지 삼백육십오 일 중에 삼백육십육 일
이 안개라 해도 믿을 판이라니까요. 오죽하면 마을 이름이 해무
겠습니까, 해무. 사람들 말로는 산 건너편 바다에서 올라온다고
하는데, 솔직히 저는 말입니다 마을 어르신들 말씀처럼 그게 다
원귀가 아닐까 생각합니다."

"죄송한데 제가 좀 급해서요. 문 좀 열어 주시면……."

기사가 말을 멈추고 나를 바라보더니 아쉽다는 표정을 감추지
못한 채 문을 열어 주었다. 잘 달아오른 8월 한낮의 공기가 기다
렸다는 듯 달려들었다.

"거기 안개에 휘말리면 영영 길을 잃고 다시 돌아 나오질 못한
답니다. 조심하십시오."

나는 못 들은 척 버스에서 내렸다. 바싹 말라 독기가 올라있던
바닥이 흙먼지를 토해냈다. 뜨거운 햇살이 사정없이 내리꽂혔다.
하얀 셔츠 안으로 땀이 흘러내렸다. 구두를 뚫고 바닥의 열기가
전해졌다.

이정표는 버스 안에서 본 그대로였다. 비스듬히 기운 모습과
누군가 페인트로 휘갈겨 쓴 〈해무(海霧) →〉라는 글자까지도 이십
오 년 전과 같았다. 나는 그 옛날 그랬던 것처럼 화살표가 가리키
는 오솔길을 따라 발걸음을 옮겼다. 공터를 돌아 나온 마을버스
가 등 뒤로 으르렁거리며 지나갔다.

지도에도 나오지 않는 산골 마을에 해무(海霧)라는 어엿한 명사가 붙은 이유는 버스 기사의 말처럼 지독한 안개 때문이었다.

해무 마을이 자리 잡은 산자락 너머는 바다였다. 안개는 그 바다에서 밀려왔다. 해무 마을 특유의 끈끈하고 질척한 안개는 소리 없이 진격해 왔다가 슬그머니 사라진다. 안개가 마을을 지배하는 동안에는 모든 살아 있는 것들이 숨을 멈춘다. 안개는 서슬 퍼런 계엄군이요, 가혹한 독재자다.

해무 마을에 대해 처음 알게 된 건 김치찌개 백반에 덮여 온 신문을 통해서였다.

그때 나는 대학교 2학년이었다. 수업 일수의 대부분을 민주화 투쟁이라는 이름으로 보내던 시절이었다. 선배들의 뒤를 따라서 목이 터져라 민주주의를 부르짖었고 최루탄 냄새를 향수라 생각하며 들이마셨다.

김치찌개를 들여 온 그날은 상황이 좋지 않았다. 학생들은 공과대 3층에서 일주일째 바리케이드를 치고 있었고 백골단 투입이 머지않았다는 흉흉한 소문이 떠돌았다. 식량은 이미 바닥났고 물도 부족했다. 그런 참에 외부에서 활동하던 후배 몇 명이 경찰들 눈을 피해 음식을 들여왔다. 우리들은 김치찌개며 덮밥 따위를 게걸스레 먹어 치웠다. 배가 어느 정도 부르자 고춧가루 묻은 그 신문이 눈에 들어왔다.

해무 마을 소개는 「한국(韓國)의 오지(娛地)」라는 기사 제일 마지막에 있었다. '사시사철 바다 안개가 끊이지 않는 숨겨진 땅, 해무'가 제목이었다. "보통 바다 안개는 4월부터 10월 사이에 많이 발생하는데 이 마을은 사시사철, 그것도 밤낮 없이 안개가 낀

다는 게 큰 특징이다. 안개에 휩싸인 산골 오지 마을은 신선의 땅인 듯 신비스럽기까지 하다. 이 마을의 주인은 사람이 아니라 안개다. 열 몇 가구의 주민들은 모두 안개에 스며 있는 것이다."라는 어떤 여행가의 말이 기사 마지막에 붙어 있었다. 나는 안개 자욱한 마을 전경을 잡은 한 장의 사진과 "안개에 스며 있는 것이다."라는 문장이 인상적이어서 몇 번이나 기사를 다시 읽었다.

그랬기에, 도망갈 곳을 찾던 내 머릿속에 '해무 마을'이 떠오른 건 어쩌면 당연한 일이었을지도 모른다. 나에게는 조용히 스며들 수 있는 곳이 필요했던 것이다.

그렇게 해서 해무 마을을 찾게 되었다. 1989년 여름이었다.

지도에도 나오지 않는 해무 마을을 찾았을 때 내가 가진 거라곤 칫솔 하나와 갈아입을 속옷 두어 벌이 전부였다. 손에는 해무 마을을 다룬 신문 쪼가리를 나침반 삼아 들고 있었다. 아무렇게나 찢긴 신문은 인쇄된 글자가 희미해질 정도로 너덜거렸는데, 그때의 내 몸과 마음이 꼭 그 신문과 같았다.

나는 쓰러지기 일보 직전이었다. 여기저기 멍들고 부러진 몸뚱이는 움직일 때마다 비명을 질렀다. 특히 군홧발에 여러 번 채인 왼쪽 갈비뼈 근처가 제일 심했다. 한여름 산속에서 길을 잃고서도 용케 해무까지 다다른 건, 그런 내 몸을 감안했을 때 거의 기적에 가까웠다. 게다가 층층이 쌓인 안개까지 헤쳐야 했으니 해무 입구를 발견하고 까무룩 정신을 잃은 건 어쩌면 당연한 일이었다.

의식을 잃고 쓰러진 동안 나는 그 후로도 오랫동안 나를 괴롭히게 될 악몽과 처음으로 마주했다. 환상성과 왜곡이 배제된 사실 그대로의 끔찍한 꿈.

꿈은 늘 손톱깎이로 시작된다. 딸깍, 딸깍. 은빛으로 빛나는 그
것이 암흑 속에서 나를 노려본다. 이런, 손톱이 길구먼. 목소리가
들려온다. 칠판을 긁는 듯 소름 끼치는 목소리. 누군가가 내 손을
잡아 올리고, 이내 손톱이 깎여 나간다. 딸깍, 틱. 억센 날이 손
톱을 물었다가 튕겨 낸다. 친구들은 어디 있지? 목소리가 묻는다.
딸깍, 틱. 손톱깎이가 손톱 바로 밑 연한 살점에 닿는다. 어디 있
냐고? 딸깍, 틱. 손끝이 근질근질하다. 심장이 뛴다. 딸깍, 틱. 딸깍,
틱. 딸깍, 틱. 딸깍, 틱. 딸깍, 틱. 딸깍, 틱······.

꿈은 예고도 없이 다른 장면으로 바뀐다. 주전자다. 노란색 양
은 주전자. 찌그러진 부위가 보일 정도로 선명하다. 주전자 안에
는 물이 가득 들어 있다. 물속에는 고춧가루와 후추를 풀어 놓았
다. 새빨간 그 물이 내 콧속으로 들어온다. 귓속으로 들어온다. 목
구멍으로 들어온다. 눈으로, 들어온다.

정신이 돌아왔을 때, 나는 꿈의 잔상에 빠져 멍한 상태였다.

지하실에 다시 끌려온 게 아닐까 하는 생각에 거의 미쳐 버릴
지경이었다. 곰팡내와 살이 썩어 가는 악취가 가득했던 어두운
지하실.

조각조각 흩어졌던 의식이 제자리를 찾은 건, 그리하여 안온한
현실에 속해 있다는 확신을 얻게 된 건 아이러니하게도 안개 때
문이었다. 누군가가 유리에 대고 더운 입김을 불기라도 한 것처럼
눈앞이 온통 뿌옇게 변해 있었다.

안개구나, 해무의 안개야······.

나는 중얼거렸다. 그러고는 헛웃음을 터트렸다. 한 번 터진 웃

음은 쉽게 잦아들지 않았다. 태엽을 잔뜩 감아 놓은 장난감처럼 쉬지 않고 웃었다. 옆구리가 아파 오고, 눈물인지 땀인지 모를 액체가 얼굴을 타고 흐를 때쯤이 되어서야 겨우 진정이 되었다. 하지만 웃음은 사라지지 않았다.

히히히.

내 것이 아니었다. 여자였다. 누운 채로 고개를 들어 봤다. 안개가 가로막고 있었다. 누구냐고 물어봤지만 목소리는 안개에 묻혀 속절없이 흩어졌다. 히히히. 끊어질 듯 이어지는 웃음은 흐느낌으로도 들렸다. 소리도 내지 못하고 그 웃음을 듣고만 있었다.

그렇게 몇 분이 흘렀다. 더운 바람이 불기 시작했다. 안개가 흩어졌다. 누군가의 얼굴이 천천히 떠올랐다. 바로 눈앞이었다. 그것이 여자의 얼굴이고, 그녀가 나를 뚫어지게 바라보고 있다는 사실을 금세 깨달았다.

"히히히."

여자가 웃었다.

"오빠, 좋은 일 있구나?"

그녀가 순자였다.

여름 산행은 힘들었다. 얼마 걷지 않았는데도 땀이 줄줄 흘러 셔츠가 흠뻑 젖었다. 팔에 걸친 양복 상의는 버리고 싶을 정도로 거추장스러웠다. 잠시 멈춰 서서 주위를 둘러봤다. 뜨거운 햇살이 나뭇잎에 부딪혀 반짝이고 있었다. 풀벌레 소리가 요란했다. 그러고 보니 야외에서 땀을 흘렸던 게 까마득한 옛날이었다. 일요 산악회다 뭐다 놀러 다니는 동료들도 많았지만, 그런 시간이 있으면 조금이라도 더 일을 하자는 생각으로 살아왔다. 덕분에 사업으로 제법 큰돈을 벌었고 아들딸 모두 외국으로 유학을 보낼 수 있었다.

숨을 고른 후 다시 움직이려는데 휴대전화가 울렸다. 바지 주머니에서 전화기를 꺼냈다. '거래처'였다.

"여보세요? 미영이?"

내 전화기에 자신의 번호를 찍으며 '거래처'라 입력한 건 미영이 자신이었다. "사모님한테 들키면 안 되니까."라는 말을 덧붙이면서.

"아저씨, 오랜만이야."

"도대체 어떻게 된 거야? 며칠 동안 연락도 안 되고."

"내가 말했지? 우리 사이 확실하게 하지 않으면 연락 끊을 거라고. 어때, 아저씨. 사모님한테 털어놨어?"

사탕을 내놓으라고 떼를 쓰는 아이처럼 미영은 가끔 고집을 부렸다. 몇 달에 한 번씩, 마치 그렇게 투정을 부려 사랑을 확인하기라도 하는 것처럼 아내와의 이혼을 요구했던 것이다.

"미영아, 또 왜 그래? 그건……."

"좋아. 아저씨가 말 못 하겠다면 내가 직접 말하겠어. 내가 얼마나 무서운지 보여 줄게."

"잠깐만. 미영아. 미영아."

한 줄기 바람이 불었다. 입자가 굵은, 꺼끌꺼끌한 바람이었다. 방금 전까지 이야기를 하고 있던 미영이 어딘가로 날아가 버린 것처럼 전화기 속에는 침묵만이 맴돌았다. 비릿한 냄새가 풍겼다. 혀끝에 쓴맛이 느껴졌다.

해풍(海風). 그것은 바다에서 불어 오는 바람이었다.

이십오 년 전에도 똑같은 바람이 불었다. 불안한 눈으로 이곳저곳 살피며 산속을 헤집고 다니던 그때, 숨이 턱 끝에 차 조금 쉬어가야겠다고 마음먹은 바로 그 순간이었다. 기분 나쁜 바람이 불었고…… 그리고…….

안개가 밀려왔다. 시작은 어떤 '기운'이었다. 시멘트가 가득 든 드럼통에 빠져 발가락부터 서서히 굳어 가는 느낌.

고개를 들어 산 정상을 바라봤다. 몇 분 전까지 맑고 푸르렀던 그곳에 유리창 가장자리부터 성에가 끼듯 하얀 그림자가 드리우고 있었다.

저것이 정녕 성에라면, 해무의 안개는 누군가가 뱉어 놓은 탁하고 거친 입김이 아닐까…….

그런 엉뚱한 생각을 하며 정상을 바라보는 중에도 안개는 솜이불을 짜듯 점점 짙어졌다. 가슴이 답답했다. 그럴 리는 없을 텐데, 이계에 발을 들여 놓기라도 한 것처럼 살갗에 닿는 공기의 느낌이 다르게 느껴졌다.

안개는 눈 깜박할 새에 주위를 포위했다. 잠깐 딴생각을 하고 돌아보니 어느새 사방이 안개였다. 제일 먼저 풀벌레 소리가 사라졌다. 다음은 늘어선 나무들이었다. 한여름의 싱싱한 생명력을 내뿜던 그것들은 뿌리 근처부터 시작해 저마다 다른 표정으로 흔들리던 이파리까지 서서히 잠식당했다.

마지막은 나였다. 옥죄어 오는 안개를 향해 부질없이 내뻗은 오른쪽 팔이 눈앞에서 사라졌다. 가슴팍이 자취를 감추고, 허리가 허공에 흩어졌다. 엉덩이와 다리가 흐물흐물 녹아 버렸다. 결국 한치 앞도 보이지 않게 되었다.

그러는 동안에도 휴대전화를 계속 들고 있었다. 뒤늦게 그걸 깨닫고 액정 화면을 확인했다. 그야말로 죽은 이의 콧김 같은 희미한 불빛이 흘러나왔다. '서비스 안 됨'이라는 붉은색 메시지가 깜박거렸다.

휴대전화의 푸르스름한 불빛을 지팡이 삼아 조심스레 앞으로 나아갔다.

안개가 걷히기까지는 얼마가 걸릴지 모른다. 이십오 년 전 그때는 갑자기 엄습한 안개에 당황해 그 하얀 포식자가 사라질 때까지 몇 시간이고 멍하니 서 있기만 했다. 아니, 서 있었다고 생각했다. 막상 안개가 흩어지고 나서 발견했던 것은 낯선 숲에 서 있는 내 모습이었다. 그것이 안개에 홀린 거라는 사실은 나중에야 알게 되었다. 그리고 홀리지 않기 위해서는 앞으로 나아가는 것, 안개를 뿌리치고 조금이라도 움직이는 것이 최선의 방법이란 사실도…….

계속 걸었다. 기계적으로 한 발을 내딛고 또 한 발을 내딛었다. 몸속 깊은 곳에서 오슬오슬 소름이 돋았다. 비웃기라도 하는 듯 안개가 소리 없이 일렁였다. 어디쯤인지, 해무 마을에 얼마큼 가까워졌는지, 몇 시간이나 지났는지 가늠할 수가 없었다.

얼마쯤 걸었을까, 돌부리를 밟고 크게 넘어졌다. 땅에 얼굴을 붙인 채 한동안 쓰러져 있었다. 흙바닥의 차가운 감촉이 전해지면서 조금 정신이 들었다.

그때 어디선가에서 방울 소리가 들렸다. 현실인지 꿈인지 몰라 어리둥절해 있을 때 소리가 조금 더 커졌다. 몸을 벌떡 일으켰다.

안개가, 밀려올 때 그랬던 것처럼 소리도 없이 흩어지고 있었다. 자취를 감췄던 손이며 발, 나무들이 천천히 수면 위로 떠올랐다. 그리고 금줄을 둘러 친 커다란 당산나무가 모습을 드러냈다. 금줄에 매달린 방울이 은은한 소리를 내고 있었다. 나무 저 너머 뒤쪽으로 낮게 엎드린 지붕 몇 개가 눈에 들어왔다.

낯익은 풍경, 해무 마을이었다.

2

마을로 이어지는 흙길을 걸었다. 해무 마을은 조금도 변하지 않았다. 당산나무와 금줄은 물론이고 계단식으로 펼쳐진 밭과 그 밭에 세워진 외다리 허수아비의 모습까지도 내 기억 속 그대로였다. 심지어는 길가의 돌멩이 위치까지 같아 보였다.

익숙한 모습은 향수를 불러일으키지만, 그것이 지나치면 섬뜩함만 남는다. 이십오 년 전과 똑같은 모습의 해무는 놀이공원에 재현해 놓은 모형 마을처럼 생명력이 느껴지지 않았다.

조금 더 걸어가자 마을의 중앙이라 할 수 있는 공터가 보였다. 공터에는 하얀색 천막이 세워져 있었다. 나는 그 천막의 용도를 단박에 알아챘다. 검은색 깃발이 천막 위에서 펄럭였기 때문이다.

천막 주위에는 사람들이 북적댔다. 지나오는 길에 마을 사람과 마주치지 않은 이유를 알 것 같았다. 모두 순자의 장례식에 참석한 것이다.

열 몇 가구가 사는 해무 마을은 거대한 공동체였다. 마을 주민들은 한 가족이나 다름없었다. 비밀이 없을 뿐만 아니라 각 집안의 대소사도 마을 전체의 일이었다. 해무 마을의 그런 점이 이십오 년 전의 나에게는 무척 인상적이었다. 그것은 단순히 인심이나 정이라는 말로 표현하기에는 부족한, 끈끈하다 못해 무섭기까지 한 유대감이었다.

"어떻게 오셨소?"

천막 안을 기웃거리고 있을 때 누군가 말을 걸어왔다. 소리가 들린 쪽을 향해 고개를 돌렸다. 백발이 성성한 노인이었다. 세월의 흔적이 자글자글한 얼굴이 무척 낯익었다.

"순자…… 장례식 때문에……."

"혹시 형석 학생?"

노인의 목소리가 갑자기 커졌다. 천막 안을 떠돌던 웅성거림이 딱 멈췄다. 음식을 나르던 여자들도, 술잔을 기울이거나 식탁을 옮기던 남자들도 모두 나를 향해 고개를 돌렸다.

"만수 할아버지, 무슨 일입니까?"

개중에 덩치 큰 중년의 사내가 그렇게 물으며 자리에서 일어났다. 만수 할아버지? 그제야 꼬장꼬장한 노인네가 누구인지 생각났다. 이십오 년 전에 마을 이장을 지내던 사람이었다.

"네. 맞습니다. 제가 그때 형석 학생입니다."

내가 말을 마치자 노인의 얼굴이 묘하게 일그러졌다. 웃는 것 같기도 하고 찡그리는 것 같기도 했다. 깊게 팬 주름이 만들어 내는 의뭉스러운 표정 앞에서 나는 쭈뼛거리며 서 있었다.

"온다고 들었네. 일단 조문부터 하지."

노인은 내 대답을 듣지도 않고 천막을 나가 휘적휘적 걸어갔다. 왼쪽 다리를 질질 끄는 특유의 걸음걸이를 보고 있자니 그 옛날 노인을 처음 만났을 때가 떠올랐다. 해무의 이장 노릇을 하던 그 시절에는 지금보다 훨씬 건장했다. 내 기억으로는 목소리도 우렁차서 다른 사람을 압도하는 카리스마가 있었다. 해무 마을은 이장의 명령 속에서 일사분란하게 움직였다.

"서울에서 왔다고?"

박 무당 집에서 끙끙 앓고 있던 내게 이장이 직접 찾아온 건 이틀째 밤이었다. 그래, 그 밤에도 안개가 깊었다. 이장은 안개를 잔뜩 묻힌 채로 들어와서는 다짜고짜 그렇게 물었다. 나는 말없이 고개를 끄덕였다.

"대학생이고?"

아무래도 자초지종을 설명해야겠다 싶어 침대에서 일어나려 했지만 이장은 다 안다는 듯 손을 들어 나를 저지하더니 한마디를 남기고 다시 사라졌다. 바람처럼, 안개처럼.

"여기서 지내. 대신에 안개한테 잡아먹히지 않게 조심하고."

이장이 열어놓고 나간 문으로 눅진한 밤바람이 들어왔고 그 바람에 실려 안개가 밀려들어 왔으며, 그때마다 순자의 침대에 매달려 있던 방울이 울어 댔다. 딸랑. 딸랑. 딸랑. 딸랑.

나는 노인을 따라 천막을 나왔다. 마을 사람들의 끈적끈적한 시선이 느껴졌다. 얼핏 스쳐 지났지만 낯익은 얼굴들이 제법 보였다. 이십오 년 세월의 흔적이 상흔처럼 남았지만 본바탕만은 다들 그대로였다. 그 사실이 갑자기 무시무시하게 느껴져 나도 모르게 팔을 쓸어내렸다. 땀이 식어 버린 팔에는 오슬오슬 소름이 돋아 있었다.

노인은 마을 중앙을 지나 산 쪽으로 난 오르막길을 거침없이 올라갔다. 내게도 익숙한 길이었다. 길의 끝에 박 무당의 집이 있었다. 잊은 줄로만 알았던 기억들이 해무에 발을 들여놓던 그 순간부터 꿈틀꿈틀 피어올랐다. 처음 해무에 도착했던 이십오 년 전 그때도 이런 식으로 박 무당의 집을 찾아갔다. 순자가 노란색 원피스를 살랑거리며 앞서 걸었고 나는 만신창이가 된 몸을 이끌고 그 뒤를 따랐다. 흙먼지가 일었다. 나는 땀을 줄줄 흘리면서도 턱을 마주칠 정도로 온몸을 떨어 댔다. 말갛게 드러난 순자의 장딴지 아래로 한 줄기 땀이 주르르 흘러내리던 모습이 마치 어제 일처럼 생생하게 떠올랐다.

"이십 년도 더 넘었지?"

노인이 불쑥 입을 열었다.

"이십오 년 정도 됐습니다."

잰걸음으로 노인에게 따라붙으며 대답했다.

"박 무당이 다른 말은 안 하던가?"

"네. 그냥 순자가 죽었다고만……."

노인은 생각에 잠긴 얼굴로 말없이 걷기만 했다. 나는 앞을 바라봤다. 저 멀리, 온통 검은색으로 칠한 박 무당의 집이 있었다. 지붕이며 담장까지 모두 검은색이었고 심지어는 대문과 창틀까지도 검은색이었다. 단 하나 예외가 있다면 그것은 지붕 위로 솟은 솟대였다. 솟대 끝에는 형형색색의 옷을 입은 인형이 매달려 있었다. 인형은 멀리서 보기에도 이십오 년 전 그대로였다. 솜을 집어넣은 얼굴은 찐빵처럼 부풀어 있을 것이고 눈 대신 각각 크기가 다른 단추 두 개가 달려 있을 것이다. 옷은 어린 시절 순자가 입었던 한복이었다.

"눈도 내가 달았어. 히히."

그러고 보면 인형은 어딘지 순자를 닮기도 했다.

어느새 박 무당의 집 앞에 도착했다. 대문에 불그스름한 빛을 내뿜는 조등(弔燈)이 달려 있었다. 분명 대낮인데도 등은 요사스러운 빛을 내뿜었다. 집 안에서 진한 향냄새가 풍겼다. 문득, 순자가 죽었다는 사실이 현실로 다가왔다. 지독히 차갑고 생생한 현실이었다. 나는 섣불리 걸음을 옮기지 못하고 마른침을 삼켰다. 활짝 열린 대문 안으로 들어서기만 하면 되는데 까닭 모를 두려움에 발이 떨어지지 않았다. 그것은 일종의 예감이었다. 한번 들어가면 다시는 돌아 나오지 못하리라는 불길한 예감.

"조문을 하고 다시 천막으로 오게. 밥이나 한술 떠야지."

노인이 말했다. 나는 그 옛날처럼 말없이 고개를 끄덕였다. 그러고는 박 무당의 집으로 들어갔다. 한여름 태양이 무색할 정도로 서늘한 공기가 발목을 휘감고 천천히 무릎으로, 허벅지로, 명치로, 그리고 이내 머리끝까지 올라왔다. 이상할 정도로 어두웠다. 진득한 어둠 속 어딘가에 차갑게 굳은 순자가 누워 있다 생각하니 온몸에 소름이 돋았다. 이십오 년 전 그때, 내 손에 죽었던 순자가 지금에서야 나를 찾고 있다. 나는 고개를 돌렸다. 노인이 자리를 뜨지 않고 나를 지켜보고 있었다. 입을 헤벌쭉 벌린 표정이었는데 이번에는 그것이 어떤 뜻인지 쉽게 알아챌 수 있었다.

노인은 웃는 중이었다.

빈소는 순자의 방에 차려졌다. 박 무당의 집은 방 세 칸짜리 본채와 그 뒤에 붙은 작은 별채로 이루어졌다. 둘 다 오래된 목

조 건물이었다. 대문을 지나 현관이라 부를 수 있는 곳으로 들어
서면 마루가 나온다. 거기서부터 첫 번째 방이 박 무당이 기거하
는 곳이고 가운데 방이 신당을 모시는 곳이었다. 마지막 방은 주
방 겸 창고였다. 신발을 벗고 마루를 지나야 별채로 갈 수 있다.
순자는 내가 해무에 있던 동안에는 자신의 방을 내주고 창고에서
지냈다. 한사코 사양했지만 순자의 고집을 꺾을 수는 없었다.

　바로 그곳에, 이십오 년 전 내가 여름 한철을 보냈던 바로 그
방에 박 무당이 앉아 있었다.

　방으로 들어서자 순자의 체취가 와락 달려들었다. 비릿하면서
도 관능적인 냄새. 아무것도 걸리지 않은 휑뎅그렁한 벽도 그대로
였고 밟을 때마다 삐걱거리며 신음을 토해 내는 나무 바닥도 이
십오 년 전과 다를 바가 없었다. 마치 시간이 정지한 듯했다. 금
방이라도 순자가 나타나 옷을 훌렁훌렁 벗어 던지며 나를 침대로
끌고 갈 것만 같았다. 그러고는 그해 여름 내내 그랬던 것처럼 우
리는 날카로운 교성을 토해 내며 서로의 몸속으로 파고들어…….

　"왔구나."

　박 무당의 목소리에 나는 정신을 차렸다. 몸속에 차오르던 열
기가 한꺼번에 쑥 빠져나갔다. 박 무당은 제상 앞에 오도카니 앉
아 있었다. 그제야 손바닥만 한 창문으로 비쳐 든 햇살과 그 햇살
아래 드러난 살풍경한 모습이 눈에 들어왔다. 향로에서는 가느다
란 향이 하얀 연기를 피어 올리며 타고 있었다. 촛불이 번득일 때
마다 뒤에 펼쳐진 병풍에 얼룩덜룩한 그림자가 새겨졌다. 병풍은
이상할 정도로 컸다. 거의 천장에 닿을 정도였다.

　"순자는 널 계속 기다렸어."

박 무당은 마치 비밀 이야기라도 하는 것처럼 소곤거렸다. 나는 제상 위에 놓인 영정을 향해 끌리듯 다가갔다. 검은 리본을 두른 영정은 불길한 기운을 잔뜩 내뿜고 있었고 순자는 그 안에서 얼기설기한 이를 드러내며 한껏 웃는 중이었다.

이제 왔어?

그런 말이 귓가에 들리는 것 같았다.

순자는 비정상이었다. 처음 본 순간 그 사실을 알아챘다. 그녀의 갑작스런 등장이나 말투 때문이 아니었다. 외모 때문은 더욱 아니었다. 전체적으로 갸름한 얼굴, 고양이를 닮아 동공은 크고 눈초리는 가늘게 뻗은 눈, 극단적으로 짧은 인중과 그 밑으로 자리 잡은 도톰한 입술은 미인이라 할 정도는 아니었으나 분명 매력적인 구석이 있었다.

다만, 그녀를 바라보고 있으면 이상한 감각을 느끼게 된다. 도수가 맞지 않는 안경을 쓴 것처럼 관자놀이 근처가 쑤시고 가벼운 현기증이 밀려온다.

미묘하게 비틀려 있다.

초점이 어긋나 있다.

그녀의 첫인상이었다. 하지만 그녀가 소위 말하는 정신이상자, 해무 마을 밖의 사람들이 일컬었던 미친년이었나 하면 그것은 아니었다. 순자가 내뿜는 비정상성은 단순히 정신의 이상 유무로는 설명할 수 없었다. 어떤 순간에는 놀라울 정도로 영리했고, 또 다른 순간에는 어수룩한 대여섯 살 소녀로 표변(豹變)했다. 관능적인 요부인가 하면 순수하기 그지없는 백치였다. 그녀는 마치, 다른 종류의 생물 같았다. 인간의 판단력으로는 그 크기와 깊이를 잴 수 없는 미지의 생물.

묘귀(猫鬼)가 씌었어.

어쩌면, 박 무당의 말이 맞을지도 모른다.

나는 그날 순자를 따라 마을로 들어갔다. 간신히 정신을 차리기는 했지만 필라멘트가 끊어지기 직전의 전구나 다름없었다. 몰골도 말이 아니었다. 며칠째 깎지 못한 수염은 그렇다 쳐도 피딱지가 말라붙은 입술과 시퍼런 멍이 자리 잡은 얼굴은 오랫동안 빨지 않은 걸레 같았으리라. 그래서였을 것이다. 해무의 사람들이 나를 쉽게 받아들인 건.

다시 정신을 잃고 쓰러진 나는 다음 날이 되어서야 순자의 침대에서 깨어났다. 갈비뼈에는 붕대가 감겼고, 석류처럼 빨갛게 벌어져 피고름이 흘러내리던 손가락에도 반창고가 붙어 있었다.

내가 일어나자 기다렸다는 듯 방문이 열렸다. 허리를 숙이고 들어온 사람은 자그마한 몸집의 중년 여자였다. 검은색 한복을 입고 입술은 새빨갛게 칠한 그녀가 바로 박 무당이었다.

"일어났나? 어디서 그렇게 험한 꼴을 당했어?"

아마도 그렇게 물었으리라. 내가 뭐라고 대답했는지는 기억나지 않는다. 얼버무렸던 것도 같고 그냥 말없이 고개를 숙였던 것도 같다. 곧 순자가 밥상을 들고 들어왔다. 안개에 홀렸던 나를 해무까지 인도했던 그녀가 실실 웃음을 흘렸다.

"내 딸년인데 묘귀가 씌었어."

농담인지 진담인지 모를 박 무당의 말에 나는 고개를 끄덕였다. 히히히. 순자가 소리를 내 웃었다. 노란 원피스 아래로 가슴이 봉긋했다. 웃을 때마다 그 가슴이 오르내렸다. 해무에서의 생활은 그렇게 시작되었다.

나는 향을 올렸다. 태연을 가장하고 있었지만 무릎이 덜덜 떨렸다. 영정 사진 속 순자가 나를 빤히 바라보고 있었다. 크고 동그란 눈이 촛불을 받아 핏빛으로 번들거렸다. *이제 왔어?* 사진 속 순자가 내게 말했어. *난 오빠를 쭉 기다렸어.* 절을 하려고 허리를 숙였다. 머리 위쪽, 어둡고 축축한 허공 어딘가에서 인기척이 느껴졌다. 순자가 영정을 박차고 꾸물꾸물 기어 나와 고개를 길게 빼서 나를 내려다보는 모습이 머릿속에 그려졌다. 그래, 순자의 목은 유독 길었다. 길고 늘씬했다. 내 양손에 쏙 들어왔다. 힘을 주면 금방이라도 바스라질 것 같았다. 손바닥 가득 그녀의 맥박이 느껴졌다. 나는 조금 더 힘을 줬다. 서늘하고 미끈했던 순자의 살갗이 붉게 물들어 갔다. 그녀가 입을 반쯤 벌린 채 얼굴을 찡그렸다. 코에 주름이 잡혔다. 절정에 다다랐을 때 순자는 종종 그런 표정을 짓곤 했다. 고양이처럼 가르랑거리면서.

고개를 들었다. 사진 속 순자의 목에 붉은 손자국이 나 있었다. 비명이 터지려는 걸 꾹 참으며 눈을 감았다 떴다. 촛불의 잔상이 눈 안쪽에서 어른거렸다. 환영은 사라졌다. 순자는 여전히 웃고만 있었다.

"상심이 크시겠습니다."

마음을 진정시킨 후 박 무당에게 말했다. 원래도 몸집이 작았지만 이십오 년이라는 세월이 그녀 안에 들어 있던 생기를 죄다 빼낸 것처럼 박 무당의 몸은 쭈그러들어 있었다. 솜이 모두 빠져나간 봉제 인형을 보는 기분이었다.

"순자는 널 계속 기다렸어."

그녀는 또 한 번 그 말을 했다.

"네에."

나는 애매하게 대답할 수밖에 없었다. 한시라도 빨리 자리를 뜨고 싶었다. 비린내 가득한 이 방에서 나가 빌어먹을 안개를 헤치고 집으로 돌아간다. 그리고 다시는 돌아오지 않으리라. 해무가 존재한다는 사실도 잊고 살아가리라.

"순자는 널 계속 기다렸어."

박 무당은 감정이 섞이지 않은 목소리로 다시 중얼거렸다.

"그럼, 이만 가보겠습니다."

나는 일어났다. 바닥이 삐걱삐걱 비명을 질러 댔다. 때마침 바람이 불어들어 왔다. 촛불이 금방이라도 커질 듯 크게 흔들렸다. 병풍 뒤에서 방울 소리가 들렸다. 딸랑. 딸랑. 딸랑. 금방이라도 깨질 것 같은 위태롭고 날카로운 소리였다.

순자 침대가 저 뒤에 있는 건가?

병풍을 바라봤다. 이 방을 가득 채우고 있는 짙고 끈적끈적한 어둠이 병풍 뒤편에서 흘러나오는 것만 같았다. 순자가 바로 저곳에 누워 있으리라는 깨달음이 머릿속을 스치고 지나갔다. 나는 주춤 뒤로 물러섰다. 분명히 바람은 그쳤는데 방울 소리는 계속 들리는 것 같았다.

언젠가 한번 왜 침대에 방울을 달아 놓았느냐고 물었던 적이 있었다.

"귀신을 쫓으려고."

순자는 내 성기를 입에 넣고 오물거리며 대답했다. 순자는 곧

내 위로 올라왔고 우리는 또 열락에 빠져 들었다. 서로의 성기가 부딪칠 때마다 방울이 딸랑거렸다. 그것은 일종의 신음이었다. 낡고 커다란 순자의 침대는 순자와 내가 몸을 섞을 때마다 함께 절정을 맛보는 것 같았다. 딸랑. 딸랑. 딸랑. 밭은 신음을 쏟아내며.

그해 여름에 우리는 하루에도 몇 번씩 서로를 탐했다. 나는 순자가 내뿜는 체취와 요염한 자태에 거의 미칠 지경이었다. 선풍기 한 대 없는 무더운 방 안에서 순자와 나는 땀에 젖어 번들거리는 서로의 몸을 핥고 빨고 또 쓰다듬었다. 그것밖에 할 게 없었다. 그것마저 하지 않으면 깊고 어두운 수렁에 빠져 헤어 나올 수 없을 것 같았다.

"순자야!"

쾌감이 폭죽이 되어 터지는 순간, 나는 종종 그녀의 이름을 크게 불렀다. 그러면 그녀는 내 가슴에 얼굴을 파묻거나 손톱을 세워 등을 할퀴거나 신음인지 울음인지 모를 소리를 내며 뜨겁고 질척한 세계로 빠져들었다. 그때마다 방울은 요란하게 울어 댔다. 침대는 우리의 정사가 끝나고 난 뒤에도 부들부들 몸을 떨었다.

갑자기 방울 소리가 뚝 멈췄다.

나는 현실로 돌아왔다. 등허리가 땀에 젖어 축축했다. 속이 메슥거렸다. 내 안에 잠들어 있던 무언가가 목구멍을 비집고 튀어나오려는 것 같았다. 비척비척 돌아섰다. 박 무당이 그런 나를 빤히 쳐다보고 있었다.

"순자는 목을 맸어."

뒤돌아 선 내게 박 무당의 목소리가 날아들었다.

"드디어 묘귀가 데려간 거야."

귀를 막고 싶었다. *이제 왔어? 다시 그 소리가 들렸다. 난 영원히 오빠 곁에 있을 거야. 살아서도 죽어서도.* 그녀가 내게 남긴 마지막 말이었다. 순자는 새로운 생명이 꿈틀대기 시작한 배를 문지르며 배시시 웃어 보였다.

"그년이 유서를 남겼어. 그래서 널 불렀고."

그 말을 끝으로 박 무당은 자지러질 듯 웃었다. 거칠고 메마른 웃음이었다. 나는 마루를 달려 집을 빠져나왔다. 순자가 남겼다는 유서가 마음에 걸렸지만 돌아가고 싶은 마음은 없었다. 그녀의 죽음을 확인한 것으로 됐다. 순자는 이십오 년 전 그 여름에 죽은 것이 아니었다. 내 손아귀 안에서 몸을 부들부들 떨다가 축늘어졌지만 어찌된 영문인지 다시 살아났다. 그리고 오랜 세월이 지난 뒤 스스로 목숨을 끊었다.

나는 멈춰 서서 뒤를 돌아봤다. 이십오 년 전 그때, 순자를 죽이고 해무 마을에서 도망치기 전에도 한참 동안 박 무당의 집을 바라봤다. 순자가 눈을 까뒤집은 채 뛰어나올 것만 같다는 해괴한 상상을 하면서. 지금도 마찬가지였다. 하지만 집은 고요했다. 상처 입은 짐승처럼 웅크리고 있을 뿐이었다.

천막 안으로 들어서자 이번에도 모든 사람들이 동시에 입을 꾹 닫았다. 나는 입구에 멀뚱히 서 있었다. 박 무당의 집에서 뛰쳐나온 참에 그대로 마을을 떠날까 생각했지만 그러기에는 목이 너무 말랐다. 머리는 깨질 듯 아팠고 속이 계속 불편했다.

"고생했네. 자리에 앉지."

침묵을 깬 사람은 그 노인이었다. 처음 만났을 때보다 훨씬 부드러워진 말투였다. 그것이 신호였는지 그동안 꼼짝도 않고 나를 바라보던 사람들이 최면에 걸렸다 깨어난 것처럼 너도나도 한마디씩 던지기 시작했다.

"그때 그 대학생? 세월 참 빠르네."

"아! 예전에 잠깐 계셨다던 그분?"

"나 모르겠어? 나야 나, 돼지 아줌마. 이제는 할머니가 돼 버렸지만."

예상 외의 환대였다. 어리둥절해할 틈도 없이 사람들 손에 이끌려 자리에 앉았다. 급히 벗어던진 구두 한 짝이 돗자리 밖으로 굴러갔다. 술상이 차려졌다. 야무지게 부친 전과 두껍게 썬 수육이 상에 올랐고, 생선포와 갖가지 과일도 따라 나왔다. 표면에 살얼음이 낀 시원한 맥주가 제일 마지막이었다.

"그래, 학생은 어째 지냈누? 처자식이 있지?"

돼지 아줌마가 술잔을 건넸다. 엄청나게 살이 찐 모습이었다. 이십오 년 전의 돼지 아줌마는 모과처럼 생기긴 했으나 몸매는 늘씬한 편이었는데, 이제는 말 그대로 돼지로 변해 버렸다. 축 늘어진 뺨 여기저기에 저승꽃이 뿌리를 내리고 있었다.

"아니, 그럼 아직 대학생이겠어요?"

누군가가 그렇게 되받아치자 기다렸다는 듯이 와, 하고 웃음이 터졌다. 오락 프로그램 중간에 삽입되는 효과음처럼 무미건조하고 어색한 웃음.

내 주위에 병풍처럼 늘어선 사람들을 바라봤다. 그들 모두, 입을 함지박만 하게 벌리고, 배에다 손을 가져다댄 뒤, 온몸을 앞뒤로 흔들며 웃는 척을 하고 있었다. 너무나 연극적이어서 오히려 소름 끼칠 정도로 자연스러운 웃음들. 식당 진열장에 놓인 매끈한 가짜 음식을 볼 때의 느낌. 기괴하면서도 불쾌한 그 느낌이 등허리를 훑는다고 생각한 순간, 나는 돼지 아줌마와 눈이 마주쳤다.

살에 파묻혀 송곳으로 뚫어 놓은 듯 흔적만 남은 까만 눈동자가 나를 주시하고 있었다.

얼른 고개를 돌리고 맥주를 들이켰다. 어느새 식어 버린 미지근한 거품이 목구멍을 타고 넘어갔다.

"그때는 왜 그리 인사도 없이 떠나 버렸어?"

낯익은 얼굴의 또 다른 노인이 물었다. 하얀 삼베옷을 입은 쭈그렁 노인네가 말라붙은 고목처럼 앉아 있었다. 새까만 얼굴에 지렁이 같은 주름이 꿈틀꿈틀 지나갔다.

이 사람들은 정말로 모르는 걸까, 아니면 모르는 척하는 걸까?

"죄송합니다. 그때는 사정이 좀 있어서."

지난 이십오 년 동안 나는 순자를 죽였다는 기억을 잊으려 애를 썼다. 어느 정도는 성공했다. 순자와 해무에 관련된 기억은 모조리 사라졌다. 하지만 완전히 없어진 것은 아니었다. 납작 엎드린 심해어처럼 무의식의 맨 밑바닥에서 망각이라는 이름의 진흙을 뒤집어쓴 채 기다리고 있었다. 먹이가 다가오기만을 호시탐탐 노리며.

결국 그 모든 것은 나의 착각이었다. 나는 순자를 죽이지 않았다. 죽였다고 생각했으나 그것은 순자가 아니었다. 그렇다면 그건 도대체 누구였을까? 내 손 아래서 숨을 거뒀던 그것은……

"순자랑은 각별했는데 마음이 아프겠어."

돼지 아줌마가 말했다. 많은 의미를 담고 있는 한마디였다. 내가 순자와 잔다는 사실은 아마 마을 사람 모두가 알고 있었으리라. 해무는 그런 곳이었다. 서로가 서로의 감시자였고 어디든 눈과 귀가 있었다. 그러나 그 누구도 다른 사람에 대해 이야기하지 않았다. 그것이 해무 마을의 암묵적인 규칙이었다.

"순자 그년도 자네가 떠난 후에 이곳에서 사라졌지. 우리는 모두 자네랑 살림이라도 차린 줄 알았어. 그런데 일 년인가 지나서 불쑥 돌아왔더라고."

허리가 구부정한 노인이 담배 연기를 내뿜으며 말했다.

"어디에 다녀왔는지는 들으셨습니까?"

내가 물었다.

"몰러. 물어도 대답도 안 했어. 안 그래도 마른 애가 아주 홀쭉해졌기에 뭔 일이 있었나 보다 생각만 했지."

"아, 그 후에도 여태까지 툭하면 사라져서 길게는 몇 달씩 떠돌다가 돌아왔잖아. 이번에도 그렇게 다녀온 후에 사달이 난 거고. 우리는 저 반편이가 어디 가서 뭘 하나 늘 걱정했어."

돼지 아줌마가 거들었다.

이야기를 듣고 있는 동안 몸속 깊은 곳에서 차갑고 까끌까끌한 무언가가 밀고 올라왔다. 심장이 꽉 조이는 느낌이었다. 나는 종이컵을 내려놓고 서둘러 일어났다. 순간, 머리가 핑 돌았다. 눈앞이 흐려지고 귓가에서 벌떼들의 날갯짓 소리가 들렸다.

"왜 벌써 가려고? 한 잔 더 해."

사람들의 목소리가 파편처럼 흩어졌다.

"서울에서 사장님이라는데 바쁘겄지."

"역시 좋은 대학을 나오니까 사장이 되는구먼."

"좋은 대학만 나오면 뭐 해? 저 새끼도 결국 자기 동료들 팔아 먹고 여기로 숨어든 거 아녀? 우리하고 다를 게 없잖아."

"쉿! 듣겠어."

"들어봐야 어쩌겠어?"

"저것 봐. 이제 약이 듣는가 본데."

몸을 가누려고 애를 썼지만 헛된 움직임이었다. 나는 털썩 주 저앉고 말았다. 손가락 끝에서부터 힘이 빠져 나갔다. 누군가가 내 팔다리를 옭아매고 있었다. *히히히.* 웃음이 들렸다. 눈앞의 풍 경이 아무렇게나 주물러 놓은 반죽처럼 길게 늘어졌다. 전선으로 연결된 앉은뱅이 선풍기, 물방울이 흘러내리는 맥주병, 내 주위에 옹송그리고 모여 앉아 눈을 빛내고 있는 마을 주민들, 그리고 먼발 치서 나를 바라보는 검은 옷의 박 무당. 모두 주르륵 녹아내렸다.

"박 무당 이야기 들었지?"

노인이 얼굴을 바싹 들이대고 물었다. 천막이 빙글빙글 돌았다. *히히히.* 다시 그 웃음이 들렸다. 맥박이 뛸 때마다 비린내가 쿨럭 쿨럭 올라왔다. 심장이 요동쳤다. 몸은 찬데 얼굴은 뜨겁게 달아 올랐다. 머릿속에 날선 햇살이 파고들어 와 마구 헤집고 다니는 것만 같았다.

나는 정신을 잃었다.

3

문이 있다. 굳게 닫힌 나무 문. 문틈으로 밀가루를 풀어 놓은 듯 걸쭉한 안개가 새어 나온다. 손잡이를 잡는다. 두레박이 닿지 않는 우물의 제일 밑바닥처럼 깊고 진한 정념(情念)이 손바닥을 타고 온몸으로 퍼져 나간다. 안개가 점점 짙어진다. 살며시 문을 연다. 크고 검은 입이 신음을 내며 벌어진다.

그 순간, 허연 눈을 치켜뜬 채 나를 바라보는 순자의 시선과 마주친다. 이십오 년 전 그때와 조금도 다르지 않는 얼굴. 고양이를 닮은 동그란 눈, 길게 뻗은 귀, 새빨갛다 못해 붉은 기운이 넘쳐흐르는 작은 입. 그 모든 것들에서 붉거나 진득한 액체가 흘러나온다.

찢어질듯 커져 흰자위만 보이는 눈에서는 피눈물이 흐른다. 귀에서 빠져나온 누런색의 액체가 목덜미에 말라붙어 있다. 입술을 비집고 선홍빛 혀가 튀어나와 있다. 혀는 명치까지 늘어졌다.

나는 눈을 감았다 뜬다. 아무것도 변하지 않는다. 순자는 여전히, 허공에 대롱대롱 매달려 있다. 푸줏간에 걸린 시뻘건 고기처럼.

하지만 순자는 죽지 않았다. 가슴이 실룩실룩 움직인다. 코에서 얕은 숨이 새어 나온다. 숨은 곧 안개로 변해 꾸역꾸역 방 안을 채운다.

해무의 안개는 귀신이 뱉어 놓은 숨이야.

언젠가 들었던 그 말이 귓가에 울린다. 순자가 나를 바라본다. 내가 여기 있다는 걸 안다.

눈을 뜨니 온통 어둠이었다. 머리가 깨질 듯이 아팠다. 목이 꺼끌꺼끌해서 침을 삼킬 때마다 바늘로 찌르는 것 같았다. 또 하나, 잔뜩 부풀어 오른 혀가 입안을 가득 채우고 있었다. 나는 자리에서 일어나려다가 다시 쓰러졌다. 몸에 좀처럼 힘이 들어가지 않았다. 몇 번의 시도 끝에 겨우 앉을 수 있었다. 익숙한 풍경이 눈에 들어왔다. 하지만 그것이 특정한 의미로 다가오기까지는 시간이 조금 더 걸렸다. 천천히 머리를 흔들었다. 흐물흐물 녹아 버린 뇌가 조금씩 자리를 잡아 갔다.

순자의 방이다.

저 멀리, 무의식의 언저리에서부터 밀려온 파도가 그 사실을 알려 주고 물거품이 되어 흩어졌다. 순자의 방. 어둠에 싸인 순자의 방. 손바닥만 한 창문으로 핼쑥한 달빛이 비쳐드는 순자의 방. 향상과 제상은 사라졌지만 키다리 병풍은 그대로 서서 죽은 자와 산 자의 영역을 가르고 있었다.

내가 왜 여기 있지?

제일 처음 든 생각은 그거였다. 산산조각 난 기억을 다시 이어 붙이는 데 꽤 많은 시간이 걸렸다. 한 통의 부고, 박 무당, 해무 마을, 조문, 천막, 그리고 암흑. 기억이 하나 둘 떠오르면서 동시에 섬뜩한 예감이 머리를 스치고 지나갔다.

나는 여전히 말을 듣지 않는 다리를 끌고 문으로 다가갔다. 역시 잠겨 있었다. 아무리 손잡이를 돌려봐도 움직이지 않았다. 급기야 문을 두드리기 시작했다.

"누구 없어요? 이봐요?"

병풍 너머에는 순자가 잠들어 있다. 어두운 방 안에는 그녀와 나 단둘뿐이다. 한때 그랬던 것처럼 우리는 또 둘만 남았다.

"문 좀 열어 주세요!"

나는 소리를 질렀다. 정체를 알 수 없는 냉기가 반팔 셔츠 아래로 드러난 팔뚝을 스치고 지나갔다. 시체와 한 방에 있다고 생각하자 오싹한 기운이 엄습했다. 그때, 마루가 삐걱대는 소리가 들렸다. 누군가가 다가오고 있었다. 오래된 나무 바닥이 내지르는 비명은 잠시 끊어졌다가 방문 앞에서 이어졌다. 삐걱, 삐걱, 삐걱.

"도와주세요. 갇혔어요."

문 너머의 누군가를 향해 외쳤다. 상대방은 아무 말도 하지 않았다. 정체 모를 그 인물이 숨을 죽인 채 방 안의 동태를 살피는 모습이 눈앞에 그려졌다.

"제발요!"

"순자는 내내 이날만을 기다렸어."

박 무당이었다. 그녀의 쉰 목소리가 내게 순자의 부고를 전할 때처럼 무미건조하게, 그리고 아무런 감정도 담지 않은 채로 문을 넘어 들어왔다.

"너와 단둘이 시간을 보내길 기다렸다고."

"네. 알았으니까 일단 문을 좀 열어 주세요. 벌써 밤이 깊어진 것 같은데, 제가 바쁜 일이 있어서 오늘 안으로 꼭 집에 돌아가야 합니다."

목소리를 가다듬고 침착하게 말했다. 상황이 왜 이렇게 된 건지는 모르겠지만 일단 이성적으로 풀어나가자 싶었다. 마을 사람들이 나를 일부러 가둔 것은 확실했다. 단순히 보복을 위해서인지, 더 큰 이유가 있어서인지는 알 수 없었다. 중요한 것은 지금의 고약한 상황을 벗어나는 일이었다.

"너와 시간을 보내고 싶어 했지."

"네. 알겠습니다. 먼저 문을 열고……."

"딱 하룻밤이야. 순자는 유서에 그렇게 남겼어. 딱 하룻밤만 너와 함께 있게 해 달라고."

"그게 무슨 소립니까? 순자는 이미 죽었는데!"

참지 못하고 소리를 질렀다. 미쳤다. 이 여자는 노망이 들었다. 그 옛날 그녀가 아직 괄괄했을 때도 정신이 온전히 박혀 있지는 않았다. 늘 뜻 모를 소리를 중얼거렸고 유달리 검은자위가 작은 눈으로 사람을 지그시 바라보곤 했다. 그 어미에 그 딸인 것이다.

"순자는 안 죽었어. 다시 살아날 거야. 너도 알잖아?"

그 한마디가 보이지 않는 손이 되어 내 심장을 움켜쥐었다. 나도 모르게 뒤를 돌아봤다. 병풍 너머의 그 공간은 방 안에 눅진하게 들러붙은 어둠보다도 한층 더 어두웠다. 손으로도 퍼 올릴 수 있을 것 같은 어둠이었다. 그곳에는 달빛조차 닿지 않았다. 아니, 세상 그 어느 빛도 차갑게 굳은 그 어둠을 녹일 수 없을 것 같았다.

발소리가 멀어졌다. 나는 다급한 마음에 다시 문을 내리치기 시작했다.

"열어. 이 문 당장 열라고! 당신, 아니, 이 마을 사람들 모두 신고할 거야. 빨리 열어. 개소리 하지 말고 빨리 열라고 씹할!"

아무런 소리도 들리지 않았다. 단단하게 여문 침묵이 내 처지를 일깨워 줄 뿐이었다. 꼼짝 없이 갇혔다. 박 무당의 말대로라면 날이 밝기 전에는 빠져나갈 수 없다. 주머니에서 휴대전화를 꺼냈다. 여전히 '서비스 안 됨'이었다. 전원을 껐다 켜도 마찬가지였다. 이십오 년 전 그때처럼 나는 완전한 고립에 놓여 있었다. 고립. 어쩌면 그것 때문에 나는 순자에게 끌렸던 걸지도 모른다.

1989년 여름, 백골단에게 잡힌 나는 어딘지 모를 지하실로 끌려갔다. 처음에는 호기롭게 생각했다. 투사로 거듭나기 위해서라면 고문의 흔적 정도야 훈장처럼 자랑할 수 있어야 한다고 여겼다. 채 하루도 지나지 않아 그것이 크나 큰 착각이었다는 것을 그야말로 뼈저리게 깨달았다. 이틀 만에 모두 털어놓았다. 선배들의 은신처며 비밀 회동 장소를 줄줄이 불었다. 없는 사실도 만들어냈다. 관련 없는 사람의 이름도 마구 읊었다. 나는 그런 놈이었다. 인간 쓰레기였다. 고문이 가져다주는 가장 고통스러운 순간은 똥오줌을 지리며 매를 맞을 때도 아니고, 고춧가루 푼 뜨거운 물을 코로 들이켤 때도 아니고, 손톱이 뜯겨 나갈 때도 아니었다. 결국 고문에 굴복해 진술을 마친 후 이름 모를 수사관들이 수고했다며 내 어깨를 두드릴 때, 그 순간에 느껴지는 모멸감이 가장 고통스러웠다. 원귀처럼 들러붙어 떨어질 줄 모르는 죄책감이 고통의 원천이었다. 나는 그것들로부터 도망치기 위해 해무행을 택했다. 다음에 또 보자며 웃던 수사관들보다도, 배신자라 경멸하던 동지들보다도 모멸감과 죄책감이 더 무서웠다. 하지만 그것들은 해무까지도 따라왔다. 따라와서, 나를 끊임없이 괴롭혔다. 해무에 안개가 들이닥쳐 겹겹이 쌓일 때만, 그리하여 고립무원에 빠질 때만 겨우 안심할 수 있었다. 그 안개 속에서 나는 순자의 몸을 탐하고, 탐하고 또 탐했다.

문에 등을 기댄 채 바닥에 주저앉았다. 차가운 기운이 엉덩이를 타고 온몸으로 퍼져 나갔다. 격랑처럼 일었던 분노가 차츰 잦아들면서 후회가 밀려왔다. 해무에 오는 게 아니었다. 박 무당의 전화를 받는 게 아니었다. 애초에 해무를 몰랐어야 했다. 이런 불길한 마을 따위, 안개 속에 틀어박혀 해괴한 삶을 살아가는 사람들 따위와는 관계를 맺지 않았어야 했다.

문득, 미영의 얼굴이 떠올랐다. 순자에게 그랬던 것처럼 미영에게도 보자마자 빠져들었다. 일 년 전의 일이었다. 미영은 하청 업체의 신입 경리 직원이었다. 그녀가 싸구려 믹스커피를 타서 회의실로 들어왔을 때 나는 불길한 예감을 느꼈다. 그것은 그녀를 갖고 싶다는 강렬한 소유욕이요, 한편으로는 예고된 불행을 향해 돌진하는 자의 막연한 두려움이었다. 결국 나와 미영은 특별한 관계로 발전했다. 나보다 스물네 살이나 어린 그녀를 나는 진정으로 사랑했다.

지금쯤 뭘 하고 있을까?

해무에 들어서기 전 마지막으로 했던 통화가 마음에 걸렸다. 최근의 미영은 여러모로 불안정해 보였다. 벼랑 끝에 선 듯 아슬아슬한 분위기를 풍기는 게 그녀의 매력이긴 했지만 점점 도가 지나치는 것도 사실이었다. 무엇보다 나는 미영에 대해 고아원에서 자랐다는 사실 말고는 아는 게 별로 없었다. 그 점이 늘 불안했다.

훗. 상황과는 맞지 않았지만 나도 모르게 실소를 터트렸다. 죽은 옛 여자의 빈소에서 현재의 불륜 상대를 떠올리는 뻔뻔함에 스스로도 놀랄 정도였다.

바닥에 놓인 수첩이 눈에 들어온 건 바로 그 순간이었다. 여태껏 발견하지 못했다는 게 신기할 정도로 한가운데 떡하니 놓여 있었다. 불그스름한 달빛이 수첩 위에 드리웠다. 나는 천천히 다가가 수첩을 집어 들었다. 표지가 너덜너덜해질 정도로 낡은 수첩이었다. 익숙한 비린내가 물씬 풍겼다. 순자의 유품이라는 사실을 직감했다. 첫 장을 펼쳤다. 어두운 데다가 글씨마저 삐뚤빼뚤해 알아보기가 힘들었다. 다만 몇 가지 단어만은 확실히 알 수 있었다.

임신.

오빠.

아기.

나는 마른침을 삼켰다. 수첩을 든 손이 덜덜 떨렸다. 물러갔다고 생각했던 공포가 다시 슬그머니 대가리를 내밀었다. 순자가 글을 읽고 쓸 수 있다는 사실은 전혀 모르고 있었다. 수첩을 빠르게 넘겼다. 몇 개월씩, 때로는 몇 년씩 건너뛰며 연도와 날짜가 적혀 있었고 그 밑에 예의 그 조악한 글씨가 이어졌다.

고아원.

딸.

복수.

그날의 일이 불쑥 치밀어 올랐다. 슬슬 해무를 떠날 생각을 하고 있던 참이었다. 상처가 아무는 것과 더불어 가족과 도시에 대한 그리움이 강하게 몰려왔다. 한평생 해무에 뼈를 묻겠다는 허세를 부리기도 했지만 그건 모두 자위에 지나지 않았다. 무엇보다도 순자가 지겨웠다. 어린애처럼 달라붙는 그녀가 부담스러웠다. 어차피 계속 같이 살 건 아니잖아? 내 안의 목소리가 자꾸만 옆구리를 찔러 댔다.

"오빠. 나, 아기 가졌어."

순자는 그렇게 말한 후 히히히 웃었다. 새빨간 입술을 오물거리면서. 정말이야? 아마 나는 그리 물었으리라. 지독히 더운 하루였다. 아침부터 눅눅한 안개가 해무를 뒤덮고 있었고 밀폐된 열기가 사람의 진을 쏙 빼놓았다.

"오빠랑 나랑 우리 아기랑 오순도순 살자."

구역질이 올라왔다. 미친년. 감히 자기가 뭐라고.

"우리 또 하자. 자꾸자꾸 하자. 아기도 좋아할 거야. 그러니까
나 좀 만져 줘. 응?"

속옷을 벗어 내리는 순자가 두려웠다. 가랑이를 벌리는 순자가
무서웠다. 혀로 입술을 핥으며 연신 히히히 웃어 젖히는 그 모습
이 끔찍했다. 그래서 침대에다 밀어서 넘어트렸다. 방울이 요란하
게 울어 댔다. 순자의 목은 가늘고 길었다. 고양이의 그것처럼. 머
릿속이 텅 비었다. 눈앞에서 하얀 섬광이 번쩍번쩍 일었다. 내 밑
에 깔린 건 순자 그년이 아니었다. 손톱을 빼내고 그 자리를 담뱃
불로 지지던 썹할 수사관들이었다. 배신자, 변절자라며 내 얼굴에
침을 뱉던 개새끼들이었다. 내 밑에 깔린 건 '나'였다. 나는 내 목
을 힘껏 졸랐다. 침대가 삐걱거렸고 그때마다 방울 소리가 났다.
딸랑. 딸랑. 딸랑. 딸랑. 딸랑. 딸랑.

"난 영원히 오빠 곁에 있을 거야. 살아서도 죽어서도."

숨이 넘어가기 직전 순자가 쥐어짜내듯 말했다.

"히히히."

그리고 웃었다.

순자는 분명 죽었다. 똥오줌을 싸고 혀를 길게 뺀 채 숨통이 끊
겼다. 희뜩 뒤집어진 눈은 천장을 바라보고 있었다. 거기에는 생
명의 기운이라고는 조금도 들어 있지 않았다. 방울은 오랫동안 울
어 댔다. 그렇게 순자는 죽었다. 그랬는데, 분명 그랬는데……

수첩에서 무언가가 툭 떨어졌다. 맨 마지막 장이 펼쳐졌다. 거
기 적힌 글씨는 쉽게 알아볼 수 있었다.

복수.

오직 그 단어만이 종이가 찢어질 정도로 선명하게, 그리고 빽빽하게 새겨져 있었다. 떨어진 것은 사진 한 장이었다. 어둠에 가려 사진 속 인물이 누구인지는 보이지 않았다. 나는 사진을 주우려고 허리를 숙였다. 심장이 두근거렸다. 입을 크게 벌리면 펄떡펄떡 뛰는 심장이 송두리째 튀어나올 것 같았다. 보지 마! 그냥 무시해! 본능이 그렇게 소리쳤다.

딸랑.

방울 소리가 들렸다.

딸랑.

또 한 번.

나는 얼어붙었다. 무언가가 병풍 너머에서 부스럭댔다. 딸랑. 방울 소리와 함께 낡은 철제 침대가 삐걱대는 귀에 익은 소리가 들려왔다. 비명을 지르고 싶었지만 목구멍이 꽉 막혀 아무 소리도 낼 수 없었다. 천천히 허리를 일으켜 병풍을 바라봤다. 그 너머에 고여 있던 어둠이 일렁이며 병풍이 조금씩 흔들렸다. 방울 소리는 더 요란해졌다. 침대는 관절염 환자처럼 앓는 소리를 토해 냈다. 어둠이 한층 짙어진 것 같았다. 방 안에 들어찬 공기의 밀도가 달라졌다. 태풍이 몰려오기 전의 무지근한 저기압처럼 끈적끈적하고 이물감이 느껴지는 공기였다. 어디에서도 바람은 불어오지 않았다. 메스꺼운 비린내가 짙어졌다.

병풍을 향해 소리 없이 다가갔다. 그 너머에 뭐가 있는지 확인하고 싶다는 마음과 눈을 감고 귀도 막은 채 아침이 오기를 기다리고 싶다는 마음이 치열하게 싸웠다.

순자는 안 죽었어. 다시 살아날 거야. 너도 알잖아?

박 무당의 말이 떠올랐다.

등줄기에 오한이 스쳤다. 숨을 제대로 쉬기가 힘들었다. 보이지 않는 손이 내 목을 조르는 것만 같았다. 방울 소리는 그칠 줄을 몰랐다. 오히려 점점 리듬감을 띠었다. 가쁜 신음을 토해 내며 순자의 몸 안으로 치달을 때처럼.

손을 뻗어 병풍 가장자리를 잡았다. 눈에 보일 듯 날선 한기가 한 치 앞도 보이지 않는 어둠 속에서 맹렬하게 쏟아져 나왔다. 딸랑. 딸랑. 딸랑. 방울 소리는 이제 방 안을 가득 채웠다. 침대는 부서질 듯 울었다.

누군가가 있었다.

얇디얇은 병풍 바로 너머에.

침대에 누워 발버둥 치는 누군가가…….

병풍을 걷어 젖히는 것과 동시에 허연 얼굴이 쑥 튀어나왔다. 동그랗고 커다란 눈은 온통 검은자위뿐이었다. 한 가닥 작은 세로선이 검은자위를 가로질렀다. 산발한 머리가 바람에 날리듯 허공으로 치솟았다. 새빨간 입술이 번들거렸다. 길게 빠져나온 혀가 거머리처럼 꿈틀거렸다. 입이 크게 벌어졌다. 짧은 순간이었지만 나는 그녀가 웃고 있다는 사실을 알아챘다. 튀어나온 못에 줄을 걸고 목을 맨 순자가 *히히히* 웃고 있었다. 순자의 발은 침대 난간에 간신히 닿았다. 축 늘어진 그녀가 버둥거릴 때마다 침대가 흔들렸다. 방울이 소리를 질렀다. 다 함께 절정을 향해 달려갔다. 나는 마음껏 비명을 질렀다.

다시 정신을 차렸을 때는 어찌된 영문인지 안개 속이었다. 나는 천도하지 못한 귀신처럼 해무의 안개 속을 헤매고 있었다. 한 걸음씩 발을 옮길 때마다 안개는 더욱 짙어졌고 또 바싹 달라붙었다. 찌는 듯한 열기로 낮이라는 사실을 짐작할 뿐, 아무것도 보이지 않았다. 아무 소리도 들리지 않았다. 그저 인력이 작용하는 대로 밑으로, 밑으로 내려갈 뿐이었다. 몇 번이나 쓰러졌다. 누군가가 목덜미를 잡고 일으켜 세우는 것처럼 쓰러져도 내 의지와는 상관없이 벌떡 일어났다. 안개다. 안개가, 나를 부리고 있다! 나는 그 순간 처음으로 해무의 안개가 의지를 가진 생명체라는 사실을 깨달았다. 그것은 눈과 귀를 멀게 한 뒤 끝내 나락으로 떨어뜨리며 기쁨을 느끼는 사악한 의지였다. 나는 이토록 짙은 안개가 무엇으로 만들어졌는지 알 것 같았다. 집착과 광기, 욕망과 위선, 죄책감과 두려움이 모두 섞여 안개의 실타래를 뽑아낸다. 그렇게 짜인 안개는 거대한 괴물처럼 자라나 펄떡펄떡 뛰는 생명력을 얻는다. 결국, 안개를 뱉어 내는 것은 귀신이 아니었다. 안개 속에 갇히기를 원하는 사람들이었다.

자꾸 웃음이 나왔다. 안개가 목구멍을 지나 허파 깊은 곳까지 들어와 갈퀴처럼 생긴 손가락으로 북북 긁어 대는 것 같았다. 히히히. 이십오 년 전 그날처럼 나는 안개에 갇혀 웃음을 터트렸다. 안개의 벽에 부딪친 웃음은 허공에서 덩어리째 떨어졌다. 그러거나 말거나, 왠지 마음이 가벼웠다. 그래서 계속 웃는지도 모를 일이었다. 나를 내리누르던 죄책감이 말끔히 사라졌다. 부어오른 발목에 파스를 붙였을 때처럼 천천히, 아주 조금씩 시원한 기운과 함께 통증이 증발하는 기분이었다.

히히히.

시간이 얼마나 지났을까, 안개가 소리 없이 퇴각하기 시작했다. 흩어지는 것 또한 순식간이었다. 꼭꼭 숨어 있던 풍경이 거친 토벌대의 퇴장을 목격하고는 하나 둘 모습을 드러냈다. 가위로 싹둑 자른 것처럼 사라졌던 소리들도 다시 이어졌다. 매미가 처절하게 울어 댔고 이름 모를 산새가 날카로운 쇳소리를 내며 날아올랐다. 정신을 차리고 보니 나는 무방비 상태로 한여름의 땡볕 아래 서 있었다. 양복 상의는 입고 있지도 않았다. 구두는 한쪽만 신고 있었다.

히히히.

내 꼴이 우스워 다시 낄낄댔다. 콧노래라도 부르고 싶었다. 생각나는 거라곤 그 옛날 투쟁가뿐이었다. 배에 힘을 주고, 주먹을 불끈 쥐고, 목청을 높여서, 더 나은 세상을 향하여!

히히히.

웃음이 차올라 눈물까지 흘리며 주위를 둘러봤다. 웃자란 풀들 사이로 낯익은 이정표가 보였다.

〈해무(海霧) →〉

이계로의 진입을 알리는 그 이정표 옆에 나는 걸터앉았다. 기다렸다는 듯이 휴대전화가 몸을 떨어 댔다. 꺼내 보니 서비스가 안 된다던 빌어먹을 메시지는 사라지고 없었다. 대신에 수십 통의 부재 중 전화가 걸려 왔다는 알림이 액정 화면을 가득 채우고 있었다. 거래처, 거래처, 거래처, 거래처, 거래처, 거래처……. 나는 신경질적인 표정으로 전화를 걸고 또 거는 미영의 얼굴을 쉽게 상상할 수 있었다. 집착과 광기. 미영도 안개의 주인이었다.

맨 마지막 알림은 사진이 첨부된 문자 메시지였다. 나는 주저하지 않고 그것마저 확인했다.

"내가 말했지? 이젠 나도 못 참아."

짧고 서늘한 메시지 뒤에 두 장의 사진이 붙어 있었다. 첫 번째 사진은 우리 집 현관을 찍은 것이었다. 현관 앞에 선 아내는 불시에 카메라를 들이대 놀랐는지 조금은 우스꽝스러운 표정으로 입을 크게 벌리고 있었다.

두 번째 사진은 피 묻은 칼이었다. 나는 멍하니 사진을 바라봤다. 오랫동안 들여다보고 있자니 미영의 웃음이 들리는 것도 같았다. 칼은 흔하디흔한 부엌칼이었다. 마트에서 손쉽게 구할 수 있는, 몇 번 쓰다 보면 칼날이 나가 버리는 그런 놈이었다. 그래도 처음 몇 번은 제법 쓸 만한 모양이었다. 칼날 아래 떨어져 있는 손가락은 아주 깔끔하게 잘린 채였다. 나는 칼과 손가락을 번갈아 바라봤다. 손가락에 끼워진 결혼반지도 바라봤다. 아무런 느낌도 들지 않았다. 단지 뭉툭한 막대기 끝에 명치를 찔린 것처럼 온몸이 저릿할 뿐이었다.

이제는 자신이 나설 차례라는 듯 주머니에서 무언가가 바스락댔다. 나는 손을 찔러 넣었다. 주머니에는 잔뜩 구겨진 사진이 들어 있었다. 어젯밤, 순자의 수첩에서 떨어져 내렸던 바로 그 사진이었다. 순자는 지난 이십오 년 동안 내 뒤를 쫓으며 모든 것을 기록해 놓았다. 원한과 저주가 차곡차곡 쌓인 그 수첩의 맨 마지막 장에 사진이 끼워져 있었다. 나는 사진을 보지 않고도 거기 무엇이 있을지 짐작할 수 있었다. 순자의 계획이었을까? 아니, 그럴 리는 없다. 끔찍한 우연이 만들어 낸, 그리고 감추어 둔 욕망과 죄책감이 빚어낸 절묘한 작품이었다.

히히히.

나도 모르게 또다시 웃었다.

딸.

사진의 뒷면에는 아슬아슬한 글씨체로 한 단어가 적혀 있을 뿐이었다. 그 글씨를 보고 있으면 금방이라도 쓰러질 것 같았다.

나는 네 귀퉁이가 동그랗게 말려 버린 사진을 뒤집어 앞을 바라봤다.

사진 속 미영 역시 나를 바라봤다. 그러고 보니 그녀의 눈도 고양이의 그것처럼 크고 둥글었다. 눈꼬리가 길게 찢어졌다. 왜 여태껏 그 사실을 몰랐을까?

사진을 다시 주머니에 집어넣고 일어섰다. 바지에 묻은 흙을 툭툭 털었다. 굽이진 산길 아래쪽에서 흙먼지를 일으키며 버스가 달려오고 있었다. 나는 해무 쪽으로 고개를 돌렸다. 문득, 해무 마을 사람들이 왜 그곳에 모여 사는지 알 것 같았다. 그들은 모두 안개에 홀려 돌아갈 곳을 잃었다. 또다시 안개가 몰려오는지 이정표가 가리키는 방향 저 깊숙한 곳에서부터 흰 천이 너울너울 드리웠다. 그것은 부드러운 손짓이었다. 버스 엔진 소리가 점점 커졌다. 나는 눈을 감았다. 좀 눕고 싶었다. 방울이 달려 있던 그 침대에 누워 이십오 년 전 그때처럼 내처 자고 싶었다. 어쩌면 그때 나는 도망에 실패한 걸지도 모르겠다. 몸은 달아났으나 영혼은 안개 속에서 길을 잃었다. 눈꺼풀 안쪽으로 순자의 얼굴이 천천히 떠올랐다.

나는 해무를 향해, 질퍽한 안개를 향해 다시 걸음을 옮겼다.

라면 먹고
갈래요?

신원섭

글 쓰는 엔지니어. 대학교 1학년 때 에도가와 란포의 단편집을 접한
뒤 소설을 쓰기 시작. 이후 「뚝방 살인사건」으로 제11회 심산문학상
수상. 언젠가는 훌륭한 소설가가 되고자 평일에 일하고 주말에 글을
쓴다. 장래 희망은 후대에도 살아남을 좋은 작품을 쓰는 것. 아무도
믿지 않는 꿈 때문에 10년째 글을 쓰고 있다. 교보문고와 티스토어
전자책을 통해 「해프닝」, 「무죄판결」 등 10여 편의 단편을 발표했다.
한국 미스터리 작가 모임에서 활동 중이다.

1

복도는 캄캄했다. 하기 싫은 일은 쌓여 있는데 제대로 집중할
수 있는 여건도 아니었다. 난방도 되지 않는 연구실 창틈으로는
바람이 들어왔다. 프린터는 하루 종일 말썽을 부렸다. 아무리 생
각해도 지금까지 연구동에 남아 있는 건 그녀 자신뿐이었다. 연
휴가 코앞이니까. 연정은 한참 동안 코를 훌쩍이며 엎드려 있었
다. 팔이 저릴 때쯤 고개를 들었다.

'커피나 한 잔 내려야겠다.'

따뜻한 음료로 속을 채우는 건 재수 시절부터 들인 버릇이었
다. 그렇게 하면 마음 안쪽에 자라난 따갑고 껄끄러운 것들이 조
금은 무뎌지는 기분이 들었다. 연정은 재수학원으로 향하던 1호
선 지하철의 풍경을 아직 생생히 기억하고 있었다. 반쯤은 졸면
서 일터로 향하는 사람들, 등산복 차림의 아줌마 아저씨들, 야구

잠바 입은 대학교 새내기들. 연정은 그들 중에 가장 천대받는 존재가 된 것 같았다. 자신이 저금통 속을 굴러다니는 10원짜리 같다는 생각이 들어 만원 전동차 안에서 눈물을 줄줄 흘렸다.

그녀는 독하게 공부했다. 벙어리처럼 문제집만 풀면서 입에는 뜨거운 커피를 달고 살았다. 따뜻한 무언가가 마음에 눌어붙은 쓸쓸함을 조금은 녹여 줄 것 같았다. 그렇게 일 년을 견디고 얻은 자유는 며칠이 지나자 일상이 되었다.

합격 통지를 받았을 땐 정말로 느낌이 이상했다. 마치 거대한 폭발에 휘말린 기분이었다. 터질 듯 부풀어 오르던 기쁨이 가라앉은 자리에는 놀라울 만큼 아무것도 남지 않았다.

연정은 새삼 깨달았다. 그녀에겐 딱히 하고 싶은 일도, 좋아하는 것도 없다는 사실을. 마음속에 가라앉은 짐은 털어 버렸지만 그 빈자리를 채울 게 없다는 것을. 제법 이름값 있는 대학은 그녀를 지탱하던 막연한 목표와 동경심, 열등감과 경쟁의식을 무너뜨렸다. 이제 그녀의 삶을 움직이는 건 관성이었다. 학점 따라 결정한 전공, 아무 생각 없이 간 대학원, 학부 시절 때도 읽었던 논문, 늘 살던 대로 살아가는 것.

"거지같네."

상념을 흘려보내던 연정이 중얼거렸다. 반향 없는 독백이 그녀를 더욱 고독하게 만들었다. 술 생각이 간절했지만 혼자 마시고 싶진 않았다. 그녀는 술보다도 상처 없는 사랑이 고팠다.

때마침 옷걸이에 걸어 둔 코트가 나지막이 우는 소리를 냈다. 연정은 코트 안주머니를 뒤져 자신의 휴대폰을 꺼냈다. 문자를 보낸 건 영빈이었다.

'커피 한잔하자.'

괜한 오해를 사는 건 달갑지 않았기에 연정은 어떻게 답을 할지 고민했다. 사실 그녀는 영빈이 싫지 않았다. 조금만 노력하면 어쩌면 사랑에 빠질 수 있을지도 모른다. 그럼에도 망설이는 이유는 간단했다. 그가 어떤 사람인지 아직은 확신이 서지 않는 것이다. 그녀는 시시껄렁한 놈들로 가득한 자신의 보잘것없는 추억이 싫었다.

연정은 일단 승낙을 유예하기로 결정했다. 답장을 보내는 대신 전화를 걸었다.

"문자 이제 봤어요. 저 오자마자 계속 커피 마셨는데."

"커피 마시는 김에 얼굴이나 보자는 거지, 뭐."

"알았어요. 올라오시면 전화해요."

"지금 문 앞이야."

희미하게 노크 소리가 들렸다. 연정은 어쩔 수 없다는 듯 고개를 저었다. 문을 열자 마치 기다리고 있던 것처럼 그가 서 있었다. 어깨가 젖은 걸 보니 밖에 눈이 오는 모양이었다.

"늦게까지 바쁘네."

"바쁘진 않은데 일을 할 수가 없어요. 프린터가 망가졌거든요."

영빈은 책상 위에 외투를 벗어 두고 복사기 겸용 프린터로 다가갔다. 연정은 빈 커피포트를 씻으며 어깨 너머로 그를 건너다보았다. 그의 둥그스름한 입꼬리는 언제나 선해 보인다. 순수한 사람처럼 느껴졌다. 그는 또래 남자들에 비해 옷을 잘 입는다. 옆을 바짝 치고 포마드를 발라 단정하게 넘긴 헤어스타일도 잘 어울렸다. 그 밖에는 모르겠다. 무난한 게 장점인 남자였다.

영빈은 한참 동안 프린터 디스플레이를 들여다보는가 싶더니
이내 정체불명의 버튼들을 눌러 댔다. 연정으로서는 그가 뭘 알
고 누르는 건지, 아니면 그냥 색색 가지 버튼을 임의로 찔러보고
있는 건지 알 수 없었다. 지켜보던 그녀가 한마디 거들었다.

"뭐가 걸렸다고 뜨던데. 오빠 공대생이잖아요. 한번 고쳐 봐요."

"전자과가 프린터랑 무슨 상관이야."

"전자 제품이잖아요. 수업 시간에 이런 거 안 배워요?"

그녀가 팔꿈치로 영빈을 쿡 찔렀다. 그녀의 장난기 어린 얼굴
위에 생글생글 웃음이 번졌다. 영빈은 한숨을 쉬며 프린터 뒤쪽
전원 버튼을 더듬었다. 딸깍 소리와 함께 디스플레이가 깜빡였다.
프린터는 여전히 먹통이었다.

"걍 A/S 부르자."

"안 돼요. 제가 망가뜨렸다고 그러면 어떡해요? 전에도 프린터
때문에 한 소리 들었단 말이에요. 종이 너무 많이 쓴다고. 이거
껍데기 뜯어 볼 수 있어요?"

"그거 함부로 열면 A/S도 안 될걸? 건드려서 잘못되면 네 책임
이잖아."

"오빠 책임이죠. 오빠 여기 들어오면 안 되는 사람인 거 알죠?
프린터에 지문 다 남아 있어요."

연정은 잉크가 묻은 영빈의 손가락을 가리키며 찬장에서 물티
슈를 꺼냈다. 영빈은 프린터 뚜껑을 닫고 티슈를 받아 손에 묻은
검댕을 닦았다.

"네 손에도 뭐 묻었다."

영빈은 덥석 연정의 손을 잡았다. 손끝으로 그녀의 검지를 문

질러 닦았다. 작은 얼룩이 흐릿해졌다. 연정은 뜨거운 물건을 만진 사람처럼 화들짝 손을 빼냈다. 그리고 고개를 숙인 채 커피포트의 물기를 바닥에 털어냈다. 그녀는 문득 이 남자가 마냥 심심한 사람은 아닐지도 모른다는 생각을 했다.

어색한 침묵이 싫었던 그녀가 먼저 입을 열었다.

"옆집에 이상한 사람 있다고 전에 얘기했었죠?"

"문 앞에 맨날 쓰레기 내놓는다던 그 사람?"

"네. 아무 말 안하고 있으면 일주일 내내 쓰레기봉투를 쌓아 놓는다니까요."

"뭐라고 좀 하지. 관리실에 얘길 하든가."

"사람은 착한 거 같은데 그래서 더 짜증나요. 모난 사람이면 따끔하게 한마디 할 텐데 말 꺼낼 때마다 너무 미안해하니까."

"네가 착해서 그래. 그런 건 확실히 짚고 넘어가야지."

"불쌍한 사람 같아서 뭐라고 하지도 못하겠어요. 하루 종일 집에서 게임만 한다던데요."

연정은 따뜻한 커피를 홀짝이며 벽에 걸린 시계를 바라보았다. 분침은 자정을 향해 달리고 있었다. 좋든 싫든 또 하루가 지나가 버렸다.

"데려다 줄까?"

"아니요. 혼자 갈 수 있어요."

영빈은 고개를 끄덕이며 자리에서 일어섰다. 그는 주머니에 손을 찔러 넣은 채 문단속 하는 그녀의 작은 어깨를 바라보았다. 창밖으로 달빛이 넘실거렸다. 흐릿한 서울 하늘에선 보기 드물 정도로 밝은 달이었다. 문을 닫고 돌아서는 연정의 얼굴 위로 머리카락 몇 가닥이 흘러내렸다. 영빈이 연정의 얼굴을 향해 손을 뻗었다. 그녀는 고개를 돌리지 않았다. 그는 섬세한 손짓으로 그녀의 단발머리를 귀 뒤로 쓸어 넘겼다.

"귀가 작아서 잘 안 넘어갈걸요?"

"또 넘겨 주지, 뭐. 그나저나 프린터는 어쩌게?"

"솔직하게 얘기해야죠. 출력하려다 망가졌다고."

"그냥 모른 척 냅둬. 누가 사람 부르겠지."

연정은 주머니에 손을 찔러 넣은 채 고개를 끄덕거렸다.

인생은 파도와 같다. 뭐든지 모른 척 내버려 두면 어느새 파도에 휩쓸려 사라져 버린다. 연정은 자신의 20대를 흔적도 없이 쓸어가 버린 파도가, 삶이, 시간이 두려웠다. 그에 비하면 프린터 따윈 아무래도 좋다. 내버려 두면 누군가 어디론가 쓸어가 버릴 테지. 연정은 그렇게 생각하며 고개를 주억거렸다.

2

먼저 말을 꺼낸 건 윤석이었다.

"영화에서 보면 말이야, 킬러들은 항상 말쑥한 정장 차림이잖아. 바바리코트에 선글라스 걸치고. 그런데 실제 킬러들은 왜 다 저 모양인지 모르겠어."

가만히 듣고 있던 규도가 되물었다.

"저 모양이라는 게 정확히 무슨 소리야?"

"지극히 평범하더란 말이야. 돌아서면 얼굴도 기억 안 나."

"그건 당연한 거야. 어찌 보면 평범함이야말로 킬러가 갖춰야 할 첫 번째 소양이라고 할 수 있지."

"어째서?"

"너 닌자 영화 본 적 있지? 영화에 나오는 닌자가 왜 구라인지 알아?"

"모르겠는데."

"복장 때문이야. 까만 옷 입고 두건 쓴 사람은 누가 봐도 닌자일 거 아니냐. 누구에게도 들키지 말아야 할 사람이 가장 들키기 쉬운 옷을 입고 다닌단 말이지. 너 제복 입은 잠복형사 본 적 있어?"

"일리 있군."

윤석은 규도에게 쌍안경을 건넸다. 규도는 다시 한 번 목표물을 확인했다. 환하게 불을 밝힌 맞은편 건물을 관찰하기란 손바닥을 들여다보는 것보다 쉬웠다. 타깃이 된 남자는 자기가 감시당하는 줄도 모른 채 속옷 차림으로 컴퓨터 게임에 열중해 있었다.

남자는 동글동글한 얼굴에 흐리멍덩한 눈매를 가졌다. 평범한 외모 때문일까? 왠지 모르게 아는 사람 같았다. 어디선가 본 듯한 인상이었지만 기억에는 남지 않는 보통 얼굴. 규도는 고개를 갸우뚱했다.

"낯이 익은데?"

"그동안 쭉 우리 조직 일 맡았던 사람이야. 너도 오며 가며 인사 정도는 했을걸?"

남자는 전업 킬러다. 보기엔 신림동 고시 낭인처럼 꾀죄죄하지만 업계에서의 명성은 상당했다. 이제 막 살인청부업자로 첫발을 내디딘 두 사람의 입장에선 여러모로 껄끄러운 상대였다. 첫 작업

대상이 업계 선배인 것도 부담이었지만, 무엇보다도 상대는 베테
랑이었다. 얕은 수로 접근했다간 되레 당할 수도 있었다.

"저렇게 밋밋하게 생긴 게 진짜 무서운 놈들이야. 다가와서 푹
찌르고 가버리면 아무도 모른다니까. 순진하게 생겨 가지고 누가
경계를 하겠냐?"

"위에서 시킨 일이니 자세한 사연에는 신경 꺼라. 우린 저 양반
없애고 물건만 찾아오면 돼."

"찾아야 할 게 여행가방이라고 했지?"

"그래. 주황색 여행가방."

"근데 저 인간, 좀 이상하지 않냐?"

윤석은 규도에게서 쌍안경을 받아들고 다시 목표물에게로 눈
을 돌렸다. 규도 말대로 그에게는 어딘가 독특한 구석이 있었다.
팬티 차림의 살인청부업자는 한시도 몸을 가만히 내버려 두지 못
했다. 기마 자세로 게임을 하다가 캐릭터가 죽으면 갑자기 엎드려
푸시업을 하고, 캐릭터가 리스폰(respawn)되면 다시 자리로 돌아
와 게임을 했다. 한 판이 끝나는가 싶으면 화장실 문틀에 두 손가
락으로 매달려 턱걸이를 하다가 뛰어와 다시 모니터 앞에서 기마
자세를 취했다.

윤석이 말했다.

"두어 시간 전부터 한시도 가만히 있질 못하더라."

"뒷조사 좀 해봤어?"

"몰라. 일하는 방식이 깔끔하기로 유명하다는 것 말고는. 놈이
오른손으로 목울대를 움켜쥐면 아무도 빠져 나오지 못한다더군."

윤석은 진지했으나 규도는 여전히 자신만만했다. 윤석은 어쩐

지 불안해졌다. 규도가 엘리트 체육인 출신이라곤 하나, 상대를 너무 얕잡아 보는 건 아닌가 하는 걱정이 들었다. 물론 규도의 솜씨를 의심하는 건 아니었다. 한때 타고난 싸움꾼으로 이름을 날렸던 두 사람이다. 조직 간의 다툼이 있을 때면 윤석과 규도는 늘 앞장서서 싸움에 임했다. 그러나 언제까지 몸으로 먹고살 수는 없었다. 노후를 생각해서라도 업종을 바꿀 필요가 있었다. 그래서 택한 게 청부살인이었다.

행동대원으로 잔뼈가 굵은 두 사람이지만 청부살인은 전혀 다른 영역이었다. 투견과 사냥개가 다르듯이, 싸움을 잘한다고 해서 사람을 잘 죽이는 건 아니다.

"혼자 올라갈 거야?"

"왜? 불안해?"

규도는 가죽장갑을 벗어 입에 문 채 맨손으로 파카 안을 더듬어 장비를 점검했다. 윤석은 대꾸하는 대신 가만히 몸을 돌려 구석에 던져 놓은 자신의 더플백을 뒤적거렸다. 그 안에서 어른 팔뚝 길이의 식도 가방을 꺼내 규도에게 내밀었다. 규도는 그다지 달가워하지 않는 눈치였다.

"누가 보면 횟집 하는 줄 알겠다."

"3단 접이식이라 편해. 껍데기도 레자 아니고 진짜 소가죽 떼다 만든 거야. 하나 골라 봐."

윤석은 식도 가방 손잡이를 잡고 플라스틱 버클을 끌렀다. 귀에 감기는 매끄러운 마찰음과 함께 3단 식도 가방이 펼쳐졌다. 찍찍이 덮개를 열자 다섯 자루의 칼날이 새파란 날을 번뜩였다. 맨 아랫단 덮개를 들쳐 본 규도는 고개를 절레절레 흔들었다. 파우치 안에 각종 연장과 함께 숟가락 두 벌이 들어 있었다.

"숟가락은 왜 넣고 다니냐?"

"앞으로 외근이 많을 거야. 짜장면 시켜 먹을 때 숟가락 없으면 불편해. 하나는 네 거다."

"난 짜장 안 먹어. 그리고 나 찌르는 거 싫어하잖아. 느낌 되게 안 좋단 말이야."

말을 마친 규도는 품에서 철사 한 묶음을 꺼내 보였다. 마술사가 시범을 보이듯 집게손으로 철사 양 끝을 잡아 팽팽하게 당겼다. 이내 능숙하게 양손을 몇 번 돌리는가 싶더니 어느새 철사 끝에 동그란 매듭이 지어졌다. 순식간에 만들어진, 규도의 손에 딱 감기는 손잡이였다. 규도는 피를 보는 것보단 목을 조르는 편을 선호했다.

"이걸로 이제까지 잘 해 왔어. 모름지기 연장보다는 기술이라고."

"그때는 옆에서 잡아 주는 애들이 있었잖아. 그리고 사람 죽이는 데 기술이 무슨 소용이냐? 어차피 뒤에서 조를 거면서. 그럴 바에야 찌르는 게 편하지."

윤석은 말을 하면서도 주섬주섬 식도 가방을 접었다.

윤석이 말했다.

"조직에서 왜 우리한테 이번 일을 줬을 것 같냐? 잔심부름이나 하면서 미수금 삥이나 뜯던 우리한테 말이다."

"글쎄?"

"우릴 밀어 주는 거야. 일종의 전관예우 같은 거지. 원래 대기업들도 자기네서 분사한 회사들은 삼사 년씩 밀어 준다잖냐. 다들 그렇게 크는 거야. 그러니까 이번 일은 실수 없이 잘 하자고."

윤석의 말을 듣고 보니 규도도 힘이 났다. 이번 일만 깔끔하게 마무리하면 앞으로 일감도 안정적으로 들어올 것이고, 만기 삼 년 남은 보험도 무사히 납입할 수 있을 거다. 치밀하고 침착해야 한다. 십수 년 전 두 사람을 나락으로 떨어뜨렸던 실수를 반복하지 않기 위해서는 더더욱. 규도는 단단한 알이 박힌 주먹을 불끈 쥐어 보이며 대답했다.

"나만 믿어. 수틀리면 맨주먹으로라도 때려잡을 테니 걱정 말고."

"처음이니까 각별히 신경 쓰란 소리야. 정 뭣하면 같이 올라가자고."

"둘이 가면 더 의심 받지. 밑에 가서 차 트렁크나 열어 둬."

규도가 호기롭게 말하긴 했으나 원한 없이 사람을 죽인다는 건 아무래도 심적 부담이 있는 일이다. 그가 그런 무거운 짐을 지기로 자청한 건 역시 자신에 대한 미안함 때문일 거라고 윤석은 생각했다. 그에게는 영원히 갚지 못할 마음의 빚이 있었으니까.

옛날 생각이 나자 윤석은 습관적으로 목걸이에 달린 나이프에 입을 맞췄다. 그 넥나이프는 윤석이 오랫동안 신앙처럼 간직해 온 부적이었다. 햇병아리 시절부터 윤석은 늘 그 나이프를 가지고 다녔다. 성인 남자 중지 길이 정도의 짧은 칼이었지만 경우에 따라 쓸모가 있었다. 택배 박스를 뜯을 때나 손가락을 자르겠다고 겁줄 때 특히 그랬다.

윤석은 현관문을 나서는 규도의 뒷모습을 불안한 듯 지켜보았다.

'운명은 아직 내 편이야. 아직은.'

윤석은 생각했다. 많은 징조가 밝은 앞날을 비추고 있었고, 윤석은 스스로 그걸 알아볼 능력이 있다고 믿었다. 규도가 자신의 말을 곧이곧대로 믿고 따라온다는 게 그 증거다. 윤석은 자신의 나이프에 다시 한 번 입을 맞췄다.

사실 윤석은 알고 있었다. 찾아와야 할 여행가방 안에는 수백만 달러의 가치가 있는 '무언가'가 들어 있다는 사실을. 우연찮게 엿들은 그런 고급 정보만 아니었으면 애초에 이런 부담스런 임무 따위 관심도 없었을 거다.

조직이 일을 맡긴 것도 그만큼 윤석이 간곡하게 부탁했기 때문이었다. 이번 일을 따내기 위해 윤석은 지난 십수 년 간 쌓아 온 뒷골목 인맥과 연줄을 모두 끌어와야 했다. 가방 속의 물건이 뭔지는 몰라도 그걸 사겠다는 놈은 있었다.

윤석은 중간에 가방을 가로채 반값에 넘길 생각이었다. 계획대로만 된다면 규도와도, 이 바닥에서 인연을 맺은 사람들과도 작별이다. 밤 생활 청산하는 퇴직금이라 여기고 홀가분하게 이 나라를 뜰 것이다. 올해가 가기 전엔 따뜻한 모로코에서 사랑하는 그녀와 새 인생을 시작할 수 있을 것이다. 이 순간이 올 때까지 오랜 세월을 참고 기다려야 했던 그녀와.

윤석의 입가에 미소가 번졌다.

3

또 죽었다. 잡생각 하느라 포션 빼는 타이밍이 늦었다. 자꾸만 잡생각이 드는 이유는 불안하기 때문이다. 훈은 자리를 박차고 일어났다. 바닥에 엎드려 세 손가락으로 푸시업을 했다. 하루에 수백 번씩 반복하는 동작이지만 할 때마다 힘이 드는 건 마찬가지다.

언젠가 친구가 물어본 적 있다. 왜 그렇게 운동에 집착하느냐고. 훈은 솔직하게 대답했다.

"불안해서."

뭐가? 뭐가 불안한데? 친구가 재차 물었다. 그쯤 되면 훈은 늘 하던 대로 고개를 절레절레 흔들었다. 이건 그냥 운동 강박증이었다. 그냥에 이유는 없다. 가만히 있으면 자꾸 손끝에서 힘이 빠져나가는 느낌이 들었다. 한 시간쯤 쉰다고 신체 능력이 퇴보할 리 없다는 걸 훈도 잘 알고 있었지만 혹시나 하는 마음에, 만에 하나라도 우려했던 일이 벌어지고 나서 후회하느니 그냥 운동을 하고 말자는 생각이 들면 한시도 몸을 가만히 쉴 수 없었다.

그렇다고 운동 선수가 될 생각을 했던 것도 아니다. 기본적으로 훈은 운동에 재능이 없었다. 특별히 잘하거나 좋아하는 종목이 있었던 것도 아니고, 몸이 날쌔거나 덩치가 큰 편도 아니었다. 그가 가진 재주라고는 턱걸이를 연달아 90개 정도 할 수 있다는 것뿐이다. 참고로 1983년 작성된 턱걸이 세계 기록은 120회다. 그나마도 94년도엔 612회로 경신되었다. 턱걸이 90개로는 어디 가서 명함도 못 내민다. 설령 612회 이상을 할 수 있다 해도 그게 밥벌이가 되는 건 아니다.

그래서 훈은 킬러가 됐다. 투견이 아니라 사냥개였다. 순박한 얼굴과 평범한 체구로 덫을 놓고 목표물에 접근한 뒤 단련된 오른손으로 숨통을 끊었다. 비범한 손아귀 힘으로 턱을 비틀면 열에 하나는 절명했고 아홉은 기절했다. 간단하지만 효율적인 그만의 방식이었다.

힘을 쓰고 나니 언제나처럼 배가 고팠다. 컵라면이라도 끓일 생각으로 전기 주전자를 올리는데, 둔탁한 노크 소리가 들렸다. 야밤에 찾아온 불청객. 훈은 짜증스런 목소리로 대답했다.

"누구요?"

"성환기획 사장님이 보내서 왔습니다."

다소 높은 톤의 처음 듣는 사내 목소리였다. 훈은 금세 태도를 바꿨다. 이름만 들어선 꼭 영세 흥신소 같지만, 성환기획은 이 바닥에선 대기업이다. 조직도 크고 다루는 일도 규모가 컸다. 무엇보다도 성환기획은 훈의 밥줄이나 다름없었다. 대부분의 의뢰는 그쪽에서 들어왔고, 중개 수수료도 합리적이었다. 게다가 성환기획에서 대주는 건수는 대부분 액수가 굵직했다.

그러나 그쪽에서 이렇게 직접 찾아오는 일은 드물었다. 어쩌면 지난번에 맡겨 놓은 물건을 찾아가려는 건지도 모른다. 훈은 아무쪼록 새로운 의뢰가 아니길 바랐다. 한창 추울 때 고생했던 터라 당분간은 쉬고 싶은 마음뿐이었다. 땅이 어는 겨울은 아무래도 사후 처리가 곤란하다. 시신을 묻기도 힘들고, 잘 썩지도 않으니까.

"나갑니다."

훈은 큰 소리로 대답했다. 맨발에 삼선 슬리퍼를 꿰차고 달려나가 문을 열었다. 문 밖에는 작지만 단단한 체구의 까무잡잡한 사내가 서 있었다.

"어휴, 밖은 아직 쌀쌀하네요."

사내는 넉살이 좋은 편이었다. 인사를 나누기도 전에 신발부터 벗었다.

"들어가도 되죠?"

"그럼요. 들어오세요."

훈의 대답에 사내는 거리낌 없이 거실 소파에 엉덩이를 붙였다.

"커피 한잔하실래요?"

"네. 설탕은 빼주세요."

"믹스커피밖에 없는데요."

"그럼 그걸로 부탁합니다."

사내는 편안한 자세로 등받이에 몸을 기댄 채 훈의 허름한 집을 둘러보았다. 전기 주전자가 탁 소리를 내며 수증기를 뿜었다. 사내가 물었다.

"혹시 담배 피우십니까?"

"아, 담배는 발코니에서 부탁합니다. 집에서는 냄새 때문에 잘 안 피우거든요."

"아뇨, 저는 담배 안 피웁니다."

사내가 대답했다. 사내는 자꾸만 소파 팔걸이의 벗겨진 모조 가죽을 손가락으로 만지작거렸다. 어지간히 싱거운 사람이라고, 훈은 생각했다. 믹스커피 두 봉을 뜯어 머그잔에 털어 넣었다. 사내가 물었다.

"보관하신 물건이 저겁니까?"

"맞습니다."

훈은 사내가 가리킨 방향으로 고개를 돌리며 말했다. 벽 한쪽에는 아무렇게나 던져 놓은 주황색 여행가방이 있었다. 조직과 붙어먹던 비리 경찰을 자살로 위장해 치우고 가져온 물건이다. 가방은 조직의 소유가 되었지만 성환기획은 그걸 훈에게 맡겼다. 사건이 잠잠해질 때까지는 그렇게 하는 편이 좋을 것 같아 훈도 딱히 마다하지 않았다. 물론 선입금된 보관료가 짭짤했기 때문이기도 했다.

비리 경찰관의 죽음은 금방 잊혀졌다. 도박 빚은 경찰관이 죽어야 했던 원인이었지만, 한편으론 많은 걸 납득시키는 이유가 되기도 했다. 언론과 대중은 경찰의 기강 해이를 질타했고 경찰은 빠르게 사건을 덮어 버렸다. 드디어 가방을 돌려줄 때가 온 것이다.

사내가 물었다.

"열어 보진 않았죠?"

"자물쇠로 잠겨 있어서요."

"잘하셨어요. 커피 마시고 가져가겠습니다."

소파에서 몸을 일으킨 사내는 주황색 여행가방 앞으로 다가가 자물쇠 상태를 확인해 보았다. 자물쇠는 처음 받아왔을 때만큼이나 단단하게 잠겨 있었다. 사내는 만족한 듯 고개를 끄덕였다. 전기 주전자가 휘파람 소리와 함께 수증기를 뿜었다. 훈은 주전자를 들어 머그잔에 물을 따랐다. 훈이 물었다.

"더우세요?"

"네?"

"땀을 많이 흘리시는 것 같은데."

"원래 긴장하면 그렇습니다."

사내가 대답했다. 훈이 뭐라고 물으려는 순간, 목을 조여 드는 차가운 금속의 질감이 느껴졌다. 인기척보다 빠른 공격이 제법 능숙한 솜씨였다. 훈은 본능적으로 움직였다. 허리가 꺾이지 않게 최대한 버티면서 들고 있던 주전자를 기울였다. 뜨거운 물이 사내의 발등 위로 쏟아졌다.

사내가 신음을 삼키며 주춤하는 사이 훈은 발로 탁자를 강하게 밀었다. 반동 때문에 훈과 사내의 몸이 한데 엉킨 채 뒤로 넘어갔다. 그 바람에 목을 조르던 철사가 느슨해졌다. 훈은 어깨 뒤로 손을 뻗어 사내의 손가락을 비틀었다. 사내가 줄을 놓치자 훈의 상체가 자유로워졌다. 사내는 일어나려는 훈의 등 뒤에 매달린 채 팔로 목을 감았다. 어떻게든 훈의 목을 조르려는 생각인 듯했다. 훈은 오른손으로 반쯤 접힌 놈의 엄지를 틀어쥐고 있는 힘껏 조였다. 손가락 관절 중 완전히 접히지 않는 것은 엄지뿐이다.

사내가 "억!" 하고 짧은 비명을 질렀다. 훈은 놈의 팔을 뿌리치고 일어났다. 사내도 훈을 따라 몸을 일으키려 했다. 훈은 손을 뻗어 재빨리 놈의 오른쪽 귀를 잡아챘다. 귓바퀴가 찢어지며 반쯤 뜯겨 나왔다. 사내는 균형을 잃지 않기 위해 오른손으로 땅을 짚었다. 훈은 왼발로 사내의 손등을 밟고 오른손으로 놈의 머리채를 잡아 끌어당겼다. 그와 동시에 오른 무릎을 강하게 차올렸다.

사내는 코피를 쏟으며 뒤로 넘어갔다. 훈의 오른손이 그의 목을 낚아챘다. 그걸로 끝이었다. 사내의 부릅뜬 눈이 금방이라도 튀어나올 것 같았다. 두꺼운 목이 우두둑 소리를 내며 소시지만큼 쪼그라들었다. 30초쯤 지나서야 훈은 축 늘어진 사내를 놓아주었다. 사람을 죽인 건 처음이 아니었다. 그러나 자신의 집에서 이런 일이 벌어질 줄은 꿈에도 몰랐다.

'도망쳐야 해.'

논리보다는 경험이 먼저 위험을 경고했다. 시신을 치우는 건 나중 일이다. 훈은 허겁지겁 옷을 챙겨 입었다. 현관문을 나서려는데 주황색 여행가방이 눈에 밟혔다. 처음 그 가방을 가져올 때만 해도 훈은 안에 든 물건에 관심이 없었다. 그러나 이제 와서 자신을 제거하려는 걸 보면 그 안에 뭔가 굉장한 비밀이 숨겨져 있는 게 분명하다는 생각이 들었다. 물건은 두고 가는 게 좋을까? 일단은 가져갈까? 판단이 서지 않았다.

훈은 본능을 따르기로 했다.

'나중에 내 목숨과 이 가방을 맞교환하게 될 날이 올지 모른다. 그때를 위해서라도 이건 꼭 챙겨야 한다.'

맡아 두던 여행가방을 들고 복도로 나왔다. 훈은 가방을 벽에 기대어 놓고 손을 뻗어 자물쇠를 만져 보았다. 단단한 걸쇠를 재차 확인하고 나서야 중요한 내용물이 있으리라는 확신이 들었다. 새삼 사내의 정체가 궁금해졌다.

'저 남자는 성환기획을 사칭한 건지도 모른다. 경쟁 조직에서 가방을 가로채기 위해 보냈을 수도 있지.'

확인해 볼 필요가 있을 것 같았다. 훈은 다시 문을 열고 들어갔다. 사내의 바지 주머니를 뒤졌다. 열쇠 꾸러미와 동전 몇 개, 뒷주머니에선 작은 폴딩 나이프가 나왔다. 재킷 주머니엔 지갑뿐이었다. 지갑 안엔 신용카드 하나와 만 원짜리 두 장이 들어 있을 뿐, 변변한 명함 한 장 없었다. 안주머니를 뒤졌다. 휴대폰 두 개. 훈은 그것들을 모두 챙겨 식탁 위에 있던 비닐 봉투에 담았다. 습관처럼 시간을 확인했다. 어느새 5분이 지났다. 1초가 지날 때마다 도화선이 타들어 가는 것처럼 생명줄 짧아지는 게 느껴졌다. 훈은 서둘러 복도로 나와 현관문을 닫았다. 벽에 기대어 놓았던 여행가방을 끌고 가려던 찰나, 훈은 제자리에 감전된 듯 멈춰 섰다. 등줄기에 오싹 소름이 돋았다.

복도에 세워 두었던 주황색 여행가방은 손잡이가 빠진 채 쓰러져 있었다. 손잡이는 꺼낸 적도 없었는데.

'누군가 있다.'

훈은 몸을 낮추며 어두컴컴한 복도를 살폈다. 폴딩 나이프를 펼쳐 옆구리에 바싹 붙였다. 멀리서 타박타박 구둣발 올라오는 소리가 들렸다. 훈은 복도 계단으로 다가가 아래를 내려다보았다. 커다란 체구의 깍두기가 무서운 속도로 층계참을 뛰어 올라오고 있었다. 덩치에 비해 몸놀림이 예사롭지 않았다. 훈은 위험을 직감하고 몸을 숨겼다.

목숨이 달린 싸움에서 기술보다 중요한 건 상황 판단이다. 그러나 익숙지 않은 상황이 훈의 머리를 혼란스럽게 만들었다. 그는 언제나 덫을 놓고 기다리는 쪽이었다. 쫓기는 건 영 낯설다. 이 자리에서 엘리베이터를 타야 할지 집 안에 틀어박혀야 할지 판단이 서지 않았다. 엘리베이터를 타는 건 스스로를 함정에 가두는 꼴이었고 다시 집으로 돌아가는 것도 완전한 해결책은 아니었다. 가방을 넘겨준다고 해서 놈들이 순순히 돌아갈 것 같지도 않았다.

고민 끝에 훈은 가장 그다운 선택을 하기로 했다. 훈은 복도 코너에 몸을 숨겼다. 도약 직전의 개구리처럼 잔뜩 웅크린 채 숨을 죽였다. 그러고는 스스로를 다독였다. 정면 승부에서는 먼저 공격하는 놈이 이기는 법이라고.

4

눈은 그쳤다. 텅 빈 거리에 소담하게 쌓인 눈이 가로등 빛을 받아 오렌지처럼 빛났다. 연정과 영빈이 걸음을 옮길 때마다 눈은 뽀드득 소리를 내며 추억처럼 자취를 남겼다. 어지러운 발자국에 헤집어진 눈길을 뒤돌아보는 건 무척이나 쓸쓸했다. 발밑을 보다가 문득 고개를 드니 쭉 뻗은 도로변에는 하얗고 깨끗한 눈이 정갈했다. 연정은 괜스레 기분이 좋아졌다. 덩달아 발걸음도 신중해졌다. 예쁜 발자국이 남도록 한 걸음 한 걸음을 가지런히 디뎠다.

곁에서 걷던 영빈이 말했다.

"뭔가 이상한데."

"뭐가요?"

"정류장에 사람이 하나도 없잖아?"

"대박."

연정은 총총걸음으로 달려가 버스 배차 시간표를 확인했다. 아슬아슬하게 막차를 놓쳤다. 평소보다 이르다 싶었는데 생각해 보니 토요일이다. 공휴일에는 차가 빨리 끊긴다는 걸 깜빡 잊고 있었던 것이다. 연정의 집까지는 마을버스 세 정거장 거리였다. 밤이 깊어 가는 길이 무섭기도 했고, 눈길을 걷는 거리도 만만치 않았다. 연정은 신경질적으로 발을 굴렀다.

"무슨 버스가 이렇게 빨리 끊겨요?"

"주말이라 그런가 봐."

"짜증나."

연정은 양 손바닥으로 앞머리를 쓸어 올렸다. 길쭉한 손가락

사이사이로 단발머리가 산발처럼 삐져나왔다. 눈길에 비친 푸른 달빛과 노란 가로등 빛이 연정의 얼굴 위에서 한데 엉켜 갸름한 윤곽을 비추고 있었다. 영빈은 화장기 없는 그녀의 수수한 얼굴을 물끄러미 바라보았다. 그녀의 뾰족한 턱 끝에 하얀 솜털이 보송보송했다. 잠시 고민하던 영빈은 연정의 어깨에 힘차게 손을 얹었다.

"걸어가자."

"여기서요? 30분도 넘게 걸릴 텐데?"

"체육관 가서 돈 주고도 걷는데 뭘. 운동 삼아 걷자."

"오빠 요 앞에 살잖아요. 저 진짜 데려다 주려고요?"

"응. 산책할 거야."

영빈의 말에 연정은 동의하듯 고개를 끄덕였다.

종종 부는 바람이 거셌다. 두 사람은 고개를 푹 숙인 채 걸어야 했다. 이따금 대화를 나누다 서로를 올려다볼 때면 묘한 친근감이 느껴지기도 했다. 연정이 말했다.

"저는 눈보다 비가 좋아요."

"왜? 눈이 더 뽀송뽀송 하잖아."

"눈은 그치고 나면 지저분해지잖아요."

"비는 냄새나잖아. 아스팔트 냄새, 바닥에 들러붙은 낙엽 냄새. 근데 그것도 나름대로 좋긴 하더라."

"오빠는 싫어하는 게 뭐에요? 맨날 다 좋대."

"어, 저기 봐. 눈사람이다."

연정이 툴툴거리는 사이 영빈은 손가락으로 길 모퉁이를 가리키며 말을 돌렸다. 언덕배기로 올라가는 길모퉁이엔 누군가 벌써 자그마한 눈사람을 만들어 놨다. 조랭이떡처럼 동글동글한 눈사람은 나뭇가지 눈썹을 달고 어설프게 웃고 있었다. 오른쪽이 유독 비뚤어져 처량해 보이는 웃음이었다. 순간 연정은 장난기가 발동했다. 영빈을 한 번 쳐다보더니 그대로 총총 달려가 눈사람의 머리를 힘껏 걷어차 버렸다. 웃고 있던 눈사람이 별똥별처럼 부서졌다. 연정은 소녀처럼 까르르 웃었다. 한참을 웃던 그녀가 말했다.

"난 다 싫어요. 할 거 없어서 술 마시는 것도 싫고 살찔까 봐 다이어트 하는 것도 싫어요. 티에이도 싫고 논문 읽는 것도 싫고 채점은 더 싫어요. 무기력한 내 인생이 다 가짜 같아요. 오빠는 안 그래요?"

"난 뭐 그럭저럭 좋은데."

"거 봐! 맨날 좋대!"

연정은 부서지고 남은 눈사람 몸통을 양손으로 집어 들었다. 눈덩이를 머리 위로 치켜들고는 영빈을 향해 있는 힘껏 집어 던졌다. 눈은 영빈의 발등에 떨어졌다. 영빈은 주머니에 집어넣은 손을 뺄 틈도 없이 제자리에서 펄쩍 뛰어올랐다.

"아, 진짜! 신발에 눈 다 들어갔잖아!"

짜증스레 소리를 지르는 영빈의 모습을 보며 연정은 배를 잡고 웃었다. 영빈은 바닥에 쌓인 눈을 한 움큼 집어 들고 도망치는 연정을 쫓았다. 술래잡기는 오래가지 않았다. 오르막 언덕길을 한달음에 뛰어오르기엔 연정의 체력이 받쳐 주지 못했다. 연정이 무릎을 짚고 주저앉은 사이, 영빈은 깔깔대는 그녀의 뒷덜미를 잡고 옷 안에 눈을 집어넣으려 했다.

"아! 넣지 마요, 넣지 마!"

연정이 외쳤다. 잠시 망설이던 영빈은 손에 쥔 눈을 길 위에 그냥 털어 버렸다. 대신에 차가워진 손으로 그녀의 뒷목을 쓸어 올렸다. 연정은 가쁜 숨을 몰아쉬며 고슴도치처럼 몸을 오그렸다.

"부러우니까 그렇죠. 나도 좋아하는 일 하면서 진짜 내 삶을 찾고 싶어요. 프린터 때문에 까이는 건 지긋지긋해요."

"진짜 가짜가 따로 있냐. 그냥 사는 거지."

영빈이 손을 뻗었다. 연정은 그의 손을 잡고 몸을 일으켰다.

"그게 더 짜증나거든요? 이런 게 진짜 내 인생이라는 게."

"그럼 좋아하는 거 하면서 살면 되잖아?"

"난 내가 뭘 좋아하는지 몰라요. 어쩌면 좋아하는 게 없는지도 몰라요. 자기 하는 공부가 재미있다는 애들도 있는데 나는 하루하루가 버겁잖아요. 나도 하고 싶은 일 하면서 행복하게 살고 싶다고요."

"굳이 그렇게 행복해져야 돼?"

"난 그러고 싶어요. 행복해지고 싶어. 그런 희망이라도 없으면 못 살 거 같아요. 입시 때도, 시험 볼 때도 항상 그랬어요. 이번 일만 끝나면 정말 행복할 거라고 최면을 거는 거예요. 그렇게 겨우 문턱을 넘고 나면 처음엔 진짜 기뻐요. 근데 그것도 곧 일상이 되는 거죠. 내 인생은 여전히 초라하고 시시하니까. 그래서 짜증이 나는 거예요."

연정은 얕은 오르막에도 숨이 가빴다. 하루 종일 앉아만 있다 보니 나이에 비해 체력이 달렸다. 할머니처럼 허리를 굽힌 채 숨을 헐떡였다. 영빈이 뒤에서 그녀의 등짝을 떠밀었다.

"기대가 너무 커서 그런 거 아닐까?"

"기대를 줄일 순 없어요. 양주 먹던 놈이 소주 못 먹는다는 말 몰라요?"

"사람 마음에도 관성이 있다니까. 한 번 잘 풀리기 시작하면 그게 영원히 계속될 것처럼 군다고. 많이 벌면 많이 쓰게 되고 조금 성과가 나면 과시하고 싶고. 마치 내일은 더 좋은 일이 있을 것처럼."

"맞아요."

연정은 길게 대답할 기운이 없었다. 평소에는 별 생각 없이 다니던 길을 걸어가려니 만만치 않았다. 매일 버스에 앉아 창밖으로 내다보던 언덕길은 낯설다 싶을 정도로 길고 가팔랐다.

"넌 연애 안 해? 사랑하면 행복해진대."

"해봤거든요? 내 사랑은 다 실패했어요. 하면 할수록 허무하고 괴로워요."

"그냥 우직하게 받아들여. 좋았던 추억이나마 남겨야지."

"때로는 추억이 사랑보다 더한 열병이 되기도 해요. 추억이 다 좋은 건 아니죠."

영빈은 연정의 어깨에 능청스럽게 손을 올렸다. 다독이듯 등짝을 쓸어내렸다.

"보기보다 냉소적이네. 그렇게 말하니까 꼭 사연 있는 여자 같잖아."

"저 완전 어둡다던데. 인상이 차갑대요."

"내 보기엔 예쁘기만 하구만, 뭘."

"수작 부리지 말아요."

"응. 미안."

영빈은 연정에게서 얼른 손을 뗐다. 길은 이제부터 완만한 내리막이었다. 단숨에 올라온 오르막 탓인지 머뭇거리듯 숨을 고르던 영빈이 말했다.

"넌 생각이 너무 많아. 신경 쓰는 게 많으니까 지금 이 순간에 온전히 집중할 수 없는 거야. 차라리 행복을 믿지 마. 행복은 늘 결정적인 순간에 배신을 하잖아."

"그럼 어째요?"

"관심을 꺼버려. 다른 사람 얘기, 이미 지나간 일들, 네가 어쩌기엔 너무 거대한 것들은 그냥 잊는 거야. 그 대신 너 자신에게 관심을 가져 봐. 네가 지금 뭘 원하고 뭘 필요로 하는지를 말이야. 넌 내가 아는 것만큼도 너를 모르잖아."

"그렇게 말하니까 되게 있어 보이네요."

"아무것도 없어. 나는 비범해지기엔 이미 너무 늙었어. 이제 와서 뭘 더 어쩌기엔 세상이 너무 빨라. 남들 사는 대로 살면 좋은 게 뭔지 알아? 성실해 보인다는 거야. 이렇게 살다가 잘 풀리면 큰 회사에서 월급 받는 걸 자랑으로 여기는 회사원이 되겠지."

"시시해요."

"모두가 주인공이 될 수는 없잖아. 또 모르지. 혹시라도 내가 성공한 인생을 살게 된다면 난 거드름 피우면서 인생에 대해 굉장히 초연한 사람처럼 굴 거야. 나 같은 놈은 개량한복 입고 약이나 파는 게 제일 잘 어울려."

영빈의 너스레에 연정은 박수 치며 웃었다.

"오빠는 나에 대해 잘 안다고 생각해요?"

"당연하지."

"나는 어떤 사람 같은데요?"

"상처 받은 영혼?"

"어떻게 해야 상처가 나을까요?"

"나도 몰라. 삶은 원래 슬프고 고단한 거래."

"의외네요. 대단한 비법이라도 있을 줄 알았는데."

연정은 실망했다는 듯 어깨를 으쓱 들었다 내려놨다.

"저 재수했다는 얘기 했었죠?"

"응."

"그해 가을에 한강에서 불꽃축제를 했거든요. 친구들이랑 학원 옥상에 올라가 저녁 내내 불꽃놀이를 구경했어요. 대학 들어가면 꼭 남자친구랑 같이 갈 거라며. 그런데 정작 대학생이 되고 나서는 가보질 않았어요. 그땐 그냥 다 귀찮았거든요."

연정은 망설였다. 지금은 그녀 자신도 스스로의 마음에 확신이 없었다. 연정은 가만히 눈을 들어 달빛에 비친 영빈의 얼굴을 바라보았다. 뒤집어쓴 후드와 코끝까지 휘감은 목도리 덕에 그의 얼굴은 눈밖에 보이지 않았다. 그의 눈은 진솔하다. 그 눈 안에 모든 감정을 담고 있다. 친근함, 아쉬움, 서먹함, 얕은 긴장과 묘한 기대감.

연정은 비로소 알 수 있었다. 그녀가 확신을 가질 수 없었던 건 영빈이 아니라 그녀 자신이었다. 언젠가 자신이 이 모든 걸 망쳐 버리고 또다시 무기력의 나락으로 가라앉게 될까 두려웠던 것이다.

이제 와서 뭐라고 답을 해야 하나. 차분한 마음에 끊임없이 돌을 던지는 이 남자를 어떻게 받아들여야 하나. 퍼져 나가는 소소한 파문을 응시하며, 그녀는 잠시 생각에 잠겼다. 오래전 마음속에 가라앉았던 많은 것들을 돌이켜보았다. 사라졌다고 생각했던 짐들이 아직도 많이 남아 있다는 사실에 그녀는 깜짝 놀랐다. 그리고 이제는 더 이상 그것들이 짐으로 느껴지지 않았다. 마침내 그녀는 스스로에게 속삭였다.

'나는 잔뜩 쌓아 올린 이 짐더미 위에 서 있어. 그러니까 저 마음의 파문은 나에게 닿지도, 나를 삼키지도 못할 거야. 이건 그냥 지나갈 뿐인걸.'

연정은 그렇게 생각하기로 했다. 담담히 응시하니 발끝이 뿌리를 내리듯 단단한 자신감이 생겼다. 그녀는 비로소 솔직해지기로 마음먹었다.

"날 행복하게 만드는 방법을 알아요?"

"물론이지."

"그럼 그렇게 해줘 봐요."

영빈이 손끝으로 연정의 턱을 받쳤다. 쪽, 하고 떨어지는 담백한 버드 키스를 했다.

"며칠 지나면 이런 것도 다 무뎌지겠죠?"

연정이 속삭였다.

"그럴지도 몰라. 행복은 원래 휘발하는 거래."

"그렇다면 남는 건 추억뿐이겠네요."

연정은 물끄러미 영빈을 바라보았다. 그에게선 청량한 스킨 냄새와 향긋한 비누 냄새가 난다. 한데 섞여 그의 살 냄새가 된다. 연정은 불현듯 보드라운 양 손바닥으로 영빈의 두 뺨을 끌어당겼다. 연정의 입술이 영빈의 아랫입술을 물었다. 그러고는 달콤한 사탕을 오므리듯 꼼지락댔다. 이내 부드러운 온기가 입안을 가득 채웠다. 따뜻하고 축축한 무언가가 가끔 그녀의 입천장을 간질이며, 때로는 이를 더듬으며 예측할 수 없는 궤적을 그렸다.

영빈의 손길은 마치 강아지풀 같았다. 연정은 몸을 꼬면서도 오히려 그의 어깨를 으스러질 듯 끌어안았다. 그의 어깨는 오래된 나무 기둥처럼 넓고, 단단했다.

연정의 어깨를 짚은 채 몸을 떼며, 영빈이 말했다.

"깜짝 놀랐어."

"왜요? 내가 이렇게 적극적일 줄은 몰라서?"

"그게 아니라, 입술이 텄길래."

영빈은 바지 주머니에서 립밤을 꺼내 연정의 입술에 엷게 발라주었다. 연정은 윗입술로 아랫입술을 살며시 누르며 비볐다. 연정은 훗날 돌이켜보더라도 이 순간을 미워하지 않기를 바라며, 속는 셈치고라도 좋은 일들만 생각하기로 했다. 내일도 분명히 오늘처럼 좋은 일들이 기다리고 있을 거라고.

5

"망했군."

윤석은 바지춤을 추스르며 허겁지겁 뛰어나갔다.

일을 너무 쉽게 생각한 게 화근이었다. 방심하는 순간 끝장날 수도 있는 게 이 바닥인데. 규도의 부주의는 항상 결정적인 순간에 발목을 잡았다. 윤석은 불현듯 생각하기 싫었던 과거사를 떠올리지 않을 수 없었다. 벌써 십수 년 전 일이다.

"여행 좋아하세요?"

그녀는 그렇게 말했다. 마치 허공을 향해 던지는 혼잣말처럼.

윤석은 눈을 들어 미동도 없이 그를 바라보고 있는 그녀를 쳐다보았다. 윤석은 말없이 고개를 끄덕였다. 돌이켜보면 의아한 일이었다. 무엇이 그녀의 호기심을 불러일으켰을까? 그녀와 마찬가지로 윤석은 미래가 없는 남자였고, 스스로도 그 사실을 잘 알고 있었다. 여자의 예쁜 얼굴이라면 팔려 가듯 더 좋은 사람을 만나는 것도 어렵지 않았을 텐데. 윤석이 물었다.

"어디가 제일 가고 싶은데?"

"나는 사막도 좋고, 바다도 좋아요."

찻잔을 잡은 그녀의 하얀 손가락은 가늘고 길어 위태해 보였다. 잔잔한 음악이 흘러나오던 다방에서 윤석은 그녀와 늦게까지 이야기를 나누었고, 거짓말처럼 사랑에 빠졌다. 책을 좋아하던 그녀는 언제나 생텍쥐페리가 어린 왕자를 만났던 사막 이야기를 했다. 그녀는 모로코에 가고 싶어 했다. 옥빛 바다와 하얀 모래사장. 그리고 끝없이 펼쳐진 사하라.

신혼여행은 약속어음처럼 유예했다. 언젠가 자리를 잡게 되면 여행은 그때 가도 늦지 않다고, 근교의 허름한 여관에서 그녀는 그렇게 말했다. 소소한 행복은 그리 길지 않았다.

"감시카메라가 있는 줄은 몰랐어."

규도가 그렇게 말했을 때 윤석은 아무 대꾸도 없이 소주병을 비웠다. 규도가 칼을 맞고 돌아온 날이었다. 경쟁 조직이 운영하는 단란주점을 한바탕 뒤엎고 칼침을 놓은 업주를 뒤쫓았다. 그러다 우발적인 살인을 하고 말았다. 윤석은 양 손바닥으로 지끈거리는 관자놀이를 눌렀다. 분명 여느 때와 다를 것 없는 밤이었다. 단지 평소보다 운이 없었을 뿐.

"우리 얼굴이 찍혔을 거야."

규도는 힘없이 고개를 떨어뜨렸다. 두 사람은 나란히 5년형을 받고 징역을 갔다. 그녀와의 약속어음은 부도수표가 됐다. 아내가 꼬박꼬박 면회를 올 때마다 윤석은 그녀의 얼굴이 나날이 수척해지고 있다는 걸 느낄 수 있었다. 갚아야 할 돈, 성치 않은 몸. 집 안에는 윤석 말고도 걱정거리가 많았다. 아내는 실없이 착하다는 것 외엔 재주가 없는 사람이었다. 빚을 갚을 돈도, 돈을 마련할 능력도 없었다.

형기를 채우고 출소하던 날, 아내는 오지 않았다.

규도와 함께 교도소를 나서며 윤석은 한참을 웃었다. 오후 내내 술을 마시다 진탕으로 취한 규도를 택시에 태워 보낸 후, 윤석도 뒤따라오던 택시를 불러 세웠다. 한강 다리 위를 달리자 열린 차창으로 바람이 세차게 불었다. 사위는 가로등 불빛에 무서우리만치 노랬다. 난간 밖으로는 온통 어둠뿐이었다.

아내는 그의 거친 삶을 사랑한다고 했다. 아무리 봐도 똑똑한 여자는 아니었다. 꿈도 희망도 없는 그에게 끌렸다는 건 그녀가 그만큼이나 어리석었다는 증거다.

윤석은 눈을 감고, 아내의 흰 목덜미를 떠올렸다. 손을 뻗으면 그녀의 목을 움켜잡을 수 있을 것만 같았다. 그 생생함에 윤석은 몸을 떨었다. 허리춤에서 미미한 진동을 느꼈다. 휴대폰을 꺼내 보니, 그녀에게서 아무것도 쓰여 있지 않은 문자가 왔다. 불길한 예감이 들었다. 택시기사를 닦달해 허겁지겁 집으로 갔다.

현관문을 열어 보니 아내는 문고리 밑에 반듯하게 앉아 있었다. 어깨에 못 미치는 짧은 머리가 단정치 못하게 뺨 위로 흩어져 있었다. 윤석은 조심스레 그녀의 이름을 불렀다. 그녀는 대답이 없었다. 몸을 떨며 뒷걸음질 쳤다. 그녀는 여전히 미동이 없다. 하얀 목 위에 파랗게 예쁜 자국을 남긴 채, 단잠 속에 꿈을 꾸는 얼굴로. 그게 아내의 마지막 모습이었다.

"빌어먹을!"

규도는 고집불통이었다. 최고의 실력을 가지고 있었지만 자기 방식만 고집하다 허망한 죽음을 맞이했다. 몰락은 언제나 정점에서 시작되는 법이다. 다만 규도에게는 그 추락이 너무나 가팔랐을 뿐.

윤석에게도 잘못은 있었다. 실패의 가능성을 간과하고 규도를 그냥 보낸 게 첫 번째 실수. 규도를 믿고 잠시 오줌을 누러 갔던 게 두 번째 실수였다. 자리로 돌아와 쌍안경을 들었을 때는 이미 목표물이 규도의 목 줄기를 잡아 뜯는 중이었다.

윤석은 3단 접이식 식도 가방을 펼쳐 그중에 제일 긴 놈을 뽑았다. 패딩 파카 안에 칼을 숨겼다. 안감이 칼끝에 걸려 찢어졌지만 그런 것까지 신경 쓸 겨를이 없었다. 윤석이 걸음을 디딜 때마다 오리털 충전재가 한 움큼씩 쏟아져 내렸다.

다행히 엘리베이터는 윤석의 층에 멈춰 있었다. 규도가 엘리베이터를 다시 올려 보냈던 게 틀림없다. 녀석에게 이렇게 세심한 구석이 있었나? 윤석은 뜬금없는 회상을 했다. 엘리베이터를 잡아타고 빠르게 내려왔다. 주차장을 가로질러 전력으로 달렸다. 맞은편 아파트에 도달하기까지는 얼마 걸리지 않았다. 윤석이 로비에 들어섰을 때, 20대로 보이는 남녀가 엘리베이터를 잡아타고 막 올라가려는 참이었다. 호리호리한 체구의 단발머리 여자와 포마드를 발라 한껏 멋을 부린 남자였다. 두 사람은 사귄 지 얼마 안 된 연인처럼 서로에게서 한 발짝씩 떨어진 채 마주 보고 있었다.

"같이 갑시다!"

윤석이 소리쳤다. 갑작스런 고성에 단발머리는 깜짝 놀란 듯했다. 커다란 눈을 동그랗게 뜨고 곁에 있는 포마드에게 팔짱을 꼈다. 포마드는 굳은 얼굴로 닫힘 버튼을 눌러 댔다. 대놓고 윤석을 태우기 싫다는 거다.

"기다리쇼!"

윤석이 다시 소리를 질렀다. 단발머리 여자는 미안하다는 표정을 지었다. 그 얼굴이 그렇게 얄미울 수 없었다. 윤석이 서둘러 버튼을 눌렀을 땐 이미 엘리베이터 문이 닫혀 버린 뒤였다. 뭐가 그리 급한지, 망할 년놈들. 욕을 퍼부으며 윤석은 복도 계단을 올려다보았다. 무슨 소리가 들리지는 않나 귀를 기울였지만 쥐 죽은 듯 조용했다. 생각이 많아졌다.

엘리베이터로 올라가는 동안 놈이 계단으로 내려온다면 영락없이 놓치고 만다. 그러나 자신이 계단으로 올라간다면, 설령 놈이 엘리베이터로 내려온다 해도 중간에 버튼을 눌러 잡을 수 있다. 그렇다면 계단에서 마주쳤을 경우는? 거기까지 생각이 이르자 윤석은 식은땀이 흘렀다. 품 안에 갈무리해 둔 회칼을 더듬어 보았다. 간만에 느껴 보는 묘한 흥분에 몸을 떨었다.

'계단으로 가자.'

윤석은 다시 층계참을 올려다보았다. 귀를 기울였지만 인기척은 들리지 않았고 엘리베이터도 내려올 기미가 없었다. 몇 분간 상황을 지켜보던 윤석은 마음을 정한 듯 서둘러 계단을 뛰어올랐다.

'만약에 놈이 문을 걸어 잠근 채 틀어박힌다면? 경찰을 부르면 어떻게 하지?'

어쨌든 규도를 죽인 건 그놈이니까 섣불리 행동하진 못할 거다. 문제가 되는 건 놈이 문을 걸어 잠글 경우이다. 그렇게 된다면 아무래도 조직에 연락해 도움을 청하는 게 좋겠다는 생각이 들었다. 그런데 규도는 어떻게 그렇게 맥없이 당하고 만 걸까? 다시 머릿속이 복잡해지려는데 어느새 15층에 이르렀다.

그리고 누군가가 윤석을 향해 달려들었다.

'놈이다!'

갑작스런 공격에 대응할 수 있는 건 오랜 경험과 훈련을 통해 익힌 본능적인 움직임뿐이었다. 윤석은 양손을 앞으로 뻗어 자신의 왼쪽 아랫배를 찔러 오는 놈의 오른 손목을 받았다. 수도로 놈의 팔뚝을 내려 젖히며 흘려보냈다. 찔러 들어오던 칼은 궤도를 바꿔 윤석의 배꼽 밑을 스치고 지나갔다. 동시에 윤석은 뒷발을 빼며 시계방향으로 몸을 돌렸다. 놈의 오른편으로 빠져 나온 윤석은 어깨에 체중을 실어 놈의 옆구리를 들이받았다. 중심을 잃고 비틀거리던 놈이 벽을 짚으며 버텼다.

윤석은 기회를 놓치지 않았다. 품에서 회칼을 뽑아 놈의 허벅지를 향해 내려 찔렀다. 놈도 가만히 당하고 있진 않았다. 스위치 스텝으로 오른발을 뒤로 빼며 윤석의 공격을 피한 뒤 칼을 든 윤석의 팔뚝을 움켜쥐었다. 윤석은 당황했다. 놈의 쥐어짜는 악력이 상상 이상으로 강력했다. 팔이 통째로 뜯겨져 나올 것만 같은 통증에 윤석은 그만 칼을 놓쳤다. 윤석은 놈의 사타구니를 걷어차며 억지로 팔을 빼냈다.

빠져 나오긴 했으나 팔을 쓸 수가 없었다. 칼이 없는 윤석은 천천히 뒷걸음질 쳤다. 놈은 틈을 주지 않고 달려들었다. 선택의 기로였다. 바닥에 떨어진 칼을 집어들 틈이 없었다. 움직일 수 있는 건 왼손뿐이다. 윤석은 본능적으로 자신의 부적과도 같은 넥나이프를 뽑았다. 이제 황소처럼 달려드는 놈을 막을 수 있는 건 스프링 강을 두드리고 깎아 한껏 날을 세운 이 작은 발톱뿐이었다.

윤석이 왼팔을 들어 놈의 경동맥을 겨누는 순간, 놈의 억센 오른손이 윤석의 목울대를 움켜잡았다. 칼끝이 뭔가를 예리하게 찢고 지나가는 감각이 느껴졌다. 충돌하는 두 마리 수소처럼 두 사람은 한데 얽혀 계단 아래로 곤두박질쳤다.

찰나의 순간 온갖 상념들이 윤석의 의식을 스치고 지나갔다. 재킷 안주머니에 항상 지니고 다니는 작은 동전 주머니가 떠올랐다. 그 속에 아내의 뼛가루를 조금 남겨 뒀다. 그걸 대서양에 뿌려주면 분명히 좋아할 거라 생각했는데.

어디서부터 잘못된 걸까? 이미 죽어 버린 여자가 뭐라고. 옥빛 바다에 묻으려던 그녀를, 차라리 알지 못했더라면.

6

열댓 개의 구둣발이 복도를 돌아다니고 있었다. 간밤에 무슨 사건이라도 난 걸까? 북적대는 소리에 잠을 깬 연정은 몽롱한 얼굴로 탁상시계를 바라보았다. 오전 8시. 연정은 다시 이불을 끌어당겨 머리끝까지 뒤집어썼다. 연정의 작은 솜이불은 두 사람이 덮기엔 너무 빠듯했다. 이불 밖으로 다리가 삐져나오자 영빈은 새우처럼 몸을 꼬부렸다.

"나 추워."

아직 잠이 덜 깬 영빈이 가라앉은 목소리로 칭얼댔다. 연정은 몸을 돌려 그를 끌어안았다. 영빈은 팔을 뻗어 그녀에게 팔베개를 해주었다. 부스스한 연정의 머리를 살금살금 더듬으며 영빈이 물었다.

"밖이 왜 이렇게 시끄러워?"

"몰라요."

"너 이사 가야겠다. 아침저녁으로 조용할 때가 없네. 이 아파트에 이상한 사람 진짜 많은 것 같아."

영빈이 잠에 취해 웅얼거렸다. 연정은 그런 그를 올려다보며 미소 지었다.

"그래도 어제는 오빠 덕분에 잘 들어왔어요. 엘리베이터 타려던 그 깍두기 아저씨, 인상 험악한 거 봤죠? 진짜 깜짝 놀랐다니까요."

"응. 무슨 사람이라도 죽일 것처럼 뛰어오더라. 나도 지릴 뻔했어."

"혼자였으면 진짜 엄청 무서웠을 거예요."

연정은 눈을 감고 영빈의 어깨에 머리를 기댔다. 그의 존재가 그렇게 든든할 수 없었다. 문득 머릿속을 스쳐 지나가는 생각이 있었다. 걱정스런 표정으로 그녀가 물었다.

"맞다 어제 그 가방, 버리는 거 아니었으면 어쩌죠?"

지난 밤 영빈과 함께 집에 들어가던 길에 복도에서 봤던 여행 가방 얘기였다. 꼬질꼬질 흙과 기름때가 묻은 더러운 주황색 여행 가방이었다. 골칫덩이 옆집 남자가 또 쓰레기를 내놨나 싶어 무심 결에 손잡이를 잡아당겼는데 그게 통째로 쑥 빠져 버릴 줄은 몰 랐던 것이다.

"망가뜨렸잖아. 어떻게 하지?"

"난 몰라요. 일단은 그냥 가요."

두 사람은 허둥지둥 집으로 들어가 현관문을 걸어 잠갔다. 잠 시 후 복도에서 두 사람이 다투는 듯한 소리가 들리다 이내 잠잠 해졌다. 연정에게도, 영빈에게도 그건 그리 중요한 문제가 아니었 다. 이제 막 새로운 출발점에 선 두 사람이었기에. 두 사람은 새벽 까지 몇 잔의 술과 몇 번의 사랑을 나누었다.

영빈은 다정한 손길로 연정의 단발머리를 쓸어 그녀의 작은 귀 뒤로 넘겨주었다. 그와 함께 연정의 작은 걱정도 의식의 저편 으로 사그라졌다. 이제 그녀에게는 그냥 이 작은 방이 세상의 전 부처럼 느껴졌다. 이 방 안에는 승자도 패자도 없다. 꿈도, 희망도, 좌절도 없이 오롯이 둘뿐이었다. 손가락으로 눈곱을 떼던 연정은 자신이 간만에 단잠을 잤다는 사실을 깨달았다.

문득 뒤척이던 영빈이 물었다.

"우리 얘기 혜진 씨한테도 했어?"

"했죠."

"뭐래?"

"웃던데요?"

"웃었다고?"

영빈이 되물었다. 연정은 영빈의 품에서 눈을 감은 채 고개를 끄덕거렸다.

"혜진이 옛날 남자친구가 그랬거든요. 혜진이는 성북구 살았고 그 남자는 강서구 살았는데, 지극 정성이었어요. 감기 기운 있으면 어떻게 알았는지 새벽에 약 사 들고 찾아오질 않나, 먹고 싶은 음식 있다 그러면 직접 만들어서 대령하질 않나. 그렇게 일 년 내내 쫓아 다니길래 받아 줬대요. 정성에 감동한 거죠. 근데 결국 석 달 만에 헤어졌어요."

"왜? 남자가 변심이라도 했대?"

"변심이 아니라, 너무 잘해 줬죠. 모든 게 완벽했는데……."

"고자야?"

"너무 소심하더래요. 손잡을 때 손잡아도 되냐고 물어보는 남자 매력 없잖아요."

그제야 영빈은 납득이 간다는 듯 혼잣말을 중얼거렸다.

"아, 그런 건가."

"고자는 무슨. 석 달 만에 그걸 어떻게 알아요."

"왜 몰라? 알 수도 있지. 우리만 해도……."

"몰라. 그 얘긴 그만해요. 아무튼 친구네 커플이랑 같이 데이트 나갔는데 손도 못 잡고 쭈뼛거렸대요. 혜진이가 살짝 화가 나서 앞서 걷고 있는데, 갑자기 그 남자가 자기 소매를 쓱 잡더래요. 자기 손을 잡아 달라 이거죠."

"남자가 아직 애기네."

"정이 확 떨어졌다며 헤어졌어요. 애기는 무슨. 이상한 얘기 좀 하지 말라고요."

"알았어. 안 할게."

영빈은 타박하는 연정의 이마에 가볍게 키스를 했다. 흘러내린 앞머리 몇 가닥이 입안에 들어왔다. 고소한 맛이 났다. 아침 무렵의 그녀에게선 달콤한 인삼차 냄새가 난다고, 영빈은 생각했다. 그 생각이 재미있어 혼자 히죽대던 그는 문득 자신의 질문에 대한 답을 아직 듣지 못했다는 사실을 깨달았다.

"근데 혜진 씨는 왜 웃은 거야?"

연정이 대답했다.

"그냥 자기 옛날 생각난다고. 오빠가 나한테 되게 잘해 준다고 그러니까 그냥 그 사람 생각이 났대요. 근데 밖은 왜 이렇게 시끄럽죠? 나가봐야 되는 거 아니에요?"

잠시 고민하던 영빈이 대답했다.

"그냥 모른 척 냅둬. 누가 알아서 하겠지."

죽음의
신부

박하익

2008년 「화면 저편의 인간」으로 《계간 미스터리》 신인상을 수상하며
데뷔했다. 2010년에는 「꽃무릇 이야기」로 동양일보 신춘문예에 당선
하였으며, 같은 해 한국 추리 작가 협회에서 선정한 황금펜 상을 수
상하였다. 「한국 추리 스릴러 단편선」 2·3권, 「12인 12색」, 「살아있으
라: 2009 올해의 추리소설」 등 단편 소설집에 참여했으며, 전자책으
로 미스터리 단편 「화면 저편의 인간」을 출간하였다. 장편으로는 대한
민국 디지털 작가상 대상을 수상한 「종료되었습니다」와 선암여고 탐
정단 시리즈 「방과 후의 미스터리」, 「탐정은 연애 금지」가 있다. 2015
년 「탐정은 연애 금지」로 한국 추리 문학 대상을 수상했다.

MRI의 내부로 들어가던 때였다. 젠트리라 부르는 통 안으로 육신이 스르륵 밀려들어 가던 순간.

처음으로 죽는다는 실감이 들었다.

헤드셋에서는 환자들의 불안함을 없애 주기 위한 음악이 흘러나왔다. 「2001년 스페이스 오디세이」라는 영화에 나와 유명해진 스트라우스의 곡. 장대한 선율이 공포감을 고조시켰다.

세계는 그가 감당하기 어려울 정도로 크나큰 우주였다. MRI의 유백색 공동은 영안실 시체함처럼 싸늘하기만 했다.

"그래서 발작까지 했다고?"

"화장터 불구덩이 안으로 들어가는 기분이었어."

이야기를 들어주는 건 수환과 고등학교 동창이자 대학교 동창인 오진태였다. 도봉동에 사무소를 운영하고 있는 젊은 세무사로

각진 턱에 약간 벗어진 머리, 깐깐한 성격의 소유자다. 어지간한 일에는 눈 하나 깜박하지 않는 성미지만 친구가 간암 말기 판정을 받은 소식을 전하자 충격을 받은 얼굴이었다.

서른아홉 살. 죽음을 생각하기에는 젊은 나이 아닌가.

사실 수환 자신도 이 모든 것이 지독한 악몽 같다고 하루에도 열두 번씩 생각하고 있었다.

처음에는 사소한 접촉 사고로 병원에 입원했다. 의사는 아무래도 검사를 받아봐야 하겠다고 권유했고, 퇴원할 무렵에는 암이 이미 말기에 이르렀다는 사형 선고를 받았다. 며칠 사이에 일어난 일이었다.

"텔레비전에서 불안발작 일으키는 사람들 이야기. 알고는 있었지만 겪어 본 건 처음이야. 누군가 가슴을 옥죄는 것처럼 숨을 쉴 수가 없어서 마구 날뛰었어. 아니, 사실 기억도 잘 나지 않아. 나중에 마누라가 해준 이야기를 듣고 그랬구나 한 거지. 의사랑 간호사가 달려와서 진정제를 놔주는데도 다 뿌리치고 소리를 질러댔대."

진태는 고개를 흔들었다. 도무지 와닿지 않은 탓이었다.

"어느 날은 무작정 집을 뛰쳐나가서 뒷산을 올라갔어. 미친 사람처럼 몇 시간 동안 고래고래 소리를 지르다가 주민 신고를 받은 경찰이 출동하는 바람에 집으로 돌아왔지."

"네가……?"

"죽는다는 사실을 도저히 받아들일 수가 없었어. 죽을 사람답게 살려고 노력하고 있지만……. 어떻게 말해야 하지?"

잘 이해가 되지 않을 때는 힘들지 않다. 내장을 뒤흔들고 뱃골을 깨부수는 통증이 엄습할 때도 차라리 아무런 생각을 할 수 없어서 견딜 수 있었다. 문제는 가끔씩 찬물을 뒤집어쓴 것처럼 현실을 직시하게 될 때였다. 죽음이 느껴질 때.

본능인지도 모르겠다. 세포 하나하나에 알람이 켜진다. MRI에 홀로 들어갈 때처럼 정신을 다잡을 수가 없다. 식은땀을 나고 무릎이 벌벌 떨렸다. 옆에 누가 있든, 심지어 아홉 살짜리 딸 앞에서조차 헛소리를 하며 제발 살려 달라고 두 손을 열심히 비벼 대는 것이다.

"건강검진도 잘 받아 왔잖아."

"작년에는 건너뛰었지. 사무소 개소하면서 정신이 없어서."

"그렇다 해도 2년 만에?"

"얄궂은 인생이지."

불판 위에는 자동으로 돌아가는 양꼬치 다섯 개가 연기를 피우며 익어가고 있었다.

"이렇게 돌아다녀도 괜찮아? 입원해야지. 수술은?"

"수술이나 할 수 있으면 오죽 좋았겠냐. 병원 가도 복수 빼고, 진통제 놔주는 것 외에는 못 해주더라."

두 사람은 아직 다 갚지 못한 아파트 대출금과, 이번에 지원한 신약 임상시험에 대해서, 암을 이기는 민간요법에 대한 정보들을 이야기했다. 남겨질 가족들에 대해서도. 그 말들은 자욱한 연기처럼 부질없이 흩어졌다. 언제 죽을지 모를 상태인데도 술 한 잔 마시지 못한다. 혼자서 중얼중얼 떠들고 있자니 불현듯 허무해졌고, 자신이 죽고 나서도 즐거운 인생을 살게 될 친구가 또한 부러워졌다.

"진태야, 아무래도 내가 천벌을 받은 것 같아."

"천벌이라니?"

"하정이…… 걔가 내 명줄을 잡고 있는거 같아."

진태는 들고 있던 소주 잔을 거칠게 테이블 위에 내려놓았다. 잔에 담겨 있던 술이 출렁이며 검지손가락을 적셨다. 하지만 진태는 전혀 상관하지 않고 오히려 친구의 얼굴을 자세히 살피며 물었다.

"전부터 묻고 싶었던 건데. 너 설마 그때 하정 씨한테 못 할 짓한 거 아니지?"

저음으로 착 가라앉은 질문을 받고 수환은 자조했다.

"죽였지. 죽인 거나 다름없잖냐. 결혼하기로 약속해 놓고, 바람이 나버렸지. 사라진 뒤에도 찾지도 않고, 돌아올까 봐 무서워 서둘러 딴 여자랑 살림 차려 버렸잖아."

진태는 수환의 대답에 숨겨진 진실과 죄책을 골똘히 재어 보고는 조금 안도하는 얼굴을 했다.

"쓸데없는 자책하지 마. 결혼 전까지 변심은 죄가 아니야. 그리고 넌 하정 씨를 찾기 위해서 최선을 다했어. 아무리 약혼자에게 배신당했다고 해도 그렇지. 그렇게 종적 없이 사라지다니 어떻게 그럴 수가 있냐. 남은 사람은 어떡하라고. 엄밀히 말해서 버림 받았던 건 너예요. 불쌍했던 건 너였다고.

결혼식 날에 너 혼자서 비참하게 서 있던 걸 생각하면 내가 아직도 분이 안 풀려. 혹시나 실종된 신부가 나타날지 모른다고 해서 신부 쪽 사람들도 다 모여서 결혼식을 구경했었잖아. 그 여자가 지금 어디서 뭘 하고 있는지는 모르겠지만 정말 저열한 복수였어."

10년 전 결혼식에서 사회를 맡았던 진태는 일곱 번이나 신부 입장을 연호했었다. 진땀을 흘리며 이마를 닦아 내리던 버버리 체크무늬 손수건이 아직도 생생하다.

"아니야. 하정이는 죽었어. 죽지 않고서야 왜 안 나타났겠어?"

"그 뒤로 그쪽 집에 연락해 봤어?"

친구는 냉정하게 물었다. 수환은 고개를 가로저었다.

"돌아왔는지 아닌지도 모르는 거네. 지금쯤 어떤 놈이랑 살림 차리고 애까지 낳아서 잘 살고 있을걸."

전혀 그럴 것 같지 않았다.

"아니, 사실은 나, 제대로 찾지 않았어. 경찰이 물었을 때도 그곳 이야기는 하지 않았어. 하정이가 어디로 갔을지 짐작했지만."

"알았어? 근데 왜?"

"왜 모른 척했냐고? 미친 소리처럼 들리겠지만, 왠지 그곳에 가게 되면 붙들릴 것만 같았어.

알잖아. 윤하정. 헌신적인 여자. 집요하고 지고지순하고 지긋지긋한 순애보……. 직장 다니면서 내 학비도 내주고, 먹여 줘, 입혀 줘, 군대 가 있을 때는 우리 엄마 병수발까지 해줬잖아."

수환은 우유부단한 성격이 아니었다. 오히려 인간관계에 약고 영리하고 용의주도한 타입이었다. 아닌 건 아니라고 분명하게 딱 잘라 말하고, 거절당하더라도 입장은 냉정하게 표명했다.

매사에 세련되고 쿨하다는 평을 들었던 그이지만, 하정을 함부로 내칠 수가 없었다. 마음이 싸늘하게 식고, 옆에만 가면 숨이 막히는데도 결코 이별을 고하지 못했다. 부친의 공장이 도산하고 빚더미에 앉았던, 그의 인생에서 가장 힘든 순간에 곁을 지켜 주고 무조건적으로 감싸 준 여자였다. 하정은 혈육인 어머니 다음으로 '정수환'이라는 인물의 주식을 최대로 매입한 존재였다.

한 번도 그를 쥐고 흔들려고 하지 않았지만, 그녀는 막강한 영향력을 그에게 발휘하고 있었다.

만약 그곳에 갔더라면, 그녀의 눈을 마주 대했더라면 꼼짝없이 참회하는 탕자처럼 고개를 숙이고 지금의 마누라와는 헤어졌을 것이다. 신부가 나타나지 않은 그 끔찍한 결혼식을 사전에 취소하지 못하고 허수아비처럼 멍청하게 서 있었던 것도 그녀가 베푼 헌신에 대한 부채감 때문이었다. 하지만 요동치는 반항심으로 그녀가 도망쳤을 법한 장소에는 찾아가지 않았다. 누구에게 말하지도 않았다.

"처음부터 안 어울리는 커플이었어. 말도 없고 조용하고, 사람들하고도 어울리지 않는 그런 타입이 활달한 네 성격을 어떻게 감당해? 도대체 왜 그런 여자를 만났던 건지 이해가 안 돼. 고아였지? 키워 주신 분도 이모님인가 했고. 음습하고 어두운 구석이 있는 여자였어. 성격이 반대라서 매료되었다든가 그랬던 거야?"

험담을 듣고 있으려니 속에서부터 쓴물이 올라왔다.

본심을 고백할까.

대학이라고 하는 세계는 청춘들이 처음으로 자본의 힘을 체험하는 작은 새장과도 같았다. 비틀어진 욕망 속에서 남녀들은 매일 걸치는 옷으로 태어난 계급을 대변하고, 그에 맞는 일과를 보냈다. 살인적인 등록금에 압사당하지 않을 수 있는 인종은 몇 되지 않았다.

그녀는 초라한 옷을 입고 있었지만, 마네킹처럼 아름다운 육체를 가지고 있었고, 명문대에 입학한 여러 재원들 가운데에서도 전액 장학금을 놓치지 않을 만큼 명석한 두뇌와 성실함도 가지고 있었다. 사람들과 어울리지는 않았지만, 사회적으로 세련되지 못해서가 아니었다. 즐기지 못했을 뿐이다

개천에서 용 난 케이스, 원자재가 출중한 인간, 생물학적인 유전자 로또, 라고 해야 할까.

그녀를 처음 만났을 때 수환은 느닷없이 무너진 배경에 비척거리며 정체성 혼란까지 겪고 있었다. 고교 시절까지 그는 아버지 덕분에 돈 걱정을 하지 않고 기세등등하게 살아왔었다.

왜 그녀와 사랑에 빠졌느냐고?

"모르겠어. 어떻게 그렇게 되었는지는 설명할 수가 없어. 나도 예쁜 여자들이야 많이 만나 봤지. 그런데 하정이는 말이야. 다른 여자들과는 눈빛부터가 달랐어."

순정했다.

"수많은 사람들 중에서 누구보다 지성적이고 아름다운 여자가 날 흠모해 줬어. 별 볼 일 없는 날 말이야."

"자학이 너무 심한 거 아냐? 너처럼 허우대 멀쩡하고, 말 주변 좋은 놈 많지 않아. 먹히는 타입이야."

"달랐어. 다른 여자들은 선별 과정을 거쳐서 날 봤어. 학벌은 어떤지, 능력과 출신, 집안 배경도 고려하고, 인물로만 평가하는 애들도 있었고. 머릿속으로 다른 수컷들과 비교를 하면서 보는 거야."

"다들 그러잖아."

진태는 흥미롭다는 표정이었다. 진태와는 고교 동창이지만 대

학 이후에 친해졌기에 연애의 상세한 과정까지는 말하지 않았었다. 그리고 또 그녀가 사라진 이후 둘 사이에서 윤하정은 금기어였다.

"갠 날 무슨 초월적인 존재로 여겼어. 숭배해 줬다고."

"그렇게 멍청한 타입 같지는 않았는데."

"알아. 그러니까, 내가 미친놈처럼 빠져들었던 거야. 똑똑하고 총명하기 이를 데 없는 애가 나한테, 나를 대할 때만큼은 어떤 관점도 편견도 두지 않고 모든 걸 수용하고 포용해 주는 거야. 마치 산들거리는 봄바람처럼."

"시 쓰고 있네. 그렇게 좋아했으면 잘 먹고 잘 살 노릇이지. 딴 짓은 왜 해? 내가 옆에서 보기에 넌 항상 하정 씨한테 야속했어. 친절하게 대한 적도 많지 않았잖아."

비웃는 목소리가 따라붙었다. 약간의 질투와 도덕적인 힐난도 감출 수 없이 섞여 나왔다. 수환은 알고 있었다. 하정과 함께 있을 때면 진태는 눈빛부터 달라졌었다. 그녀가 일어설 때면 눈으로 뒤를 쫓았고, 고개를 내리깔면 훔쳐보았다. 아니, 그건 대부분의 남자들이 그랬다.

"걔는 그랬는데 나는 안 그랬어. 걔는 다 줬지만, 나는 받을 수밖에 없었잖아. 남자가 받기만 하면 옹졸해져. 옹졸해지니까, 신경질을 내고 못난 꼴을 보이지. 최고로 멋진 앨범 속에 엉망진창인 자기 사진만 담아 두는 격이랄까. 하정이는 언제나 착하게 날 믿어 주었는데……. 정신을 차려 보면 언제나 피해자는 걔고 난 쓰레기 같은 놈이 되어 있는 거야."

하정과 결혼했으면 굴곡진 관계가 계속해서 이어졌을 것이다.

"아마 폭력 남편이 되었을지도 모르지."

말을 뱉고 보니 허탈해졌다.

정말 그랬을 법도 하고, 방금 전 말에 담긴 무책임함에 치가 떨리기도 했다. 상대에게 매몰차게 굴었던 행동들이 사실은 상대의 태도에 문제가 있었다고 핑계를 대는 격이었으니. 폭력 남편들의 말버릇과 뭐가 다른가. 그들은 변명하곤 했다. 여자들이 매를 벌게끔 행동했다고.

"넌 내가 결혼식 날 비참했다고 생각하지? 아니야. 사실 난 안 도했어. 그녀에게서 자유로워졌으니까. 그녀가 죽었든 살았든 그런 건 중요하지 않았어."

고해의 종지부였다.

하정이 나타나지 않았을 때 그는 자유로움을 느꼈다. 그동안 자신이 보였던 못난 꼴을 모아 둔 쓰레기통이 사라진 기분이었다. 지극히 섬뜩한 생각이지만, 이제 더 이상 맑고 순수한 눈을 미안한 감정을 가지고 응시하지 않아도 된다는 사실만으로도 마음이 홀가분해졌다.

"천벌 받을 만하지? 내가 윤하정 때문에 암에 걸려 죽는 거야. 처녀가 한을 품으면 오뉴월에도 서리가 내린다잖아. 정말 그래.

그 이후 한 번도 내 앞에 나타나지 않았어. 죽었기 때문이겠지. 죽지 않은 이상 날 포기할 여자가 아니니까."

그 조용하고, 여리고 어여쁜 여자는 내면에 활화산 같은 순수를 품고 있었다. 잠시 다른 여자를 만난 문제 정도로 그를 내칠 여자가 아니었다. 분명 죽었다.

넋두리를 듣다 지친 진태는 저녁이라 거뭇해진 턱수염을 어루

만졌다.

"네 착각이야. 네가 지금 힘들고 그러니까, 뭔가 그리워할 대상이 필요해서……."

"그리워해?"

"그렇잖아. 죽지 않는 이상 날 포기할 여자가 아니라니. 얼마나 진부한 드라마 대사야? 세상에 그런 사랑이 존재할 거 같아?"

수환은 천천히 진태의 얼굴을 바라보았다. 현실주의자이기는 해도 독설가는 아닌 친구였다. 방금 전 진태가 지적하지 않았다면 수환은 하정에 대한 죄악감 속에서 그녀를 향한 그리움이 숨어 있는지도 몰랐을 뻔했다. 진태는 곧 죽을 가장 친한 친구의 서정을 짓밟거나 무시할 인물도 아니었다.

근거가 없지 않다면.

"너, 뭔가 아는 거 있어?"

정곡을 찔린 진태는 술잔을 잡고 있던 손가락 중 하나를 들어 이마를 긁적거렸다.

"최경민이 알지? 휴게소에 편의점 차린 애."

"옥산?"

진태가 고개를 끄덕였다.

최경민이라면 고교 시절부터 허풍이 심했던 놈이었다. 키가 작고 손발이 짧고 턱이 네모진 호인형 외모 덕에 친구들 사이에서는 '도시락'이라고 불렸다. 도시락은 결혼을 앞두고 친구들을 소개시켜 주는 자리에서 하정이와 만났었다. 생각해 보니 대학 시절에도 두 번 정도 술자리를 같이 했었다. 입대를 앞두고 한 번, 제대하고 나서 한 번.

"삼 년 전에 걔가 하정 씨를 봤다고 했어. 동창회에서 네가 먼저 집으로 돌아가고 말이야. 뭔가 재미있을 이야기를 알고 있는 것처럼 모두에게 털어놨었지."

언제인지 기억이 났다. 주말과 겹친 추석 연휴 말미에 동창회 회식을 잡았던 날. 회식이 진행되는 내내 경민이 수환을 보며 기분 나쁘게 빙글댔었다. 은형에게 갑작스런 전화가 걸려오지 않았다면, 딸아이가 뇌염에 걸려서 응급실에 있다는 말을 듣지 않았다면 아마 그도 자초지종을 듣는 자리에 있었을 것이다.

"네 앞에서 다들 쉬쉬했지만, 모두 궁금해하던 이야기였거든. 결혼식을 앞두고 증발해 버린 신부. 둘 사이에 무슨 사연이 있었던 건지. 신부는 어디로 가버린 건지. 하정 씨 특유의 애수 띤 분위기가 남자들 마음을 흔들기도 했고."

"그래서?"

"경민이 말은 이래."

태풍이 지나간 8월의 밤. 자정에 가까운 야심한 시각에 휴게소 주차장 안으로 검은 차 석 대가 줄을 지어 따라 들어섰다. 차를 전혀 모르는 사람이 봐도 대번에 압도당할 만한 외관을 지닌 외제차들이었다. 처음과 마지막 차에서는 보디가드와 수행원으로 보이는 사람들이 제일 가운데에 있던 차 안에서 민소매 원피스를 입은 미녀와 선글라스를 쓴 노파가 나왔다. 오밤중에 선글라스라니 도대체 누구인가 싶어서 경민 부부는 그들을 유심히 쳐다보았다.

"그게 하정이였다고? 원피스 입은 쪽이? 도시락답네. 한여름 밤의 판타지야. 다들 믿었어?"

진태는 단호하게 고개를 저었다.

그는 언제나 수환의 편이었고 수환의 이야기가 친구들 사이에서 안줏거리가 되는 걸 원하지 않았다. 그동안 경민이 허풍을 쳤던 사건들을 모두 앞에 나열하며 이의를 제기했다. 평소라면 그쯤에서 입을 다물었을 도시락이 갑자기 핸드폰을 꺼내 증거를 제시했다.

"나도 처음에는 믿지 않았지. 하지만 그날 찍은 사진이라면서 보여 주는데 그걸 보고는 나도 할 말이 없더라. 한두 장도 아니고, 일곱 장을 근거리에서 찍은 거야. 요즘 핸드폰 해상도가 얼마나 좋냐. 하정 씨가 분명했어. 내가 봐도 정말로 하정 씨였다고."

처음 듣는 이야기에 정신이 번쩍 들었다.

"그 사진 나도 볼 수 있어?"

진태는 아쉽게도 사진 파일은 가지고 있지 않았다. 하지만 상관없었다. 수환이 직접 경민에게 전화를 걸어 묻자 사진을 보내 주었다. 24시간 편의점을 경영하는 사장답게 늦은 시간에도 목소리가 카랑카랑했다.

"야. 진짜 내가 너한테 진즉에 보여 주고 싶었어. 근데 진태가 그러지 말라고 하도 윽박을 질러서……."

"잔말 말고 보내."

몇 분 지나지 않아 메시지가 도착했다는 알람이 울렸다.

사진을 보기 전까지 수환은 경민의 말을 믿지 않았다. 조작을 했든지, 아니면 비슷한 사람을 착각한 거든지 둘 중의 하나라고 생각했다. 그러나 파일을 확인하고 난 후에는 말도 할 수 없었다.

"삼 년 전 사진이라고?"

다운받아 확대시켜 볼 필요도 없었다. 윤하정. 그녀였다. 어둑한 주차장에서 찍은 사진도 아니었다, 일곱 장의 사진들은 휴게소 내부 환하게 비치는 조명 아래서 찍힌 근접 사진이었다. 고개를 숙인 각도, 무심코 옆을 볼 때의 손 매무새, 걸음을 걷는 뒤태. 변명의 여지가 없다.

살아 있었던 건가.

살아 있었는데도 아무런 소식도 없었던 건가.

갑자기 가슴이 참을 수 없이 아릿해져 왔다. 배신한 쪽은 제 쪽이었으면서도 수환은 당연하게도 그녀가 살아 있다면 응당 찾아와 모습을 보일 거라고 믿어 왔다. 원망을 하든, 복수를 하든.

"충격 받지 마. 네가 하정 씨를 버리고 다른 여자랑 결혼할 수 있었던 것처럼 하정 씨도 너 없는 삶을 살 수 있었던 거야.

왜 실종되었는지는 나도 모르지만, 사진만 봐도 잘 살고 있는 것 같지 않아? 그러니까 천벌이니 하는 헛소리는 관두고 네 치료에만 집중해."

"아니야."

쥐어짜는 목소리로 수환은 반박했다.

"이건 윤하정이 아니야. 생각해 봐. 내가 하정이를 마지막으로 본 게 십 년 전이야. 어떻게 그동안 하나도 늙지 않을 수가 있지? 오히려 더 마르고 어려진 것 같아. 넌 사진 속의 여자가 마흔 살로 보이니? 20대 초반 같잖아."

"좋은 차를 타고 있었다고 했잖아. 돈이면 시간도 멈출 수 있어. 늙지 않고 탱탱하게 가꾸면서."

진태는 어깨를 으쓱했다. 그러면서도 사진 속 여자가 지나치게 젊어 보인다는 점은 부정하지 않았다.

"하정이는 죽었어."

"죽었다면 시체라도 나왔어야지. 결혼식에 나오지 않았다는 사실만 가지고 추정하는 건 섣부른 짓이야. 그럴 바에야 지금이라도 당장 하정 씨네 이모님께 전화를 걸어 봐. 쓸데없는 데 시간 낭비하지 말고."

"십 년이나 지났어. 연락처를 어떻게 알아?"

"네 죄책감에는 근거가 없어. 한때라도 결혼을 약속했던 여자잖아. 하정 씨가 죽은 거면 좋겠냐? 널 잊고 잘 살고 있는 쪽이 좋잖아."

친구를 위해 현실을 직시시키는 편을 택한 진태는 어느 때보다 명료하게 말했다. 절절매는 쪽은 수환이었다. 정말로 그녀가 죽었길 빌며, 지벌을 내리는 원령이 되었길 바라고 있는 사람처럼 멈출 수가 없었다. 그는 어떻게든 친구를, 스스로를 설득해 나갔다. 지금까지 말하지 않았던 속사정 이야기까지 털어놓으면서.

"예전에 대청호에 '납골당'이라고 있었어. 진짜 골분 모아 두는 그런 곳은 아니고. 수몰 마을 창고였는데……. 가뭄 때만 드러나는 곳."

"그게 왜? 우리 때 유행했던 데이트 코스잖아. 안 좋은 쪽으로."

비극적인 연인의 동반 자살이 많아서 영원한 사랑의 음산한 상징물로 자리 잡은 자살 명소였다.

"그래. 나도 수진이 데리고 두 번 정도 갔어. 물때 맞추기 힘든 곳이지. 어떤 자살자들은 일부러 가뭄 때까지 기다렸다며?"

20세기 말. 자살 사이트가 문제시되던 시기였다. 납골당은 자살자들의 성소로 여겨졌다. 해외 영화제에서 상을 받은 이재욱 감독이 신인 시절 동명의 다큐 영화를 제작한 소재가 되기도 했다.

수몰된 마을의 경계에 있던 단층 건물은 수량에 따라서 몇 번씩 침수를 반복했다. 세상을 원망하면서도 또 미련을 가지는 자살자들의 심리를 대변하듯이. 온통 곰팡이로 뒤덮인 벽은 물비린내가 진동했고, 천장은 기울어졌으며 페인트는 거의 벗겨져 있었다.

"처음에 그곳 이야기를 들었을 때 연인들이 그곳에 들어가서 죽는다는 건 줄 알았어. 정부는 왜 그런 흉물을 철거하지 않고 내버려 두었던 걸까."

전국에서 별별 종류의 인간들이 오로지 죽겠다는 일념 하나로 모여들어 납골당에 자기 흔적을 남기고 사라졌다.

안에는 유서와 유품들은 몇 겹의 비닐, 유리·페트병 안에 밀봉된 채 주렁주렁 매달려 있었다. 반쯤 썩어 버린 나무 목걸이, 팔찌, 신발, 머리카락, 일기장, 유서, 심지어 2HD 플로피디스크, 남녀가 함께 찍은 사진이나, 사랑을 맹세한 징표들……. 밀봉했다고는 해도 대부분이 종이는 썩고, 사진은 형체를 알아볼 수 없을 정도로 훼손되어 있었다. 가끔 놀라우리만큼 상태가 좋은 것들도 있었지만. 금이 간 지붕 틈새로 들어오던 햇볕과 플라스틱 막걸리병에 들어 있던 한 통의 유서를 지금도 생생하게 기억하고 있다.

"경찰에서 거기를 함부로 철거 못 했던 것도 이유가 있어. 호수 근처에서 익사체가 발견되거나 하면, 사인을 밝히는 단서를 납골당이 제공했으니까. 애먼 사람들이 살인범 누명을 쓰는 일은 없어야 하잖아.

실제로 경주에서 애엄마가 죽었는데 남편이 잡혀 들어갔었던 사건이 납골당에서 친필 유서가 발견되면서 풀려났어. 미제 사건도 몇 건 해결되고."

상세한 설명이 뒤따랐다. 수환은 그제야 진태가 영화광이며 특히 이재욱 감독 팬이라는 사실에 생각이 미쳤다.

"근데 뜬금없이 납골당 이야기는 왜 꺼내? 하정 씨랑 무슨 상관이 있는데?"

무심히 묻던 진태가 멈칫했다.

"설마 하정 씨 행선지가 그 납골당이었어? 거기 간다고 하고 없어졌던 거야? 그런데도 경찰한테는 말을 한마디 안 했다고?"

곧이어 매서운 시선이 따라왔다.

배신한 것도 모자라 죽겠다고 떠난 여자를 내버려 두었냐. 말로 표현하지는 않았지만 비난은 분명하게 전달되었다. 진태는 곧 시한부 인생을 살고 있는 친구의 입장이 떠올라서 입술을 질끈 깨물었다. 표정을 추스르고 누그러진 목소리로 말했다.

"이모님이 실종 신고를 했을 때 경찰들이 찾아왔었잖아. 네가 가기 싫었다면 최소한 다른 사람들이 찾게 했었어야지."

"하정이가 직접 말했던 건 아냐. 그날 나랑 은형이 사이를 들켰을 때 충격 받은 하정이를 붙잡으려고 곧바로 따라 나갔어. 하지만 인파에 휩쓸려 곧 놓쳐 버렸지. 그래, 예전에도 이야기했듯이 그게 내가 마지막으로 본 하정이의 모습이었어."

하정이의 이모님, 경찰, 친구들, 심지어 수환은 친어머니에게까지 거기까지만 말했었다.

십 년 만에 처음으로 털어놓는 진실이었다.

"근데 아무래도 방향이…… 집으로 가는 것 같더라. 우리 둘이 살려고 했던 그 신혼집 말이야. 따라 잡으려고 택시를 타고 달려갔어."

경매로 싸게 구매한 단독주택 2층에는 이미 가구며 전자제품, 집기류, 생활 소품까지 들어와 있었다. 둘이서 하나하나 골라 가며 새로운 가정의 형태를 만들어 놓았던 그곳. 하정은 집 안을 관리하느라 먼저 들어가 살고 있었고, 수환은 직장을 핑계로 차일피일 이사를 미루고 있었다.

"내가 집에 도착했을 때는 하정이는 없었어. 근데 말이야, 우리집 거실에 걸린 액자 하나가 덩그러니 테이블 위에 놓여 있는 거야. 내용물이 사라진 채로."

"없어진 게 뭐였는데? 그림? 사진?"

"입면도였어. 나중에 함께 짓고 싶었던 꿈속의 집을 그려 놓았던 그림이었지. 뒷면에는 설계도가 있고. 사람 속이 참 모를 일인게, 하정이를 잡으려고 눈썹이 휘날리게 뛰어왔으면서 텅 빈 액자를 보는 순간, 마음이 싸늘하게 식어 버리더라. 화가 치밀어 올랐어. '그래, 네가 그렇게 나온단 말이지. 그렇게까지 날 비참하게 만들겠다고?' 그런 심정이었어."

"설명을 좀 제대로 해 봐. 그 입면도가 없어진 걸 보고 왜 화가 나?"

수환은 부끄러웠다. 배덕의 과정을 세밀히 묘사하는 일이 수치스럽고 민망했다.

"나 스물한 살 때 죽으려고 했던 적이 있었어. 아버지 사업 실패로 3억 가까운 빚이 내 앞으로 생겼을 때. 납골당에 유서를 남기고 죽으려고 하는 걸 하정이가 구해 줬어. 사귀게 된 것도 그일 때문이었고."

"그런 일이 있었냐? 왜 나한테는 말 안 했어?"

"너 군대 있을 때 일이야. 어차피 충동적으로 한 일이었어. 유서를 담을 근사한 유리병도 없어서 막걸리병 비워 매달았으니까."

두 사람 사이가 좋았을 때 하정은 엷은 미소를 머금고 가끔씩 그때 일을 회상하곤 했다. 당신을 살릴 수 있어서 얼마나 기쁜지 모른다고 부드러운 입맞춤으로 속삭이고는 가볍게 포옹해 주었다.

"입버릇처럼 말했어. 집을 짓게 되면 꼭 그곳에 짓자고."

사라진 입면도가 행선지를 밝히는 약도의 역할을 했던 것이다.

"배은망덕한 인간. 죽일 놈. 날 뭐라 불러도 상관없어. 하지만 액자 속 하얀 백지를 보는 순간 하정이의 목소리가 들리는 듯했어.

'내가 네 목숨까지 구해 줬는데, 어떻게 날 배신할 수 있어?'

내가 그날 납골당으로 찾아가 처량하게 울고 있는 하정이를 보았더라면 두 손 모아 싹싹 빌었겠지. 그리고 결혼했을 거야. 연극적이지? 얼마나 낭만적인 회개의 연출이야. 그런 계산을 한 하정이가 진저리 쳐질 만큼 혐오스러웠어. 누구에게도 행선지를 말하지 않았던 것도 그 때문이야. 제풀에 꺾여 지쳐 돌아오기를 바랐어. 실종될 줄은 몰랐다고.

지금도 악몽을 꿔. 여전히 하정이가 납골당에서 날 기다리는 꿈이야. 아무리 몸을 움직이려고 해도 벗어날 수가 없어. 나는 납골당 앞에 서 있고 하정이는 내 손을 잡고 그 안으로 끌고 들어가."

거기까지 말하고 수환은 구역질을 하기 시작했다. 항암제의 부작용이었다. 잠을 자고 싶었다. 그러면서도 손으로는 핸드폰을 쥐고 흔들었다.

"정말 이 여자가 하정일까? 십 년 동안 내가 얼마나 무서워했는지 알아? 어떤 날은 제대로 잠도 이룰 수가 없었어. 딸이 태어나던 날도 마찬가지야. 호수에 몸을 던지고 죽었을지 모를 내 신부를 생각하면. 하정이가 그 집을 뭐라고 불렀는지 알아? 오르페우스의 집. 글룩의 오페라 아리아를 흥얼거리면서 노래했었어.

Io son pure il tuo fedele, 난 그대의 충실한 연인이에요. 그런데 나는……."

이제는 논리도 잃고 헛소리를 주절거리는 수환을 부축해 진태는 가게 밖으로 나왔다. 그러나 친구의 흐느낌은 좀처럼 잦아들지 않았다. 오히려 광기를 띠고 그에게 매달려 왔다.

"가자. 이젠 가야 해. 하정이가 기다리고 있을지 몰라. 더 늦기 전에."

"정신 나간 소리 하지 마."

"아냐. 가야 해. 만나서 용서를 빌어야……."

진태는 발광하는 수환의 모습을 가만히 지켜보았다. 오르페우스처럼 죽은 아내를 만나기 위해 저승으로 가려는 사람 같았다. 데려다줄 마음도 없지만, 혹여 데려다주었다가 물속으로 첨벙 뛰어들까 봐 겁도 났다. 언제나 상식적이던 친구가 우리에 갇힌 절박한 짐승처럼 날뛰고 있었다. 도대체 죽는다는 게 무엇이기에 이렇게 사람을 공포에 사로잡히게 만드는 것일까.

뜻대로 되지 않자 수환은 진태의 먹살을 덥석 잡았다.

"네가 도와주지 않는대도 상관없어. 난 갈 거야. 오늘. 오늘 못 가면 내일. 이번 여름은 가물었으니까 납골당이 드러나 있을 거야. 물에 잠겨서 보이지 않으면 그 속에 들어가서라도 하정이를 만나고 올 거야."

쩌렁쩌렁한 목소리는 도저히 곧 죽을 사람 같지 않았다. 말 한 마디 한 마디에 활기가 넘쳤다.

진태는 잡힌 멱살을 풀지도 못하고 고민했다. 몸도 정상이 아닌데 혼자 갔다가 무슨 일이 생기면 어떻게 하나. 더구나 제수씨가 알았다가는. 가뜩이나 남편의 일로 상심한 은형에게 또 한 번 충격을 주고 싶지 않았다.

"알았어. 그럼 일단 집에 돌아갔다가 내일 가자. 응? 너 지금 너무 힘들어."

"생각해 보니까 내일 태풍 온다고 했잖아. 아무래도 지금 가야겠어. 넌 술 먹었으니까 내가 운전할게. 아직 운전 정도는 할 수 있어."

수환은 우악스런 손길로 진태의 재킷 주머니를 뒤져 차 키를 꺼냈다. 주차되어 있던 차에서 삑 소리가 나며 라이트가 켜졌다.

"야!"

결국 두 사람은 택시를 탔다. 장거리 요금은 엄청났지만 친구의 마지막 소원을 들어주는 셈으로 생각하면 아까울 것도 없었다.

대청호로 가는 동안 수환은 내내 헛소리처럼 오르페우스의 집에 대해서 늘어놓았다. 하정이는 고딕 복고풍 주택을 짓고 싶어 했다고. 평소에는 지루할 정도로 단정하기만 한 차림을 하던 여자라 집도 실용적인 걸 좋아할 거라고 여겼는데 마음속에 숨겨진 욕망은 정반대였다고 주절거렸다.

"대청호를 앞에 두고, 뒤로는 산이 있는 곳에 집을 짓자고 하더라고. 우거진 나무 사이로 보이는 박공지붕들은 순백으로 칠하고, 돌출창도 내고, 함몰창도 만들자면서. 아, 함몰창이 뭔지 모르나? 창문을 안으로 들어가게 지어서 밖에서는 보이지 않게 만드는 거야. 계단에 들어갈 배니스터도 직접 디자인했는데 그 모양이 꼭……."

과거를 추억하는 수환의 입술은 마르고 거무죽죽했다. 추억에 빠져드는 입가에 잠시 미소가 어렸는데, 죽음의 그림자가 분명하게 도드라져 섬뜩했다.

불현듯 이재욱 감독의 다큐 영화 마지막 장면이 떠올랐다. 영화는 사라진 납골당 터를 조망하는 것으로 끝난다. 자살자들이 남겼던 유품들은 물속에 잠기고 허무하게 떠내려갔다. 창고는 바닥 콘크리트밖에는 남지 않았었다. 너무 오래전에 본 영화였다.

'이제야 기억이 나다니.'

낭패라는 생각이 들었지만 또 한편으로는 잘되었다는 생각도 들었다.

'직접 자기 눈으로 확인을 하는 편이 나을지도 모르지. 상처를 매듭짓는 과정도 필요하니까.'

진태도 차창에 머리를 기대고 눈을 붙였다.

"슬슬 일어들 나십쇼. 거의 다 도착했어요."

기사의 채근에 정신을 차려보니 어느새 길은 고속도로가 아니었다. 먼저 잠이 깬 수환은 야생 짐승처럼 눈을 번뜩이면서 바깥을 두리번댔다. 차는 소전리 이정표가 서 있는 샛길로 빠졌다. 수질 보호를 위해 개발이 제한된 탓에 십여 년이 넘는 세월 동안 마을은 거의 변하지 않았다. 인공적으로 커진 호수 주변으로 어둠을 덮고 웅크린 산 능선이 보였다.

비용을 계산한 뒤 택시에서 내렸다.

도시와는 비교조차 할 수 없을 정도로 공기가 서늘했다. 두 사람은 마을길을 돌아 물가로 나갔다. 모래톱이 밤하늘 아래 창백하게 펼쳐져 있었다.

"너 예전에 이 주변에서 공사 맡지 않았어?"

시골마다 우후죽순으로 생기는 체험 마을에 숙박시설을 증축하는 공사도 수환이 전에 근무하던 사무실에서 주로 맡았었다. 대청호 주변에서도 공사를 했었다는 이야기를 바람결에 들은 기억이 났다. 대답은 돌아오지 않았다. 몇 번이나 이곳을 지나치면서도 외면했을 친구의 심정이 어떠했을지 짐작할 뿐이다. 죽음에 임박해서야 겨우 찾아올 마음을 먹다니.

그러다 무엇을 봤는지 수환이 물이 있는 쪽으로 내달리기 시작했다. 모래톱으로 점점이 발자국이 찍혔다. 그 모습이 금방이라도 물속으로 뛰어들 사람처럼 보여서 진태도 뛰어갔다.

발목만 잠근 물풀들이 사방에서 하염없이 흔들렸다. 올해는 사십 년 만의 가뭄. 납골당이 있던 터는 달 아래 허연 백골을 드러내고 있었다. 찰박찰박 신발이 젖는지도 모르고 달려선 수환은 터 위로 풀쩍 뛰어 올라갔다. 그를 붙잡기 위해서 진태도 단 위에 올라섰다.

"무너져 버렸네. 벽돌 하나 남지 않았어."

수환은 장난감을 빼앗긴 아이처럼 울먹였다.

"하긴 당연하지. 언제 무너져도 이상하지 않았을 건물이니까."

그는 다시 혼잣말을 하며 주저앉았다. 체력을 소진한 듯했다.

진태는 친구가 현실을 받아들이길 기다리며 또 혹시 모를 돌발 사태를 대비하는 태세로 담배에 불을 붙여 넘겨주었다. 수환은 머리를 들지 않았고 담배는 고스란히 그의 몫이 되었다.

죽은 연인들에게 납골당은 결혼식장과도 같은 장소였다. 죽음조차 끊을 수 없는 불멸의 사랑.

그러나 평범한 인간일 뿐인 진태에게는 적막한 한밤에 혼자 머물기에는 몸서리가 쳐질 정도로 두려운 곳이었다. 사방에 귀기가 번잡한 느낌.

'이런 곳을 여자 혼자서 찾아왔단 말이야?'

십 년 전 약혼자에게 배신당한 충격으로 혈혈단신 납골당을 찾아왔을 하정이 새삼 불쌍하게 여겨졌다. 아마 그녀는 납골당 안에서 밤새도록 수환을 기다렸겠지. 자신이 그를 구했던 것처럼 그가 자신을 구하는 기적이 이뤄질 거라 기대했을 터였다. 하지만 춥고 외로운 밤이 다 지나도록 달이 지고, 새벽빛이 비쳐 올 때까지 그는 와주지 않았다. 마침내 납골당의 깨진 문을 열고 바깥으로 나왔을 하정의 심정은 어땠을까. 새벽 햇귀가 만들어 내는 현란한 금빛 수면을 홀로 바라보면서 그녀는 무슨 생각을 했을까.

수환이 믿고 있는 대로 그녀는 자살했을지도 모른다. 이런 장소라면 아무리 정서가 안정적인 사람도 우울함을 느끼지 않을 수 없었다. 배신당한 예비 신부라면 말할 것도 없다.

'모습을 감춘 것도 이해가 가는군.'

다 태운 담배 필터를 바닥에 짓이기면서 진태는 생각했다. 그는 여전히 핸드폰 속 사진의 여자가 하정이라고 믿고 있었다. 하정은 살아 있을 것이다. 실의에 빠져 세상을 버리고 종교 시설에 들어갔던 건 아닐까. 사찰이나 기도원 같은 곳 말이다.

저편 대청댐에서는 환한 색등이 사탕 알갱이처럼 반짝반짝 빛나고 있었다. 바로 눈앞에는 모래톱과 산이 보였다. 그리고…….

"수환아……."

진태는 말을 다 잇지 못하고 친구의 어깨를 잡고 흔들었다. 산 그림자에 가려져 있지만 백색 저택은 멀리서도 분명히 엿보였다.

오르페우스의 집. 산 채로 저승에 갔던 남자의 이름을 딴 석조 주택이 차 안에서 들었던 묘사 그대로 지어져 저편에 서 있었다. 하지만 물 위에 떠오른 익사체처럼 활기가 전혀 느껴지지 않았다. 사람이 안 살고 있는지 전깃불 하나 켜져 있지 않았다.

집을 발견하고 수환도 천천히 몸을 일으켰다.

"거봐. 맞잖아. 정말로 하정이가 날 기다리고 있었어."

환희와 체념이 기묘하게 섞인 어투였다.

* * *

서울로 돌아온 뒤 곧바로 통원 치료를 받아야 했다. 끼니 때 먹는 약, 시간 간격을 맞추어 먹어야 하는 약, 진통이 심할 때 먹는 약까지 봉투만 다섯 꾸러미였다.

기다리고 있던 전화는 오후가 되어서야 걸려 왔다. 핸드폰 창에 진태의 이름이 뜨는 걸 보면서도 단말기를 손에 쥐지 못했다. 비가 무서운 기세로 유리창을 두드렸다. 어둑어둑한 실내에서 약 기운에 혼곤하게 젖어 잠이 들었다. 각성과 함께 지진파처럼 아찔한 통증이 두개골 안쪽에서 느껴졌다.

"토지대장 뽑아서 확인했어. 생각대로 그 집 주인은 윤하정으로 나오더라. 주소 보낼게."

카페에라도 들어가 있는 모양인지 잔잔한 음악 소리가 배경으로 함께 들려왔다. 이어 이미지 파일 몇 장도 핸드폰으로 전송되어 왔다. 열람한 토지 대장을 찍은 사진이었다. 집주인의 주소는 성북동. 소유주 윤하정. 공식 문서에 찍힌 활자를 보니 마음이 이상했다.

정말로 살아 있었다.

"갈 거지? 나랑 함께 가자. 널 혼자 보낼 수 없어."

제안을 듣고 수환은 창밖을 두드리는 빗방울을 바라보았다. 인생 마지막으로 겪는 태풍일지도 모른다는 생각이 들었다.

"지금……, 괜찮을까? 너 일해야 하는 거면."

"알았어. 금방 갈 테니까, 채비하고 내려와."

40분쯤 뒤에 진태가 끄는 그랜저가 수환이 사는 아파트 동 주차장에 섰다. 로비 안에 서 있던 수환은 우산을 펼쳐 나갔다.

"잠은 좀 잤어?"

"하루 종일."

진태는 이틀 동안 자신이 조사한 내용을 이야기해 주었다.

"이재욱 감독 영화를 다시 봤더니 납골당이 무너진 게 십 년쯤 전으로 나오더라. 자세히 알고 싶어서 소전리 이장님한테 전화를 걸었지. 그런데 말이야. 납골당이 붕괴된 날이 하정 씨가 실종되었던 그날 밤이었어."

거리를 막 점령한 태풍은 무서운 기세로 거리를 뒤흔들고 있었다. 사람들은 뒤집힌 우산을 방패처럼 들고 중력이 다른 행성에 불시착한 우주인들처럼 어렵게 발걸음을 내딛었다. 빗물에 젖은 입간판과 전단지도 고전 영화의 미장센처럼 전형적인 화면을 연출하고는 물러섰다.

"하정 씨가 살아 있었다는 건, 경민이가 찍은 사진이 실제 사진일 확률이 높다는 뜻이야. 그렇다면 의문이 생기지. 사진 속에서 하정 씨와 함께 있었던 그 노파. 선글라스를 쓴 노인은 누구일까. 타고 있었던 차와 거느린 수행원들을 생각하면 상당한 재력의 소유자라는 생각은 드는데 말이야."

와이퍼가 근면한 리듬으로 차창을 닦아 내리는 소리를 들으며 수환은 진태의 이야기를 경청했다.

"그 오르페우스의 집을 지은 돈은 그 노파에게서 나온 게 아닐까."

"그 할머니가? 왜?"

"그 노인이 하정이가 모습을 감추게 된 이유와 뭔가 연관이 있을 수 있어."

갑자기 웃음이 나왔다. 진태는 수환이 웃는 걸 보고 무시당했다고 생각했는지 미간을 찡그렸다.

"아냐. 아냐. 내가 생각한 거랑 너무 다른 이야기가 나와서 웃은 거야. 나는 하정이가 로또에 당첨되는 바람에 날 버린 게 아닐까 생각했거든. 그 집을 짓게 된 돈이 복권 당첨금이라고 생각해서."

"넌 그렇게 생각했냐? 난 하정 씨가 울고 있는 걸 조직폭력배 두목이 보고 홀딱 반해서 납치한 게 아닐까 생각했다. 솔직히 너한테는 아까울 정도로 예쁜 여자 아니었냐?"

"납골당에 조직폭력배 두목이 왜 찾아와?"

"호수랑 야산이 시체 처리하기에는 얼마나 좋은 장소야? 맘에 들지 않는 인간 죽이고 처리하러 왔다고 생각했지. 사진 속 할머니는 시어머니고."

"넌 상상도 나보다 현실성 있게 하는구나."

농담을 주고받는 동안 내비게이션은 착실히 목적지를 향해 두 사람을 인도해주었다.

주소지는 노출 콘크리트 담장을 두른 드넓은 저택이었다. 지역 자체가 상당한 부촌이었고 저택도 많았지만, 그중에서도 가장 넓고 커다란 집이었다. 담장 이쪽 끝에서 저쪽 끝까지 한번 둘러보는 데만도 피로감이 느껴질 정도였다. 담장은 군 시설을 방불케 할 정도로 높았고, 십여 대의 감시용 카메라가 다양한 각도에서 주변을 비추고 있었다.

일단 저택의 차임벨부터 눌렀다. 담벼락 위 느티나무 가지 사이에 위치한 방범 카메라가 이쪽으로 움직였다. 격풍에 흔들리는 와중에도 각도가 확실했다.

"혹시 윤하정 씨라고 살고 계시나요? 대청호에 있는 집 토지대장을 확인하고 오게 되었습니다."

―오늘은 만나기 곤란하십니다. 몸이 안 좋으세요. 누구라고 전해 드릴까요?

수환은 자기도 모르게 물었다.

"누구, 누가요? 하정이가요? 몸이 좋지 않아요?"

살아 있었다. 심지어 여기서 살고 있었던 모양이다. 이름을 알려 주자 사무적인 태도로 응대하던 관리인의 말투가 싹 바뀌었다.

―정수환 씨라면……. 혹시 하정 씨랑 결혼할 사이셨던 분이

신가요?

"예."

— 잠시만 기다려 주시겠습니까?

관리인은 곧바로 누군가에게 전화를 걸었다. 상당히 놀랐는지 도어스피커를 꺼놓는 것도 잊은 눈치였다. 조각조각 대화가 나뉘어 들렸지만 그가 '김 실장'이라 불리는 사람에게 전화를 걸었고, 연락을 받은 김 실장이 즉시 큰사모님께 상황을 알렸다는 걸 알수 있었다.

— 안에서 기다리시랍니다.

기계음과 함께 문이 열렸다. 정원에서 본채까지 연결된 자연석 길과 계단이 보였다. 모자를 써서 시야를 차단한 경비원이 나와 두 사람을 안내했다.

저택 중앙에 위치한 계단을 오르는 동안 고용인들의 엿보는 시선이 느껴졌다. 유니폼을 말끔하게 차려입은 사람들이 마치 먼지 떨이로 저택 도자기를 닦아 내듯이 샅샅이 방문객들을 살피고 있었다.

수환이 하정에게 어떤 남자였는지, 무슨 일을 저질렀는지 분명히 알고 있는 눈치였다.

2층 거실은 비가 내리는 드넓은 정원을 비추는 통유리와 자연적인 장식품들, 독특하면서도 우아한 곡선을 그리는 원목 소파와 테이블로 꾸며져 있었다.

"아가씨는 지금 누워 있어요. 주치의 박민열이라고 합니다."

브이넥 니트 티를 입은 백발의 남자가 그들을 맞았다. 은테 안경을 쓴 육십 가까이 되어 보이는 남자였다. 환한 미소와 대조되는 칼날처럼 예리한 눈빛이 인상적이었다. 민열이 손으로 가리킨 쪽에는 긴 안락의자가 놓여 있고 하정이 누운 자세로 앉아 있었다.

그녀를 발견한 수환은 그대로 멈춰 섰다. 하정은 머리를 베개로 받힌 채로 정원을 굽어보고 있었다.

"하정아."

기척이 없었다. 유리알처럼 맑은 눈에는 아무런 반응이 없었다.

"결신발작*입니다. 불러도 몰라요."

민열이 설명했다. 진태가 물었다.

"결신발작이 뭐죠?"

"정신이 다른 곳에 가 있는 상태라고나 할까요? 보통은 시간이 짧은데 아가씨 같은 경우에는 몇 시간씩 가기도 합니다. 후유증이죠."

문에서 초인종을 누를 때 들었던 말이 기억났다. 몸이 좋지 않다고 했다.

그녀가 정신을 차릴 때까지 두 사람은 머물며 기다렸다.

"하나도 늙지 않았네요."

안락의자 위의 하정은 밀랍처럼 창백한 안색에 여윈 몸매, 그리고 거짓말처럼 어린 피부를 가지고 있었다. 노화가 전혀 일어나지 않은 모습이었다.

"어디가 아픈 겁니까?"

수환이 물었다. 민열은 고용인들이 가져온 따뜻한 차를 권하며 놀라운 말을 했다.

---

* 전조 증상 없이 의식이 잠깐 동안 소실되는 것이 특징인 전신 발작의 한 유형이다. 『특수 교육학 용어 사전』, 2009, 국립 특수 교육원

"하정 씨는 칠 년 동안 반식물인간 상태로 계셨어요. 회복한 지 삼 년쯤 되고요. 얘기는 들었습니다. 오르페우스의 집 설계하신 분이죠? 윤하정 씨의 약혼자셨다고."

그가 던진 말을 이해하기 위해 수환은 밀크티를 들이켰다. 따뜻하고 달콤한 액체가 목덜미를 통해 지나갔다.

"대체 십 년 전에 무슨 일이 있었던 겁니까? 납골당에서……."

상대는 곤란한 표정으로 찻잔을 내려놓았다. 고용주에 관해서 왈가왈부할 수 없는 입장이라는 게 여겨졌다. 그는 말을 아끼고 있었다.

"돈이 많으면 파리 떼가 꼬이는 법이죠. 때로는 가족들의 목숨도 위협받게 되고요. 저희 큰사모님이 십 년 전에 장성한 아드님을 잃으셨습니다. 우연히 납골당을 찾았던 하정 아가씨께서는 덩달아 화를 입었죠. 범인들은 납골당을 무너뜨리면서 하정 씨도 죽었다고 여겼어요. 하지만 기적적으로 숨이 붙어 있었죠. 그 뒤로 큰사모님은 하정 씨를 치료하는 데 모든 걸 걸었습니다. 당신 아들을 살해한 범인들을 잡겠다는 일념으로요."

자살의 명소 납골당은 살인을 자살로 위장하기에 최적의 장소이기도 했던 것이다.

이재욱 감독의 영화에도 납골당에 사연을 남기고 죽은 연인들을 부검해 보면 동반 자살이 아니라, 한쪽이 다른 쪽을 죽이고 자살한 경우가 왕왕 있다고 나와 있었다. 아무리 사랑하는 연인들이라고 해도 죽음 앞에서는 의견을 달리하기 마련이었다.

수환이 물었다.

"그래서 범인은 잡았습니까? 하정이가 깨어난 뒤에 기억해 냈나요?"

"당신과는 상관없는 이야기죠. 아실 필요도 없고요."

민열의 말을 듣고 진태가 날카롭게 지적했다.

"제 친구는 그때 하정 씨와 결혼을 앞두고 있던 때였습니다. 상관없다뇨? 애초에 왜 알리지 않은 거죠? 사건을 은폐하려고 한 겁니까?"

"아닙니다. 큰사모님은 하정 씨 치료비 일체를 대는 건 물론이고, 매달 보상금도 드렸어요. 이모님이라는 분에게요. 모르셨나요?"

수환의 뇌리 속에 결혼식 날 마지막으로 보았던 이모님의 얼굴이 되살아났다. 그녀는 눈 윗꺼풀이 무겁게 처져 있어서 언제나 성난 표정이었다. 그날은 살의까지 띠고 그를 노려보았다. 사실 신부가 사라진 상태에서 무리하게 결혼식을 강행하게 된 직접적인 원인도 이모님으로부터 나왔다. 그녀는 예식을 접자고 종용하는 사돈집까지 찾아와 아득바득 우기고 우겨 수환을 결혼식장에 세웠다. 하정이 충격을 받아 모습을 감출 정도로 널 사랑했는데, 네가 홀로 결혼식장에 서서 기다리는 모습은 보여 주어야 돌아올 게 아니냐고, 파혼을 해도 그 이후에 해야 하는 거 아니냐고, 네가 마지막으로 인간 노릇을 할 기회를 주는 거라고 악다구니까지 퍼부었다. 진태가 지적한 '저열한 복수극'을 꾸민 여자는 이모님이었다. 상황을 알고 나니 그 심정도 이해가 갔다. 딸같이 키운 조카가 남자 하나 잘못 만나 하루아침에 식물인간이 되었으니 얼마나 기가 막혔을까.

진태가 물었다.

"근데 어떻게 깨어난 거죠? 식물인간이었다면서요?"

"사모님의 재력이 기적을 일으키는 데 한몫했죠. 희박하지만 회생의 여지도 있었고요."

큰사모님, 곧 휴게소 사진에 찍힌 노파에 대한 설명이 이어졌다. 국내에 손꼽히는 대기업인 강진그룹의 혈족이었다. 진태가 놀라서 외쳤다.

"설마 민수옥 회장님이십니까?"

수환도 뉴스나 주간지들을 통해서 본 기억이 있는 여자였다. 젊은 시절 암으로 죽은 남편을 대신해 기업을 경영하고 확장시킨 황금의 마녀. 그의 하나뿐인 아들은 십 년 전 교통사고로 죽었다. 적어도 세간에는 그렇게 알려져 있었다.

"회장님이라는 호칭은 싫어하세요. 은퇴하셨으니까요. 저희들끼리 부를 때도 회장님은 큰사모님 따님을 가리킬 때만 사용합니다."

"대체 어떤 소생법이 사용된 겁니까?"

진태가 질문했다.

"생체칩, 줄기세포, 약물요법, 뇌심부자극……. 여러 가지 방법이 사용되었죠. 식물인간의 회복 가능성은 뇌의 활성화 정도로 결정이 돼요. 활력을 보이는 뇌 영역이 많을수록 깨어날 확률이 높고, 예후가 좋죠."

민열은 다양한 치료법이 복합적으로 작용한 운 좋은 결과라는 식으로 에둘러 이야기했다.

"여러 가지 치료법이 시도되었지만, 한 가지는 정수환 씨께서 먼저 알아 두셔야겠네요. 하정 씨가 깨어나기 전에 말이에요."

하정의 몸은 생기를 모두 빨린 보존화처럼 초현실적인 분위기가 풍겼다. 수환은 반응 없이 마네킹처럼 누워만 있는 하정이 두려웠다. 그동안 종종 하정과 관련된 악몽을 꾸었는데 그때 모습과 너무도 비슷했다. 그러면서도 자취방에서 감미롭게 입을 맞추며 몸을 섞던 추억이 떠올라 어지러웠다. 묵연히 하정을 바라보고 있던 수환은 민열의 말을 듣고 대화로 돌아왔다. 민열은 수환이 자기 이야기를 듣고 있다는 걸 확인하고 간단히 설명했다.

"식물인간 환자들에게 옛 추억을 들려주면 뇌의 활성화도가 높아진다는 연구 결과가 있었어요. 그걸 활용한 치료였는데 하정 씨에게 아주 효과가 좋았죠. 깨어나고 나서도 하정 씨께서 현실과 허구를 구분하지 못했을 정도라는 게 문제지만요."

"그걸 왜 제가 알아야 하는 겁니까?"

예감이 좋지 않았다.

"그 메모리테라피를 할 때 말입니다. 정수환 씨 이야기를 하면 아가씨의 뇌가 능동적인 반응을 보였어요. 수환 씨 이름이나, 함께 한 추억 이야기를 읽으면 뇌파가 달라졌죠. 식물인간이 꿈을 꾼다는 게 믿겨지십니까? 메모리테라피 팀 의료진들 사이에서 정수환 씨 캐릭터를 더 적극적으로 활용하자는 이야기가 나왔어요.

뒷조사를 한 건 아니에요. 이미 자료는 충분했어요. 하정 씨는 당신과 함께 했던 소소한 일들을 일기장에 적어 두었고 군대 갔을 때 주고받은 편지도 빠짐없이 모아 두었어요. 함께 보았던 영화나 연극 공연 티켓도 버리지 않았죠. 당신의 취향, 버릇, 과거와 미래의 꿈……. 모든 걸 소중하게 여겼어요."

숨을 쉬기가 불편해졌다. 지그재그 무늬로 이어지는 담요를 덮은 하정을 쳐다볼 수조차 없었다.

"격렬한 뇌파 반응이라는 게 연심 때문이라고는 볼 수 없죠. 분노와 복수심 때문일 수도 있지 않을까요?"

진태가 빈정댔다. 민열은 그를 무시하고 말을 계속했다.

"나중에는 오디오북처럼 되더군요. 하정 씨의 친지들 목소리를 직접 녹음해서 넣었고요. 당신 목소리 대역도 찾았어요."

"제 목소리 대역을 찾았다고요?"

수환도 이 부분에서는 놀라지 않을 수 없었다.

"하정 씨가 모아 둔 자료 중에 당신이 직접 목소리를 녹음했던 테이프가 있었어요. 생일선물로 음악들을 모아서 준 것이었죠. 그걸로 성문을 떠서 비슷한 사람을 구했죠. 누가 들어도 똑같은 목소리였어요. 뇌의 반응성이 드라마틱하게 좋아졌습니다.

특히 수환 씨가 납골당에서 쓰러진 하정 씨를 찾아 들어오는 장면에서는 잠들어 있던 영역들이 꿈틀대고, 베타파가 발생하기 시작했죠. 깨어나는 줄 알았을 정도니까요. 그 뒤로 두 사람의 결혼생활 이야기도 만들어서 들려주었는데……."

"그만 주절거려. 닥터 박."

어느새 그들의 뒤에는 집으로 돌아온 민수옥 회장, 큰사모님이 서 있었다. 초록색의 강렬한 원피스를 입고 목과 팔에 대담한 디자인의 장신구를 걸치고 있었다. 방송이나 잡지에서 보던 모습과는 차원이 달랐다. 깡마른 체구였지만, 주변 에너지를 모두 빨아들이고 있었다.

"정수환 씨?"

그녀가 부르자 수환은 홀린 듯 스르르 자리에서 일어섰다. 여제의 관록이었다.

"들어서 알겠지만, 당신 목소리를 이용하기는 했어요. 하지만 그 덕분에 하정이가 깨어났으니 미안하다고 사과할 이유는 없네요. 당신도 사랑했던 여자가 식물인간 상태로 평생을 보내길 원하지는 않았을 거잖아요? 상처 입은 사람에게 좋은 꿈을 베풀어 줬다고 생각하세요.

깨어난 후에 하정이는 많이 힘들어했어요. 계속해서 당신과 연락을 하려고 했고, 존재하지도 않았던 자식들을 찾았죠. 지금도 발작할 때면 여전히 그 이야기 속에서 살다가 돌아와요. 오죽하면 내가 재활을 위해서 오르페우스의 집을 지어 주었겠어요?

내가 미안하게 생각하는 건 하정이뿐이에요. 죽었어야 하는 사람을 억지로 깨운 것 같거든요. 한 가지만 물어봐도 될까요?"

수옥은 들고 있던 클러치백을 소파 위에 패대기치듯 내려놓았다.

"여기 왜 왔어요?"

그녀의 눈에는 신경질이 가득 담겨 있었다.

"이제 겨우 마음 붙들고 살려고 하는 아이예요. 왜 나타나서 이 아이를 흔들려고 하냔 말이에요."

기백에 압도되어 한마디도 할 수 없었다. 수환을 돕고 변호한 건 함께 온 진태였다. 차분한 목소리였지만, 역시 하얗게 질린 안색으로 진태는 현재 수환의 몸 상태를 설명했다. 수환이 곧 죽을 병에 걸려 있으며 용서를 빌기 위해 하정을 찾게 되었다는 식으로.

"죽을 거면 곱게 죽을 것이지. 용서를 받고 편하게 죽고 싶어서 찾아왔어요? 끝까지 이기적이군요. 철면피 같은 인간."

면전에서 비난을 듣는 일은 수치스러웠다. 하지만 수환은 묵묵히 그 순간을 견디었다. 용서를 비는 것 이외에도 다른 이유가 자기 마음속에 존재하고 있었다는 걸 진짜 하정을 보며 깨달았기 때문이다. 안락의자 위에는 텅 빈 공허 같은 하정이 누워 있었다. 무너진 납골당처럼 스러진 채로 지난 죄책감과 두려움을 상기시키며 희미하게 숨을 내쉬고 있었다.

친구를 욕하는 말을 듣던 진태가 수옥을 저지했다. 두 사람은 곧 원색적인 언쟁을 벌였고, 민열과 고용인들까지 몰려들어 진땀을 흘렸다.

소동 중에서 수환은 한쪽 무릎을 꿇은 채로 하정 앞에 앉았다. 아무도 그의 행동에 신경을 쓰는 사람이 없었다.

잠들듯 발작에 빠진 하정에게 가만히 속삭였다.

"미안해. 많이 늦었지?"

기도하듯 두 손을 모으고 하정의 손을 잡았다. 그는 다시 한 번 말했다.

"미안해."

마치 암 덩어리를 내뱉는 기분이었다. 그리고 깨달았다. 자신이 하정을 사랑하지 않은 것이 아니었다. 하정이 자신을 사랑했듯 자신도 진심으로 그녀를 사랑했었다. 모순이지만, 하정을 사랑하지 않았다면 그녀를 배신하지 않았을 것이다. 그녀를 사랑했기에, 그녀의 사랑 가운데서 부패되어 가는 제 모양이 증오스러웠다. 다른 여자의 남편이 되고 난 후에도 언제나 하정을 생각했다. 어디선가 여전히 그녀가 자신을 기다리고 있길 바랐다. 그것이 현실로 확인된 지금 그는 깨달았다.

"참 많이 네가 그리웠어."

아내와 딸을 사랑하지 않은 것은 아니었다. 충직하지 않은 것은 아니었다. 그러나 감정은 색종이 테두리처럼 분명하게 구분되지 않았다. 아내와 딸은 수환의 생명을 받아들이는 존재들이었다. 태양처럼 밝은 세계에 속한 자들이었다. 그들과 함께라면 그도 빛이었다. 죽음이 찾아오기 전까지 그들에 의지해 살았다. 하지만 동시에 그들은 그의 어둠을 질 수는 없었다. 그래서 그는 언제나 다른 여자를 기다리고 있었다.

"여보? 당신이에요?"

동화의 한 장면처럼, 멀리에서 헤매고 있던 하정이 눈을 떴다.

어제 만났던 사람 같은 말투였다. 순수한 반가움이었다. 메모리테라피 속에서 만났던 자신과 혼동하는 것일까. 수환은 그녀의 손을 잡고 자신의 볼에 대었다. 눈물이 흘러내렸다.

* * *

민수옥 회장은 수환을 강진그룹이 운영하고 있는 전문 암센터에 입원시켰다. 하정을 위해서였다. 경쟁률이 치열한 신약 임상 실험에도 참여시켰다. 풍문으로 이름만 들었던 국내 최고의 특진 의사들이 돌아가며 그의 진료를 보았고, 가장 비싼 항암제들이 투여되었다.

그러나 죽음은 복도 저편에서 걸어오는 손님처럼 매일같이 가까워졌다.

하정이 현실을 받아들이는 데도 시간이 걸렸다. 그녀는 수환이 메모리테라피 속의 환영이 아니라, 실재라는 걸 일주일이 지난 후에야 분간했다. 그가 죽을병에 걸렸다는 사실은 또 2주가 지나서야 인지했다. 가끔씩 현실과 메모리테라피 속 에피소드들을 혼동했고, 또 어떤 날은 말짱한 정신으로 분명하게 모든 사실들을 구분했다.

수환의 아내 은형은 하정을 달가워하지 않았다. 하지만 그녀가 병실로 찾아오는 걸 막지는 않았다. 약혼자를 빼앗았던 과거의 죄책감이 작용한 결과였다. 또한 민수옥 회장이 제공하는 막강한 의료 서비스에 희망을 걸고 있었다.

그에 비해 진태는 노골적으로 하정과 민수옥 회장을 배척했다.

"어떻게 원망이 없을 수가 있어? 자연스럽지 않잖아. 너 때문에 십 년이란 세월을 잃고 평생 후유증을 앓게 되었는데 미워하지 않을 수 있느냐는 말이야.

이제 보니 알겠어. 네가 하정 씨를 함부로 대했던 게 네 잘못이 아니야. 하정 씨는 어딘가 고장 난 구석이 있는 여자야. 항상 비굴하게 머리를 조아리면서 네 모든 걸 소유하려고 하잖아."

수환이 말을 듣지 않자 진태는 직접 조사에 나섰다.

"너 처음 암 진단 받았던 병원 말이야. 거기가 강진그룹이 운영하는 병원인 거 알아? 이게 우연일까. 너한테 처방된 항암제들도 문제가 많았어. 부작용이 심한 독한 약제들이, 그것도 간 상태가 양호한 환자들이나 받아들일 수 있을 양으로 처방되었다고. 넌 같은 병기의 환자들과 비교해 보면 운동 수행 능력이 월등히 좋아. 내가 약을 처방한 의사에게 따져 물었더니, 병합요법 운운하면서 어중간한 변명만 했었어. 네가 아프지 않다고 말하는 건 아니야. 이를테면 간암하고 비슷한 병세를 보이는 간경변도 있잖아.

그런 거라면……."

길길이 날뛰는 친구에게 수환은 검사 결과지를 보여 주지 않을 수 없었다.

"검사? 하, 그래 검사. 너 네 간 조직을 보고 네 거인지 알 수 있어? 뼈와 세포에 이름이 써 있난 말이야? 혈액검사, CT, MRI, 조직검사 결과는 얼마든지 바꿔치기 될 수 있는 것들이야. 의사가 해석해 주니까 그렇구나 하고 아는 거지. 보통 사람 입장에서는 그게 장기인지 암종인지도 구분하지 못해."

그런 이야기들을 수환이 죽을 때까지 병실에 찾아와 늘어놓았다. 도망치자고 말하며 억지로 환자를 끌어내다가 경비원들에게 붙들려 나가기도 했다.

통증은 날로 심해졌고, 마약성 진통제에 의지해 사는 날이 많아졌다. 의식도 하루 종일 몽롱했다.

그래도 그는 생의 마지막 날까지 치료를 받았고, 매일같이 찾아오는 가족들과 하정을 만났다.

"의식 불명 상태로 7년을 지냈다고 했지? 어떤 느낌이었어? 혹시 죽는다는 것도 그런 걸까?"

머리카락이 거의 빠지고 살이 바짝 마르게 되었을 때 그가 하정에게 물었다. 은형이 병실을 비워 준 덕분으로 곁에 앉은 하정은 조용히 속삭였다.

"아무것도 걱정하지 말아요. 아주 신비로운 시간의 세계이니까요."

"신비로운 시간의 세계?"

"우리 뇌 속의 시간 감각은 절대적인 게 아니에요. 독방 수감자들이 시간 감각을 상실하거나, 임사체험을 한 사람들이 느려지는 시간을 경험하거나 하듯이.

나는 그랬어요. 사람들은 내가 7년을 누워 있었다고 하는데 사실 눈 한 번 깜짝할 시간이었거든요. 그러면서도 또 가늠할 수도 없이 아주 긴 시간이었어요. 당신이 있게 될 곳도 그런 곳이었으면 좋겠어요. 순전히 내 상상이지만, 우리 몸이 죽을 때 뇌세포들이 시간지각에 이상을 일으키면서 영원을 감각하게 되는 건 아닐까요. 세포는 죽어도 의식은 영원히 사는 거죠.

만약 그렇게 되어 당신이 그곳에서 영원히 살게 된다면, 이번에는 나를 위한 꿈을 꿔 줘요."

"꿈일 뿐이잖아. 그게 당신한테 무슨 의미지? 난 당신한테 해준 게 아무 것도 없어."

"나도 마찬가지예요. 메모리테라피를 받을 때 그 거짓 이야기들 속에서 난 행복했어요. 허상을 당신이라고 생각하고 믿었죠. 깨어나고 난 후에 깨달았어요. 난 당신을 사랑한 게 아니었어요. 혼자되는 게 무서웠을 뿐이었어요. 내 사랑은 가짜였어요."

"노력해 볼게. 당신 꿈을 꿀 수 있도록."

"약속이에요. 그 여자한테는 당신의 삶을 주었잖아요. 죽음은 나한테 주세요. 그대가 내 꿈을 꾸며 눈을 감는다면 위로가 될 것 같아요."

첫눈이 내리기 바로 전날 수환은 죽었다. 아내와 딸, 친지들과 친구들이 모여 있었다. 마지막 메시지를 전달할 만큼 기력이 남아 있지 않았다. 하지만 그들이 대신해서 그에게 작별인사를 했다.

의사가 사망 선고를 내린 후, 아주 잠깐 동안 그의 몸에는 감각이 남아 있었다. 병실 문이 열리고 누군가 들어오는 기척이 났다. 누군가 그의 손을 잡고 흐느끼는 소리가 들렸다. 아쉽게도 그녀가 하는 말들을 알아들을 수가 없었다.

다음에 정신을 차렸을 때 그는 다른 곳에 와 있었다. 익숙하기도 하고, 낯설기도 한 장소였다. 납골당. 호수의 납골당 안에서 흐느끼는 한 청년의 목소리가 들렸다.

희망이 없어. 내가 무슨 수로 그 많은 돈을 갚을 수 있겠어? 내 인생은 끝났어. 끝났다고.

안에서는 울부짖는 청년의 목소리가 들리고 조곤조곤한 말로 그를 설득하는 여자의 목소리가 들렸다. 말들은 음악처럼 세계를 부드럽게 울리며 퍼져 나갔다.

납골당은 어느새 오르페우스의 집으로 바뀌어 있었다. 그는 천천히 문고리를 잡아당겼다. 더 이상 무섭다는 생각은 들지 않았다. 안에서 그를 기다리고 있는 건 아름답게 치장한 신부였다. 물에 젖은 하얀 웨딩드레스를 입고 붉은 장미 부케를 들고 있었다.

그렇게
밤은 온다

김주동

《계간 미스터리》에 추격 스릴러 「동성로」로 데뷔한 이후 비슷한 듯 다른 얘기들을 써 왔다. 한국 미스터리 작가 모임에서 활동 중이며, 일어날지도 모를 혹은 이따금 일어나기도 하는 악몽에 관한 이야기를 쓰고 있다.

로즈마리가 죽었다.

혜정은 면사무소 현관 곁에 놓인 난을 보며 말라 죽은 로즈마리를 생각했다. 야근에 피곤한 몸을 이끌고 집으로 가 잠 속에 빠져들기를 며칠, 제때 관리를 하지 못했던 것이다. 집에 갖다 놓고 혼자서 간직하려는 욕심. 그럴 때마다 키우던 식물은 죽음으로 자신의 존재를 드러냈다. 다시는 키우지 말아야지 하고 다짐했지만 시간이 지나면 이 다짐은 물거품처럼 사라지고 또 예쁜 꽃을 보면 집으로 가져갈지 모른다. 그녀는 이런 자신을 잘 알고 있었다.

농작물 피해 보전 사업, 농기계 지원 사업 등 각종 업무 처리에 그녀는 정신이 없었다. 처음 업무를 맡았을 때는 듣도 보도 못한 사업들이었다. 도시에 살다 시골로 들어왔더니 농사에 관련해 아는 게 거의 없었다. 그렇기에 산업계로 발령받고 업무 파악하랴,

처리하랴 눈뜰 새 없이 바빴다. 이런 와중에 갑작스레 찾아오는 귀농인들은 부담스러웠다. 업무 지침을 완벽히 파악하기도 전인데 그들이 상담을 받으러 면사무소로 들이닥치면 당황하곤 했다.

혜정은 화장실 수도꼭지 물을 틀어놓고 흐르는 물에 손을 씻었다. 머리칼은 뒤로 질끈 묶었고 얼굴은 크림 정도만 발랐다. 그렇게 예쁘지도 못생기지도 않은 평범한 얼굴. 남들은 예쁘다고 말하긴 했지만 모두 듣기 좋으라고 한 칭찬에 불과하다고 생각했다. 얼굴뿐만 아니라 모든 게 평범해서 딱히 뭐라고 자신을 소개하기 힘든 그런 애였다. 자기 소개서에 특기란 걸 쓰는데 그녀는 정말 쓸 게 없었다. 술 잘 마시고 노래방에서 노래 잘 부르는 것. 그것도 특기라면 특기였다. 시골 면서기를 하는 데는 이런 털털한 성격이 이점일 수는 있었다. 우울하더라도 겉으로는 쾌활하고 밝은 표정을 잘 짓는.

그녀는 찬물이 묻은 손을 눈두덩에 갖다 대고 오늘 하루도 별 탈 없이 지나가기를 바랐다.

그녀가 사무실 안으로 들어서는데, 40대 후반쯤의 남자가 복지계 앞에 서 있었다. 중간 체격 정도에 매섭게 생긴 눈매. 그 눈매와는 다르게 살이 붙은 둥그스름한 얼굴. 눈 밑에는 상처처럼 보이는 주름이 깊게 져 있었다. 어떻게 보면 사람 좋아 보이는 얼굴이었으나 또 다르게 보면 사람을 바짝 긴장시키는 얼굴이었다.

혜정이 자기 자리로 돌아와 앉았다. 남자가 그녀 쪽을 보았다. 눈이 마주쳤다. 그녀는 어색해서 시선을 다른 곳으로 돌렸다.

"귀농 상담은 어디서 하죠?"

친한 언니이기도 한 복지계 최 주사가 혜정을 돌아봤다. 그러자 남자가 혜정을 보고 산업계로 왔다.

"귀농 때문에 그러는데 어떻게?"

그가 빤히 보았다. 혜정은 자리에서 일어나서 책꽂이에 꽂힌 귀농 관련 파일을 빼 들었다. 그러고는 귀농하면 받을 수 있는 각종 지원에 대해 간단히 설명하곤 서류를 내밀었다.

"더 자세한 건, 군에 문의하셔도 돼요. 귀농 교육은 받으셨어요?"

그가 고개를 저었다.

"아무도 알려 주지 않아서. 그게 뭔데요?"

혜정은 그 또한 자세히 설명을 했다. 남자는 혜정의 얼굴을 뜯어보듯 응시했다. 혜정은 싫은 내색은 하지 않고 최대한 친절히 설명했다.

그는 고개를 까닥했다.

"그카고 멧돼지가 밭에 들어와서 감자를 엉망으로 만들었는데 그건 우째 해야 됩니까?"

"아, 그거요."

복지계 최 주사가 돌아봤다.

"이쪽으로 오시면 돼요."

남자가 복지계로 갔다. 최 주사가 피해 신고 요령을 알려 주었다. 듣고 있던 그가 혼자서 씨부렁거렸다.

"멧돼지 새끼들 모두 잡아 족쳐야지. 뭔 대책이 없습니까."

"그게, 포획해 주기도 하고요. 아님 전기 울타리도 있고요. 근데 울타리는 지금은 신청 기간이 아니라 자부담으로 하셔야 하는데요."

"신청 기간이 어딨어. 그런 건 완전 공짜로 해 줘야지. 안 그래도 돈 나갈 데가 얼마나 많은데."

남자가 투덜대며 나가고 나자 최 주사가 찡그린 얼굴로 혜정을 보았다.

자부담이란 말에 울타리 설치를 포기해 버린 모양이었다.

혜정은 자리로 돌아와 급하게 처리해야 하는 공문들을 작성했다.

민원 응대하고 각종 보조 사업 처리하고 그러다 보면 시간은 금세 퇴근 시간에 닿아 있다. 하지만 오늘도 야근이다. 6시 칼퇴근은 현실과는 너무 다른 얘기였다.

컵라면으로 대충 저녁을 때우고 밤 9시쯤 퇴근했다. 시골 밤은 특히나 어두워 주차해 둔 곳은 더욱 그랬다.

모닝에 올라타서 시동을 걸었다.

좁은 도로로 올라섰다.

그런데 도로로 올라서기가 무섭게 차 한 대가 혜정의 차 뒤에 바짝 붙어 따라오고 있었다. 따라오는 차의 불빛이 백미러 속에 가득 찼다. 눈이 부셔 제대로 백미러를 보지 못했다. 그녀는 휘어지는 길을 따라 브레이크를 밟았다 떼었다. 형광 안내판을 따라 차가 휘어졌다. 뒤차는 멀어질 생각을 하지 않고 계속 붙어 왔다. 길 상황도 좋지 않은데 액셀을 밟았다. 그러자 뒤차도 따라붙었다. 뒤따르는 불빛이 차 안을 위협했다. 그때 검은 생명체가 획 튀어나왔다가 길옆으로 샜다. 그녀가 핸들을 틀었다. 중앙선을 넘어 차가 기우뚱하다 중심을 잡았다. 그녀는 놀란 가슴을 쓸어내렸다. 뒤차는 여전히 따라오고 있었다. 두려운 생각이 들었다. 먼저 가라고 깜빡이를 넣었지만 소용없었다. 그녀는 포기하고 속력을 더 냈다. 가다 보니 불 꺼진 주유소가 나타났다. 곧 다른 마을로 접어들 참이었다. 그러자 그 차는 두 갈래 길에서 다른 방향으로 사라졌다. 그녀는 번호를 보았다. 다 보지는 못하고 앞 번호만 건졌다.

차내를 채웠던 불빛이 거짓처럼 순식간에 꺼져 들었고 평소대로 돌아왔다. 차 안에 퍼지는 감미로운 발라드 음악이 그제야 귀에 들어왔다.

다음 날 농협에 들를 일이 있어 지름길로 들어섰다. 철제 계단 옆에 남자 세 명이 둘러 앉아 담배를 피우고 있었다. 혜정은 다른 길로 가고 싶었지만 남자들과 눈이 마주친 이상 피해 가기는 어려웠다. 담배 연기가 그녀의 얼굴로 퍼져 들었다. 코 안으로 밀려드는 담배 연기에 그녀가 콜록댔다. 그 모습을 보고 남자들이 낄낄댔다. 남자 한 명이 알은체를 했다. 그 주름이었다. 그는 웃고 있었는데 그의 눈 밑 주름이 더 깊게 졌다. 그녀는 굳은 얼굴로 고개만 까딱였다. 그것도 건성으로. 그의 웃음이 사라졌다. 그녀가 인상을 쓴 채 재빨리 계단을 밟고 농협 쪽으로 갔다. 돌아볼 엄두가 안 났다.

농협에서 일을 마치고 나와 계단 쪽이 아닌 빙 둘러 가는 길을 택했다. 반점을 지나 길을 따라갔다. 교회 앞 주차장을 지나는데 무심코 본 트럭 한 대가 눈에 띄었다. 그런데 앞 번호가 왠지 낯설지 않았다. 어디서 본 번호였다.

그래, 어제 밤에 봤던 차 번호. 그녀 차를 바짝 붙어 뒤따라왔던. 그녀는 트럭을 유심히 보았다. 아는 차인가 해서 살폈으나 특별히 떠오르는 건 없었다.

그날 식당에서 밥을 먹고 나와 면사무소로 왔다. 트럭은 여전히 세워져 있었다. 너무 예민하게 굴 건 없어. 그냥 같은 방향으로 가던 차일 수도 있잖아. 그런데 이런 생각은 얼마 가지 못했다. 커피를 마시고 있는데 누군가 그 트럭으로 다가섰다. '주름'이 이쪽을 보았다. 자신을 보는 것인지 그녀는 확신할 수 없었다. 그가 문을 열고 차에 올라탔다. 그녀는 불쾌한 생각이 들었다. 왜 그렇게 따라붙었는지. 그는 창문으로 그녀를 응시하고 있었다. 그녀는 그 순간 무서운 생각이 들어 고개를 돌려 버렸다.

그녀는 사무실에 들어와서도 심장이 두근거렸다. 진정하려 해도 쉽사리 되지 않았다. 자신을 보던 그의 눈빛은 무엇으로도 표현하기 힘든 것이었다. 그의 대담한 눈초리는 그녀를 얼어붙게 했다. 그가 사무실로 들어올까 두려웠다. 다행히 그는 사무실에 나타나지 않았고 그의 트럭도 보이지 않았다.

그 일이 있고 그는 가끔 복지계에 들러 멧돼지가 밭을 엉망으로 만든다며 대책을 마련해 달라는 민원을 넣었다. 또한 매달 일정액을 준다는 기초 연금 정책에 대해서도 물었다. 대답을 듣는 둥 마는 둥 하다가 인조가죽 소파에 앉아 커피를 한 잔 마셨다.

문득 혜정이 고개를 들면 남자와 시선이 마주치곤 했다. 그럴 때면 그는 태연히 고개를 다른 곳으로 돌렸다가 혜정이 고개를 숙이면 다시 그녀를 보았다. 혜정은 그의 시선이 불편했고 언짢았다. 그는 정말 아무런 짓도 하지 않았다. 단지 보고 있었을 뿐이었다. 보지 말라고 따질 수도 없는 노릇인 게, 그는 정말 아무런 짓도 하지 않았던 것이다. 위해가 될 만한 그 어떤 행동도 말이다.

286

그렇기에 그녀가 대처할 수 있는 방법은 없었다. 왜 그렇게 보느냐고 말하면 그는 그런 적 없다고 말하겠지. 그러고는 날 이상한 여자 취급하겠지. 피곤한 일이었다. 모른 척 사무적으로만 그를 대하면 그만이다. 그가 와서 뭔가를 묻는 것 자체가 내키지 않았지만, 민원 응대를 소홀히 할 수 없어 그의 이런저런 질문에 딱딱하게 대답했다.

"다시 오지."

그가 그렇게 말하곤 사무실을 나갔다.

그렇게 한 주가 지나갔다.

퇴근 시간을 넘어섰고, 오늘은 당직이었다. 몸은 무척 피곤했다. 곤두섰던 신경도 무뎌졌다. 저녁은 전에 사두었던 과자로 대충 때웠다.

날은 이미 어두워져 있었다. 남은 일을 대충 정리하고 있었다.

그때 화장실로 통하는 출입문이 열리는 기분이 들어 그쪽을 보았다. 문은 미동도 없었다. 갑자기 누가 들어온 건 아닌지 긴장됐다.

그녀는 문을 지켜보다 자리에서 일어났다.

유리문을 열고 화장실 방향으로 보았는데 남자 쪽 불이 켜진 채였다. 그녀는 그곳으로 가서 문을 살짝 열어 보았다. 사람이 있는 느낌이 아니었다. 그녀는 불을 껐다.

그냥 돌아서려는데 소변이 마려웠다. 이럴 때 하필이면. 그녀는 바로 옆에 있는 여자 화장실로 들어갔다. 칸으로 들어가 지퍼를 내리고 변기에 앉았다. 밖은 조용했다. 일을 보고 물을 내리려는데 바깥에서 무슨 소리가 들렸다. 그녀는 밖에 집중했다. 이번엔 진짜 누군가 들어온 모양이었다. 물을 내리는 손이 떨렸다.

사무실 앞에 섰다. 유리문 안으로 보이는 사무실에는 사람이 없었다. 분명히 누군가 들어온 것 같았는데. 2층으로 통하는 계단은 어둠에 깊게 잠겨 있었다. 그 순간 그녀는 생각나는 인물이 있었다. 혹시 그놈인가. 설마. 그놈이 이 시간에 올 이유가 없으며, 자신이 당직인 걸 알지도 못한다. 괜한 생각이다.

그녀는 사무실로 들어왔다. 책상도 나갈 때와 그대로였다. 아니, 그런 줄 알았다. 이장이 오후 늦게 두고 간 마을 신청서가 갑자기 보이지 않았던 것이다. 그녀는 서랍을 열어 살폈지만 없었다. 어디다 처박아 둔 건가. 종종 신청서를 어디 뒀는지 깜빡 잊어버려 정신없이 찾을 때가 있었다. 지금이 바로 그런 상황이었다. 밤은 어둡고 퇴근은 해야 하는데 찜찜하게 신청서가 보이지 않다니. 이렇게 덤벙대다니. 이장에게 다시 해달라고 해야 하나. 그러기는 또 싫었다. 시간은 점점 흘러갔고, 마음은 급해졌다. 빨리 사무실을 나가고 싶은데. 끝내 신청서를 어디다 박아 뒀는지 기억이 나지 않았다. 그래, 포기하고 내일 찾아보자. 어디 있겠지.

그녀는 재빨리 사무실을 나와 2층 복도 앞에 섰다. 아래서 본 2층은 뭐라도 튀어나올 것처럼 어두워 발을 떼기가 망설여졌다. 어둠에 익숙해져야 하는데 그게 쉽지 않았다. 계단을 하나씩 밟고 2층으로 올라섰다. 눈앞에는 과거의 체육 대회 우승 트로피들이 빛바랜 영광 속에 놓여 있었다.

바로 면장실 문이 잠겨 있는지 확인했다. 옥상으로 통하는 계단 벽 페인트는 벗겨진 흔적이 있어 사무실의 오랜 역사를 엿볼수 있었다. 얼마나 많은 직원들이 바뀌고 이곳을 다녀갔을까. 그녀가 모르는 비밀들이 벽과 틈 사이 곳곳에 배어 있을 것이다.

옆에 붙은 회의실로 들어가 창문들이 모두 잠겨 있는지 살폈다. 책상들과 철제 의자들이 평소대로 놓여 있었다. 혹시나 싶어 반대쪽 출입문을 열어 작은 창문도 봤다. 보기를 잘했다. 문이 열려 있었다. 사무실 밖에서 그 사실을 알았다면 다시 들어오는 수고를 할 뻔했다. 그건 생각만 해도 끔찍했다.

회의실을 나와 다시 계단으로 해서 1층으로 내려왔다.

사무실은 나왔던 대로였고, 켜 둔 텔레비전 소리만이 공허하게 흘러나왔다.

10여 분 뒤에 퇴근하면 되었다. 창문이 모두 잠겼는지 확인하고 일일이 블라인드를 내렸다. 출입문 창문을 닫으려는데 위쪽 잠금 장치가 손에 닿을 듯 말 듯 해서 포기하곤 의자를 끌어왔다. 의자 위로 올라서서 문을 잠그고 내려왔다. 바깥은 어두워 자세히 보이지 않았다. 누가 있는 건 아닌지 유심히 보았으나 짙은 어둠 때문에 인지하기 힘들었다.

책상 의자에 앉아 있는데 목재 캐비닛 뒤에서 뭔가 쉬쉬 하고 스치는 소리가 들렸다. 천 같은 것이 끌리는 소리 같기도 하고 기계 돌아가는 소리 같기도 했다. 그 정체를 파악하기 힘들었다. 혜정은 극도로 예민해졌다. 그녀는 귀를 기울이며 가만히 집중했다. 앉아 있는 의자의 삐거덕대는 소리, 초침 흘러가는 소리, 지나가는 차 소리. 그리고 낯익은 듯 낯선 사물들.

복도로 나섰을 때였다. 그녀는 현관 쪽으로 가려다 이상한 기분에 뒤돌아봤다. 불이 켜져 있었다. 남자 화장실이었다. 분명 껐는데. 아까 안 껐었나. 아니면 그녀가 2층으로 올라간 사이 누군가 사무실로 들어와 화장실을 쓴 뒤 불을 안 끄고 그냥 나갔나. 그녀는 불길한 느낌을 지울 수 없었다. 만약에 사무실 안에 누군 가 작정하고 숨어 있다면. 그녀는 두려움을 떨쳐내려 혼자 피식 웃어 봤다. 그런 일 따위는 없다고 스스로를 타일렀다.

그녀는 남자 화장실 문을 살짝 열어 보았다. 수도꼭지에서 물이 똑똑 떨어졌다. 그녀는 다가가 꼭지를 꽉 잠갔다. 거울엔 물방울이 묻어 있었다. 그녀는 칸 쪽을 보았다. 문은 굳게 닫혀 있었다. 파리 한 마리가 날다 창틀에 앉았다. 두 문을 다 열어 봤는데 물론 아무도 없었다. 그녀는 한번 휘 둘러보고 밖으로 나와 전원 스위치를 내렸다.

그런 뒤 불 꺼진 숙직실에 들어가서 불을 켰다. 형광등은 밝지 않았다. 사무실 전화를 휴대폰으로 착신해 놓으려고 번호를 눌렀다. 순간 거기에만 집중해서 다른 건 보이지 않았다. 고개를 들었는데 바로 앞 거울에 자신의 모습이 비쳤고 방의 모습이 들어왔다. 번호를 누를 때 뒤에 누가 서 있었다 해도 모를 뻔했다.

사무실 불을 모두 껐다. 얼른 휴대폰 불빛으로 주위를 비췄다. 밖으로 나와 출입문을 잠갔다.

세워 둔 차 쪽으로 걸어오는데 느낌이 이상했다. 돌아봤더니 복도 천장에 붙은 센서등이 켜져 있었다. 출입문 안쪽이 드러나 있었다. 누가 정말 사무실 안에 있나. 그녀는 불안한 기분에 사로잡혀 불 켜진 유리문 안쪽 복도를 유심히 살폈다.

불은 잠시 뒤 저절로 꺼졌다.

불은 다시 켜지지 않았다. 그녀는 빨리 집으로 가고 싶었다. 별일 아니겠지. 등이 잠시 오작동을 일으켰을지도 모르지.

그녀는 차를 세워 둔 쪽으로 종종걸음 쳤다.

느티나무 옆을 지나가는데 창고 앞에 차 한 대가 서 있었다. 그것이었다. 트럭. 언제부터 여기 있었지. 퇴근 시간 무렵에는 없었던 것 같은데.

그녀는 모닝에 올라탔다. 그리고 차 안에서 사무실을 봤다. 사무실은 어둠에 휩싸여 있었다. 왠지 출입문 센서등이 다시 켜질 것만 같았다. 다행히 불은 켜지지 않았다.

그날 그녀를 따라오는 차는 없었다. 아무 일도 일어나지 않았다. 그녀는 이 모든 게 자신이 스트레스를 받아 신경이 예민해져서 그런 것이라고 생각했다. 과대망상 정도라고.

그녀가 사라지고 나자 출입문 센서등이 다시 켜졌다.

"출장 갔다 올게요."

혜정이 계장에게 말했다. 그녀는 서류를 꼼꼼히 챙겼다. 서류에 수급자 본인의 사인을 받아야 했다. 보조금 지급을 위한 자기 확인 절차로 필요한 것이었다. 그러나 수급 당사자인 할머니는 직접 면사무소로 오는 게 힘든 처지였다. 그도 그럴 것이 혼자 사는 처지에 변변한 차도 없거니와 설령 있다손 치더라도 칠십 평생 단 한 번도 운전대를 잡아 본 적이 없었다. 저 윗마을에서 할머니 혼자 걸어 내려온다는 건 불가능한 시도에 가까웠다. 시골 오지 산골에 다리도 불편한 양반이 험한 산길을 내려오다 무슨 사고를 당할지 모를 일이었다. 어떻게 면사무소까지 걸어 내려온다 하더라도 시간이 대체 얼마나 걸릴지도 몰랐다. 사인 하나 받자고 그 고생을 시킬 순 없었다. 이럴 경우 대개는 이장이 대신 받아 오기도 하지만, 하필 이장은 볼일 때문에 인근 도시로 나갔다. 오늘은 군에 서류를 제출할 마지막 날이었다. 시간도 촉박하여 직접 다녀오는 게 나은 일이었다. 문서 처리에 머리가 아팠기에 코에 바람도 넣을 겸 다녀오고도 싶었다. 초여름 녹색의 숲을 보고 있으면 눈이 시원한 느낌이 들었다.

혜정은 차 쪽으로 갔다. 흰 반팔 블라우스에 청바지 차림이었다.

키가 크고 구부정한 어깨의 복지계장이 후줄근한 차림으로 사무실 쪽으로 왔다.

혜정이 미소 지으며 인사했다.

"어데 가?"

"출장요."

"그래. 다녀와."

혜정은 모닝에 타곤 시동을 걸었다.

복지계장이 사무실로 들어왔다. 그가 자기 자리로 가서 흐트러진 서류를 챙기다 갑자기 생각이 났는지 말했다.

"왜, 그놈 있잖아."

계원 최 주사는 계장이 누구를 말하는지 몰랐다.

"왜, 얼마 전에 멧돼지 피해 신고한 놈."

"아, 근데요."

"그놈이 도시에 있을 때 전과가 있다고 하더구먼. 도시에서 못 버티고 온 거지. 할 것도 없었을 거고. 그래서 고향으로 들어왔지."

최 주사가 물었다.

"여기가 고향이라고요?"

"뭐, 옛날에 할아버지하고 살았다는구먼."

"무슨 죄를 지었는데요?"

"그게, 살인."

"예?"

놀란 최 주사가 반문했다.

"뭣 때문에요?"

"그거야 난도 모르지. 근데 전기 울타리는 한대?"

"아뇨. 신청 기간이 아니어서 자부담으로 해야 한다니깐 그냥 가던데요."

"그래? 그럼 그냥 불법으로 막 설치하고 그카는 건 아니겠지. 이거 신경 쓰이는데. 얌전히 살아 주면 참 좋은데."

계장이 뭔가 의심스러운 듯 고개를 갸웃거렸다.

혜정은 그때 강을 낀 도로를 시원스레 내달리고 있었다.

마을로 접어들려 핸들을 왼쪽으로 꺾었다. 오르막길이 나타나기 시작했다. 혜정은 액셀을 꾹 밟았다. 언제나 이럴 때는 긴장이 되곤 했다. 길은 점점 가팔라졌다. 몸이 뒤로 기울어졌다. 고지대에서, 그것도 울퉁불퉁한 좁은 길에서 하는 운전은 쉽지 않았다. 자신도 모르게 핸들을 잡은 두 손에는 힘이 불끈 들어갔다. 주변은 온통 숲이었다. 한번은 맞은편에서 트럭이 내려오는 바람에 이러지도 저러지도 못하는 상황에 부닥친 적이 있었다. 트럭이 양보를 해줘서 다행히 길이 났지만 어떨 때는 맞은편 차가 꿈쩍도 않고 서 있는 경우도 있었다. 그럼 옆으로 차를 비켜야 했지만 좁은 길 한쪽은 비탈, 다른 한쪽은 낭떠러지일 경우엔 급한 마음에 애를 태우기도 했다. 그런 경험이 몇 번 있던 터라 위쪽에서 차가 내려오지 않기만을 바라며 혜정은 산길을 올라갔다. 돌부리를 피하고 불쑥 꺼진 땅을 지나 드디어 평지에 다다랐다. 감자며 콩을 심어 놓은 널찍한 밭들이 나타났다.

그 곁을 지나 목적지인 집에 도착했다. 전선이 무질서하게 뻗은 전신주 옆의 슬레이트 지붕으로 덮인 낡은 시멘트 벽돌 집이었다. 깡마른 검은 개 한 마리가 사납게 컹컹 짖어 댔다. 앞마당에는 농기구들이 널브러져 있었고, 언제 썼는지도 짐작하기 힘든 경운기 한 대가 볼썽사납게 서 있었다. 덤벼들듯 짖어 대는 개 때문에 마당 안으로 들어서지도 못하고 밖에서 할머니를 불렀다. 하지만 아무리 불러도 대답이 없다. 나무 작대기를 하나 주워 들고 개를 위협했다. 개가 뒤로 물러날 그때 마당으로 뛰어 들어갔다. 개는 세상 떠날 듯이 짖어 댔다.

혜정은 방문을 살짝 열고 안을 들여다보았다. 퀴퀴한 냄새가 콧속으로 훅 들어왔다. 벽에 붙은 가족사진만이 눈에 뜨일 정도로 소박한 방이었다. 맞은편 벽에 붙은 거울에 자신의 모습이 비쳤다. 낯설기만 한 모습이었다.

그녀는 냉큼 문을 닫고 한숨을 후 쉬었다. 그렇게 간다고 집에 있으라고 했더니 그 사이 밭에라도 간 모양이었다. 잠깐이라도 앉아 있지 못하는 성격이라 누굴 탓할 수도 없었다. 밭으로 찾아가야 하나 싶어도 밭은 더 위쪽에 있어 험한 산길을 차로 몰고 깊이 들어갈 엄두가 나지 않았다. 그렇다고 여기서 마냥 기다릴 수도 없고. 나가려니 앉았던 개가 일어나 다시 짖을 태세였다. 이번엔 그냥 안 보낸다는 듯 붉은 혀를 내민 채 눈에는 불이 번쩍였다. 작대기를 들고 개 쪽으로 휘휘 휘두르며 부리나케 밖으로 튀어나와 돌아섰다. 개는 목줄이 끊어질 듯 팽팽히 일어섰고 그녀를 향해 맹렬히 짖어 댔다. 이런 소란에도 사람은 코빼기도 비치지 않았다. 그만큼 인가가 띄엄띄엄 떨어져 있었고, 폐가도 여기저기 눈에 띄었다. 밭을 제외하곤 눈을 두는 곳 모두 푸른 색깔의 형체들이었다. 혜정은 여기서 기다려야 하나 다시 돌아가나 갈등했다.

마냥 기다리고 있는 건 무리일 것 같아 차 쪽으로 걸어갔다. 문을 열고 서류를 조수석으로 툭 던졌다. 길게 한숨이 나왔다. 단번에 일이 해결되면 좋은데 요즘 들어 그렇지 못한 것에 신경이 예민해졌다. 이럴 때일수록 차분해지자. 급하게 생각하다 일을 망칠 수도 있으니까. 운전석으로 올라타려 하는데, 그때였다. 파리였다. 왕파리 한 마리가 차 속으로 쏙 들어와 버린 것이다. 뭐야, 이거. 파리는 차 내부를 자기 집처럼 웽웽거리며 돌아다녔다. 마땅히 내려칠 것도 눈에 띄지 않았다. 밖으로 파리를 몰아내려 했으나 어느 순간 파리의 행방은 보이지 않았다. 밖으로 나가는 걸 보지 못했으니 차 안 어느 구석, 이를테면 좌석 아래 보이지 않는 곳에 조용히 웅크리고 앉아 앞발을 비비고 있겠지. 다시 날아오를 때만을 기다리며. 그녀가 방심할 때 파리는 불쑥 나타나 신경을 긁어 대겠지. 그녀는 골이 났지만 차 밖으로 파리를 쫓아내는 건 힘들어 보였다. 그때 누군가 있다는 느낌에 무심코 고개를 돌렸다.

그랬더니 거기엔 꿈에도 보기 싫은 그 남자가 서 있었다. 인상은 찌그러져 있었고 그의 눈 밑 주름은 일그러져 있었다. 웃는 것인지 우는 것인지 당최 파악하기 힘든 표정. 그녀는 당황했으나 태연한 척 감정을 드러내지 않으려 짐짓 애썼다. 그가 점점 가까이 다가왔다. 술내가 확 끼쳤다. 그는 반가워하는 얼굴이었다. 그의 웃음과 더불어 주름도 얼굴로 강하게 번져 갔다.

그녀가 어색하게 웃으며 먼저 인사했다.

"안녕하세요."

"안녕하쇼."

사투리가 스민 그의 말투.

그가 내리깔듯 인사를 받곤 말했다.

"여긴 무슨 일로?"

"정 할머니 뵈러요. 뭐 받을 게 있어서."

그가 할머니 집 쪽을 보았다.

"그래, 할매는 봤소?"

"아, 아뇨."

못 봤다는 말이 불쑥 나왔다. 그냥 볼일 다 봤다고 말하면 됐을 텐데. 자기도 모르게 그 말이 나온 것이다.

"그렇겠지. 할매 집에 없을 긴데."

"어디 가셨어요?"

"어디 가긴. 밭에 갔지."

혜정은 순간 망설였다.

그걸 짐작했는지 때를 놓치지 않고 그가 선수 쳤다.

"가. 내가 안내하지. 그 밭 찾는 게 쉽지도 않아. 귀도 어두운 양반이고."

남자가 앞장을 섰다.

혜정은 그를 따라 조금 걸었다. 할머니의 집을 지나쳤다. 개가 짖어 댔다. 산은 깊었다. 어두운 길로 막 들어섰다. 그와의 거리가 조금씩 멀어졌다. 그는 말없이 걷고 있었다. 주변은 너무 조용했다. 그와의 거리가 더욱 멀어지고 있었다. 그녀는 돌아가는 게 나을 듯싶었다. 날카로운 새소리가 그녀의 신경을 곤두서게 했다. 그녀는 휴대폰을 만지작거렸다. 믿을 건 이것밖에 없다는 듯. 그녀는 전화라도 하는 게 나을 성싶었다.

얼른 사무실로 전화를 했는데 아무도 받지 않았다. 갑자기 이럴 때가 있었다. 민원인이 와서 일을 처리하고 있으면 민원인의 말을 끊고 전화 받기가 쉽지 않을 때가 있다. 그때 최 주사의 목소리가 들려왔다.

"아, 언니."

"어디야?"

"정 할머니 댁에. 사인 받으러 왔는데 안 계셔서. 지금 그 사람하고 있는데."

"그 사람?"

"전기 울타리."

"그렇구나. 일 잘 보고 와."

"응. 언니."

그녀가 전화를 끊었다. 그는 저 앞에서 멈춰 서 있었다. 그가 돌아봤다. 그의 눈매가 날카로웠다. 뭔가 불만에 찬 듯한 눈빛.

그녀가 기어들어 가는 목소리로 말했다.

"저, 저기요. 오늘은 그냥 가야 할 것 같아요. 다음에 와서 받죠, 뭐."

남자가 휙 돌아섰다.

"왜 두 번 걸음 해? 다 왔는데. 여기만 지나면 금방인데."

"아, 아뇨. 그러고 보니 사무실에 급한 볼일이 있네요. 그럼."

그녀는 고개를 살짝 까딱하곤 돌아서서 차가 있는 곳으로 걸어갔다. 당연히 빠른 걸음으로. 심장이 방망이질 쳤다.

"잠깐만 있어 봐."

그가 그렇게 말했어도 그녀는 멈추지 않았다. 그녀의 발걸음이 더욱 빨라졌다.

그러자 그 역시 빠른 걸음으로 그녀를 쫓아오고 있었다.

"거기, 서 보라니까!"

그의 말투가 험악했다.

그녀는 심장이 쪼그라드는 기분이었다. 서류 든 파일과 휴대폰을 꽉 손에 쥐고 그녀는 종종걸음 쳤다. 그가 자기 뒤를 따라오고 있음을 느끼면서. 그의 둔탁한 발자국 소리가 그녀의 전신을 휘어잡았다. 그녀는 휘청거리며 걸었다. 마침내 할머니 집이 보였고 차가 보였다. 개는 역시나 인기척을 느끼고 컹컹 짖어 댔다. 아까와는 다르게 그 개 소리가 반가웠다. 그녀가 그때 차 쪽으로 뛰기 시작했다.

차 문을 열고 안으로 들어갔다. 쫓아오던 남자가 멈춰 섰다. 그녀가 시동을 걸고 후진을 했다. 차가 산비탈에 가 부딪쳤다. 다시 전진 기어를 넣고 핸들을 꺾어 왔던 길로 차를 돌렸다. 뒤를 돌아봤더니, 서 있는 그의 모습이 창문에 보였다. 그녀는 그만 액셀을 밟고 말았다. 경사가 심한 좁은 흙투성이 길에서 차가 확 나가 버렸고, 당황한 그녀가 낭떠러지를 피해 핸들을 틀었다. 급히 브레이크를 밟았지만 차는 단번에 멈추지 않고 경사진 길을 빠르게 내려갔다. 브레이크를 한껏 밟고 핸들에 힘을 줬다. 길을 벗어나 숲 쪽으로 핸들을 돌렸고, 튀어나온 큰 바위에 쿵 부딪히고 나서야 차가 멈춰 섰다. 평소에는 브레이크를 밟아 가며 조심스레 내려가던 길이었는데. 몸 따로 마음 따로 뭘 어떻게 해야 할지 감이 오지 않았다.

우선 차에서 내리려고 문을 여는데 사이드 미러로 뭔가 희끗 비쳤다 사라지는 듯했다. 그가 차 가까이 있다는 직감에 혜정은 선뜻 차에서 내리지 못했다. 그에게 무슨 변명을 해야 하나. 사무실 일로 바빠 더는 여기서 지체할 수 없다는 건 그리 틀린 설명이 아니다. 나름 이유가 된다. 이럴수록 침착하게 당당해야 한다. 그녀는 호흡을 한 번 가다듬고 차에서 내렸다. 산길을 내려오던 남자가 멈춰 서서 그녀를 바라보았다. 그녀는 자신을 바라보는 그의 눈길이 날카롭다는 걸 느꼈다. 전에 그와 있었던 사소한 충돌들이 생각났다. 사무실에 와서 그녀를 보던 그의 눈길. 이것저것 꼬치꼬치 캐물으며 그녀의 얼굴을 뜯어보듯 훑던. 모닝을 쫓아오던 트럭.

그녀가 한 발짝 뒤로 물러섰다. 숲 쪽을 보았다. 빽빽한 나무숲으로 들어가는 건 위험을 자초하는 꼴이었다. 그래도 차 안이 나았다. 조수석에 놓인 휴대폰을 보자 생각은 하나로 굳어졌다. 그녀는 그쪽을 보았다. 차 문을 붙들고 있는 그녀를 본 그가 그녀의 의중을 눈치챘는지 그녀에게로 달려왔다. 기겁한 그녀는 차 안으로 들어가 문을 닫았다. 다행이었다. 그런데 뭔가 불길한 느낌이 들었다. 조수석 쪽으로 천천히 고개를 돌렸다.

창문이 반쯤 열려 있는 게 아닌가. 아까 전 파리를 쫓아야겠다는 생각에 열어 둔. 그때 그의 팔이 불쑥 차 안으로 들어왔다. 놀란 그녀가 그를 피해 운전석 문에 바짝 붙었다.

그 시각, 최 주사는 보조금이 들어오지 않았다는 신경질적인 민원인을 가까스로 돌려보냈다. 휴, 한숨을 내쉬던 차에 혜정이 그 남자와 있다는 걸 들은 게 머릿속을 스쳤다. 최 주사는 혜정에게 전화를 걸었다. 신호가 갔다.

그때 차 안에서 벨 소리가 울렸다. 너무나도 감미로운 발라드 음악 소리. 시간이 멈춘 듯 부드러운 멜로디만이 차 안을 채웠다. 그의 시선도 그녀의 시선도 휴대폰에 가 닿았다.

그들은 누가 먼저랄 것도 없이 거의 동시에 휴대폰으로 손을 뻗쳤다. 그가 먼저 휴대폰을 쥐었다. 그녀가 그것을 뺏으려 그의 손에서 삐져나온 휴대폰 끝을 잡았다. 그런데 휴대폰에 집착하다 그만 그녀는 그에게 모든 걸 내주고 말았다. 그가 휴대폰을 놓아 버린 것이다.

'왜 전화를 안 받지?'

최 주사는 전화를 끊으며 걱정이 되었다. 신호가 가자마자 혜정은 받곤 했으니까. 더욱이 자신인 걸 알면 더 빨리 받았을 텐데. 사무실에 무슨 일이 있는가 하고. 민원인이 그녀를 찾아왔을 수도 있다는 생각에. 그렇지 않아도 혜정이 그 남자와 있다지 않는가. 그에 관해 알려 주고 싶은데. 빨리 돌아오라고 하고 싶은데. 최 주사는 다시 전화하려 했다. 그런데 민원인이 찾아왔다. 찾아온 민원인은 갑자기 물이 안 나온다고 마구 하소연했다.

반동에 밀려난 그녀가 운전석으로 처박혔다. 그 틈에 남자가 차 안으로 확 들어왔다.

혜정의 허벅지가 그의 두 팔에 짓밟혔다. 짓밟힌 허벅지가 뜯겨 나가는 것만 같았다. 그는 자신의 머리를 그녀의 가슴에 밀어 댔다. 그녀가 억눌린 비명을 질러 댔다. 그녀의 귓불에 그의 꺼칠한 털이 닿았고 지독한 머리 냄새, 땀내, 술내가 그녀의 콧속으로 입속으로 사정없이 파고 들어왔다. 한 번도 맡아 본 적 없는 역겨운 냄새에 혜정은 구역질이 치밀어 올랐고, 정신마저 혼미했다. 그녀의 목에 그의 혓바닥이 닿았다. 그의 얼굴 주름들이 상처 난 균열처럼 징그럽게 다가왔다. 그녀는 이 지옥 같은 상황에서 벗어나려 온몸을 떨어댔다.

그때 머리 위 차 문이 벌컥 열렸다. 그녀는 차 밖으로 튀어나왔다. 그가 차 바닥에 처박혔고, 핸들을 붙잡고 일어나 차 밖으로 기어 나왔다.

저 앞에 여자 하나가 도망간다. 이 얼마나 오랜만의 경험인가. 그는 씩 웃으며 그런 그녀를 바라보았다. 좋아. 지금이다. 그는 그녀를 쫓아갔다. 능수능란하게 산길을 내달리던 그가 나무가 빼곡한 다른 길로 휙 뛰어들더니 이내 숲 속으로 사라졌다.

혜정은 정신없이 가파른 산길을 따라 내려갔다. 이 길로 계속 가다 보면 평지가 나오고 마을이 나올 것이다. 그녀는 계속 뒤돌아보며 그가 따라오는지 확인했다. 그가 보이지는 않았지만 마음 놓을 수는 없었다. 그녀는 빨리 이 숲에서 벗어나고 싶었다. 도시에서 생활하다 합격해야겠다는 일념에 시골로 들어왔더니 이런 꼴을 당하다니. 면서기는 항상 운동화를 소지하고 다녀야 한다는 계장님 말씀이 뇌리를 스쳤다. 트렁크에 박아 둔 운동화를 신고 출장을 나온 게 다행이라면 다행이었다. 하지만 어느새 두 다리는 힘을 잃어 갔고, 그녀는 험한 산길을 따라 휘청거리며 움직일 뿐이었다. 살면서 등산을 제일 싫어했는데. 이마에 맺힌 뜨듯한 땀방울이 볼을 타고 눈가로 콧등으로 입가로 목으로 내려가면서 바람에 서늘히 식어 갔다.

막 내려가다 보니 낡은 집 한 채가 눈에 띄었다. 사람이 살고 있는 것 같았다. 거기 가서 도움을 청할까. 아니면 그냥 죽 내려갈까. 사람이 있다는 보장은 없었다. 밭에 일하러 나갔다면. 가까이 다가선 그 집은 폐가처럼 보일 정도로 낡아 있었다.

그 순간 불길한 느낌을 넘어 불쾌한 기분마저 끼쳤다. 남자의 집이 아닐까 하는.

혜정이 마당에서 돌아섰다. 그때 눈앞에 불쑥 그가 나타났다. 바지는 흙투성이고 그을린 팔에는 피가 흘러내리고 있었다. 땀투성이 남자가 인상을 쓰고 아니 웃으면서 그녀를 마주 보고 있었다.

그가 그녀 쪽으로 달려왔다. 그녀는 반대쪽으로 달아났다. 집 뒤편 숲으로 올라갔다. 필사적으로 기어 올라가는 그녀 뒤로 그가 달려왔다.

눈앞에 잡힐 듯 날리는 여자의 머리카락이 그의 시선을 강하게 잡아끌었다. 그녀의 움직이는 다리와 엉덩이와 나아가 몸 전체에 그는 온통 사로잡혔다.

그녀는 젖 먹던 힘을 다해 오로지 살아야겠다는 마음 하나로 이 모든 두려움으로부터 벗어나기 위해 달렸다. 빽빽한 숲에서 그녀는 자신을 가로막고 있는 나무들을 피해 사납게 튀어나온 가지들에 얼굴, 팔을 긁히며 앞으로 달려 나갔다. 그러다 푹 꺼진 땅에 발이 흠뻑 빠져서 자빠졌고, 다시 일어서서 달렸다. 시야는 초점을 잃고 뒤틀렸다. 나무들이 무너질 듯 서 있었다. 들이마시고 내뱉는 자신의 숨소리가 크게 요동쳤다. 숨이 턱턱 막혔다.

그녀는 갑자기 나타난 비탈에서 중심을 잃고 내려가다 푹 흙 바닥에 처박히고 말았다. 팔을 일으켰을 때 팔다리로 참기 힘든 고통이 엄습했다. 그녀가 뒤돌아본 그때 커다란 덩치가 그녀를 덮쳤다.

그녀는 정신이 몽롱한 가운데 눈을 떴다. 찬 기운이 끼쳤다. 주변을 살펴보니 창문이 보였다. 주위에는 온통 쓰레기가 가득했고, 먼지 앉은 밥상하며 휴대용 라디오 따위가 보였다. 바닥에 눌러붙은 핏자국. 곰팡이 핀 된장국에 앉은 파리들. 그녀의 차 안으로 들어왔던 파리. 만일 파리만 차 안으로 들어오지 않았다면 한순간도 시간을 지체하지 않았을 것이고, 그렇게 했다면 그를 만날 일도 없었을 것이다. 파리는 다시 이 집으로 그녀를 데려왔다.

옆으로 고개를 돌렸는데 거기 구원이 보였다. 휴대폰이었다. 혜정의 심장이 제멋대로 뛰었다. 그녀는 얼른 휴대폰으로 손을 가져갔다.

'왜 이렇게 전화 안 받아? 그 사람 위험한 사람이야. 사람도 죽였대. 걱정 돼. 빨리 와.'

수신한 문자를 보고 놀란 그녀의 눈이 동그래졌다.

"이런 덴 처음이겠지?"

순간 남자의 능글거리는 목소리가 들려 혜정은 쥐고 있던 휴대폰을 놓아 버렸다. 그녀는 팔꿈치로 바닥을 짚으며 뒤로 물러났다.

"모두 똑같다니까. 내가 어딜 가든. 난 말이지. 개과천선했거든. 바뀌었는데. 아무도 몰라줘. 아무도. 그니까 너희들의 편견이 날

구석으로 몰아붙여. 모두 다 너희들 잘못이야. 내가 두려운 모양이지. 그렇담 정말 그렇게 해 줘야지. 너희들이 바라는 대로."

"아, 아니에요."

"아니긴, 뭐가 아니야. 난 도망갈 곳이 없어. 이 깊은 산속에 숨어 살아도 난 도망갈 곳이 없다고."

남자가 점점 가까이 다가왔다.

"네가 있는 곳이 전부는 아니야. 왜 네가 여기 왔는지는 알겠지? 날 위해 네가 뭘 해야 하는지도."

혜정은 소름이 쫙 끼쳤다.

남자가 그녀 쪽으로 다가왔다.

자빠진 탁자용 거울. 째깍거리는 시계 바늘. 퇴근 시간이 다가오고 있다. 최 주사님이나 계장님이 찾겠지. 자신을 찾는 전화가 계속 올 것이다. 전화를 받지 않는 자신에게 짜증을 낼 수도 있을 것이다. 퇴근 시간이 지나도 오지 않는. 출장 나간다고 나갔다가 돌아오지 않는. 그녀는 처음 업무를 맡았을 때 막막하기만 했다. 동기나 다른 선배에게 물어서 일을 해결해 나가곤 했다. 그런데 이번에는 아니었다. 오로지 혼자서 이 상황을 맞아야 했고 받아들여야 했다.

그녀가 뒤로 물러났다. 구석이었다. 차가운 벽에 등이 닿았다. 남자는 티셔츠를 벗어 버리고 상체를 드러냈다. 상체엔 온통 문신 투성이였다. 그는 각종 기하학 문양을 띤 문신을 자랑이라도 하듯이 그녀 앞에서 몸 근육을 움직여 보이며 바지 벨트를 풀었다. 벨트를 양손에 잡은 그가 그녀에게 다가섰다.

남자가 다가올수록 그녀는 그를 피해 벽에 바싹 달라붙었다.

확 다가선 그가 그녀의 머리칼을 낚아채고는 자기 쪽으로 끌었다. 끌려가지 않으려 그녀가 발버둥 쳤다. 그의 손을 붙잡고 벗어나려 용을 썼지만 무력했다. 그녀의 입에서 알아듣기 힘든, 살려달라는 뜻이 담긴 말들이 두서없이 튀어나왔다. 하지만 이 모든 것은 묵살되었다. 그녀는 뺨을 얻어맞고 방바닥에 처박혔다.

그가 자신의 얼굴을 그녀의 얼굴로 들이댔다. 입술을 파고드는 굵은 혓바닥에 그녀는 입을 꾹 닫고 얼굴을 틀어 댔다. 그가 그녀의 머리를 한 손으로 붙잡고 맘껏 자신의 욕심을 채웠다. 그녀의 허벅지는 벌려졌고 청바지가 무릎까지 내려갔다. 팬티에 그의 무지막지한 손이 닿았다. 팬티 사이로 차가운 손이 쑥 밀려 들어왔고, 그녀는 섬뜩한 느낌에 하체를 마구 뒤틀었다. 그는 만족한 듯 킥킥거리며 그녀의 입술에 자신의 혀를 드릴처럼 쑤셔 넣었다. 그녀의 얼굴이 깨질 듯이 흔들거렸다. 그때 위에서 누군가 내려다보고 있었다. 노인의 핏발 선 눈동자였다. 얼굴을 채운 쭈글쭈글한 주름들. 희미하게 벌어진 입, 지저분하게 턱에 난 털, 튀어나온 둥근 코. 온갖 주름들이 노인의 얼굴에서 흘러내려 벽을 타고 기어와 그녀의 머리를 덮었다. 짙은 주름들은 얼굴, 가슴 할 것 없이 그녀의 살갗 모두에 닿으며 꾸물꾸물 퍼져 갔다. 액자에 턱하니 박혀 있는 노인. 그녀는 그 노인과 눈이 마주쳤다. 시선을 피했더니 또 다른 눈이 있었다. 그 눈은 광란으로 뒤끓고 있었다.

그런데 그때 남자가 고개를 쳐들었다. 왕파리 한 마리가 그의 눈앞을 왔다 갔다 날아 다녔다. 그의 이마에 앉을 듯이 날아왔다. 그가 휙 손을 내뻗자 달아났다가 다시 그 앞으로 날아들었다. 그러다 땀으로 번진 그의 이마, 눈가, 턱에 파리가 앉았다.

파리 여러 마리가 그의 귓가를 맴돌며 그를 성가시게 했다. 파리들이 혜정의 귓가에도 왱왱거렸다. 정신이 반쯤 나갔던 그녀는 파리 때문에 정신이 번쩍 들었다.

"이놈의 파리 새끼들."

그가 욕을 내뱉으며 고개를 들었다. 그 짧은 사이, 그녀의 눈에 식칼이 들어왔다. 휴대용 버너 옆에 놓인 식칼이었다. 그녀는 그것으로 손을 내뻗었다. 새끼손가락이 칼날에 닿았다. 그의 귓가를 맴도는 파리 새끼 때문에 신경질이 난 그가 한눈판 사이, 그녀가 칼자루를 꽉 잡았다. 그가 그녀의 얼굴을 보았다. 그녀가 눈을 동그랗게 뜬 채 놀란 얼굴로 자신을 빤히 보고 있었다. 그녀가 배시시 웃었다. 그 역시 입가가 올라갔다. 그때 칼날이 그의 볼을 깊게 긋고 지났다. 그가 비명을 토하며 옆으로 굴렀다. 그녀가 그를 발로 밀쳐내고 문 밖으로 뛰쳐나가려 했다. 그가 몸을 굴려 그녀의 종아리를 붙들었다. 자기 쪽으로 끌었다. 끌려오던 그녀가 다시 칼을 휘둘렀다. 그의 팔목이었다. 그가 고통에 손을 놓았다. 그의 머리통을 발로 내갈기고 그녀가 이번엔 정말 밖으로 튀어나갔다.

그녀는 식칼을 손에 쥐고 주변을 두리번거렸다.

그가 얼굴을 틀어잡고 밖으로 튀어나왔다.

"이 씨발 년이."

그녀를 본 그가 욕지거리를 뱉었다. 그의 얼굴엔 온통 절망과 분노가 스며 있었다. 그것은 세상에 대한 분노였다. 그녀는 직감했다. 잡히면 살아남지 못하리라는 것을.

그녀가 그와 마주했다.

정적이 그 둘을 휘감았다.

그가 먼저 그녀 쪽으로 쫓아왔다. 그녀는 몸을 틀어 달렸다. 그의 뒷밭 주변을 빙빙 돌았다. 그러다 세워 둔 소형 트럭으로 달려갔다. 트럭으로 뛰어든 그녀가 차에 시동을 걸려고 했다. 열쇠는 없었다.

그가 트럭 앞으로 다가왔다. 열쇠 따위가 있을 것 같으냐는 고소한 표정을 지으며 그가 나지막하게 웃었다.

그가 손에 든 열쇠를 흔들어 댔다.

그녀는 그때 경적을 울렸다. 차 밖으로 숲으로 세상으로 경적을 울렸다. 자신의 존재를 알렸다. 여기 있다고. 그를 이렇게 괴롭힐 것이다. 그녀는 무섭게 경적을 울려 댔다. 시골 숲 속에서 울려 퍼지는 경적 소리.

그가 삿대질을 해대며 문으로 다가왔다. 밖에서는 욕 소리가 들려왔다. 잠깐 멈췄다가 다시 경적이 울렸다. 분노는 그의 머리꼭지를 돌게 했다.

그가 저벅저벅 어디론가 가더니 삽 한 자루를 들고 나타나 차에 내리찍기 시작했다. 창문이라도 깨부술 모양이었다. 한 번씩 울려 대는 충격에 그녀는 멍했다. 그녀가 두 귀를 틀어막았다. 그가 삽으로 창문을 다시금 내리찍었다. 그녀가 차 문을 열고 트럭에서 뛰어내려 밭 쪽으로 달려갔다. 삽을 내던진 그가 그녀 쪽으로 달려왔다. 녹색 작물이 심겨진 밭들이 시원스레 펼쳐져 있었다.

잠시 후면 해가 완전히 저물 것이고 숲 속은 어둠에 젖어들 것이다. 시간이 얼마 없다. 그녀에게 주어진.

그녀는 밭 주변을 돌다가 산길로 뛰어들려 했는데 그가 비탈에서 미끄러져 내려와 그녀와 부딪쳤다. 그녀는 그 충격에 정신이 몽롱했다.

먼저 일어선 그가 그녀의 배로 발길질을 했다. 몸이 끊어져 나갈 듯한 고통에 그녀가 배를 움켜잡았다. 그녀는 마지막이라는 생각으로 식칼을 향해 기어갔고, 그가 천천히 이 꼴을 보고 있었다. 그는 여유롭게 그녀가 하는 행동을 내려다보고 있었다. 완전한 지배욕에 사로잡혀.

가까스로 일어선 그녀가 칼을 쥐어들고 그를 향해 내뻗었다. 그녀의 두 팔이 덜덜 떨렸다. 그가 히죽거렸다. 얼마든지 환영한다는 듯 그가 두 팔을 벌렸다. 그러고는 칼 따위는 무섭지 않다는 듯이 그녀에게 다가왔다. 그녀가 칼을 휘두를 때마다 그는 칼을 피하며 물러섰고 다시 다가왔다. 그녀가 계속 물러났고 그는 계속 다가왔다.

그때 그가 지겹다는 듯이 달려들었다. 그녀가 칼을 휘둘렀다. 검붉은 핏물이 그의 팔뚝에서 줄줄 흘러내렸다. 그는 아랑곳 않고 그녀를 걸어 넘어뜨렸다. 그녀는 푹 바닥에 쓰러졌다. 그가 그녀의 머리채를 거머쥐고 뺨을 갈겼다. 그녀가 기운을 잃고 칼을 바닥에 떨어뜨리자 그가 그녀를 툭 놓았다. 그가 그녀를 내려다보았다. 그가 그녀 쪽으로 붙어 그녀의 얼굴을 유심히 보았다. 그녀의 전신을 훑던 그가 그녀의 흰 블라우스를 거칠게 벗겨냈다. 어렴풋이 정신이 든 그녀가 눈을 떴다. 그와 눈이 마주쳤다. 그녀가 본능적으로 일어나려 했으나 그가 어깨를 짓누르며 움직이지 못하게 했다. 어떻게 할 새도 없이 그녀의 목이 덥석 잡혔다. 죄어드는 손아귀에 혜정의 얼굴이 점차 일그러졌다. 그녀의 가늘고 긴 손가락들이 흙으로 푹푹 들어가 서늘한 흙 속을 마구 파헤쳤다.

혜정의 눈에 눈물이 맺혔다. 아래서 보인 울타리가 둥둥 떠다녔다. 울타리에 매달린 노란 천 조각도 떠다녔다.

멧돼지 새끼들 잡아 족쳐야지.

그가 사무실에서 내뱉었던 말이 그녀의 뇌리를 스쳤다.

그 순간 그녀가 거머쥔 흙뭉치를 그의 얼굴에 있는 힘껏 처박아 넣었다. 눈구멍, 콧구멍 할 것 없이 얼굴에 난 구멍이란 구멍 모두로 흙이 들어갔다.

"제기랄. 끝까지 이년이."

그가 흙을 털어내려 고개를 쳐들었다.

그녀가 상체를 일으켜 놈의 귓불을 물어뜯었다.

그가 비명을 내지르며 그녀를 밀쳐냈다.

그가 무릎을 꿇고 있었다. 바닥에 떨어진 칼이 있었다. 그녀가 무릎걸음으로 칼을 거머쥐었다.

그에게 칼을 세게 빙 휘둘렀다.

칼날이 그의 속눈썹 바로 앞을 지났다.

그가 칼을 피하려다 균형을 잃고 뒤로 넘어졌다. 그러면서 울타리를 한 손으로 붙잡았다. 연달아 울타리에 몸이 걸쳐지며 밭 안으로 그가 완전히 나자빠졌다.

순간 그의 몸이 심하게 뒤틀려 버렸다. 강력한 충격에 픽 고꾸라진 것이다.

전기 울타리였다.

멧돼지를 쓰러뜨리기 위해 그가 설치해 둔.

그녀가 노란 천 조각으로 시선을 던졌다. 다음과 같이 적힌 천

조각이 울타리에 하늘하늘 매달려 바람에 나부끼고 있었다.

'감전 주의. 절대 책임 안 짐.'

혜정은 면사무소로 그렇게 돌아왔다.

인공의 전기 빛이 사무실 밖으로 새어나오고 있었다. 자연의 흙이 덕지덕지 묻은 그의 트럭에서 그녀가 내렸다.

그녀가 입은 흰 블라우스 하며 행색은 피와 흙 자국 때문에 그야말로 엉망진창이었다.

최 주사가 현관 유리문을 통해 혜정을 보고 부리나케 달려왔다.

혜정은 문을 열고 환한 사무실 안으로 성큼 들어섰다.

검은 학
날아오르다

조동신

2010년 단편 「칼송곳」으로 제12회 여수 해양 문학상 소설 부문에서 대상을 수상한 뒤, 한국 추리 작가 협회에 가입하였다. 발표한 작품으로 「포인트」, 「프레첼 독사」, 「오를라」, 「클루 게임」, 「철다방」 외 다수 단편과 장편 「내시귀」, 「금화도감」이 있다.

만호는 성벽 아래를 둘러보았다. 위에서 나뭇가지가 하나 뚝 떨어졌고, 곧 밧줄 하나가 그 뒤를 따라 늘어뜨려졌다. 준비해 온 보따리와 대나무 묶음을 그 줄에 묶으며 주변을 살펴보았지만 다행히 보는 사람은 없었다.

끈에 묶인 보따리가 올라가자, 만호는 성 안으로 태연히 들어가 약속 장소로 갔다. 정평구(鄭平九) 군관이 기다리고 있었다.

"자네, 솔직히 아직 불안하지?"

"예?"

정평구가 갑자기 고개를 들이밀자 만호는 흠칫 놀랐다.

"오늘 밤 작전 말일세."

만호는 뭐라 대답하지 않았다.

"하하, 대답하지 않아도 아네. 하지만 실패할 거라면 내가 이 작전을 생각하지도 않았네그려. 잘하면 좋은 구경 할 수 있을 거야."

"아니옵니다."

만호가 불안한 이유는 그날 작전의 위험 때문만은 아니었다. 이 주변 왜군의 움직임이 심상찮은 것으로 보아 그들의 목적지는 뻔했다. 경상우도의 중심지이자 전라도로 가는 길목인 진주성이다. 지난해에도 왜군이 2만의 병력으로 그곳을 공격했으나 목사 김시민(金時敏)이 분전하여 격퇴하였다. 왜군은 그때보다 훨씬 더 많은 병력을 동원하여 진주성을 다시 침으로써, 보복과 동시에 전라도를 노릴 기지를 마련할 것이다.

"사실 깜빡 잊고 물어보지 않았는데, 자네 전라 좌수사 영감 휘하 군관이라고 했지? 언제부터 거기서 근무했나?"

만호의 마음을 아는지 모르는지, 정평구가 물었다.

"전란이 일어나기 전해부터 근무했사옵니다."

만호는 전라 좌수사 이순신(李舜臣) 휘하에서 첩보 및 감찰을 담당하는 군관이었다. 진주성 쪽 상황이 심각해지자 좌수사는 만호를 진주와 그 주변으로 파견하여 상황을 알아보고 자신은 물론 진주 목사에게도 보고하도록 했다.

"그렇다면 작년에 한산도 해전 때 참전했나?"

"물론이옵니다."

물론 만호는 그 전투를 바로 어제 일처럼 기억하고 있었다. 이순신 장군에게 연패한 왜군은 전 병력을 모아 전면전을 시도하였으나 조선 수군은 한산도 앞바다로 이들 중 가장 큰 함대를 끌어들인 후 학익진(鶴翼陣), 즉 학이 날개를 편 모양의 진을 쳐 왜군 함대를 포위했고, 그 안의 왜군 배는 한 척도 빠져나가지 못했다.

이틀 후 안골포에서 남은 함대마저 격파당한 왜군은 해전을 아예 포기하였고 서해 진출도, 전라도 점령도 할 수 없었다. 그 때문에 평안도까지 점령한 왜 육군은 서해를 통한 물자 보급을 받지 못한 채 겨울을 맞았고 결국 굶주림과 추위로 인해 남해로 철수할 수밖에 없었다. 그러니 이번 해에 왜군은 반드시 전라도를 차지해야 했다.

"학이 날개를 편 모양으로 적을 포위하는 것도 좋지만, 역시 학이라면 날아야 제격이지. 저기 학 대신 검독수리가 한 마리 있는데 좀 보라고."

정평구는 손을 들어 저편을 가리켰다. 검독수리 역시 까마귀처럼 시체를 먹으니 저편에서 뭔가 일이 난 모양이다. 만호는 혹시 백성들이 희생되지 않았을까 걱정이 되었는데, 정평구가 바라본 것은 바로 그 독수리였다.

"저 독수리가 나는 모습을 보게. 계속 퍼덕이지만은 않고 저렇게 날개를 편 채로 날지 않나? 바람을 타고 있는 걸세. 거기다 먹이를 잡을 때는 빠르게 내리기 위해 날개를 접고 뛰어내리듯 내려오기도 하지."

"네?"

만호는 새들이 나는 모습에는 별 흥미가 없었다. 물론 어렸을 때 그도 새를 보면서 자신도 날고 싶다는 생각을 한 적이 있지만, 그것은 어디까지나 어린 날의 꿈이다. 그런데 정평구는 그것을 실천에 옮기려 했다.

"나는 매의 움직임을 관찰하기 위해 일부러 매사냥꾼들을 따라다녔고 다른 새들이 나는 모습이랑 날개 모양도 관찰했네. 그러다 보니 느낀 게 있었네. 독수리나 매, 혹은 학 같은 큰 새는 멀리 날 때는 그냥 날개를 편 채 가기도 하지. 그러니 매보다 사람의 몸무게가 열 배 정도 된다면, 매의 것보다 열 배 큰 날개를 만들면 사람도 날 수 있지 않겠느냐는 생각이 들었네."

정평구는 나뭇잎 하나와 돌을 양손에 들고 동시에 떨어뜨려 보았다.

"이걸 보라고, 돌이랑 나뭇잎을 동시에 손에서 떨어뜨리면 돌은 그냥 떨어지지만 나뭇잎은 바람에 날려서 오히려 이렇게 위로 올라가기까지 하지 않나?"

"연날리기 비슷한 겁니까?"

"방금 연 이야기를 하려고 했는데 어떻게 알았나? 맞아. 자네도 연날리기는 잘 하지?"

물론 만호도 연은 잘 날렸다. 군에서 비상시 신호나 연락의 수단 중 하나가 연이기 때문이다. 밤에는 등불을 연에 매달아서 신호하기도 했다. 하지만 사람과 등불의 무게 차이는 크다.

"내가 만든 그것의 이름은 비차(飛車)일세. 하늘을 나는 수레라는 뜻이지. 사람을 싣고 날 만큼 큰 연이기도 하지. 다시 새 이야기를 하겠네. 아니, 이럴 때는 새보다 더 좋은 예가 있지."

"무엇이옵니까?"

"하늘다람쥐일세, 하늘다람쥐는 앞발과 뒷발 사이에 가죽으로 된 막이 있지. 나무에서 나무로 건너뛸 때는 그 막을 쫙 펴서 날듯이 가네. 그 때문에 하늘다람쥐는 다른 다람쥐와는 비교도 되지 않을 만큼 멀리까지 뛸 수 있지. 사람으로 치면 손목에 해당하는 부위에 뼈가 있는데 그걸 접었다 폈다 하면서 막의 넓이를 조정할 수도 있고, 꼬리는 배의 키 비슷한 역할을 하네. 바람 타기의 명수라서 날아오른 뒤라도 원래 있었던 그 나무, 그 자리로 돌아갈 수도 있네."

정평구는 작전도 잊은 듯 즐거운 말투로 말했다.

"그 때문에 나는 어렸을 때 한 번 바람이 부는 날 나무에 올라가서 뛰어내리기를 해 보았네. 보자기 네 귀퉁이를 하늘다람쥐처럼 내 양손과 양발에 묶고 나무에서 뛰어내리니, 확실히 그냥 뛰어내리는 것보다 더 멀리 가서 떨어졌네. 덕분에 부모님한테 크게 야단맞기도 했지만 말일세. 하하하."

"그러나……."

"그 큰 판옥선도 돛으로 바람 받아서 달리는데, 사람이 그렇게 가지 못하겠나? 바람이 전후좌우로만 부는 게 아니고 위아래로도 부는 법인데. 그러니 바람만 제대로 탈 도구만 있으면 사람도 날 수 있다고."

정평구는 웃으며 말했지만 만호는 걱정되었다. 자신도 어렸을 적 새를 보며 날아 보고 싶다는 생각을 해 본 적이 있지만, 그 생각을 실천에 옮긴 적은 없고 나이가 든 다음에도 그런 생각을 하다니 도저히 이해할 수 없었다.

"하오나, 너무 위험한 작전이옵니다. 그 비차라는 것을 몇 번이나 시도해 보셨습니까? 그리고 얼마나 멀리 납니까?"

"시도야 수도 없이 해 봤지. 지금까지 일 리(약 400미터) 정도는 날았네."

"그 정도나 됩니까?"

의외였다. 날지 못하는 새인 닭도 십 장(약 30미터) 정도 거리는 가볍게 날고 나무에도 쉽게 오른다. 일 리면 닭보다 열 배 이상 멀리 난 셈이다.

"민 장군이 내게 서찰을 보내신 이유는 내 비차를 믿기 때문일 걸세. 너무 염려하지 말게. 그리고 자네가 탈 것도 아니잖은가."

만호는 진주성에 전라 좌수사의 서찰을 들고 갔을 때가 생각났다. 진주 목사 서예원(徐禮元)이 그를 불렀다.

"민태주 장군이라는 이를 알고 있나?"

"민태주 장군? 모르는 분입니다. 어느 군 소속이십니까?"

"의병 대장일세. 자네가 할 일은 그 장군을 구출하는 일이야. 여기 정평구 별군관(지방 군영 소속 장교)과 함께 가게."

당시 진주성에는 김천일(金千鎰) 등이 의병을 끌고 지원하러 와 있었다. 민태주는 적의 동태를 살피기 위해 직접 진주 바로 남쪽에 있는 사천으로 갔다가 적의 포로가 되고 말았다. 그런데 어떻게 수를 썼는지는 몰라도 진주성에 있는 정평구에게 서찰을 보내는 데에 성공하였다.

"지금 고성에 있다네. 잘 해서 민 장군을 구출한다면 백성들에게 조정이 결코 의병을 버리지 않는다는 믿음을 줄 수 있을 걸세. 이건 민·관의 사기를 위한 일일세."

서 목사는 단단히 부탁하였는데, 문제는 만호와 함께 가기로 한 진주 병영 별군관, 정평구의 작전 계획이었다. 비차라는 것을 타고 하늘을 날아서 민 장군을 구출하겠다니, 어이가 없었다. 임진년에 왜군이 쳐들어온 후 첩보 수집을 비롯한 각종 작전 수행을 위하여 죽음을 무릅쓴 일이 한두 번이 아니었지만 하늘을 날겠다는 계획은 처음이었다. 하지만 정평구가 정신이 나간 사람 같지는 않았고, 그가 비차를 실험하는 모습을 본 사람도 많았다.

민태주 장군은 정평구와는 개인적으로도 친했다. 정평구는 사대부인데도 체통 없이 공인들이나 하는 도구 만드는 일을 했기 때문에 다른 양반들은 그를 괴짜 취급하고 경멸하였지만 민 장군만은 그에게 격려를 아끼지 않았다. 그 때문에 일부러 정평구에게 그 구원 요청 서찰을 보냈을 것이다.

두 사람은 곧장 아까 만호가 성벽으로 몰래 올려 보낸 보따리 안에 있던 왜군 군복으로 갈아입은 뒤, 날이 어두워질 때까지 산속에서 비차를 조립하였다. 조립뿐 아니라 이를 숨기는 일 또한 중요했기 때문에 비차용 광목* 외에도 다른 큰 천으로 비차를 덮고 그 위에 흙과 풀을 얇게 깔아서 위장하였다.

"그러면 수고하게, 비차 조립은 내가 마무리할 테니까. 만약에 자네나 나 둘 중 하나가 실패하면 뒤도 보지 말고 도망치세. 이런 데서 같이 죽진 말자고."

정평구가 말했다. 그날 작전은 간단했다. 만호가 왜군 군복으로 갈아입고 고성 관아로 가서 민 장군을 구출하는 동안 정평구는 밖에서 비차를 준비하고 있다가 민 장군을 데리고 날아서 탈출하고 만호는 다른 옷으로 갈아입고 걸어서 나간다. 비차는 2인승이었기 때문이다.

"오늘 작전은 이 검은 학에 달려 있지."

"별명이 검은 학입니까? 어울립니다. 검은 하늘다람쥐라고 부르는 것보다는 낫습니다."

---

* 돛을 만들 때 쓰는 천

"검은 하늘다람쥐? 하하하!"

이 비차는 밤에 눈에 띄지 않도록 일부러 검게 물들인 광목으로 만들었기 때문에 정평구는 이를 '검은 학'이라는 별칭으로 불렀다. 실제로도 비차는 학과 비슷한 모양이었다.

"참, 이걸 가져가십시오. 신발 속에 슬쩍 끼워 놓아도 좋습니다."

만호는 가느다란 붓 정도 굵기로 만 종이를 정평구에게 건넸다.

"이게 뭔가?"

"화약통입니다. 무슨 일이 있으면 이걸로 적을 놀라게 하거나, 적진에 불을 지를 때 쓰는 것이옵니다."

"그래? 그게 필요한가?"

"첩보 작전을 할 때 쓰는 비상용이니까 이게 필요하지 않기를 바라옵니다. 지금 소관이 염려하는 점은 우리 백성 중 누군가가 적에게 붙어서 민 장군을 팔아먹었을지도 모른다는 데 있습니다."

만호는 걱정하던 일을 정평구에게 말했다.

"왜 그렇게 생각하나?"

"왜군이 민 장군을 죽이지 않고 사로잡았기 때문입니다. 그분은 관군 장군이 아니라 의병 대장입니다. 관군의 장수를 붙잡으면 그에게서 조선 군 상황을 들을 수도 있고 관군과 협상할 때 볼모로 쓸 수도 있지만 의병 대장이라면 그럴 일은 별로 없고, 스스로 왜군을 물리치기 위해 일어선 사람인 만큼 투항할 가능성도 없습니다. 그러니 왜군이 의병 대장을 잡는다면 그 자리에서 죽였지, 살려서 가둬 둘 리가 없습니다."

"그렇군!"

"그뿐이 아니옵니다. 민 장군과 동행했던 사람들은 둘 다 뒤통

수가 깨져 죽었습니다. 즉, 싸우다가 죽은 게 아니고 방심하고 있을 때 당했단 말이 되옵니다. 그런데 의병이 내가 의병이라고 얼굴에 써붙여 놓고 다니지도 않는데 검문도 없이 왜군이 의병, 그것도 대장인 줄 어떻게 알고 사로잡았겠습니까? 그건 우리 백성 중 누군가가 왜군에게 협력하고 있다는 말이 됩니다. 그것도 민 장군의 측근 중에 있을 확률이 높습니다."

정평구도 고개를 끄덕였다.

"하지만 의병 내에서 왜군의 협력자를 색출해 내기는 관군 내에서 하는 것보다도 더 어렵지 않겠나?"

"어쩔 수 없습니다. 돌아가면 어떻게든 해 봐야겠습니다. 그렇지 않아도 왜군들의 횡포가 점점 그 강도를 더해 가고 있으니 백성들을 보호하기 위해서라도, 내부 첩자 단속은 중요합니다."

조선 곳곳에서는 왜군에 의한 민간인 약탈과 학살 등이 점점 심해지고 있었다. 왜군은 처음에는 점령지의 민심을 얻기 위해 백성들에게 해를 끼치지 않았으나 전란이 점점 길어지고, 백성들이 의병이 되어 왜군의 보급로를 차단하는 일까지 늘어나 불안해진 탓이다. 그 때문에 피해를 보는 이들은 백성뿐이었다. 고성에 주둔하고 있는 왜군의 지휘관 모리라는 자 역시 잔인하기로 이름 높아, 조금이라도 수상하거나 반항하는 이가 있으면 살려 두지 않으며 이 때문에 고성 관아 앞마당에서는 피가 씻길 날이 없다고 들었다.

만호는 혼자 관아 근처에 숨어서 지켜보며 저녁 식사 시간을 기다렸다. 이때라면 군사들이 긴장을 풀 것이다. 만호는 그대로 슬쩍 관아 담을 넘고는 자연스럽게 포로들이 갇힌 감옥으로 갔다.

옥에 갇힌 죄수는 생각보다 적었다. 전란이 한창일 때니 왜군에 저항하는 이들이나 죄수들은 대부분 처형되었을 것이라. 만호는 옥졸(간수)에게 일본어로 모리 장군이 민태주 장군을 만나고 싶어 한다고 말했다. 옥졸은 별다른 의심을 하지 않고 옥으로 그를 안내했다. 그쪽으로 가니 키가 크고 인물도 훤한 선비 한 명이 갇혀 있었다. 정평구에게서 민 장군의 용모에 대한 이야기도 들은 적 있으니, 그가 민태주 장군임이 분명했다.

"좋아!"

만호는 몰래 숨겨 들어온, 천에 감싼 몽둥이로 옥졸의 뒤통수를 때려 기절시켰다. 왜군 군복 입은 자가 갑자기 조선말을 하며 옥졸을 때려눕히자 옥 안에 있던 사람은 깜짝 놀랐다.

"민태주 장군이십니까?"

"맞소, 내가 민태주요. 당신은 누구시오?"

"전라 좌수영 소속 장만호 군관입니다. 장군을 구출하러 왔습니다."

"저, 정평구 군관은 안 왔소? 나는 그에게 서찰을 보냈소."

"밖에서 기다리고 있습니다. 왜군 군복을 준비해 왔으니 빨리 갈아입고 나오십시오!"

만호는 쓰러진 옥졸의 입에 재갈을 물리고 갑옷도 벗긴 뒤 옥 바닥에 엎어 놓았다.

"대단한 솜씨구려."

"이 정도는 간단합니다. 산등성이까지 모셔다 드릴 테니 그다음부터는 정 군관 나리와 함께 가십시오! 일단 관아 담부터 넘겠습니다!"

두 사람은 서둘러 관아의 허술한 곳으로 가서 담장을 뛰어넘었다. 다음은 빨리 약속 장소로 가야 했다. 그 때, 저편에서 왜 군사들 한 무리가 관아 쪽으로 오고 있었다. 민태주와 만호는 일단 담장 뒤에 숨었다.

왜군들은 조선군 간자가 나타났다고 말했고, 그 말을 들은 문지기가 서둘러 관아 쪽으로 돌아갔다. 만호가 그쪽을 보자, 묶인 채 끌려온 사람은 정평구였다. 만호는 서둘러 민태주에게 몸을 돌렸다.

"이, 이런! 장군, 일단 둘이서 성벽을 어떻게든 넘어야겠습니다. 성벽을 넘으면 장군께서는 얼른 진주성까지 가십시오. 가시는 길은 아시죠? 저는 정 군관 나리를 구해서 돌아가겠습니다!"

민태주는 고개를 저었다.

"아니, 나도 돕겠소!"

"염려 마십시오. 이럴 땐 저 혼자가 낫습니다!"

"아닐 텐데?"

갑자기 장군의 말투가 달라졌다. 만호가 의아해하기도 전 그의 뒤통수에 강한 주먹이 날아왔다.

잠시 후, 만호와 정평구는 관아 앞마당에서 손을 뒤로 묶인 채 모리 장군 앞에 꿇어앉혀져 있었다. 민태주는 모리 장군 바로 옆에 서서 두 사람을 지켜보았다.

"민 장군, 우리를, 아니, 나라를 배신한 것이오?"

정평구가 놀라움과 슬픔에 찬 목소리로 외쳤다.

"이건 배신이 아니라 소신 있는 귀화일세!"

"뭐라고?"

"내가, 어떻게 포로로 잡힌 와중에 진주성까지 서찰을 보낼 수 있었겠나? 그건 다 작전이었네. 그리고 의병을 끌고 진주로 갔던 것도 사실 진주성 상황을 모리 장군께 알려 드리기 위해서였네."

민태주는 보란 듯 웃으며 말했다.

"그렇다면, 사천으로 가는 길에 동행했던 두 사람을 죽인 것도 당신이오?"

만호가 물었다.

"어쩔 수 없었소."

'적어도 의병 부대를 조사할 필요는 없게 되었군.'

만호는 한탄했다. 하긴, 앞서 언급한 대로 민태주 일행이 의병임을 왜군들이 어떻게 알았는지도 이상했고 죽은 사람 둘 다 격투 흔적도 없이 뒤통수가 깨져 죽었다는 점도 쭉 마음에 걸렸다. 하지만 이들을 죽인 사람이 일행 중에 한 명, 즉 민태주라면 모든 게 간단히 설명되었다.

"왜 이런 짓을 하는 겁니까? 내가 비차를 만들려고 할 때 사람들이 다 미쳤다고, 왜 매일 천이나 나무 뚝딱거리며 천민들이나 하는 일을 하느냐고 물었을 때, 당신만이 날 돕고 믿어주지 않았소?"

정 군관이 물었다.

"그래서 그러는 걸세. 여기 조선인들을 보라고! 한심하기 그지없네!"

"뭣이오?"

"사농공상(士農工商), 즉 선비·농부·공업 종사자·상인 순서로 실생활에는 쓸모도 없는 유학(儒學)에 빠진 사람만 높게 쳐 주고, 정작 살아가는 데 없어서는 안 되는 생필품이나 물건을 만드는 장인들은 사람 취급도 하지 않네. 그들이 없으면 자신들은 살지도 못하면서 말일세! 하지만 일본에서는 도공이든 대장장이든 기술이 있는 사람이라도 일인자는 모두 조선과는 비교도 하지 않을 정도로 우대해 주네. 나도 선비 출신이지만 그런 데에는 정말 진력이 났네!"

민태주는 질렸다는 표정으로 말하고는 정평구와 만호를 번갈아 가며 보았다.

"그래서, 일부러 진주성 상황을 왜군에게 알려 주고자 의병을 모아서 진주성에 갔다가, 여기로 온 거라고!"

"이런, 썩을……!"

만호가 말했다.

"내가 자네에게 서찰을 보내 구원을 청한 이유는 자네를 여기에 오도록 하기 위해서였네. 나와 같이 일본으로 가세나!"

"뭣이오?"

"뭣하면 처자식도 데려올 수 있게 해 주겠네. 곧 진주성은 일본 것이 된다고! 그 성이 과연 얼마나 버틸 수 있겠나? 왜 스스로 무덤을 파려 하나? 일본에 가서 비차도 만들고, 그보다 더 좋은 물건도 만들면 자네는 그 공로를 인정받아 크게 이름도 날리고, 높은 벼슬도……."

"그만!"

만호가 외쳤다.

"정 군관 나리, 더 이상 이런 더러운 말을 들으실 겁니까? 우린 조선에 충성을 맹세한 무관 아닙니까!"

"장 군관이라고 했나? 뭣하면 당신도 귀화하는 게 옳지 않겠소?"

민태주가 말했다.

"내가 아까 소속 밝힌 거 잊었습니까?"

만호가 외쳤다. 민태주는 씩 웃었다.

"호오, 소속? 아, 그래, 전라 좌수영이라고 했지? 전라 좌수사 이순신 장군 휘하에 있는 사람들은 하늘이 뒤집혀도 그를 버리지 않는다지? 정 군관, 이 친구 대답은 들은 것 같으니 자네 답을 듣고 싶네. 갈 텐가?"

"……"

"가지 않겠다고 하면 모리 장군께서 '그러면 할 수 없지.' 하면서 곱게 돌려보내 줄 거라고 생각하는 건 아니겠지? 난 자네를 아끼네, 자네 재능을 높이 사고. 그러니 자네 재능을 더 잘 펼 수 있는 곳으로 가자고. 이건 배신이 아닐세. 아까도 말했잖아, 소신이 있는 투항이라고. 자네 잘못이 아니야. 자네 같은 인재를 알아보지 못하는 조정이랑 이 나라 사대부들이 나쁜 거지! 자기를 알아주는 사람에게는 목숨도 바친다고 하지 않나?"

정평구는 고개를 푹 숙였다.

"하, 하루만! 생각할 시간을 주십시오. 그리고 여기 장 군관에게도 기회를 주시기 바랍니다!"

민태주가 통역하자, 고성 주둔 왜군의 우두머리인 모리 장군은 고개를 젓고는 만호를 가리켰다. 그러자 만호의 양 옆에 있던 군사들이 그를 끌어당겼다. 당장 가서 목을 베라는 뜻이 분명했다.

순간 만호의 머릿속에 전라 좌수사의 가르침이 떠올랐다. 나라가 위태로울 때 군에 몸담은 자로서 전사함은 장렬한 일이지만,

누구에게나 목숨은 중요한 것이므로 절대 마지막까지 포기하지는 말라고 했다. 만호 역시 순순히 죽을 생각은 없었다. 이럴 때를 대비해 신발 속에 화약통까지 넣어 왔다. 만호는 서둘러 자신을 둘러싼 군사들의 수와 위치를 살펴보며 계산했다. 어렸을 적부터 무인으로서 빨리 주변을 살피는 훈련을 해 둔 덕이다.

만호는 일어나며 뒤로 묶인 손으로 신발에서 화약통을 꺼내 손에 숨기고, 문 쪽을 보았다. 세종 임금 때부터 화재를 대비해 도성 곳곳은 물론 지방 관아에도 방화수를 담은 물독을 놓아두도록 했는데 물론 이곳에도 있었다.

군사들이 그를 끌고 가자, 만호는 화약통을 옆에 있던 화로에 슬쩍 던졌다.

펑!

순간, 종이 안에 있던 화약이 폭발하며 화로에서 불꽃이 확 일었고 주변 사람들이 흠칫 놀랐다. 만호는 자신의 옆에 있던 군사를 박치기로 받으며 그 옆의 군사를 발로 찼다. 그리고 뒤로 묶인 자신의 손을 뛰어넘었다. 손이 앞으로 가자 뒤로 묶였을 때보다는 편하게 움직일 수 있었다.

만호는 뛰어올라가 모리 장군을 인질로 잡고 탈출할까 했으나 호위 무사들이 곧장 장군을 감쌌고, 왜군 군사들이 모두 칼과 창을 들고 이쪽으로 달려오기 시작했다. 만호는 한 번 바닥을 구른 뒤 앞에 있던 군사에게 파고들어 다리를 걸어 넘어뜨리고 그가 들고 있던 장창*을 빼앗아 들었다. 순간 정평구를 보았지만, 그는

_____

* 4~5미터 길이의 창

왜군 군사들이 꼭 붙잡고 누르고 있었다. 만호는 문 쪽으로 달려가 장창으로 담장 밑에 있던 물독을 깨뜨린 뒤 곧장 창을 담장에 걸치고 발판으로 삼아 휙 넘었다.

"잡아라!"

"아니, 죽여라!"

뒤에서 조총 소리가 몇 발 들렸으나 만호는 돌아보지도 않고 뛰었다. 달리면서도 그는 깨진 물독 조각으로 손의 결박을 끊었고 왜군 군복도 벗어 던졌다.

얼마 후, 겨우 적군을 따돌린 만호는 비차를 숨겨 둔 장소에서 한숨 돌리고 있었다. 정신을 차리니 정 군관이 걱정되었다. 혹시 민태주에게 설득당하여 왜군에게 붙지 않았을까, 그러지 않으면 그는 그 자리에서 죽을 것이다. 이럴 줄 알았으면 어떻게든 데리고 나왔어야 했는데. 하지만 그런 상황에서 조금이라도 망설였으면 자신의 목숨 또한 붙어 있었을까도 의문이었다.

주변을 둘러보니 다행히 왜군에게 이 장소는 들키지 않은 것 같았다. 하지만 정 군관이 없으니 자신이 이걸 타고 날아가거나 할 수는 없고, 그렇다고 두고 가면 적군에게 넘어갈 수도 있으니 부수거나 태우는 편이 나았다. 만호가 부싯돌을 드는 순간 사람 목소리가 들렸다.

"이쯤인데, 어두워서 그런지 눈에 잘 띄지 않습니다!"

정평구가 소리 높여 외쳤다. 보니까 그는 선두에서 왜군을 안내하고 있었다. 숨겨 둔 비차를 찾으러 온 모양이다. 그렇다면 그역시 적의 편에 붙었다는 말인가? 피가 거꾸로 치솟은 만호는 비차 밑에 뒀던 칼을 들고 뛰어나가 정평구와 민태주까지 다 베어

버리고 싶은 마음이 솟았으나 그때 다시 좌수사의 얼굴이 떠올랐다. 어떤 상황에서도 절대 경거망동하지 말고, 모든 걸 내던지고 싸우지는 말라고 했다. 비밀 작전을 수행해야 할 경우에는 더욱.

다시 보니 정평구와 왜군은 조금 헤매는 듯했다. 만호는 지금 이 기회구나 하는 생각에 일단 칼과 비상용 변장 도구만 들고 다른 곳으로 가려 했으나, 다시 보니 짐 중에 종이 뭉치에 화약과 쇳조각을 넣어 만든, 주먹만 한 폭탄인 질려탄(蒺藜爆彈)이 눈에 띄었다. 적에게 화약을 넘길 수는 없었다.

잠시 후, 저편에서 정평구의 목소리가 들렸다.

"여기 있습니다! 다행입니다. 그 녀석이 비차를 건드리지는 않았던 것 같사옵니다!"

"도망치느라 바빴겠지. 벌써 성을 벗어난 걸까? 비상 경계령을 내렸는데."

순간, 만호의 귀가 번쩍 뜨였다. 그리고 하나의 생각이 머리를 스쳐 지나갔다. 그쪽을 보니 왜군 군사들이 비차를 꺼내는 모습이 보였다.

얼마 후 날이 밝았다. 깊은 숲 속에서 잠시 몸을 쉰 만호는 보따리에 있던 평민 복장으로 갈아입고 원래의 수염 위에 가짜 수염을 좀 얼기설기 붙였다. 관아를 살피러 가니 모리 장군이 탄 말이 나오는 모습이 보였다. 그 뒤에는 민태주와 정평구가 따르고 있었으며 뒤에 있던 수레에는 검은 학, 즉 비차가 실려 있었다. 사람들도 모두 비차를 보고 신기한 듯 웅성거리고 있었다.

순간, 만호는 뭔가 있구나 하는 생각이 들었다. 민태주는 정평구더러 비차를 왜군에게 넘기라고 했을 것이고 그들 앞에서 비차가 날 수 있음을 직접 보여야 했을 것이다. 그러기에 좋은 장소라면 높은 곳이고, 이 행렬이 가는 방향으로 미루어 보았을 때 당항포 근처에 있는, 거류산일 것이다. 만호는 성문을 통과한 뒤 이 행렬보다 앞서서 거류산 쪽으로 갔다.

저편을 보니, 정평구는 왜군 군관 한 명과 함께 비차를 잡고 있었다. 비차는 달리면서 날아올라야 하는데 두 사람은 제대로 날지 못하고 넘어지고 말았다.

"지금은 바람이 약해서 날기가 힘듭니다!"

풀을 한 줌 집어 바람에 날려 본 정평구가 말했다. 그러자 민태주가 일어로 모리 장군에게 통역했다. 민태주는 장군의 말을 들은 뒤 정평구에게 말했다.

"평구, 모리 장군이 우리를 완전히 믿지는 못하시는 것 같네. 그러니 당장 성공시키지 않으면 우린 죽을 수도 있다고! 거기다 어제 자네랑 같이 온 그 장 군관도 아직 잡히지 않아서 걱정도 많으시네!"

만호는 다시 주변을 훑어보았다. 왜 군사들이 곳곳을 지키고 있으니 저기까지 접근하기란 어려울 것이다. 만호의 실력으로 한두 명 정도는 쓰러뜨릴 수 있지만 모리 장군을 호위하는 병력은 적어도 백여 명은 되었다. 지금까지 들키지 않고 왔다는 사실만 해도 다행이었다.

문득 북쪽을 보자, 곧장 당항포가 한눈에 들어오며 건조하지만 시원한 바람이 불어왔다. 날이 가문 탓이다. 만호는 궁리 끝에 꾸러미 속에서 질려탄과 화승(火繩, 심지)을 꺼냈다.

콰쾅!

갑작스러운 폭음과 함께 정적이 깨지자, 조총을 든 군사들이 모두 그리로 총을 겨누었고 몇몇 군사들이 방패를 들고 빈틈없이 모리 장군을 감쌌다. 그런데 얼마 지나지 않아, 반대편에서 다른 폭발이 일어났다.

"그놈이다! 비차를 훔치러 온 게 분명합니다!"

'그놈'이라면 만호를 뜻하는 말일 것이다. 곧 세 번째 폭발이 일어났다.

"비차를 지켜라!"

왜군 군관들이 비차 쪽으로 달려왔다. 세 번째 폭발이 일어난 장소는 산 중턱 갈대밭이었다. 그 폭발 때문에 갈대밭 곳곳이 불타오르기 시작했다. 날씨가 더울 때라 말라 있던 갈대는 곧 탁탁거리며 불길에 삼켜졌고, 불은 곧장 위쪽의 갈대마저도 핥아먹듯이 사르며 오르기 시작했다. 만호가 질려탄에 있는 화약 가루를 미리 그곳에 뿌려 둔 탓이었다.

"나리, 지금입니다! 불길 쪽으로 달리십시오!"

만호가 외쳤다.

"장 군관?"

정평구는 놀란 듯했지만 곧 재빠르게 옆에 있던 왜군 군관과 방패를 든 군사를 밀치고는 산 아래로 달렸다.

"아니, 자네 뭐 하나?"

민태주가 소리쳤으나, 불길 쪽에서 달려오던 만호가 정평구의 옆에 올라타듯 하자, 곧장 알아차린 모양이었다. 두 사람은 약속이나 한 듯 빠른 발걸음으로 땅 위를 달리기 시작했다. 민태주가 외쳤다.

"자네, 배신을 할 셈인가?"

"배신은 당신이 했지!"

정평구가 대답했다.

"장 군관, 힘껏 달려! 떠올라도 계속!"

강한 바람과 함께 허공을 차는 듯한 느낌이 발에 왔다. 날개를 편 검은 학이 공중에 뜬 것이다. 모리 장군이 뭐라고 외치자, 조총 부대가 일제히 비차를 향했지만 만호가 떠오르며 던진 질려탄 두 개가 이들을 흩어 놓았다. 거기다 산 아래쪽은 벌써 불길에 휩싸이고 있었다. 왜군들이 우왕좌왕하였다.

"성공일세!"

"세, 세상에⋯⋯!"

만호는 믿을 수가 없었다. 검은 학이 불의 열기를 뒤로한 채 새처럼 힘차게 날고 있었다. 어렸을 적 새를 보고 막연히 자신도 날면서 세상 구경을 하고 싶다는 생각을 했는데, 그 생각이 실현된 것이다. 기분이 정말 좋을 때 '날아갈 것 같다'고 하는 이유를 알 수 있을 것 같았다. 만호는 잠시 동안이지만 자신들이 도망치는 중, 아니, 전란의 와중에 있다는 사실조차 잊을 정도였다.

"어이, 장 군관!"

정평구가 외쳤다.

"네?"

"나는 것도 좋지만 정신 차리게! 이제 내려야 한다고! 저쪽으로 방향을 잡을 테니 내려앉을 준비를 해!"

정평구가 끈을 잡아당기자 날개가 약간 접혔다. 그러자 비차는 빠른 속력으로 내려가기 시작했다. 매나 독수리가 날다가 사냥감을 잡기 위해 빠르게 내려갈 때 날개를 접는데 이 방법을 비차에 응용한 것이다. 얼마 후, 언덕 위 풀밭에 발이 닿았으며 두 사람은 넘어지기는 했지만 무사히 내려앉았다.

"성공했네, 이렇게 멀리 난 적은 처음이야! 그것도 두 사람이 말이야."

"나리, 정말, 한때라도 의심해서 송구하옵니다. 나리는 지금까지 누구도 하지 못한 일을 해내셨습니다!"

만호는 전란이 시작된 후 첩보 활동을 다니며 여러 사람들을 만났고 개중에는 괴짜도 많았으나 하늘을 날겠다고 한 사람은 처음이었다. 그런데 놀랍게도 나는 모습을 직접 보았을 뿐 아니라 자신도 함께 날게 되었다.

"그런 말은 나중에 하고, 빨리 비차부터 분해한 다음에 도망치자고! 여긴 아직 왜군 영역이야!"

두 사람은 서둘러 달아났다. 얼마 후 깊은 산속으로 들어가자 겨우 쉴 수 있었다. 그늘에 주저앉은 정평구의 표정은 조금도 편해 보이지 않았다.

"민태주 말일세, 어떻게 되었을까? 왜장에게 지금쯤 목숨을 구걸하고 있을까? 아니면 목이 잘렸을까?"

정평구가 말을 꺼냈다.

"어쩔 수 없었사옵니다."

"그래, 솔직히 지금도 믿어지지 않네, 그놈이 조선을 버리다니. 그리고 나를 끌어들이기 위해 이런 일을 꾸몄다니 말일세."

"……"

"서 목사께 보고는 내가 하겠네. 하지만 민태주는 전사했다고 백성들에게 말해야 될 것 같네. 의병 대장이 왜군 편에 붙었다는 소문이 돌면 백성들이 동요할지도 모르니까."

정평구는 잠시 말이 없었다.

"자네는 그자의 말을 어떻게 생각하나?"

"예?"

"조선 조정이나 사대부들이 유학에만 빠져 정작 삶에 도움이 되는 기술이나 상업을 발전시키기는커녕 그런 일을 천하게만 보고 있다. 그러니 나 같은 사람이 왜국에 가면 아주 존경받는 인물이 된다?"

만호는 뭐라 말할 수 없었다.

"그래, 그 말이 맞을 수도 있어. 자길 진정 알아주는 사람을 위해서는 목숨도 바칠 수 있다고 하지. 하지만 저들이 조선에 와서 백성들에게 하고 있는 약탈과 살육을 뻔히 보면서, 어찌 그들에게 붙으란 말인가? 그러니 갈 수가 없었네."

"나리, 잘 생각하셨습니다."

"그리고 조정이 우리를 알아주지 않는다고 해도 반드시 조정 탓만 할 것도 아니지. 조선이든 왜국이든, 빛을 볼 사람은 보는 법이니까. 뭐든지 제대로 하면 알아주는 사람이 있을 걸세. 지금껏 나는 그렇게 믿었고 앞으로도 믿으려 하네."

"지당하시옵니다."

정평구는 가만히 있다가 물었다.

"참, 그런데 자네, 난 솔직히 자네가 내가 왜군에게 투항했을 거라 여기고 혼자 도망친 줄 알았는데, 거기까지 어떻게 날 구하러 왔나? 내가 배신했을지도 모른다고 여기지 않았나?"

"솔직히 처음에는 정말 투항하신 줄 알았습니다. 그래도 살펴보고 가려고 했는데, 나리께서 제가 비차를 건드리지 않아 다행이라고 민태주에게 말씀하셨잖습니까."

"아, 그래? 그러면 그때 그 산에서, 그 근처에 숨어 있었나?"

"그러하옵니다. 소관은 거기에 있던 질려탄이랑 무기 등은 전부 챙기고 비차만 그대로 두고 갔습니다. 나리라면 그 물건들이 없어졌다는 걸 모르실 리가 없잖사옵니까. 생각해 보니 비차를 가지러 그 산을 수색할 때도 일부러 큰 소리를 내고, 어두워서 헛갈린다는 핑계로 왜군을 이리저리 끌고 다니면서 저를 도망칠 수 있게 하시려고 한 것 아니옵니까?"

"허허허, 역시 들은 대로군그래. 그런데 말일세, 사실 바람은 불지 않았는데 자네가 오니 갑자기 부는 것 같았네. 왜 그렇게 된 건가?"

"나리가 처음으로 날기를 시도했을 때는 아직 날씨가 충분히 뜨겁지 않았기 때문이옵니다. 바닷가에서, 특히 더운 철에는 바다에서 육지로 바람이 불고, 밤이 되면 그 반대이옵니다. 조선은 북쪽을 제외한 삼면이 바다지만 당항포는 육지 쪽으로 움푹 들어간 형태라서 바다가 거류산보다 북쪽에 있지 않습니까? 그러니 비차도 바람이 부는 북쪽을 향해 날려야 하옵니다. 그래서 저는 바람이 올라가도록 하기 위해 공기가 좀 뜨거워질 때까지 기다렸다가 불을 질렀습니다. 불은 자기도 올라가려는 성질이 있지만 주변 공기도 올라가게 합니다. 불이 타면 바람이 없어도 주변의 재가 휘날리듯 말입니다."

"그래, 연을 날릴 때는 바람이 부는 쪽으로 달려야 잘 나니 불이 타오르는 쪽으로 달리면 불 때문에 공기가 올라가니까 비차도 띄울 수 있을 거라 생각한 건가? 자네도 비차 만드는 데 소질이 있군. 내 제자로 삼고 싶을 정도야."

"하하하. 과분한 말씀입니다."

정평구의 얼굴은 진지했다.

"진심일세. 그건 그렇고, 전에 말했지만 바람의 흐름을 타는 요령을 익힌다면 더욱 잘 날 수 있을 걸세. 잘 하면 나중에 이보다 더 큰 비차를 만들어 볼 수도 있어. 그렇게 하면 먼 곳까지 짐을 운반할 수도 있고 오늘처럼 적군을 위에서 내려다보며 질려탄이나 돌을 던질 수도 있을 걸세! 풋, 하하하!"

"왜 웃으십니까?"

"어렸을 때부터 날기를 그토록 꿈꿨지만 전란이 일어났으니 비차를 개발할 여유가 없을 것 같아 걱정됐는데, 오히려 비차를 전투 및 작전에 사용하는 법을 고안하게 되었으니, 앞뒤가 안 맞지 않나."

"필요가 새로운 것을 낳는 법 아니옵니까. 하하하!"

만호도 웃었다.

"장 군관, 전란 끝나면 한번 보세. 아니, 한번 더 같이 날아 보자고! 이 비차도 지금은 적을 물리치는 데 써야 하지만, 나중에는 짐도 운반하고 백성들의 삶을 더욱 윤택하게 만드는 데 쓰게 될 걸세!"

정평구가 웃으며 말했다.

"물론이옵니다."

한 달 후, 만호는 전라 좌수영 앞의 해변을 거닐고 있었다. 시원한 바닷바람이 불어 왔지만 그의 마음은 조금도 시원하지 않았다. 그 혼자만의 심정이 아니었다. 왜군이 결국 진주성을 함락시켰다는 소식은 좌수영 전체의 분위기를 침통하게 만들었다. 더욱이 성에 있던 군사는 물론 백성들까지 모두 도륙당했고 그 수가 7만이 넘는다는 보고를 듣자, 늘 근엄하던 전라 좌수사마저도 비통해했다.

만호는 누구보다도 정평구가 생각났다. 그는 포위된 성에서 비차를 타고 날아올라 적에게 질려탄과 돌을 퍼붓다가 조총에 맞았고 성 안에 떨어져 죽고 말았다. 정평구는 총에 맞고도 비차를 왜군에게 넘기지 않기 위해 남은 힘을 다해 적진이 아닌 성 안에 떨어지도록 조종했으리라는 생각이 들었다. 그가 부하 군사에게 비차와 그 설계도를 모두 불태우라는 말을 남기고 죽었다니 틀림없을 것이다.

거기까지 생각하니 전란이 원망스러웠다. 앞서 언급했듯 전투 및 작전에 쓰기 위해 비차라는 것이 만들어졌지만, 정평구 같은 인물이 제 명을 다하지 못했던 이유 역시 전란에 있기 때문이었다. 자신이 그토록 정성을 다해 만든 비차를 불에 태우라 명령해야 했던 정평구의 심정은 짐작하기도 싫었다.

"정 군관 나리! 이제 정말 자유롭게 날아서 가셨소이다. 하지만 전란 끝나면 꼭 같이 날아 보자고 해 놓고, 혼자 먼저 가시면 어떻게 합니까? 나리 같은 인물이 언제 또 나오겠습니까?"

만호는 하늘을 보며 안타까움을 토해내듯 외쳤다.

"나중에 저세상에서 다시 뵙게 되면, 그땐 꼭 같이 날아 봅시

다! 그 전에 저와 우리 수군이, 나리의 한을 풀기 위해서라도 반
드시 조선을 지켜 낼 것이옵니다!"

만호의 외침이 하늘을 향해 날아올랐다. 문득 그 '검은 학'을
타고 맞았던 그 바람이 다시 불어오는 듯했다.

충분히
예뻐

장유남

한국 미스터리 작가 모임 소속이다.

순전히 돈 때문이었다. 재희가 법적으로나, 도덕적으로 그리 바람직하지 않은 일에 종사한다는 것은 소문을 들어 익히 알고 있었다. 하지만 한때나마 가장 친한 친구였던 나에게 그런 일을 시키리라고는 전혀 예상하지 못했다. 내가 원망하는 소리를 재희가 듣게 된다면 어떤 반응을 보일까? 은혜도 모르는 배은망덕한 녀석이라고 길길이 날뛸지도 모르겠다. 그렇게 나온다면 사실 할 말은 없다. 사건이 발생하기 며칠 전, 만취한 채 재희에게 전화를 걸어서 하소연을 늘어놓은 것은 나였으니 말이다.

"뭘 고민해? 일당이 200만 원이라니까!"

재희는 그의 제안을 듣고 망설이는 나를 어이없이 바라보며 말했다.

"딱 삼 일만 고생 해. 그럼 600만원이 거저 생기는 거야."

이 녀석, 강남에 빌딩 한 채를 갖고 있다는 소문이 사실이었구나, 싶었다.

부럽기도 했지만 한편으론 두렵기도 했다. 재희와는 내가 태어날 때부터 이웃해 살며 가족끼리 친하게 지냈다. 중학교에 올라갈 무렵 재희의 아버지가 암으로 돌아가셔서 재희와 재희의 엄마는 친척이 있는 지방으로 이사를 가야 했다. 그 후로 거의 연락이 닿지 않았다. 가끔씩 들리는 소문은 모두 흉흉한 것들이었다. 어머니마저 돌아가시고 깡패가 되었다는 이야기, 사람을 죽여서 감옥에 갔다는 이야기, 나이 많은 여자를 만나 졸부가 되었다는 이야기 등. 재희는 취업 준비생인 나와 달리, 겨우 27살의 나이에 영화에서나 나올 법한 파란만장한 삶을 살고 있는 듯했다. 그렇게 풍문으로만 접하던 재희를 만나게 된 것은 최근의 일이었다. 내가 아르바이트를 하던 호프집에서 13년 만에 만난 재희는 깔끔한 네이비색 양복을 입고, 함께 온 남자와 낮은 목소리로 이야기를 나누고 있었다. 그쪽에서 먼저 알은체를 하지 않았다면 전문직에 종사하는 신입 사원쯤으로 여겼을 것이다.

재희에게 도움을 청하면 해결의 실마리가 보일 거라고 기대하긴 했지만, 600만원은 당장 필요한 액수 그 이상이었다. 마지막 학기 등록금의 상당 부분을 해결할 수도 있었다. 재희의 제안을 듣자마자 무슨 일이든 하겠노라고 대답했다. 만약 술에 취해 있지 않았다면, 친구의 제안을 거절할 수 있었을까? 솔직히 장담할 수 없다.

그렇게 해서 나는 한 여자를 납치하는 일에 가담하게 되었다.

그녀가 사는 곳은 강남에 위치한 고급 아파트였다. 재희는 여자가 자주 다니는 동선 내에서 CCTV가 없는 후미진 골목을 일러 주었다. 그녀는 제법 규칙적으로 생활하는 듯했고 덕분에 일을 계획하는 것이 쉬워 보였다.

밤이 깊어지기를 기다렸다가 검은색 세단을 몰고 아파트 단지로 갔다. 근처 관목나무가 우거진 길가에 차를 세웠다. 목표물이 모습을 드러낼 때까지 그림자처럼 숨어 있어야 했다. 나는 자동차 보조석에 앉아서 마른침을 삼켰다.

"처음인데 혼자서 할 수 있겠어?"

운전석에 앉은 남자가 미심쩍은 말투로 물었다. 시선은 앞을 주시하고 있었다. 재희가 올빼미라고 부르는 동갑내기 남자애. 호프집에서 재희를 우연히 만난 날, 그의 옆에 있던 사람이었다. 지금은 범죄 초보자인 데다 한낱 경영학과 학생에 불과한 나를 위해 재희가 붙여 준 파트너.

나는 떨리는 목소리를 감추기 위해 고개를 끄덕였다. 올빼미가 비웃음인 듯한 미소를 날렸다.

"마취에서 깨어나면 소리칠지도 모르니까, 입은 테이프로 단단히 막아 둬."

"응……."

대답하는 목소리가 갈라졌다.

여자를 납치해서 모텔까지 데려가는 것은 올빼미가 도와주지만 그 후의 일은 혼자서 처리해야 했다. 원래 이 일은 올빼미 혼자 할 계획이었는데 나에게 대신 주어졌다. 자세한 내막이 궁금했지만 캐묻지 않았다. 나에게 호의적이지 않은 올빼미의 태도로 보아서는 재희와 둘 사이에 뭔가 있는 것 같았다.

"의뢰인의 조건이 뭔지 들었지?"

"물론. 귀가 닳도록 들었지."

놀라울 정도로 인간적인 요구 사항. 여자를 삼 일 동안 감금하되 털끝 하나도 건드리지 말 것, 후에 트라우마를 남길 일체의 행위도 하지 말 것, 따로 금액을 청구해도 좋으니 숙식 제공은 부족함이 없게 할 것 등. 재희는 이 같은 내용을 나에게 읊어 주며 중지로 관자놀이를 눌렀다.

"흥! 납치가 무슨 동남아로 떠나는 추억 여행이라도 되는 줄 아나."

별 유난스런 고객을 다 보겠다는 말투였다. 나는 재희에게 물었다.

"왜 하필 나야?"

"돈이 필요하다며?"

"그건 그렇지만……."

친구를 범죄자의 길로 내모는 것이 내심 미안했던지 재희는 입맛을 쩝쩝 다시며 말했다.

"지금 내가 아는 사람 중에 이 일을 믿고 맡길 사람은 너밖에 없어."

"왜? 올빼미라는 녀석도 있잖아?"

선뜻 이해가 가지 않아서 물었다. 재희가 올빼미를 나에게 소개할 때 업계 최고 전문가라고 했던 말을 기억하기 때문이다.

재희는 한참 뜸을 들이다가 입을 열었다.

"일식 요리사에게 팔딱이는 생선과 회칼을 함께 주면 어떻게 할 것 같니?"

의도를 알 수 없는 질문이었다.

"그야…… 회를 뜨겠지."

재희는 "바로 그거야!"라며 손뼉을 쳤다. 도통 무슨 말인지 알아들을 수 없었다. 고개를 갸웃거리는 나에게 재희가 덧붙였다.

"명문대 학생이라면서 의외로 머리 회전이 느리네. 네 말대로 요리사는 생선으로 요리를 하지, 바다로 돌려보내 주지 않는다."

선문답처럼 아리송한 말이었다.

"직접 만나 봤어?"

내가 옆에 앉은 올빼미에게 물었다.

"누굴?"

"이 일을 시킨 사람 말이야."

"응."

"어떻게 생겼어?"

"아주 귀엽게."

진심인지, 아니면 나를 놀리려고 하는 말인지 알 수 없었다. 의뢰인에 대해 좀 더 자세히 물어보려고 하는데 올빼미의 인상이 굳어졌다. 앞을 보니 자그마한 체구의 여자가 걸어가는 모습이 보였다. 앞으로 2박 3일 동안 나와 모텔에서 지내게 될 여자였다.

남자는 밤하늘을 소리 없이 비상하는 올빼미처럼 날렵하게 자동차 밖으로 나갔다. 나는 엉겁결에 그 뒤를 따랐다. 올빼미는 여자의 뒤에 바짝 붙더니 순식간에 마취약이 묻은 손수건으로 그녀의 입을 틀어막았다. 여자는 감전된 오징어처럼 발버둥을 치다가 얼마 뒤 의식을 잃고 축 늘어졌다. 모든 일이 순식간에 벌어졌다. 올빼미는 뒤를 돌아 다급한 눈빛으로 나를 쳐다보았다. 정신이 번쩍 들었다. 주어진 임무를 깜빡하고 있었던 것이다. 나는 한 달음에 달려가 여자의 얼굴에 천을 띄우고 자동차 뒷문을 열었다. 올빼미는 여자를 가뿐히 어깨에 들쳐 메고 뒷좌석에 앉혔다. 그는 나더러 여자 옆에 앉으라고 지시했고 나는 군말 없이 그 말을 따랐다. 차는 곧 우리의 다음 목적지를 향해 달리기 시작했다. 의식을 잃은 여자의 몸이 비틀거리더니 내 오른쪽 어깨 위로 떨어졌다. 더러운 천을 사이에 두고 여자의 온기가 전해졌다. 끔찍할 정도로 현실적인 감각이었다.

올빼미가 돌아가고 난 후, 여자가 깨어났다.

동갑내기 전문가는 포승줄을 이용해 여자를 의자에 단단히 묶어 두었다. 혼자 남게 되자 무엇부터 해야 할지 도무지 생각이 나지 않았다. 우선 올빼미가 시킨 대로 여자의 입에 테이프를 붙이기로 했다. 얼굴을 가렸던 천을 벗기자 자신에게 닥친 불행을 알지도 못한 채 평온하게 잠든 여자의 얼굴이 보였다. 아……. 나도 모르게 감탄사가 나왔다. 모텔의 어둑하고 원색적인 조명 아래에서도 가려지지 않은 미모였다. 이마와 턱의 완만한 곡선, 앙증맞으면서도 남자들의 승부욕을 자극할 만큼 오똑한 콧날. 눈은 감고 있어도 눈망울의 크기를 가늠할 정도로 컸다.

한참 넋을 놓고 있던 나는 겨우 정신을 차리고 올빼미가 두고 간 청테이프를 어금니를 이용해 뜯었다. 조심스럽게 걸음을 떼어 그녀에게 다가갔다. 여자의 숨결이 볼에 닿을 정도로 가까워졌을 때, 상대의 속눈썹이 파르르 떨리는 것이 보였다. 곧이어 여자의 검은 눈동자가 세상을 향해 크게 열렸다.

나는 너무 놀라서 허둥대며 뒷걸음질을 쳤다. 그 바람에 뒤에 있던 탁자에 엉덩이를 세게 부딪쳤다. 탁자 위에 놓여 있던 유리잔이 시끄러운 소리를 내며 바닥에 떨어져 박살이 났다.

공포에 질린 여자의 눈동자가 어지럽게 흔들렸다. 그러다 나와 눈이 마주쳤다. 알 수 없다는 표정을 짓는 그녀. 손바닥으로 얼굴을 더듬어 보았다. 이런 멍청이! 마스크를 쓰는 아주 기초적인 것조차 잊어버리다니! 얼른 고개를 돌려 소파 위에 벗어 둔 파카 주머니에서 검은 마스크를 꺼내 썼다. 뒤를 돌아보니 여자가 나를 노려보고 있었다.

"몇 시야?"

차가울 정도로 침착한 목소리.

순간 당황한 것은 나였다. 그 기색을 애써 감추며 벽시계를 턱으로 가리켰다.

시계를 본 여자는 잔뜩 인상을 구기며 나를 노려보았다. 그 시선을 그대로 받고 있는 것은 더할 나위 없는 고문이었다. 혹시 눈치 챈 건 아닐까? 내가 아마추어라는 사실을? 긴장과 불안을 떨쳐내기 위해 몸을 움직이기 시작했다. 바닥에 떨어진 유리 조각들을 줍는데 그녀가 볼멘소리를 했다.

"렌즈가 빠졌나 봐!"

미간을 찌푸리며 여자가 말했다.

"끄응!"

그녀의 짜증 섞인 말투 때문인지 뾰족한 유리 날에 집게손가락을 베이고 말았다. 유리 조각들을 휴지통에 버리고 돌아서자 경멸과 비웃음이 섞인 여자의 얼굴이 보였다. 머릿속이 심하게 쿵쾅거렸다.

"좋은 말 할 때 보내 줘."

여자가 말했다. 나는 대답하지 않을 작정이었다.

"이래 봤자 소용없어."

급속도로 냉각되는 목소리. 묵묵부답인 나.

"야! 원효재."

"왜?"

대답과 동시에 벌에 쏘인 듯 화들짝 놀랐다. 내 이름을 어떻게 알았지?

"내가 차에서 자고 있는 줄 알았지?"

의기양양한 여자의 말에 심장이 두방망이질 쳤다.

"난 네가 상대할 사람이 아니야."

"조용히 안 해?"

강한 어투로 말했지만 등에서는 식은땀이 흘러내렸다.

"나 보내 줘."

"시끄러워."

"이래 봤자 소용없다니까."

"뭐가?"

"일어날 일은 반드시 일어나게 돼 있어."

잠시 입을 다물고 숨을 가다듬었다. 인질범의 자극에 즉각적으로 반응하지 말 것. 재희의 조언 중 하나였다.

"이 밧줄 좀 풀어 줘."

몸을 비틀며 채근하는 여자.

"말 잘 들으면 내일 풀어 줄게. 오늘은 그만 자."

나는 도망치듯 불을 끄고 탁자 옆 소파로 가서 몸을 뉘었다. 여자는 기가 막히다는 듯 코웃음을 쳤다. 급습하는 자괴감에 어디론가 숨어 버리고 싶었다. '네가 남자 체면을 완전히 구기는 구나.' 어디선가 재희의 목소리가 들리는 듯했다.

"지금 제정신이야?"

여자는 지지 않고 날카롭게 쏘아붙였다.

"나더러 의자에서 자라고?"

인질은 주제 파악도 못 하고 빽빽 고함을 질렀다.

"그 입 다물어! 확 찢어 버리기 전에!"

내 속 어딘가에서 이렇게 잔인한 말이 튀어나왔을까. 심장이 배 밖으로 튀어나올 지경이었지만 내색하지 않았다. 내 말이 제법 위협적이었는지 여자가 입을 다물었다. 슬그머니 미안한 마음이 고개를 쳐들었다.

벽을 향해 돌아누웠다. 아무리 돈이 아쉬웠어도 재희의 제안은 거절했어야 옳다. 지금이라도 무를 수만 있다면 얼마나 좋을까. 여자가 어떻게 되든 말든 멀리 도망쳐 버리고만 싶었다. 나는 고개를 좌우로 세차게 흔들며 마음을 다잡았다. 그렇게 하면 이래저래 내 인생은 종치는 거야.

잠시 후 낮고 규칙적인 숨소리가 들렸다. 여자가 잠에 빠져든 것이다. 정말 이상한 여자야. 사위가 조용해지자 냉장고에서 '윙' 하는 소리와 함께 시계 초침 소리가 귀를 울렸다. 잔뜩 긴장했던 나도 몽롱한 상태에서 깊은 잠으로 빠져들었다. 온몸의 피가 머리에 쏠린 것처럼 고단한 하루였다.

얼마나 흘렀을까. 잠결에 눈을 떴다. 주변은 아직 어둑했다. 몸이 저절로 들썩였다. 아직 꿈속을 헤매고 있는지도 모른다. 몸이 내 의지와 상관없이 앞뒤로 출렁거렸다. 고개를 들자 어깨가 뻐근했다. 숨을 깊이 들이마셔 보았다. 불쾌한 것은 마찬가지지만 내가 사는 고시원의 곰팡이 냄새와는 달랐다. 공기 중에 싸구려 방향제 냄새가 섞여 있었다. 불현듯 간밤에 있었던 일이 머릿속을 스치고 지나갔다.

반사적으로 몸을 일으켰다. 검은 형체가 눈앞을 가로막고 있었다. 의자에 결박된 여자가 어느새 소파로 다가와 나를 깨우기 위해 한쪽 발로 내 등을 밀고 있었던 것이다. 커튼 틈새로 한 줄기 햇살이 비쳤지만 암막이 쳐져 있어서 실내는 어두웠다. 비척거리며 자리에서 일어나 방 안의 불을 켰다. 창문을 열고 바깥바람을 쐬고 싶은 마음은 굴뚝같았지만 커튼을 열 수는 없었다. 여자가 밖으로 보이는 건물의 간판을 기억해 두었다가 훗날 경찰에 신고하면 큰일이었다.

"무슨 잠을 그렇게 늘어지게 자? 나 오줌 마려."

시계를 보니 벌써 오전 10시. 마른세수를 하자 손바닥에 피부의 푸석함이 그대로 전해졌다. 반면 여자의 얼굴은 솜털이 보일 정도로 생기가 흘러넘쳤다.

"화장실 가고 싶다니까!"

나는 하는 수 없이 여자를 묶은 끈을 풀어 주고 화장실 앞을 지켰다. 화장실은 출입문 바로 맞은편에 위치했다. 덕분에 출입문과 화장실을 동시에 지킬 수 있었다.

이윽고 변기 물이 내려가는 소리가 들렸다. 여자가 화장실 문을 열자마자 나를 공격하면 어쩌나, 하는 불길한 생각이 들었다. 유단자일 가능성을 배제할 수는 없잖은가. 미처 방어할 자세도 취하지 못했는데 여자가 화장실 문을 열고 나왔다. 내가 문 앞에 버티고 서 있었던 탓에 두 사람이 대치하듯 마주 섰다. 밤에 봤을 때는 작아 보였는데 중키에 호리호리한 몸매의 소유자였다. 흰 꽈배기 스웨터 아래로 봉긋하게 솟은 가슴과 그 아래 오목하게 들어간 허리선을 보니 과격한 운동을 했을 것 같지는 않았다. 아래위로 훑어보는 남자의 시선이 불쾌했는지 여자가 몸을 획 돌려 방으로 들어갔다. 왠지 부끄러워 얼굴이 붉어졌다.

반항이 있을 줄은 알았지만 이렇게 거셀 줄은 몰랐다. 포승줄을 들고 침대에 앉아 있는 여자에게 다가가자 그녀가 내 목덜미를 두 팔로 덥석 안더니 귀를 깨물었다.

"아악!"

목청이 터질 듯한 고함이 나왔다. 간신히 여자를 떼어 내자, 귀에서 흘러내린 핏방울이 바닥에 떨어졌다. 나도 모르게 여자 머리 위로 손을 번쩍 치켜들었다.

이때 똑똑 문 두드리는 소리가 들렸다. 대체 누구지? 혹시 내 고함을 듣고 온 것일까? 밖을 향해 도움을 청하려는 여자의 입을 손으로 틀어막았다. 청소하러 온 사람일지도 모른다. 하지만 재희는 모텔 측에 삼 일 동안 705호 주변에는 얼씬도 하지 말라고 미리 부탁해 뒀다고 했다. 모텔 사장이랑 잘 아는 사이기 때문에 방해 받을 걱정은 없다는 얘기를 들은 터라 불안감이 엄습했다.

몇 분간 팽팽한 긴장감이 흘렀다. 다행히도 노크 소리는 이어지지 않았다. 안도의 한숨을 돌리는데 여자의 악귀 같은 이가 다시 한 번 내 살을 파고들었다. 이번에는 손바닥을 문 것이다. 이번에는 고함 소리가 새어나가지 않게 이를 악다물었다. 하지만 극심한 고통으로 바닥을 뒹굴어야 했다. 그 바람에 출입문을 향해 뛰어가는 여자의 발목을 붙잡으려다 놓치고 말았다. 문 밖으로 잽싸게 모습을 감춘 여자.

안 돼! 이렇게 여자를 보낼 수 없었다. 한때 수능 1%에 속했던 수재가 평생 감옥에서 썩는다는 건 있을 수 없는 일이다. 나는 젖먹던 힘까지 짜내어 자리에서 일어나 복도로 뛰어 나갔다. 그리고 거기에서 믿기 힘든 광경을 보았다.

"오시연이 누군지 알아?"

혼이 빠진 여자를 의자에 묶어두고 건물 밖으로 나왔다. 어떻게 된 영문인지 생각을 정리할 시간이 필요했다. 때마침 바지 주머니 속에 넣어 둔 스마트폰이 울렸다. 은지였다. 반가우면서도 마음 한켠이 무거워졌다. 나는 애써 아무렇지 않게 전화를 받았다. 은지에게 방금 뇌리에 박힌 사람에 대해 물었다.

"오시연? 아이돌 오시연 말하는 거야?"

수화기 너머로 들려오는 카랑카랑한 목소리.

"아이돌?"

"기억 안 나? 그룹 '퍼플걸스' 리더였고, 나중에는 영화에도 출연했잖아."

모두에게 익숙한 이름이기 때문에 내가 궁금해하는 사람과 일치할 가능성은 낮았다.

"2년 전에 자살했던가?"

"잘 아네. 매일 마시던 저지방 우유에 복어 독을 탔다나 뭐라나."

나는 어렴풋한 기억을 더듬어 보았다.

"동영상 때문이었지, 아마?"

"맞아. 연습생일 때 같이 연습하던 남자애랑 찍은 동영상이 인터넷에 쫙 퍼졌잖아. 나라도 쪽팔려서 못 살지. 더군다나 당시에 고등학생이었다는데."

"동영상이 조작된 거라는 얘기도 있었잖아."

"화면이 너무 흐렸으니까. 하지만 그게 가짜라고 해도 이제 와서 뭐 어쩌겠어."

청순가련한 이미지를 생명으로 했던 아이돌에게는 되돌릴 수 없는 치명타였을 것이다. 동영상이 최초로 퍼져 나간 곳은 모든 불법 파일들이 그러하듯 중국일 것이다. 범인을 색출하는 것은 거의 하늘의 별 따기인 셈이다.

"그런데 갑자기 오시연은 왜?"

의심스럽다는 듯이 묻는 은지.

"그냥. 아무것도 아니야."

얼버무리는 나.

"너 원래 그런 스타일 좋아했어? 오시연은 종이 인형처럼 빼빼 말랐었잖아. 하긴 이제 내가 상관할 바는 아니지."

헤어진 연인 사이에는 더 이상 상관할 일이 남아 있지 않는 게 정상이다. 은지와 나처럼 성격 차이가 너무 심했던 커플은 특히 그렇다. 기억과 슬픔의 잔재만 각자 감당하면서 살아가면 그만이다. 하지만 나와 은지 사이에는 해결하지 못한 문제가 하나 남아 있다. 그건 내가 이 일을 하게 된 이유이기도 하다.

"돈은 언제 줄 수 있어?"

"삼 일 후."

"1월 1일이네."

"뭐 한 가지 물어봐도 돼?"

"아니."

은지는 서둘러 말하고 전화를 끊어 버렸다. 내가 뭘 물어볼지 잘 알고 있기 때문이다. 그리고 그 질문에 대한 은지의 대답은 변함이 없을 것이다.

편의점에 가서 컵라면과 도시락을 허겁지겁 먹었다. 모텔에서 나를 기다리고 있을 여자를 위해 제과점에 들러 샐러드와 샌드위치를 샀다. 사고 보니 은지가 즐겨 먹는 것들이었다. 20대 초반의 여자들의 입맛은 비슷하겠지, 인질이 좋아해 주길 바라며 모텔로 돌아왔다.

방에 들어가기 전 벗었던 마스크를 다시 썼다. 문을 열자 여자가 얌전히 의자에 앉아 있었다. 나가기 전까지 시퍼렇게 질려 있던 얼굴에 다시 생기가 돌았다.

"배고파."

"알아."

음식이 든 봉지를 침대 위에 놓으며 대꾸했다.

"풀어 줘. 나 도망 안 가."

"그건 잘 모르겠는데."

나는 소파에 등을 기대고 앉았다. 탁자 위에 놓인 경고장이 눈에 들어왔다. 내가 놓쳐 버린 여자를 도망치지 못하게 붙든 청첩

장 크기만 한 종이 한 장. 그 아이보리색 경고장은 나이프에 꽂힌 채 모텔 방 문 위에 박혀 있었다.

48시간 뒤 당신은 세상에서 가장 소중한 것을 잃게 됩니다.
2013.12.29

딱딱하게 적힌 컴퓨터 글씨 밑에 누군가 친필로 '오시연'이라고 써놓았다. 경고장의 글과 '오시연'이라는 이름을 쓴 사람이 동일한지는 알 수 없었다.

"궁금해 죽겠다는 표정이군."

여자가 말했다.

"정체가 뭐야?"

"너야말로!"

"이거 누가 보낸 건지 알지?"

"모를 리가 있겠어? 내가 보낸 건데?"

"네가 너한테 이런 걸 보내고 그렇게 사색이 됐던 거야?"

"이 년 전에 다른 사람한테 보냈던 게 지금 나한테 되돌아왔으니까."

정말 어이가 없었다.

"누구한테 쓴 거야? 그리고 하필 오늘 너한테 돌아온 이유가 뭔데?"

그녀는 고통스러운 듯 이맛살을 찌푸렸다. 아래로 떨군 잿빛 눈이 침울해 보였다. 사람의 눈이란 얼마나 많은 이야기를 담고 있는가.

나는 여자에게 다가가서 줄을 풀어 주었다.

"일단 먹고 얘기하자."

여자는 침대 위로 기어 올라가 샐러드를 먹기 시작했다. 베이컨과 계란이 들어간 샌드위치에는 손도 대지도 않았다. 나는 재빨리 핸드폰의 인터넷 창을 열었다. 오시연의 이름을 검색하자 사망일이 떴다. 2013년 12월 31일. 이 편지가 도착한 것은 2013년 12월 29일. 이 년 전 어제였다. 도대체 뭐가 어떻게 돌아가고 있는 것일까.

여자가 베개 속에 숨어 있던 리모컨을 찾아서 TV를 켰다. 의미 없이 흘러가는 현란한 화면들. 방송사들은 연말 시상식을 홍보하느라 전파를 허비하고 있었다. 이리저리 채널을 돌리던 여자가 분주한 손놀림을 멈추었다. 거기에선 화장품 광고가 막 시작되고 있었다. 웬만한 여자들보다 훨씬 광채 나는 피부를 가진 남배우 지수혁이 스킨을 들고 미소 짓는 게 보였다. 세상에는 반반한 외모만으로 편하게 살아가는 사람들이 얼마나 많은가.

스킨을 들고 있는 남자의 어깨 너머로 예쁘장한 여자가 다가왔다. 브라운관에 모습을 드러낸 지 얼마 안 된 신인 탤런트이자 잘나가는 지수혁의 여동생이었다. 오빠를 잘 둔 덕택에 데뷔를 하자마자 스포트라이트를 한 몸에 받았다. 광고는 두 남매가 동시에 출연한 것으로, 신제품 발매 일주일 만에 5만 병 판매를 돌파했다는 얘기를 들은 적이 있다.

"저 사람이지?"

입을 오물거리며 여자가 물었다.

"뭐가?"

"너한테 나 감시하라고 시킨 사람 말이야."

"무슨 소리야? 그건 내 친구 재희……."

아뿔사! 청 테이프와 마스크에 이어 세 번째로 저지른 실수다.

"부끄러워하지 마. 네 인간관계도 엉망진창이구나."

엉망진창이란 말에 주먹이 불끈 쥐어졌다.

여자는 나의 반응에 아랑곳하지 않고 계속 말을 이었다.

"동생을 감금하라고 시킨 오빠도 정상은 아니지."

"지금 저기 나오는 지수혁 말하는 거야? 여동생이 버젓이 옆에 있는데."

"동생이 한 명이라고 누가 그래?"

여자가 플라스틱 포크로 샐러드를 헤집으며 말했다.

혹시나 싶어서 그녀의 얼굴을 찬찬히 뜯어보았다. 예쁘긴 하지만…….

"하나도 안 닮았는데. 지수진 좀 봐. 자기 오빠랑 판박이잖아."

"성형 수술했거든, 나."

상대방을 무장해제 시켜 버리는 솔직함.

"오빠랑 똑같은 표정을 짓네. 이 년 전 내가 미국에서 돌아왔을 때 지수혁 얼굴도 볼 만 했는데."

여자가 희미하게 웃었다. 입술이 살짝 뒤틀리는 듯했다.

"혹시 그 편지 말이야. 지수혁, 그러니까 네 오빠한테 쓴 거야?"

여자가 어깨를 으쓱했다. 본인의 이야기인데 남의 일처럼 딴청을 피운다. 하는 짓이 은지랑 똑같군.

"한 가지만 물을게. 지수혁이랑 오시연이 무슨 사이였어?"

"오빠 첫사랑이었어. 둘이 공개 연애 했잖아. 아주 죽고 못 살았는데."

이 말을 어떻게 해석해야 할까. 경고장의 내용이 사실이라면 편지를 받은 사람은 지수혁일 확률이 높다. 20대 남자에게 첫사랑이란 목숨보다 소중한 것이니까.

내가 물었다.

"너 살인자야?"

"무슨 근거로 묻는 거야?"

"네가 이 경고장을 누군가에게 보냈고 그 후에 편지에 이름이 적힌 사람이 죽었어. 그러니까 네가 오시연을 죽인 게 되는 거지."

"내가 이 편지를 보낸 건 맞지만 이름을 적은 건 내가 아니야."

"그럼 누구야?"

"그걸 내가 어떻게 알아? 이 편지를 문 앞에 걸어 놓고 간 사람이겠지."

"도대체 그 사람은 누구고, 왜 이런 짓을 하는 건데?"

답답해서 미칠 지경이었다.

"곧 알게 되겠지."

여자가 자리에서 일어나 빈 샐러드 통을 쓰레기통에 버렸다.

"짐작 가는 사람 없어? 원한 산 일이 없나 잘 생각해 봐. 누가 너한테 이런 말도 안 되는 누명을 씌우려는 건지 말이야."

침대에 배를 깔고 눕던 여자가 동작을 멈추었다.

"누명?"

여자는 뭔가 재미있는 이야기를 들은 것처럼 입을 히죽거렸다. 그 모습이 나를 불안하게 만들었다. 제발 내가 상대하고 있는 사람이 살인자가 아니라고 누군가 말해 줬으면 싶었다.

오후 6시쯤 먹을거리를 사러 모텔 밖으로 나왔다. 여자를 의자에 묶어 두는 것도 잊지 않았다. 혼자 있을 때 무방비 상태에서 변을 당하면 어쩌냐는 여자의 말에 잠시 흔들렸지만 그렇다고 망아지처럼 풀어 둘 수는 없었다. 빨리 다녀오겠다는 말을 남기고 발길을 서둘렀다.

참치 김밥이 먹고 싶다는 여자의 말에 분식집으로 달려갔다. 약국에 들르는 것도 잊지 않았다. 여자의 도수에 맞는 일회용 콘택트렌즈를 샀다. 돌아서서 나오려다 말고 약사에게 다가갔다. 머리가 희끗한 중년 남성이었다.

"더 필요한 거 있어요?"

"저기요."

나는 용기를 냈다.

"혹시 임신 6개월인데도 낙태 수술이 가능한가요?"

눈을 심하게 깜빡이는 약사. 당황했다기보다는 이 사람의 버릇인 것 같았다.

"가능하지요. 위험할 수도 있지만."

역시나.

"그럼 어떻게 하죠?"

"뭘요?"

"위험하면 어떻게 하냐고요?"

"글쎄요. 웬만하면 그냥 낳아요."

성의 없지만 악의도 없는 대답.

"그러게요."라는 말을 남기고 약국을 나왔다. 띠링. 문자 메시지가 도착했다. 은지인 줄 알았는데 모르는 번호였다.

잘 돼가? / 누구세요? / 올빼미. / 아…… 그럭저럭. / 힘들면 같이
있어 줄까?

갑자기 일이 없어져서 몸이 근질근질한 것일까. 좀 전에 발생한
경고장 사건 때문에 와 달라고 부탁하고 싶었지만 왠지 재희가
한 말이 마음에 걸렸다.

괜찮아. / 알았다. 수고.

12월 30일은 그렇게 지나갔다. 정신적으로나 육체적으로 몹시
고된 하루였다.

31일 아침. 먼저 일어난 여자가 커튼을 활짝 여는 바람에 잠에
서 깼다. 눈을 자극하는 강렬한 햇빛으로 미루어 오전 9시가 훌
쩍 넘은 것 같았다. 알람은 8시에 맞춰 놨는데 배터리가 나간 것
일까.
"일어나. 잘생긴 총각."
얼굴을 더듬어 보니 마스크가 벗겨져 있었다. 젠장. 이젠 자포
자기의 상태가 되었다.
오른손을 뻗어 탁자 위를 더듬었다. 핸드폰이 있어야 할 자리
에는 핸드폰 대신 까끌까끌한 종이의 질감이 전해졌다. 낯설지
않았다.

48시간 뒤 당신은 세상에서 가장 소중한 것을 잃게 됩니다.

2014.12.29

하단에는 '오시연'이라는 이름 대신 '송지환'이라는 이름이 적혀 있었다.

"놀라긴."

두 눈이 휘둥그레진 나를 보며 여자가 말했다.

"오늘 아침에 일어나 보니까 네 운동화 위에 떨어져 있더라. 누가 문틈으로 밀어 넣고 갔나 봐."

그녀는 크게 기지개를 켰다.

"아무렇지도 않아?"

나는 콧노래까지 흥얼거리는 여자에게 물었다. 극심한 스트레스로 인해 드디어 미쳐 버린 건 아닌지 걱정이 되었다.

"아니, 컨디션 최곤데."

"여기에 적힌 송지환, 작년에 촬영하다가 죽은 신인 배우 맞지?"

내 기억이 맞다면 송지환은 스턴트맨 없이 자동차 추격 신을 찍다가 브레이크 오작동으로 낭떠러지에 떨어져서 즉사했다.

"응."

감정이 실리지 않는 대답.

"아무리 네가 이름을 적은 게 아니라고 해도, 네가 보낸 경고장이야."

열을 올리는 나를 흥미롭게 쳐다보는 여자.

"내가 난센스 퀴즈 하나 내볼게. 맞혀 봐."

이런 순간에 한가하게 퀴즈 타령이라니.

"너 사이코패스야?"

나는 자리를 박차고 일어났다. 제대하면서 끊었던 담배 생각이 간절했다. 은지랑 싸울 때도 담배만큼은 참았는데.

옷걸이에 걸어 두었던 검정색 파카를 챙겨 입었다. 주머니를 뒤지자 지갑이 손에 걸렸다. 그런데 핸드폰은 도대체 어디 있지?

팔짱을 끼고 있던 여자가 의미심장한 표정을 지었다. 가슴팍에 파묻혔던 왼손을 빼자 내 핸드폰이 쥐어져 있었다.

"오늘 아침에 전화 왔더라."

재희인가. 심장이 두근거렸다.

"목소리가 예쁘던데. 여자친구?"

은지다. 순간 머릿속이 백지장처럼 하얗게 변했다.

"이상한 소리 한 거 아니지?"

어금니를 꽉 깨물었다.

"내가? 아니면 네 여자친구가?"

점점 인내심에 한계가 느껴졌다.

"좋은 말 할 때 핸드폰 내놔."

"7시 반쯤 전화 왔었어. 무슨 일인지 엄청 급해 보이던데. 궁금해 미치겠지?"

약올리는 여자.

"죽는다."

"아이, 무서워라. 그런데 나한테 이러면 안 되지. 네 여자친구 핸드폰 번호 외웠거든."

"도대체 원하는 게 뭐야?"

"경고장에 적힌 건 오답이야. 오빠가 송지환은 절친이라고 말하고 다녔지만 사실 둘은 라이벌 사이였거든."

여자는 자신이 낸 문제를 맞히면 은지와 나눈 대화를 알려 주겠다고 했다.

"1년 전 지수혁에게 가장 소중한 것은 무엇이었을까요? 1번 지수혁이 키우던 고양이 망고. 2번 지수진이 키우던 고양이 망고. 3번 지현아가 키우던 고양이 망고. 참고로 노란색 고양이라서 오빠가 지은 이름인데 난 다른 뜻으로 불렀어. '망할 고양이'의 줄임말로 말이야. 어찌나 지수혁한테 아양을 떨든지 눈 뜨고는 못 봐줄 지경이었다니까."

"혹시 1번이냐……?"

약이 올라서 어금니를 꽉 깨물며 대답했다.

"딩동댕. 우리 귀여운 망고는 난간에서 발을 헛디뎌 죽었어. 실족사하다니, 정말 고양이 체면에 말이 아니야."

여자는 상이라며 내 핸드폰을 돌려주었다.

"오늘 저녁에 너 시간 있냐고 묻더라."

여자의 말은 의외였다. 은지는 왜 나를 만나려고 하는 것일까?

"이벤트로 마술 쇼 티켓이 당첨됐는데 너랑 같이 가고 싶대."

내색하지 않았지만 뛸듯이 기뻤다. 은지가 나에게 데이트 신청을 한 것이다.

"내가 안 된다고 했어."

태연하게 말하는 여자.

"왜? 네가 뭔데?"

마음 같아서는 여자의 멱살이라도 잡고 싶었다.

"왜긴 왜야. 너는 나랑 같이 있어야 하잖아. 아 그리고 괜한 걱정은 마. 제주도에서 올라온 사촌 누나라고 둘러댔으니까."

풍선처럼 부풀었던 분노가 뻥 하고 폭발했다.

"웃기지 마! 누가 올해의 마지막 밤을 너같이 미친 여자랑 보내겠대? 난 이 일에서 손 뗄 거야. 도망을 치든, 신고를 하든 말든 마음대로 해!"

어안이 벙벙한 듯한 여자를 홀로 남겨 놓고 건물 밖으로 뛰쳐나왔다. 모텔 앞 가로수를 발로 몇 번이나 찼지만 속이 가라앉지 않았다.

올빼미에게 문자 메시지를 보냈다.

모텔로 와주라. 난 포기. / 오케이. 마침 지나던 길. 고생했다.

단축키 1번을 눌러 은지에게 전화를 걸었다. 내 전화를 받지 않으리란 걸 알았지만 계속 통화를 시도했다. 재다이얼을 여덟 번이나 누르고 나서야 겨우 은지의 목소리를 들을 수 있었다.

"미안해. 은지야."

"하……."

웃음인지 한탄인지 알 수 없는 신음 소리.

"나 오늘 저녁에 시간 많아. 마술 쇼 보고 싶어."

"마술 쇼가 아니라 연말 시상식이야. 마술 쇼는 시상식 이벤트 중에 하나고."

"뭐든 상관없어."

"아니, 난 상관있어. 넌 매번 이런 식이야. 이래도 좋고 저래도 좋고. 그래서 지금 내 몸이⋯⋯."

말을 잇지 못하는 은지. 아마 아랫입술을 깨물고 있겠지.

"은지야⋯⋯."

곁에 있으면 등을 쓰다듬어 줬을 텐데.

"내가 제일 싫었던 순간이 언제인지 알아? 내가 임신했다고 했을 때 어떻게 하면 좋겠냐고 너한테 물었지. 그때 네가 한 대답이야. 낳아도 되고, 지워도 되고, 아무래도 상관없다고."

그게 아니야. 은지야. 난 네가 하고 싶은 대로 따르고 싶었을 뿐이라고. 입이 씰룩거렸지만 목이 메어서 말이 나오지 않았다. 지금 와서 이런 말을 해봤자 비겁한 변명밖에 되지 않는다는 것을 잘 알고 있었다.

"내일 수술비 입금해 줘. 이게 내가 너한테 바라는 전부야."

은지가 전화를 끊었다. 눈시울이 붉어졌다. 목구멍에 뜨거운 돌덩이가 걸린 것 같았다. 이제 은지와 나 사이를 이어 주는 것은 아무것도 없다는 생각에 절망감마저 들었다.

재희에게 전화를 걸어 지난 이틀 동안 일한 돈이라도 받아야 했다. 최근 발신 목록에서 재희의 이름을 찾았다. 그러다 통화 기록에서 이상한 점을 발견했다. 오늘 아침 6시경 내가 재희에게 전화를 건 것으로 나와 있었다. 통화 시간이 10분가량인 것으로 보아 오발신은 아니었다. 내가 자고 있는 동안 누군가 내 핸드폰으로 재희에게 전화를 건 것이다. 그럴 수 있는 사람은 이 세상에 오직 한 사람뿐이다. 지현아! 그녀가 왜 재희에게 전화를 건 것일까? 그런데 전화기를 손에 넣고도 왜 112에 신고를 하지 않았지? 조금 전까지 생각도 못한 의구심이 고개를 쳐들었다. 마음을 가

다듬고 내 오랜 친구에게 전화를 걸었다.

"무슨 일이야?"

전화를 받자마자 재희가 물었다. 목소리에 걱정이 묻어났다. 범행의 한가운데에 있는 내가 전화를 걸었으니 어쩌면 당연한 일이었다. 나에게 무슨 일이 생겼다면 재희에게도 곧 무슨 일이 생긴다는 신호였다. 혼란스러운 나는 무슨 말부터 해야 할지 몰랐다.

"효재야. 무슨 일 생겼어? 말을 해."

"너 지현아 알지?"

"우리가 납치하고 있는 여자잖아."

"아니 그거 말고. 그런 식으로 말고. 너 지현아 알지?"

"지금 무슨 소리를 하는 거야?"

이때 도로 위를 달리던 자동차가 경적을 울리며 앞 차를 앞질러 갔다.

"원효재. 너 어디야? 모텔 아니야?"

"밖에 나왔어."

"여자는? 여자는 어디 있어?"

"안에 있어. 나 손 뗄 거야."

"도대체 지금 무슨 소리를 하는 거야?"

재희의 목소리가 점점 다급해졌다.

"여자는 어떻게 하고? 지금 혼자 있어?"

"걱정 마. 올빼미가 와준대."

잠시 정적이 흘렀다. 수화기 너머로 크게 숨을 가다듬는 소리가 들렸다. 그리고 이어지는 재희의 혼잣말.

"올빼미 자식, 기어이……."

순간 심장이 얼어붙는 것 같았다. 뭔가 잘못되고 있음을 직감했다.

"너 여자 털끝 하나라도 다쳤다가는…….."

재희의 말이 끝나기도 전에 전화를 끊었다. 왔던 길을 돌아 모텔 안으로 쏜살같이 뛰었다. 엘리베이터는 방금 내가 내려왔던 7층에 멈춰 있었다. 엘리베이터 버튼을 다급히 눌렀다. 온몸에 열이 났지만 동시에 서늘한 느낌이 들었다. 엘리베이터를 타고 7층에 내렸다. 복도를 뛰어가다가 빈 방을 청소하고 나오던 아주머니와 부딪쳤다. 미안하다고 사과할 틈도 없었다. 여자가 있어야 할 705호로 뛰어갔다. 문은 잠겨 있지 않았지만 안은 텅 비어 있었다. 한발 늦었다. 다시 복도로 나와서 주위를 두리번거렸다. 이 모텔의 엘리베이터는 한 대다. 올빼미가 엘리베이터를 탔다면 나와 마주쳤을 것이다.

나와 좀 전에 부딪혔던 아주머니에게 다가갔다.

"여기 어떤 남자 지나가는 거 못 봤어요?"

다급하게 올빼미의 생김새를 설명해 주었다. 겁을 집어먹은 여자는 고개를 가로저었다. 거짓말 같지 않았다. 그런데 뭔가 낌새가 이상했다. 청소부는 집게손가락으로 복도 끝을 가리키며 작은 목소리로 말했다.

"701호 문이 잠겨 있어요."

여자가 말한 방의 문은 철벽처럼 굳게 닫혀 있었다.

"아까 7층에 있는 빈 방들은 환기시킨다고 전부 열어 놨거든. 701호도 좀 전까지 열려 있었어요."

나는 여자의 말이 끝나기가 무섭게 그녀의 주머니 춤에 있는 마스터키를 뺏어 들고 701호로 달려갔다. 문을 열자 침실은 텅 비어 있었다. 그런데 어디선가 콩콩거리는 소음이 들렸다. 출입문 맞은편에 있는 화장실이었다. 그 문 역시 잠겨 있었다. 나는 701호 출입문을 열어 둔 채 복도로 나갔다. 한달음에 달려가 온몸의 무게를 실어서 화장실 문을 발로 뻥 찼다.

안에서는 올빼미가 여자의 목덜미에 샤워 줄을 감고 조르고 있었다. 여자의 눈은 흰자위만 보일 정도로 뒤집혀 있었다.

"그만해."

나는 올빼미의 목을 한 손으로 감고 뒤로 꺾었다. 그는 꿈쩍도 하지 않았다. 젖 먹던 힘까지 모두 끌어 모아 올빼미를 압박했다. 그는 자기가 죽게 생겼는데도 여자를 조르던 손을 한참 동안 놓지 않았다. 잠시 후, 버틸 수 없게 된 올빼미가 잡고 있던 샤워 줄을 놓고 손을 뒤로 뻗었다. 내 목덜미를 잡으며 발버둥을 쳤다. 하지만 유리한 자리를 선점한 건 이쪽이었다. 마침내 올빼미가 욕실 바닥 위로 몸을 뻗었다.

욕조 위에 쓰러진 여자의 얼굴에 찬 물을 끼얹었다. 콜록콜록 기침을 하며 지현아가 정신을 차렸다. 한참 동안 숨을 고른 후, 바닥에 쓰러져 있는 올빼미를 내려다보았다.

"죽은 건 아니니 안심해."

내가 말했다.

"왜 이렇게 힘을 못 써. 하마터면 죽을 뻔했잖아."

여자는 고맙다는 인사도 없이 성을 냈다.

"이대로 두면 안 돼."

나는 여자의 지시에 따라서 705호로 가서 남자를 묶을 준비

물을 챙겨 왔다. 여자의 얼굴을 덮었던 천과, 그녀의 몸을 결박했던 포승줄이었다. 우리는 올빼미가 깨어나더라도 힘을 쓰지 못하도록 꽁꽁 묶었다. 그리고 701호 침대 아래에 숨긴 후 하루치 숙박비를 냈다. 오늘 자정까지 이 상태로 버텨 주면 고마울 것 같았다. 다음 일은 그다음에 생각하자.

나와 여자는 방으로 돌아와서 차례로 샤워를 했다. 지현아가 욕실로 들어간 사이, 재희에게 전화를 걸었다.

"지금 어디야?"

나는 따지듯이 물었다. 통화를 한 후 재희가 이곳으로 달려올 거라고 생각했기 때문이다.

"어떻게 됐어? 잘 해결됐지?"

"다행히도."

"그래. 그 여자 보통이 아니거든."

재희의 말에 울컥 화가 치밀었다.

"너 나한테 할 말 없냐?"

"자세한 건 나중에 얘기해. 나 지금 급한 일 있어서 어디 가는 중이야."

"야, 이 새끼야. 내가 너 때문에 지금 무슨 짓을 저질렀는지 알아? 사람을 납치하는 것도 모자라서 죽일 뻔했어."

그렇게까지 화를 내려고 했던 건 아니었는데 한번 터진 화는 제어하기 어려웠다.

"지금 사실대로 말 안 하면 경찰에 확 불어 버린다."

"이 자식……. 알았으니까 진정해."

재희가 주눅 든 목소리로 말했다.

"사실 지현아를 납치하라고 한 사람이 갑자기 마음을 바꿨어."

"마음을 바꾸다니?"

"처음에는 VIP 모시듯이 하라더니 나중에 죽이라고 사주했어."

"아니, 왜?"

"우리는 일을 할 때 이유를 묻지 않아. 의뢰인의 사생활은 철저히……."

"됐고."

나는 재희의 말을 뚝 잘랐다. 시답잖은 경영 철학 따위는 듣고 싶지 않았다.

"그러니까 사람 마음이 하루아침에 어떻게 그렇게 달라질 수 있냐고?"

"'사람'이 아니라 '사람들'이니까 그렇지."

"뭐라고?"

예상 밖의 대답이었다.

"일은 지수혁과 지수진 둘이 사주했어."

맙소사. 기가 차서 말이 나오지 않았다. 두 남매가 다른 형제를 죽이려고 하다니.

"둘이 같이 있을 때는 딱 삼 일만 감금해 달라고 했어. 그런데 나중에 지수진이 따로 우리를 부른 거야. 그리고 뜻밖의 제안을 했어. 자기 언니를 납치하자마자 죽여 달라고 말이야."

"아……."

감탄사 외에는 아무 소리도 나오지 않았다.

"난 반대했다. 다른 한 의뢰인을 배신하고 싶지 않았거든. 올빼미 그 자식, 겉으로는 내 말에 동조했지만 내가 널 끌어들이자 완

370

전히 심통이 났나 봐. 하지만 이렇게 내 뒤통수를 칠 줄은 몰랐네. 분명히 지수진이 내가 호락호락하지 않은 걸 알고 올빼미를 따로 불러서 얘기했을 거야. 예쁜 얼굴을 들이밀고 거금을 제시했겠지. 돈이라면 뭐든지 하는 녀석이거든."

"그럼 문 앞에 협박장을 놓고 간 것도 올빼미였어?"

"협박장?"

나는 '오시연'과 '송지환'의 이름이 적힌 두 개의 협박장에 대한 말해 주었다.

"음……. 자세한 내막은 몰라도 올빼미일 가능성이 커. 얼마 전에 나한테 오시연과 송지환에 대해 얘기했거든."

올빼미는 재희에게 거들먹거리면서 말했다고 한다. 두 사람이 죽은 이유는 세간에 알려진 것과 전혀 다르다고. 재희가 그럼 진실은 무엇이냐고 묻자 절대 말할 수 없는 일급 비밀이라며 으스댔다고 한다.

"그런데 지수진은 올빼미에게 왜 협박장 따위의 유치한 짓을 시킨 걸까?"

재희가 물었다.

나는 흩어져 있던 퍼즐 조각들이 맞춰지는 느낌을 받았다. 내가 완성한 그림을 재희에게 설명하려는 찰라 지현아가 샤워를 마치고 나왔다. 욕실 문 닫는 소리가 수화기 너머로 들렸는지 재희가 "12시 이후에 통화하자."라는 말을 남기고 전화를 끊었다. 나는 지현아의 두 눈을 똑바로 쳐다볼 수 없어서 서둘러 욕실로 들어갔다. 비누칠을 하는 둥 마는 둥 대충 씻고 나왔다. 여자는 태평스럽게 침대에 누워 텔레비전을 보고 있었다. TV 속은 역시나

광고 일색이었다. 낮에는 눈에 들어오지도 않던 연말 시상식의 예고가 색다른 의미로 다가왔다.

지수혁, 지수진 국민 남매가 선사하는 올해의 마지막 선물!
시상식 도중 라이브로 펼쳐지게 될 위험천만한 마술 쇼를 놓치지 마세요!
바로 오늘 밤!

은지가 같이 보러 가자고 했던 마술 쇼, 아니 연말 시상식이었다. 지금 느껴지는 감정은 은지와 함께 하지 못한다는 아쉬움이 아니었다. 그것은 무기력함을 동반한 두려움이었다. 지현아가 2013년부터 지수혁에게 보내기 시작한 협박장. 그럼 올해의 타깃은 누구일까? 2015년 12월 31일, 지현아의 목표는 지수진이 아닐까? 지금 지수혁에게 가장 소중한 사람은 가족이자 동료인 지수진일 확률이 컸다. 올해 지수혁은 협박장을 받자마자 지현아를 삼 일 동안 감금해서 사건의 불씨를 끄려고 했을 것이다. 하지만 살해의 위협을 느끼는 당사자인 지수진에게 이 같은 조치는 성에 차지 않았다. 지수진은 지수혁 몰래 지현아를 죽이려는 계획을 세운다. 하지만 재회의 반대로 내가 사건에 투입되고 살인 계획은 수포로 돌아갈 위기에 처한다. 다행히 지수진은 돈을 밝히는 올빼미를 쉽게 설득할 수 있었고 올빼미는 내가 지현아의 곁을 떠날 기회만 호시탐탐 노렸다. 지수진은 이 기다림의 시간을 허투루 쓰지 않았다. 지현아를 공포로 몰아넣을 수 있는 기회로 삼았다. 매년 사건이 발생하기 이틀 전에 지수혁에게 협박장을 보내서 피를 말렸듯이 지현아에게도 똑같은 고통을 안겨 주고 싶었을 것이다. 지현아 본인이 직접 썼던 협박장을 역이용해서 말이다.

"무슨 생각을 그렇게 골똘히 해?"

생각에 잠겨 있던 나를 보며 여자가 물었다. 나는 머릿속에서 소용돌이치는 추측들을 잠재우며 애써 태연하게 굴었다.

여자는 중국집에 전화를 걸어 자장면 두 그릇과 탕수육을 시켰다. 고량주를 시키는 것을 보고 조금 놀라기는 했다. 아무리 강해 보이는 여자에게도 심리적 동요는 있었던 것이다. 나도 오늘만큼은 온몸이 노곤해지는 기분을 맛보며 잠들고 싶었다. 자고 일어나면 모든 일들이 끝나고 새로운 한 해가 시작되기를 바랐다. 701호에 갇혀 있는 올빼미. 그리고 나와 함께 있는 지현아. 오늘 밤에는 아무 일도 일어나지 않겠지. 하지만 왜 이렇게 불안할까.

곧 음식이 배달되고 우리는 말없이 요리를 먹었다. 내가 먼저 고량주를 작은 잔에 따라 마셨다. 이어서 여자가 내가 마신 빈 잔에 술을 따라 마셨다. 피곤한지 두 눈을 비볐다.

"괜찮아?"

내가 걱정스레 물었다.

"뭐가?"

퉁명스럽게 대답하는 여자.

"좀 전에 있었던 일 말이야."

"목표를 달성하는 건 쉬운 일이 아니야. 이 정도쯤은 감당해야지."

여자의 말에 가슴이 덜컥 내려앉았다.

"지현아."

처음으로 여자의 이름을 불러 보았다.

여자는 고개를 갸우뚱하더니 대답했다.

"무슨 말을 하려고?"

"네가 오늘 하려고 하는 일, 안 하면 안 돼?"

"처음 만난 날 얘기했지. 일어날 일은 일어나게 돼 있어."

"꼭 그렇게 해야겠어?"

"오늘 죽는 사람은 아무도 없을 거야. 그러니 너무 범죄자 취급은 마."

목소리에 왠지 모를 외로움이 묻어났다. 그녀는 자리에서 일어나 창가로 가서 창문을 열었다. 어느새 내리기 시작한 눈송이가 방 안으로 날아들었다. 한기로 금세 방 안이 얼어붙었다. 나는 몸을 웅크렸다. 춥지도 않은지 여자는 미동도 않고 우두커니 서 있었다. 나는 자리에서 일어나 소파 등받이에 아무렇게나 걸쳐 둔 파카를 집어 들었다. 그녀의 등 뒤로 조용히 다가가 어깨에 걸쳐 주었다. 여자가 비스듬히 고개를 들어 나를 바라보았다.

"넌 소중한 걸 뺏겨 본 적이 있니? 분명히 가졌다고 생각하는데, 사람들이 가지지 않았다고 하는 걸 들어 본 적이 있어?"

여자는 딱히 내 동의를 구하지 않고 계속 말을 이었다.

"그건 말이야. 도둑질보다 더 나쁜 거야. 살인보다도 더 악질이지."

"겪어 보지 않을 것 같아⋯⋯. 미안해."

순간 왜 미안하다는 말이 나왔는지는 모르겠다.

캄캄한 하늘에서 솜털같이 흰 눈이 하염없이 내렸다. 시 한 구절이 생각났다. '함박눈이 내립니다. 모두 무죄입니다.'

"난 태어날 때부터 아주 못생겼었어."

"설마."

"엄마조차 나를 제대로 안아 준 적이 없었어. 상상해 봐. 널 낳아 준 사람이 혐오스럽다는 눈길로 쳐다보면 어떤 기분이 들지."

믿기지 않은 고백이었다.

"난 비록 생김새는 추악했지만 바보는 아니었어. 자신을 사랑할 정도의 용기는 남아 있었거든. 사람들을 똑바로 쳐다보지 못하고 하늘보다 땅을 쳐다보는 날이 더 많았지만 말이야. 고등학교에 올라가서는 남자들한테 데이트 신청을 받기도 했어. 난 충분히 그럴 자격이 있다고 생각했지. 아마 그 생각이 실수였나 봐."

반짝이는 눈송이가 여자의 뺨에 앉았다가 솜사탕처럼 사르르 녹아내렸다.

"데이트는 겨우 두세 번에 그치는 경우가 많았어. 남자를 잘 몰랐고 자신감이 부족한 탓도 컸겠지. 그러던 중에 태어나서 처음으로 좋아하는 사람을 만난 거야."

여자가 수줍게 미소 지었다. 20대 초반의 보통 여자들에게서 볼 수 있는 표정이었다.

"그 사람과 난 꽤 자주 만났어. 그걸 데이트라고 생각한 건 순전히 내 착각이었는지도 몰라. 누가 누구에게 좋아한다고 고백한 적은 없었으니까. 그래서 정식으로 고백해 보자고 마음을 먹었어. 때마침 12월 31일 내 생일이었거든. 나에게 특별한 날이니 거절 못 하겠지, 하는 영악한 속셈이 있었을지도 몰라."

여자가 어깨에 걸치고 있던 파카를 여미고 말을 이었다. 나는 고개를 끄덕이는 것으로 대답을 대신했다.

"학교를 마치고 돌아왔는데 놀랍게도 그 사람이 우리 집 앞에 서 있는 거야. 아직도 그 모습이 생생해. 대문을 바라보면서 그 사람이 짓고 있던 표정."

여자가 꿈꾸듯 말했다.

"너도 그런 얼굴을 본 적이 있을 거야. 사랑에 빠진 남자의 얼굴을. 나는 얼른 달려갔지. 그런데…… 대문 앞에는 수진이가 서 있었어. 그가 황홀한 눈빛으로 보고 있던 사람은 대문 앞에 기대고 있는 내 동생이었어."

순간 은지와 다퉜던 일이 생각났다. 싸움의 발달은 '왜 예전처럼 자신을 바라보지 않냐'는 은지의 말이었다.

"그거 알아? 상실감보다 더 큰 게 배신감이야. 너무 화가 나서 수진이를 몰아세웠어. 그런데 그 남자가 나한테 화를 내며 말하더라. 모든 건 수혁이가 시킨 짓이라고."

'그게 무슨 말이야?'라고 물을 필요도 없었다. 여자는 다음 말을 이었다.

"수진이는 어릴 때부터 예쁘고 인기가 많았어. 그건 오빠도 마찬가지였고. 오빠도 미남인 데다 예쁜 동생을 둔 덕에 일종의 권력 같은 걸 누린 모양이야. 친구들이 여동생을 소개시켜 달라고 떼를 쓰면 그렇게 말했대."

여자는 잠시 말을 멈추고 숨을 골랐다. 입술이 파르르 떨리는 것을 알 수 있었다.

"예쁜 동생을 만나려면 먼저 못생긴 동생을 만나라."

"아……."

입술 사이로 탄식이 흘러 나왔다.

"그게 오빠가 날 사랑하는 방식이었어. 감히 내 주제에 남자들에게 사랑받지 못할 거라고 생각했던 거야. 그래서 사랑받을 기회를 만들어 주고 싶었던 거지. 단지 못생겼다는 이유만으로."

여자가 마지막 말에 힘을 주었다.

"내 안의 중심을 지탱하고 있던 큰 축을 도둑맞은 기분이었어. 내가 빼앗긴 게 뭔지 알아? 그건 사람이 최초이자 최후로 품을 수 있는 사랑. 바로 내 자신에 대한 사랑이었어."

그날 밤 여자는 자신의 얼굴을 비추는 거울을 깨고 손목을 그었다고 했다. 욕실에 쓰러진 여자를 발견한 사람은 그녀의 오빠였다. 여자는 살아났지만 죽은 것과 마찬가지였다. 이어지는 가족들의 걱정과 몰이해. 계속되는 정신과 상담……. 여자는 인생의 종착점에서 미국 유학을 결심했다. 그곳에서 그녀가 한 일은 얼굴을 바꾼 것만이 아니었다. 태어날 때부터 자신을 겨냥했던 원망과 분노의 칼날을 세상 밖으로 돌렸다. 그러자 칼자루를 그녀가 쥐게 되었고, 어느 순간 해결의 실마리가 보였다.

이야기를 마친 여자가 창문을 닫았다. 사형장에 끌려가는 흉악범이 미해결 사건의 전말을 털어놓은 것처럼 초연해 보였다. 시계를 보니 벌써 9시였다. 홀가분해 보이는 여자와 달리 내 마음은 초초했다. 결국 문을 열고 만 것이다. 안에 뭐가 있든지 이제 들어가는 것 외에는 달리 방법이 없는 것이다.

여자는 다시 침대에 등을 기대고 앉아서 TV를 켰다. 곧 연기대상 시상식이 거행될 곳에 채널을 고정했다. 나도 소파에 가서 앉았다. 시간은 기이하게 흘렀다. 천천히 가는가 싶더니 순식간에 30분, 한 시간이 훌쩍 지났다.

시상식은 레드카펫 행사로 화려하게 막을 열었다. 이어서 아역 연기자 상, 신인 연기자 상, 올해 최고의 커플 상, 패셔니스타 상, 우수 연기자 상 등이 차례대로 수여되었다. 중간중간 초대 가수들의 축하 공연이 펼쳐졌다. 반나체로 춤을 추는 여가수들을 봐도 전혀 즐겁지 않았다.

마침내 대상 시상만을 남겨 놓고 있었다. 대미를 장식하기 위해 마지막 축하 공연이 펼쳐질 예정이었다. 각종 드라마에서 편집한 키스신이 방영되는 동안 마술 장비들이 무대 위에 설치되었다.

이윽고 카메라가 웅장한 무대를 비추었다. 고급스러운 푸른 천이 무대를 감쌌다. 붉은 드레스를 입은 지수진이 공중에 떠 있었다. 겨드랑이와 허리, 발목이 악마의 손아귀 같은 검은 천으로 묶여 있었다. 중력의 법칙을 무시하듯 옷자락과 머리카락이 하늘 위로 치솟고 있었다.

무대 천장에 설치된 카메라가 여배우의 아래를 비추자 환풍기처럼 생긴 대형 팬이 빠른 속도로 돌아가고 있는 게 보였다. 만약 여배우가 아래로 떨어지기라고 한다면 날카로운 팬 날에 몸이 갈기갈기 찢길 것이었다.

모차르트의 진혼곡이 장중하게 흘러나오고 무대 한쪽에서 파우스트의 메피스토펠레스로 분장한 남자가 걸어 나왔다. 그는 손바닥 크기의 은색 종이들을 팬 아래로 떨어뜨렸다. 그러자 산산조각 난 종이들이 하늘 위로 꽃송이처럼 흩어졌다. 겉으로 보기에는 제법 아름다운 광경이었다. 여기저기서 감탄사가 흘러나왔다. 아역 연기자 상을 수상한 어린 소녀의 감탄 어린 얼굴이 보였다. 눈망울은 동경으로 빛났다. 지수진을 대신해서 하늘에 매달리

길 염원하는 것 같았다.

세 명의 사회자 중 한 명인 나비넥타이를 맨 아나운서가 마술 쇼에 대해 설명해 주었다. 제한 시간은 고작 3분. 여배우를 매단 끈은 시간이 갈수록 느슨해지고 정해진 시간 안에 무대 중앙에 있는 팬을 멈추는 버튼을 누르지 못하면 지수진은 날카로운 팬 위로 떨어지게 되어 있었다. 그녀를 죽음에서 구할 수 있는 것은 오직 한 사람, 그녀의 오빠 지수혁밖에 없었다. 마침내 무대 뒤편에서 수레에 실린 지수혁이 등장했다. 쇠사슬에 단단히 결박된 채였다. 중세 시대를 연상케 하는 영국 신사 차림이었다. 이마는 벌써부터 땀으로 흥건했고 갈색으로 염색한 머리카락이 들러붙어 있었다. 아무것도 모르는 시청자들의 눈에 그는 그저 동생에 대한 애정과 남성미가 흘러넘치는 연예인으로 비춰지겠지만 나에게 그는 지금 이 세상에서 가장 불행한 남자였다. 간절하게 흐느끼는 목소리가 내 귓가에 전해지는 듯했다.

덩달아 내 심장도 마구 뛰었다. 여배우를 묶은 끈이 튼튼한지, 불의의 사고로 끈이 떨어질 경우 돌아가던 팬의 날을 멈추게 할 안전장치는 마련되어 있는지 궁금했다.

"오빠는 마술 쇼를 취소할 수도 있었어. 모든 불행은 결국 자신의 의지에서 비롯된 거야."

여자가 입을 열었다. 약간 흥분되어 보였다. 창가에서 봤던 속죄의 기운은 어디에도 남아 있지 않았다. 여자는 베개를 꼭 끌어안고 TV 속 지수혁을 뚫어지게 쳐다보았다. 미세한 표정의 변화도 놓치고 싶어 하지 않는 것 같았다.

반면 나에게 3분이라는 시간은 끔찍할 정도로 더디게 흘렀다.

긴장을 풀기 위해 손을 쥐락펴락해 보았다.

여배우를 묶은 끈이 서서히 아래로 내려왔다. 그녀의 오빠는 쇠사슬을 풀기 위해 안쓰러울 정도로 발버둥을 쳤다. 아무리 연기를 잘한다고 해도 저렇게 절박한 표정을 지을 수는 없으리라.

팬 날에 가까워지자 당황한 여배우가 몸부림을 치기 시작했다. 방청석이 술렁거렸다. 지수혁의 몸놀림도 다급해졌다. 쇼크 상태에 빠지지 않기 위해 눈을 질끈 감고 마른침을 삼키는 모습이 화면에 잡혔다. 그러는 사이 그의 동생은 점점 죽음의 문턱에 들어서고 있었다.

꺄악! 어디선가 날카로운 비명이 들렸다. 나는 그만 고개를 떨구고 말았다.

잠깐의 정적……. 이어서 팡파르가 울려 퍼졌다.

고개를 들어 보니 지수혁이 환하게 웃고 있었다. 방금 자신이 살려낸 여동생을 꼬옥 껴안는 모습도 보였다. 지수진도 웃고 있었지만 뺨 위로 가는 눈물 줄기가 흘러내렸다.

조금 전 비명의 주인공도 보였다. 카메라가 다가가자 콧소리가 트레이드마크인 중년 배우는 두 손으로 얼굴을 가렸다.

마술 쇼는 무사히 끝이 났다. 나는 베개를 끌어안고 있는 여자를 쳐다보았다. 그녀가 나에게 윙크를 보냈다.

"거 봐. 아무도 안 죽는다니까!"

벽시계를 보니 어느덧 11시 30분이었다.

화면은 타종을 준비하는 보신각으로 넘어갔다. 종로 거리에는 사람들이 빽빽이 들어차 있었다. 현장에 나가 있는 리포터가 새해맞이를 준비하고 있는 행인들 몇 명을 인터뷰했다. 그리고 연기대상을 마저 시상해 달라며 마이크를 방송국으로 돌렸다.

방송국으로 돌아온 화면은 잠깐 분장실을 비추었다. 무대 위를 정리하는 동안 위험천만한 마술 쇼를 훌륭히 소화해 낸 지수혁을 인터뷰하기 위해서였다. 그는 지친 모습으로 거울 앞에 앉아 있었다. 카메라가 다가가자 노련한 배우답게 눈웃음을 지었다. 그 뒤로 현장 직원들이 바쁘게 지나다녔다. 그중에 낯이 익은 사람이 보였다. 화려한 의상이 걸린 옷걸이를 옮기는 사내. 내 착각이겠지.

"정말 대단한 무대였습니다. 한 달 전부터 준비했다고 들었는데 만족하세요?"

리포터가 한껏 들뜬 목소리로 말했다.

"일단 무사히 끝났다는 사실에 만족합니다."

피부 미남답게, 분장을 지웠는데도 얼굴에 잡티가 하나도 없었다.

"저도 어찌나 긴장을 했는지, 그 마음 충분히 이해가 되네요."

리포터가 아양 섞인 목소리로 말했다.

"올해에 잊을 수 없는 명장면으로 기억되면 좋겠어요. 저도 평생 이 순간을 못 잊을 것 같아요. 많은 분들께 감사드립니다."

지수혁이 내뱉는 말 한 마디 한 마디가 나에겐 의미심장하게 들렸다.

"분명히 그럴 거예요. 그럼 곧바로 대상을 시상하도록 하겠습니다. 무대 나와 주세요."

화면은 분장실에서 다시 무대로 이동했다. 남녀 사회자들과 머리가 반쯤 벗어진 방송사 사장이 무대 위로 걸어 나왔다.

"연말 연기대상 시상식 영예의 대상만을 남겨 놓고 있죠. 지금 이곳에는 방송사 사장님께서 나와 계시는데요. 사장님께서 보시 기에 올해……."

크아아아악!

사회자의 말을 가르며 날카로운 고함이 들려왔다.

크아아…… 크아아아악!

무대 위에 있는 사람들은 물론 카메라맨까지 당황한 것 같았 다. 순간 화면이 심하게 뒤뚱거렸다. 방송사의 실수인지 아니면 시 청률에 눈이 먼 PD의 소행인지 화면이 시상식 무대에서 다시 분 장실로 옮겨 갔다.

얼굴을 가린 채 짐승처럼 포효하고 있는 한 남자가 보였다. 방 금 전까지 카메라를 향해 뽀얀 미소를 날리던 지수혁이었다. 분 장실 여기저기서 다급하게 움직이는 발소리와 고함이 들렸다. "누 구야!" "방금 얼굴에 뭘 뿌렸어?" "저 사람 잡아!" 카메라가 도망 치는 한 남자의 뒷모습을 비추었다. 설마…… 구재희가 저기에 있 을 리 없잖아.

오늘 아침 여자가 재희에게 전화를 건 이유는 이것 때문이었을 까. 납치를 당한 것도 모자라 목숨의 위협까지 느끼자 밖으로 나 가는 것을 포기하고 대신 다른 사람에게 계획한 일을 시킨다. 그 사람이 내 친구 재희다. 실수로 재희의 이름을 말한 것이 떠올랐 다. 간밤에 내가 깊은 잠에 빠져들자 내 핸드폰으로 재희에게 전 화를 건 것이다. 자신의 알리바이를 준비하면서 일을 처리할 수 있으니 일석이조인 셈이다. 나의 어리숙한 행동에도 여자가 경찰 에 신고하지 않고 탈출을 감행하지 않은 이유를 이제 알 것 같았다. 여자가 재희에게 제시한 금액은 얼마였을까. 강남에 또 다른 건물을 살 만큼 엄청난 액수였겠지.

또 다른 카메라가 혼란스러운 와중에도 고통으로 몸부림치는 배우를 비추었다. 지수혁이 무릎을 꿇고 괴로워하고 있었다. 벌어진 손가락 틈으로 그의 얼굴이 클로즈업되었다. 연기가 피어오르며 얼굴이 녹아내리고 있었다.

흐흐흐…… 흐흐흐흐흐.

어디선가 웃음소리가 들렸다. 귀신의 내장에서 끓어오르는 듯한 음흉한 소리였다. 소리가 나는 곳을 향해 고개를 돌렸다. 입을 다문 채 터져 나오는 웃음을 간신히 참고 있는 여자가 보였다. 얼굴은 무섭게 일그러져 있었다. 피부 아래에 있는 근육들이 실룩거리고 푸르죽죽한 실핏줄이 터져 나올 것만 같았다. 그녀는 나와 눈을 마주치자 더는 견딜 수 없다는 듯 입술을 벌리고 낄낄대기 시작했다. 웃음은 입이 아니라 몸 전체에서 뿜어져 나오는 듯했다.

"저것 좀 봐. 이제 오빠가 나보다 더 못생겨졌네."

저릿한 기운이 섬광처럼 척추의 뼈마디를 타고 뒤통수에 전해지며 몸이 부르르 떨렸다. 도대체 나는 지난 2박 3일간 누구와 함께 있었던 것일까.

시계는 어느덧 자정을 가리키고 있었다.

불현듯, 은지의 얼굴이 떠올랐다. 미치도록 보고 싶다는 생각과 함께, 두 번 다시 그녀를 만날 수 없을지도 모른다는 불안감이 엄습했다.

한국 추리 스릴러 단편선 5

1판 1쇄 펴냄 2015년 12월 18일
1판 2쇄 펴냄 2018년 3월 28일

지은이 | 도진기 외
발행인 | 박근섭
편집인 | 김준혁
책임편집 | 장은진
펴낸곳 | 황금가지

출판등록 | 2009. 10. 8 (제2009-000273호)
주소 | 06027 서울 강남구 도산대로 1길 62 강남출판문화센터 5층
전화 | **영업부** 515-2000 **편집부** 3446-8774 **팩시밀리** 515-2007
홈페이지 | www.goldenbough.co.kr

도서 파본 등의 이유로 반송이 필요할 경우에는 구매처에서 교환하시고
출판사 교환이 필요할 경우에는 아래 주소로 반송 사유를 적어 도서와 함께 보내주세요.
06027 서울 강남구 도산대로 1길 62 강남출판문화센터 6층 민음인 마케팅부

㈜민음인은 민음사 출판 그룹의 자회사입니다.
황금가지는 ㈜민음인의 픽션 전문 출간 브랜드입니다.